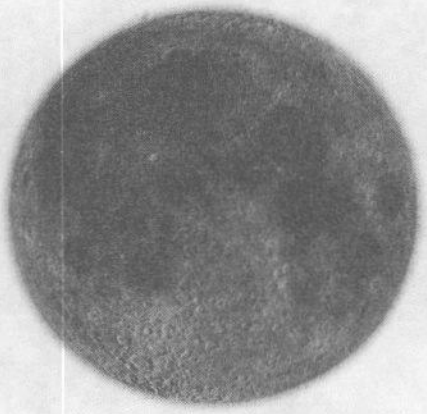

雪原の月影

Tsukiya
月夜

満月

Cover illustration
稲荷家房之介
Fusanosuke Inariya

この物語はフィクションであり、
実際の人物・団体・事件等とは、いっさい関係ありません。

Characters
登場人物
ガンチェ
戦闘種族ダンベルト人の元傭兵。皇太子を廃されたエルンストを追ってメイセン領に来る。エルンストの体液適合者。26歳。
エルンスト・ジル・ファーソン・リンス・クルベール公爵
リンス国の元皇太子。少年の体のまま成長できない病、クルベール病を罹患し、位を剥奪され、最貧領地メイセンの領主となる。外見は少年だが、中身は有能な施政者。60歳。

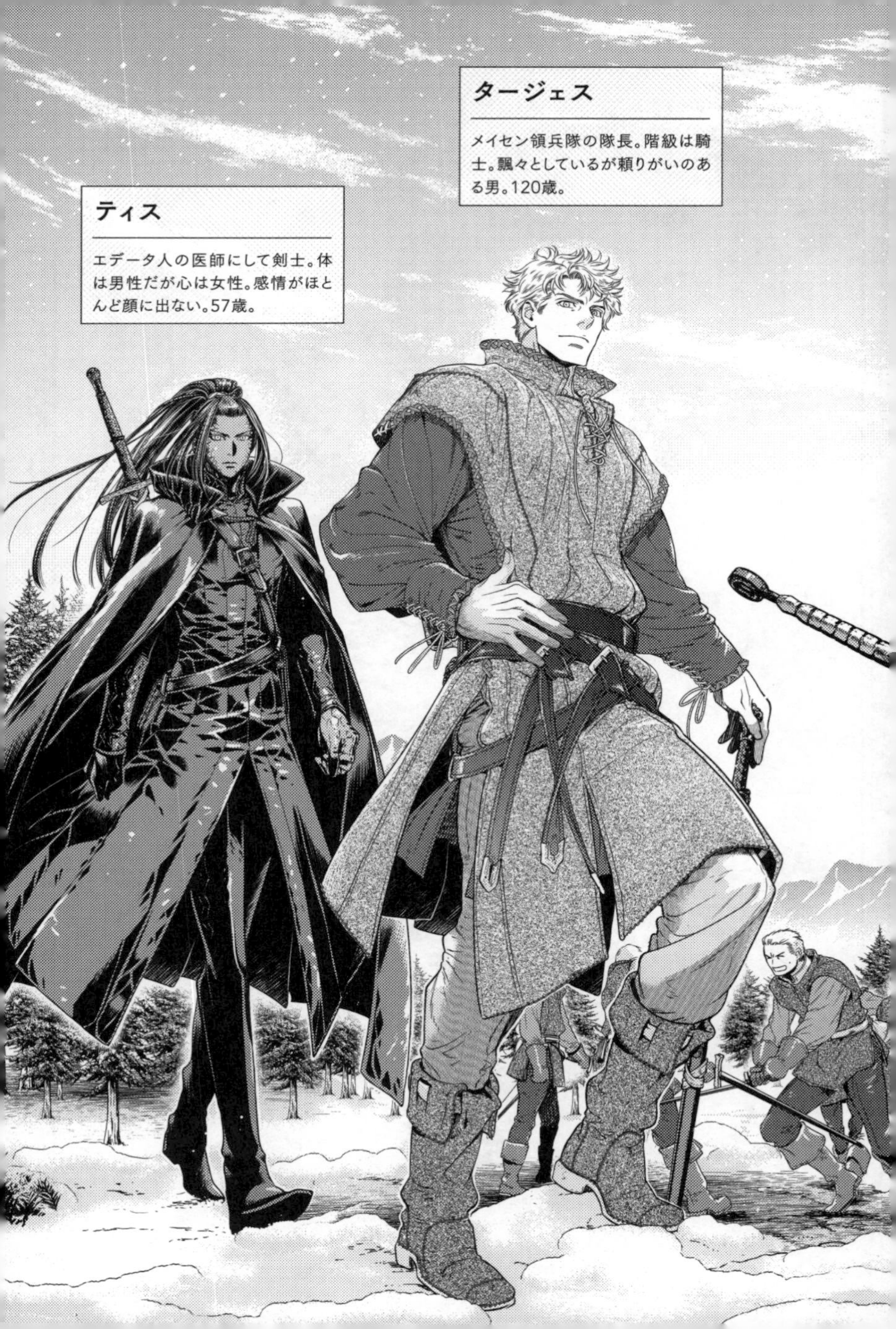
タージェス
メイセン領兵隊の隊長。階級は騎士。飄々としているが頼りがいのある男。120歳。
ティス
エデータ人の医師にして剣士。体は男性だが心は女性。感情がほとんど顔に出ない。57歳。

Meissen territory map
メイセン領地図
MOON SHADOW IN THE SNOW FIELD
Spider thread
リュクス国カプリ領
bee
ヤキヤ村
バステリス河
リンツ谷
リンツ領
王都へ
castle
王都
カタ村
ラテル村
メヌ村
イイト村
領主の屋敷
アルルカ村
フォレア町
サイキアニ町
スニカ村
領主の館
deer
ウィス森
ヒライキ村
領主の館
ダダ村
sheep
キャラリメ村
イベン村
エグゼ山
グルード郡地

上弦の月

1

窓から差し込む陽が陰り、部屋の蠟燭《ろうそく》に火を灯《とも》す。街灯も灯り始めていた。

久方ぶりにトーデアプスと話したからか、早々に街を照らし始めた灯《あか》りをすんなりと受け入れてしまう。王都の豊かさを当然のこととして捉えてしまう。

エルンストは窓辺に立ち、微《かす》かに頭を振った。

豊かさを享受する王都と同じ国にありながら、今なお貧窮の中にあるメイセン。その領地で暮らす民を決して忘れてはならぬ。領主としてだけではなく、この国の上位に座る貴族として忘れてはならぬと己を戒《いまし》めた。

微かに戸を叩く音がして、ガンチェが応答する。扉が開き、宿の食堂から夕食が運び入れられた。

タージェスを先頭に、領兵らも入ってきて、エルンストの部屋で食す。周囲に聞かれたくない話だ。がつがつと気持ちよく平らげていく四人の領兵を見ながら、エルンストは状況を説明した。

「ああ、それならばやはり街道が危ないですね。でも、王都でも注意は必要でしょう」

エルンストの命が狙われるだろうという話を、タージェスは眉をひとつ上げただけで冷静に受け止めた。事前にタージェスから説明を受けていたのか、ブレスやミナハも食事の手を一瞬止めただけで理解する。

国軍で数十年を過ごし、先代国王の近衛兵でもあったと聞いたが、さすがだと感心する。タージェスは貴族の世界をよく理解していた。

「では我々は、この宿を一度出ましょうか。エルンスト様とガンチェだけであれば、油断して襲ってくる者もいましょう。三方向からやってくる刺客のひとつだけでも、この王都で仕留めておきませんか？」

「ふむ……」

「エルンスト様はこういう事態を想定して、この宿を選ばれたのではないのですか」

にやにやと笑ってタージェスが聞いてきた。タージェスもガンチェも察しがいい。強い兵はみな、察しがいいものなのだろうか。

エルンストは手にしたワインに口をつける。芳醇《ほうじゅん》な香りが口中を満たした。

「三人とも、私を暗殺しようとするならば刺客に払う金に糸目はつけないだろう。特に、カタリナ侯爵ならば、グルード人を千人雇うことも難しくはない……。だがこの宿に、三メートルもの長身を誇るグルード人を差し向けることはできない」

　宿の廊下の天井はダンベルト人であるガンチェの頭がどうにかつかえない程度の高さだ。そして幅も、ガンチェがどうにか正面を向いて歩ける程度の広さなのだ。最大身長二・五メートルのダンベルト人よりも大きなグルード人や、頭に大きくて幅の広い角を持つガイア人が入れる造りではない。

　つまりエルンストは、この宿にいるだけでグルード人とガイア人の手からは逃れられることになる。

「カタリナ侯爵にトリ公爵、プリア侯爵。全員、内密にことを済ませたいと願っているだろう。この宿に大挙して押しかけ、騒動を起こすとは思えない。そのような事が起こりうるときは、私の与《あずか》り知らぬところでよほど切羽詰まった事態になっているともいえる」

「三人ともがそれぞれに、エルンスト様に対して含みを持っているということですよね。その内容によっては、たとえ人目に付く場所で騒動を起こしたとしても構わない、と判断することもある……と」

タージェスの言葉にエルンストは無言で頷《うなず》く。

カタリナ侯爵がエルンストを排除したい理由はともかく、プリア侯爵がエルンストを狙う理由は告げられない。いくら信用している領隊長とはいえアステ草のこと、ひいてはクルベール病のことについて話すことはできない。ましてや、皇太子に害を為した者がいるという事実は、ガンチェ以外には絶対に話せない。

　しかしタージェスは、プリア侯爵がなぜエルンストを狙うのか、追及はしなかった。

　領隊長の気遣いに、エルンストは内心でふっと笑う。

「トリ公爵とプリア侯爵は最後まで、内密に事を運ぼうとするだろう。しかしカタリナ侯爵はそうとも言いきれない。かの者の権力は強く、財力は計り知れない。荒業を使ったとしても、不都合なことは力ずくで捻り潰せると判断することはある」

「それは……そうでしょうね。ならばやはり、我々は宿を出ましょう。カタリナ侯爵の刺客が忍び込んできて、首尾よくガンチェが捕らえたとしても口を割るとは思えません。しかし私が思うに、カタリナ侯爵という人物は、他人を信用するような者ではありません。エルンスト様を襲う者と、それを見届ける者、幾人かをばらばらに使うとは思えませんか？」

「ふむ。カタリナ侯爵であれば、そうするだろう。もし万が一刺客が失敗したとしても、自らの身に災いが降りかからぬように手を打つだろう。ならば襲撃を見張らせ、失敗したか成功したか、誰よりも早く知ろうとするはずだ」

「そうでしょうね。それも一番安全な場所、多分、自分の屋敷で優雅に報告を待っているはずです」

「……ということは、私らは宿を出たと見せかけて、その実、この宿を見張っていればよいのですね。宿を、というか、宿を見張る奴を見つけて見張る、と」

エルンストとタージェスの会話を黙って聞いていたブレスが口を開いた。タージェスが第一小隊長であるブレスを王都にまで連れてきた理由がエルンストにもわかる。学はないが、非常に聡い者だった。

「そうだ。見張って、そして捕らえる。もしエルンスト様を襲う者がグルード郡地の種族であれば、捕らえたところで口を割らん。カタリナ侯爵は抜け目のない御仁《ごじん》だ。口を割らぬような契約を結んでいるだろうし、グルードの種族が一度取り交わした契約を違《たが》えることは絶対にない」

傭兵として数十年を過ごしたタージェスは、グルード郡地の種族を侮《あなど》ることは決してしなかった。

「だが、見張るためだけに雇う者は別だ。街中で目立たないように、クルベール人である可能性が高い。グルードの種族でなければどのような契約を交わしていたとしても、どれほどの弱みをカタリナ侯爵に握られていたとしても、脅せば必ず口を割る」

タージェスは同族を蔑《さげす》むように鼻で笑った。

「それで……ガンチェならどうする？　この宿で襲撃しようと思ったら、どういう手を使うだろうか」

タージェスは襲撃の方法について考えだした。実戦となるとエルンストにわかることなど何もない。口を閉じ、傭兵として生き抜いてきたタージェスとガンチェの会話を興味深く聞く。

「私なら……やはり、側《そば》にいるこのダンベルト人を排除しますね」

ガンチェはとん、と自分の胸を叩いた。

「まあ、そうだろうな。エルンスト様だけなら、クルベール人でも事は足りる。ダンベルト人の鼻がなければ毒も使える。しかし、ガンチェは側を離れない……。さて、次の手は？」

「この宿ならダイアス人では難しいでしょう。彼らは脚力が強く、飛び跳ねながらの攻撃が得意です。草原や森、そういうところでは威力を発揮しますが、このように狭い空間では難しい。となればやはり、私と同じダンベルト人を使います」

「複数だろうか」

「いえ、ダンベルト人にとってもこの宿はとても狭い。部屋はともかく、廊下と階段が狭すぎます。私がエルンスト様を背にして取っ組み合えば、もうひとりいたところで手出しをするのは無理です。もしダンベルト人を使うならばひとりでしょう」

「ひとりか……」

「あとは、システィーカ郡地の種族でしょうか」

「……そうだな」

「デッキ人、エデータ人、ルクリアス人といったところでしょうか。彼らは狩猟民で、鍛《きた》えれば強い剣士になります。デッキ人は半分職人ですから少し劣りますが、それでも十分傭兵として通用します」

後半はエルンストに説明するようにガンチェは言った。

「ふむ。システィーカの種族は、ガンチェと変わらない大きさではなかったか？」

「身長は変わりませんが体の幅が全然違いますからね。エルンスト様も市場でご覧になったでしょう？　あれはデッキ人でしたが、あの体型は平均的なものですよ」

身長はダンベルト人のガンチェと変わらない二メートルを越えた程度であったが、随分と痩せて見えた。もちろん貧相なのではなく、鍛えられて引き締まった体つきだ。あの体型が平均的だというのなら、この宿でも数人で動くことができるだろう。

「だが、奴らは剣士だ。この宿で剣を振り回すのは自殺行為だ。柱や天井に剣先が当たれば動きが阻まれるし、その間にガンチェに仕留められる。ここで戦うなら短剣を使うだろうな」

「ダンベルト人ならばひとり、システィーカなら数人か……。合わせて来るという可能性はありませんか？　ダンベルト人ひとりとシスティーカ数人で来るという場合です」

ブレスが訊《たず》ねた。

「それは十分考えられる。ダンベルト人がガンチェと組み合い動きを制する。その間に、僅《わず》かな隙を狙ってエルンスト様のもとへシスティーカが走る……」

タージェスの想定に、顎《あご》に手をあてガンチェは考え出した。精悍な眉が寄せられ、赤茶色の目がじっと一点を見ている。深く考え出すとき、ガンチェは体の動きも目の動きも止める癖があった。

「エルンスト様。もし賊が現れたらこの部屋に留まっていてください。私は廊下で排除します。私の体をすり抜けてこの廊下を走れるのはヘル人くらいです。もし短剣や矢を飛ばしたとしても、ヘル人の力ではあの厚い扉を突き抜けることはありません」

ガンチェは背後の扉を指さした。

エルンストは四人の領兵を見ながら、静かに語る。

「もし、無理だと判断したら、ガンチェも、そしてみなも逃げるのだ。私が命を狙われるのは仕方のないことだ。私の生まれが悪いのだ。いや、卑下しているわけではない。私は一般の民より恵まれた状況で成長した。私が当たり前だと信じて疑わなかったことは同時に、私を人より多く、危険に遭わせることでもあった。なれば今回のことも、仕方がないと最期は諦めよう。……だが、みなは絶対に生きていてほしい」

エルンストがそう言うと、ガンチェを含め四人の領兵は椅子を倒して立ち上がった。

「何を仰《おっしゃ》るのですかっ！」

ガンチェの力強い手が、エルンストの手を握り込む。

「エルンスト様がこの世におられないのに、私が生きながらえてどうすると言うのです。私は絶対に、逃げたりなどいたしません。この命が尽きようとも、この部屋の扉の前で立ち塞がり、決して誰も、この部屋に入れたりなどしません」

タージェスらもそうだと言うように強く頷いた。

エルンストは苦笑して立ち上がると、領兵らに頭を下げた。

「すまぬ。つまらぬことを言った。私はみなを信じよう。どれほどの災厄があろうとも、全員でメイセンへと戻り、また、あの貧乏暮らしを続けよう」

そう言うと、ミナハが大きく笑った。

「そうですよ！　この街も賑《にぎ》やかでいいですが、夜が明るすぎて目が痛いくらいです」

「そりゃそうだ。やっぱり蠟燭は、印をつけて使うもんだ」

ブレスの言葉にタージェスが豪快に笑った。

貴重な蠟燭を無駄に消費することを防ぐため、メイセンの領兵舎では蠟燭を購入してまずはじめにすることは、ナイフで削って三つの印を付けることだった。

一日、その印までを灯す。短い一本の蠟燭を三日間保たせるために考えた策だった。

だが、領主の屋敷にある蠟燭には五つの印が付いている。心配性の侍従長がどんどん印を増やしていった結果だった。


街灯の灯りが窓から漏れてくる。ミナハの言うとおり、この街は無駄に明るい。寝台の中、愛してやまない精悍な顔がぼんやりと見えた。

「ガンチェがいなくなっても私には生きよと言うのに……ガンチェは利かん坊だ」

巻き毛に口づけを落とす。柔らかな若草の匂いがした。あの女と同じダンベルト人とは思えない。ガンチェはいつだって、芽生える命の匂いがする。

「私はエルンスト様をお守りするためだけに存在するのです。ですがエルンスト様は、私を愛するためだけに存在する方ではありません。……これは私の自惚《うぬぼ》れではないですよね？　私を愛してくださいますよね？」

抱えた頭をぎゅっと抱き寄せて、変なところで不安に揺れるガンチェを安心させる。

「ありがとうございます……エルンスト様。エルンスト様には大事なお仕事があります。メイセンの民が、エルンスト様のお帰りをお待ちしていますよ。そして、未来のメイセンの民が、エルンスト様のお仕事に期待しているのです。今と、これからのメイセンを守るのはエルンスト様のお仕事ですから、私の寿命に引き摺られてはいけません」

強い目に、エルンストは渋々頷いた。そっと巻き毛を持ち上げ、現れた額に口づける。

何度も何度も話し合ったのに、足を掬われるような不安に襲われる。ガンチェが自らの寿命を口にするたびに、エルンストは泣き叫びたくなるのだ。

誰よりも必要でこんなにも愛しているのに、どうしてふたりの寿命を混ぜて分け合えないのだろう。どうしようもないことを、誰かに願いたかった。エルンストは泣きながらガンチェの顔のあちこちに口づけ、巻き毛にも口づける。

せめて愛しいこの人に一日でも長く生きていてもらうために、ここで死なせるわけにはいかない。

「この宿にはガンチェ以外のダンベルト人も、システイーカ郡地の種族も宿泊してはいない。夜になり、下の食堂が閉まれば、この宿の全ての出入り口は閉じられる。宿には食堂からの入り口と、裏の通用口しかない。裏の通用口は狭く、ダンベルト人が潜《くぐ》り抜けるのは不可能だ。もし相手がダンベルト人であった場合、ダンベルト人は食堂から来る。もし、不審な者が食堂を抜けてこの宿泊者の部屋に通じる階段を上ろうとしたり、通用口を通る者がいれば、鈴を鳴らしてもらうよう宿の主に頼んでみよう」

「鈴、ですか」

「そうだ。ガンチェならば小さな鈴の音でも聞き分けられるだろう？　金を渡せば依頼を受けてくれるはずだ」

「そうですね。それに、あの宿の主は結構エルンスト様を気に入っているようですし」

笑って言うガンチェにエルンストは首を傾げた。

「そうなのか？」

「そうですよ」

理由を訊ねたがガンチェは笑うばかりで、結局教えてはくれなかった。

宿の主はあっさりと依頼を引き受けてくれた。下働きの者たちにも渡しておきましょうと宿の者に鈴を買いに行かせた。

その日の午後、タージェスら三人の領兵は宿を変えた。

できるだけ他に被害を及ぼしたくはなかった。宿には迷惑をかけるが街中で事を起こされるよりはいい。王宮で閉じ込められるようにして生きてきたエルンストだ。十日ばかり宿に閉じ籠《こも》っていたからといって我慢できないことなど何もなかった。

数日間は平穏に過ぎた。ガンチェとふたり、室内に閉じ籠る。エルンストが借りた部屋は宿の最上階を占めていた。

領主としての仕事もなく、領兵としての訓練もなく、ふたりきりでこれほど長い時間を過ごしたのは初めてだった。このような状況下にありながら、エルンストは思わず訪れた幸福な時間を楽しんだ。

ひとつだけ難点があるとすれば、ガンチェとの蜜月を邪魔する者が何度も現れることだった。

宿の食堂は普通の飲食店でもある。当然、宿泊客以外の者も客として訪れる。そのためエルンストは、この店での滞在時間を極力短縮していた。

しかし、意に反していつも、長居することを強要されている。いや、相手は、エルンストがいなくなることを望んでいるのだ。エルンストだけが部屋に戻るように促し、ガンチェとふたりになろうと露骨に求める。その相手とは、以前、市場でガンチェを呼び止めたあのダンベルト人の女だった。

タージェスらが宿を変えたのを見計らったように現れてから後、何が目的なのか日参してくる。相手にしないガンチェを全く意に介さず、食事中いつも同じ卓に座り、エルンストの知らないガンチェの過去を語って聞かせるのだ。相手はいつも女だったとか、どれほど激しく自分が抱かれたか……。

ガンチェは殴ってでも止めさせようとしたのだがそこは同じダンベルト人で、女もその体格からは想像もつかない身軽さでひょいひょいと避ける。避けながらガンチェの怒りを、照れから来る行動だと決めつけていた。

女が吐き出す言葉をエルンストに聞かせたくないのか、ガンチェはそれとなくエルンストを部屋に戻そうとする。だが、こんな女とガンチェをふたりきりにさせて部屋に戻れるはずなどない。ガンチェがやんわりと提案しても頑として聞き入れず、文字どおり、エルンストはふたりの間に居座り続けた。

「頑固な坊やだね。あたしらの会話など、坊やが聞くには早いと思うけどさ」

エルンストの実年齢を承知の上で、女は見かけを嘲《あざけ》る。

「何度言えばわかるんだ。エルンスト様に無礼な口をきくな」

食堂の喧騒の中、押し殺したガンチェの声が響く。

当初、ふたりの大きなダンベルト人の諍《いさか》いを迷惑そうに見ていた宿の主らも、今では好奇心丸出しで目を輝かせている。王都ではダンベルト人だろうがグルード人だろうが珍しくもない。ただ純粋に、三角関係がおもしろいのだ。

「無礼って……。あんたら本当に伴侶なのかい？　なんだか、ガンチェが下男みたいだよ。坊や、伴侶ってのはどういうものかわかっているのかい？　言っとくがね、御貴族様がおもしろ半分にダンベルト人を囲っているようにしか見えないんだけどね」

女が赤い唇をにっと上げて笑う。腰に剣を差した戦士だが、この女は化粧が濃い。エルンストは安物の化粧の匂いで噎《む》せそうになる。

「他人がどう思おうと構わない。要は、私が、どう捉えているかだ」

見上げて言い返すと、女は激しく笑い出した。

「言うねぇ。さすがだ……坊や」

目尻に浮かんだ涙を拭《ぬぐ》いながらそう言うと、女はガンチェの隙をついて身を屈《かが》め、エルンストに耳打ちした。

「ガンチェの太いものをその小さな尻に突っ込んでもらっているんだろう？　……さすが、ケツの穴のでかい坊やだ。肝《きも》が据わっている」

ぶん、と振り下ろされたガンチェの拳《こぶし》をすんでのところで女がかわす。

「何を言った!?」

身を反らし、にやにやと笑う女に向けてガンチェが怒鳴った。

意味ありげに笑い続けるだけで何も言わない女に対し、エルンストはガンチェに引き寄せられたまま口を開いた。

「賛辞だと、受け取っておこう。たとえ肉体関係が伴わなかったとしても、私は誰よりもガンチェを愛している。だが幸いにも、ガンチェの忍耐と慈《いつく》しみによって私たちは愛し合えた。愛しい伴侶と交歓できることを、私はこの上ない幸せだと感謝している」

ガンチェが怒鳴り声を上げたために静まり返った店内に、エルンストの静かな声が響いた。

ダンベルト人の女も、客も、宿の主らも、誰もが息を呑んで動きを止める。時間までも止まったかのような静けさの中、エルンストはゆっくりと椅子から立ち上がると、ガンチェと共に食堂を出ていった。

階段を上っているふたりの耳に、階下で起きた怒涛のような叫び声が届く。あまりの騒がしさにエルンストは足を止め、ガンチェを振り返った。

「何を、騒いでいるのだろうか？」

見上げてそう問うと、ガンチェは困ったように笑みを浮かべて、曖昧《あいまい》に言葉を濁していた。

鈴が鳴ったのは、その翌日の朝だった。

朝食を食べに行こうとしていたときに、ガンチェが言った。鈴が鳴ったと。だが、おかしな鳴り方をしているとも言う。はっきりと報《しら》せるように鳴っているのではなく、どうしようか躊躇《ちゅうちょ》するような鳴らし方だと。

エルンストと顔を見合わせてからガンチェは部屋を出ていった。とにかく、誰かがこの部屋に向かってきている可能性があるのだ。階下の別の部屋の宿泊客を訪ねてきた者かもしれないが、用心するに越したことはない。

エルンストが椅子に腰かけ扉の向こうの気配に意識を集中していると、厚い扉越しに男女の話し声が聞こえてきた。男のほうはガンチェだ。女のほうは、あのダンベルト人の女だ。

女の声を聞き止め、エルンストの細い眉が険しく寄る。

部屋で待っていろというガンチェの言葉を大人しく守っているわけにはいかない。ガンチェとふたりきりにさせるなど絶対に許せない。エルンストは部屋を出て、女に言った。

「何をしている」

女はエルンストを見ると、にっと笑った。

「坊や、ちょいとガンチェを借りるよ」

狭い廊下で大きなダンベルト人がふたり、ひしめき合っているように見える。狭さをこれ幸いにと、女が無駄にガンチェに身を寄せているようにも見えた。

「勝手なことを言うなっ！」

「ガンチェは貸し借りできるようなものではない」

ガンチェとエルンスト、ふたりの声が重なって響く。

「あははっ。あんたら、本当にいいね。こんなに息の合った者同士《よじ》は初めて見たよ」

女が身を捩って笑う。

「一体、お前は何をしに……」

「あたしはね……正直なところ、坊やを結構気に入っているんだよ。だからどうしようか、ほんの少しだけど、まあ、悩んだりしたわけさ。だけどさあ……あたしらは契約違反を犯すことは絶対に許されていないから……悪いね」

女は、丸めた背中を伸ばそうとしているだけにしか見えなかった。だが、だらりと落ちていた手が上がったときには既《すで》に、短剣が握られていた。

下から斬りつけてくるその剣先を、ガンチェは背を反らして躱《かわ》す。女はそんなガンチェの動きまでも計算のうちなのか、硬いブーツの足先がガンチェ目がけて蹴り出された。

「エルンスト様！　部屋にっ！」

ガンチェの足が女の蹴りを止める。エルンストは一瞬躊躇したが、このままここにいてもガンチェの邪魔になるだけだ。

だが、踵《きびす》を返して部屋に戻ろうとしたエルンストの耳に、硝子《ガラス》の割れる音が響く。

開け放した扉の向こう、今までエルンストがいた部屋に大きな人物が飛び込んできたのが見えた。誰だと思う間もなくガンチェの腕が伸びてきて、扉を勢いよく閉めた。片手一本で扉を閉めたまま、左腕と足だけで女に応戦する。どんどんと扉が叩かれ、分厚い木が斬りつけられている音が聞こえた。

「エルンスト様、私の下にいてくださいよ」

部屋に誰がいるのかはわからない。だが人種はわかった。あの影はダイアス人だ。長い尾を持つグルード郡地の種族。強い脚力を誇り、ガンチェ曰《いわ》く草原や森での戦いに秀でている。

この宿の窓は全て、大通りに面していた。市場のある中心地から僅かに外れているとは言え、この大通りは賑やかで人通りが絶えない。

ダイアス人の脚力についてはガンチェも危惧していた。もし万が一、窓から飛び込んでこられたら、そう案じていた。だが派手に事を運びたくないと向こうが思っているならば、目立つことはしないとエルンストが言ったのだ。

扉を押し閉める腕の下からガンチェを窺《うかが》い見た。逞《たくま》しい腕は力任せに扉を押し閉め、二の腕の筋肉が盛り上がっている。エルンストを守るために半身に構え、女と対峙《たいじ》するその目はぎらぎらと金色に輝いていた。女の目も金色で、窓のない蠟燭の灯りだけの暗い廊下で異様に輝いている。

エルンストを守るために動きを制限されている。明らかに不利な条件下のガンチェと戦っているのに、女はどう攻めるべきか迷っているように見えた。自棄《やけ》になったのか、手にした短剣をガンチェに向けて鋭く飛ばす。飛んでくる剣の動きを目で追うこともせず、ガンチェは左手を軽く動かしただけで叩き落とした。

扉を斬りつける音は止まない。扉がいつまでも保つとは思えない。だが、ガンチェに焦りの色は見えなかった。目の色を金色に変えただけで、普段と何も変わらない。

いや、違う。

いつものように、感情を素直に表現した顔ではなかった。ガンチェが表情を完全に消しているのを、エルンストは初めて目にした。

空気がびりびりと震えるのを感じる。ガンチェの強烈な集中力が、エルンストを中心に周囲に延ばされているのがわかった。

「そんなに、その坊やが大事かい」

圧倒的に優勢と思える女が、その顔に焦りを浮かべていた。

「あんたらが冗談じゃなく、伴侶契約とやらで結びついているというのなら、その坊やが死んだところでガンチェには何の不都合もないだろう？　守れなかったとしても契約違反を犯すわけじゃない。違約金を払う必要はないんだからさ」


女が何を言い出したのか、瞬時にはわかりかねた。

「お前は、伴侶契約がどういうものか、わかっていない」

腹の底を震わせるような、ガンチェの低音が暗い廊下に響く。静かなのに、ガンチェの抑えた声は力を持つ。

「伴侶契約には、傭兵契約よりも強い結びつきがある。そこには義務も利得も名誉もない。あるのはただ、互いを愛することのみだ」

女が呆《あき》れたように溜め息を吐く。

「それがどうしたってんだい。愛するだって？　馬鹿馬鹿しい」

「そうとしか思えないお前には、一生理解できん契約だ。俺は、エルンスト様がこの世におられなければ存在する価値もない。エルンスト様を必ずお守りする。この命に代えても、必ず」

ガンチェが僅かに腰を落とす。

「……その格好でどうするつもりさ。向こうのダイアス人だって、いつまでも扉と遊んでいるわけじゃないんだよ。あたしとダイアス人に挟まれ、あんたはどうやって戦うと言うんだよ」

ガンチェの膝に力がこめられるのがわかった。

「勝機が全くないわけじゃない」

「はっ！　……相変わらず、楽天家で自信家だねぇ」

女がおもしろそうに笑ったそのとき、エルンストは強い力で抱き締められ、風の中に放り込まれた。

何が起きたのか全くわからなかった。王宮でおっとりと育ったエルンストは、戦いの場で起きるありとあらゆる動きの速度についていけない。目も、頭もついていけないのだ。

我に返ったとき、エルンストは硝子が散乱する部屋の、寝台の上で座っていた。

部屋の中央でどっしりと立つガンチェの足下にはダイアス人がふたり、転がっていた。ひとりは無血で、あとのひとりは大量の血を流している。

「エルンスト様、申し訳ありません。殺してしまいました」

ガンチェが扉を睨《にら》みながら言った。

ダイアス人のひとりは、体が伏せているのに顔が天を向いていた。もうひとりは腹に大きな穴が空き、臓物が床に散らばっている。

「よい。ガンチェが生きていればよい。それだけで、よい」

エルンストは自分に言い聞かせるように何度も頷いた。ガンチェが無事であること、これ以上の重要事項など何もない。

ガンチェは扉を睨んだまま、くすりと笑った。

厚い扉がゆっくりと開き、ダンベルト人の女が入ってくる。部屋の惨状を見ても眉ひとつ動かさなかった。

「さすがだね、ガンチェ。あたしが見せた一瞬の隙をついて、坊やを抱えて扉の向こうに消えるなんて……。しかもいい判断だ。あの狭い廊下で坊やを守りながら、部屋のダイアス人が飛び出してくるまでにあたしを仕留めるのは無理だが、この部屋にあたしが入ってくるまでにダイアス人を仕留めるのは不可能じゃない」

女の言葉を聞きながら、エルンストは記憶を辿る。

ガンチェは足下に転がる短剣を蹴り上げダンベルト人の女に向けて飛ばした後、エルンストを片腕に抱えて扉を開け、勢いよく部屋に飛び込みながら扉を閉めた。あれは、ダンベルト人の女の動きを一瞬でも遅らせるためだったのか。

そして、突然開いた扉にダイアス人が見せた一瞬の驚きを無駄にせず、ガンチェは鋭く回し蹴り、ダイアス人の首を楽々と捻《ね》じ曲げた。もうひとりのダイアス人が飛び上がり、天井、そして壁を蹴って攻撃を仕掛けてきたが、ガンチェはダイアス人の動きを利用して、腹を打ち抜いたのだ。

この間、ガンチェはエルンストを床に降ろすこともなく、優しい力で抱き上げたままだった。

そして、ガンチェの腕に串刺しにされたダイアス人を蹴り落とし、ひとつ跳びで寝台に近づくと、エルンストを恭《うやうや》しく寝台に乗せ、次の攻撃に備えて部屋の中央へと戻り、扉を睨みつけた。

これらの全てが本当に、一瞬で起こったのだ。エルンストの目も、頭も追いつけない。目でどうにか見られた残像を、頭は流れる動きではなく、絵のように静止したものとして捉えた。

エルンストは改めて、今起きた出来事を思い出し、驚愕と共にほとほと感心した。

ダイアス人は決して弱くはない。グルード郡地の勇敢なる戦士だ。その戦闘能力はダンベルト人にも劣らない。しかしそのダイアス人を、片手を封じたまま、ガンチェはふたり同時に倒してしまった。

ダンベルト人の女と向かい合うガンチェを、エルンストは惚れ惚れと見た。逞しい足でどっしりと立ち、その右腕からは血が滴《したた》り落ちていた。だが、右手を真っ赤に染めるその血は、ガンチェのものではない。腹を打ち抜かれたダイアス人のものだ。

目の前に広がる惨状をおぞましいとは思わなかった。ガンチェの圧倒的な強さに誇らしさしか浮かばない。

「やっぱり、あんたをやらなきゃ坊やには近づけないようだね」

女は腰に差していた大剣を抜いた。ガンチェも同じように抜き、構える。

ダンベルト人が交わす契約がどういうものか、エルンストにもわかっている。無駄だとは知りつつも、エルンストは問いかけた。

「お前は誰に雇われたのだ？　私は、不審な者が宿の階段を上ってきたとき、鈴を鳴らして報せるよう宿の主に依頼してあった。それと同時に、もし鈴を鳴らした後、数分が経過しても私が階段を下りてこないときは、すぐさま軍務府へ行くようにとも言い渡してある」

ガンチェと睨み合いながらも耳はこちらに向けているようだ。エルンストは返事がなくても構わずに続けた。

「今頃は、軍務府の警務官たちがこの宿に向かっているだろう。お前がガンチェを倒し、私を手に掛けたところで、この場から逃げきる時間はない。我が国の王都を守る警務官にはお前と同じダンベルト人も、そしてグルード人も雇われている」

「……だから？」

「お前の雇い主が誰であろうと、その者は決して、お前を助けようとはしない。ならば、このまま逃げたほうが得策ではないのか」

「無理だね。ガンチェと一緒にいるんだから、坊やにもわかっているだろう？　あたしらの契約がどういうものなのか」

グルード郡地の種族が結ぶ雇用契約は固い。どれほど不利な条件で結ばれた契約であろうとも、決して違えることはしない。雇い主を裏切れば同族から狙われることになる。裏切者は彼らにとって、弱いと言われること同様、最も恥ずべきことなのだ。

女の決意は固かった。

「では……ガンチェがお前を生け捕ったところで、お前は決して雇い主の名を口にすることはないのだろうな」

「ないね」

女は即答した。そこには一抹の迷いもない。

エルンストは微かに溜め息をついてガンチェに命じた。知り合って数日とはいえ、見知った者だ。腹も立ったが女が言うように、エルンストもこの女をどこかで気に入っていたのだろう。女が口にする、エルンストの知らないガンチェの姿を、もっと知りたいとも思う。

だが、ガンチェに命じた。平静を装い、静かな声で命じた。

「ガンチェ、その女を殺せ」

「構わないのですか？」

「よい。……その女は強いのだろう？　ガンチェが手加減をして勝つならばよい。だが、無理ならば、殺せ」

タージェスは今、この騒動を察知しているだろう。タージェスならば違わず、自らの仕事をやり遂げる。それは、連絡係である者を捕らえることだ。その者を捕らえたならば、黒幕へと繋がる糸になる。

今ここで、ガンチェを危険に晒《さら》してまで、この女にこだわる必要はない。

ふたりが出す緊迫感でエルンストの肌は切れそうだ

った。

どれほどの時間が過ぎたのか。ふたりのダンベルト人は微動だにせず、まるで彫像のように立っていた。瞬きさえ命取りになるのか、ふたりの体のどこもかしこも動きはしない。

エルンストは固唾を呑んで見守っていた。指先ひとつを動かしても、ふたりが作る完璧な均衡《きんこう》を崩してしまいそうで怖かった。ガンチェが負けるとは思いたくない。だが、この女がガンチェより弱いとも思えないのだ。

硝子が破れた窓から聞こえてくる雑踏に、微かな笛の音が混ざっていた。警務官が吹く笛だ。エルンストがそう思い、ほっと息を吐いた瞬間、女の足が床を蹴ってガンチェに襲いかかった。

ガンチェが普段、メイセンの領兵相手にしていることとはまるっきりのお遊びだったのだと、今更ながらに思う。いくら動きが速いとはいえ、あれは全てクルベール人仕様にしていたのだ。

ガンチェの本当の速さは、これなのだ。本当の強さは、こうなのだ。エルンストは息をすることも忘れて魅入られていた。


女の蹴り出した足をガンチェは腕一本で受け止め、そのまま掬い上げるようにして女の体を投げる。女は片足立ちの不安定な体勢から飛び上がり、天井を蹴り、床を一回転して身を起こす。だが、身構える間を与えず、ガンチェは剣を抜き、横一閃に斬りつけながら飛び出した。

女は上衣を斬られながらも膝をついた状態のまま後ろへ飛び、ガンチェの剣をかわした。そのまま自らの剣を構え、ガンチェの第二手を防ぐ。

笛の音はどんどん近くなってくる。雑踏の中、人々を脇に避けさせるために断続的に吹き鳴らされている笛。この状態の中、もし踏み込んできた警務官がクルベール人ならば、甚大《じんだい》な被害が出るだろう。踏み込んできたのがグルード人ならば宿の損害が大きくなる。

エルンストは、警務官が踏み込んでくる前に、ガンチェが女を捕らえることを願った。

女は壁を背にして立っていた。ガンチェは女から二歩、離れて立つ。互いに剣を構え、睨み合う。だが、ふたりの表情は険しくはない。エルンストから見れば意外に思うほど、無表情だった。その目だけが、ぎらぎらと金色に輝く。

笛の音はエルンストの部屋の真下で止まった。状況を確認しているのか、踏み込んでくる気配は感じられない。もはや逃げ道はない。勝機もないだろうに、女は平然としていた。生まれながらの戦士は、己の終末も平然と受け入れるのか。その剣先は、ガンチェを捉えたまま動かなかった。

睨み合うふたりのダンベルト人の均衡を破ったのは、一本の短剣だった。

開いたままの扉から一本の短剣が、女を目がけて鋭く飛んできた。はっと、女が身をかわした瞬間をガンチェは逃さず、剣を握る女の腕を左手で捉え、壁に押しつけ、膝で蹴り上げへし折った。女の手から落ちた大剣が、鈍い音を立てて床に突き刺さる。

腕を折られてなお、女の闘志は衰えなかった。その目は金色のまま、足を蹴り上げ、ガンチェから離れようとする。

だが、ガンチェはそれを許さない。女の右足甲に自分の大剣を突き刺し、床に縫い留め、空いた右手で腹を打ち、僅かに屈んだ女の首に手刀を落とす。それでも意識を保とうと足掻《あが》く女の腹を、とどめとばかりに膝で蹴り上げた。

がくりと床に落ちる女の体を静かな目で見下ろす。一時とはいえ、かつて愛した者を見る目ではなかった。静かで、冷たい目だった。

「すごいことになっていますね」

タージェスが長閑《のどか》な評を披露しながら入ってきた。手に持っていた太い縄をガンチェに向けて放る。それを片手で受け取ると、気を失ったままの女の体をガンチェは容赦なく縛り上げた。項垂《うなだ》れる顔を片手で持ち上げ、じっくりと意識の有無を確認してから足に刺さった己の剣を引き抜く。

大剣を数回振り下ろして血を払うと、窓に掛けられていた薄手の布を引き裂き、拭って鞘《さや》に収めた。

「知り合いではないのか？」

宿を監視していたタージェスならば、何度も出入りしていた女を見ているだろう。

「そうだな。名は……忘れたが」

ガンチェは関心がないように答え、エルンストのもとへと来ると膝をついて視線を合わせた。

「お怪我はありませんか？」

「それは私の言葉だ。……ガンチェ、怪我は？」

無事を知らせるように、ガンチェはおどけて両手を広げた。

「大丈夫ですよ」

エルンストは震える足で寝台から下り、おずおずと手を伸ばすと茶色の巻き毛に触れた。優しく撫で、大きな頭を抱き寄せる。

「エルンスト様、汚れますよ」

「構わぬ」

ガンチェの流した血でなければ構わない。大きな手が宥《なだ》めるように、エルンストの背を撫でていた。

「あ……ごほん。……私は、下に行って警務官たちと話をつけてきますね。まあ、少しの間でしょうが、おふたりでどうぞ」

タージェスの足音が遠ざかっていくのを、愛しい匂いに包まれたままエルンストは聞いていた。

「恐ろしい思いをさせてしまいましたか？」

「いや……」

「エルンスト様。どうかされましたか？」

ガンチェを抱き締めたまま、頭を振る。

自分でもよくわからなかった。ただ、あの女とガンチェが戦っているのを見て、肝が冷えたのだ。ガンチェは愛した者とでさえ、あれほど冷淡に戦うことができるのかと。

いや、違う。

ガンチェに愛されなくなったとき、あれほど冷淡に捨てられるのかと、怖くなったのだ。

「ガンチェを愛している。私は、この先もずっと、ガンチェを愛している。たとえ……ガンチェが先に逝《い》ったとしても、私は命の限り、いや、死してなお、ガンチェを愛し続ける」

エルンストが何を言い出したのかと不思議そうに見上げる赤茶色の目を見つめながら、エルンストは続けた。

「ガンチェ……。もし私を愛せなくなったら、そのときは言ってくれ。私はとても辛いだろうが、それでも、ガンチェの行く道の邪魔をすることなどないよう、覚悟はしておくから」

返り血に汚れた頬をそっと撫でながら囁くと、赤茶色の目が見開かれ、エルンストを強く抱き締めた。

「何を仰るんですっ！」

いつもは優しく抱き締めてくれる逞しい腕が、エルンストの背骨が軋《きし》み音を立てそうなほど強く、強く抱き締める。

「どうして私が、エルンスト様を愛せなくなることなどあるのでしょうか!? どうして、そんなことを考えられたのです。……やはり、私の戦い方を見られたからでしょうか……？ エルンスト様の目には、おぞましく見えたことでしょうね……」

話しながらだんだんと勢いが削がれ、最後には呟《つぶや》くようにガンチェは言った。

「おぞましいなどと思うはずがない。私はガンチェの強さに安心し、そして誇らしく思ったのだ。だが同時に……恐ろしくなったのだ……」

「私が、ですか……？」

目を伏せ、寂しそうに笑うガンチェの目元に慌てて口づけを落とす。

「違う。ガンチェを恐れたりなどしない。ただ、ガンチェがあの女を倒す様を見て、怖くなったのだ。私はあの女に、自分の末路を重ねたのだ」

「……どういうことですか？」

そっと茶色の巻き毛を撫でる。愛おしくて可愛い年下の伴侶。ガンチェの豊かな感情をも愛している。ガンチェの自由な心と生き方を愛している。

「ガンチェはかつて、あの女を愛していたのだろう？ だが今は、私を愛してくれている。今、私を愛してくれるからこそ、かつて愛したあの女に非情になれたのだろう？ ならば、もしガンチェが、私以上に愛してしまう者ができたとき、私もあの女のように、ガンチェに捨てられるのかと……」

「そんなこと、あるはずがありませんっ！ 私が愛したのはエルンスト様だけです！ 私が初めて、生涯で初めて愛したのは、エルンスト様ただおひとりなのですっ！」

ガンチェの大きな手がエルンストの肩を掴み、必死の形相《ぎょうそう》で訴えてきた。

「しかし、あの女を愛したのだろう？ 一度ではなく、何度も。子ができたと言っていたではないか」

「それは愛などではありません！ あれはただの、性欲処理です。そして、言わば、ただの、繁殖行動ですっ！」

「繁殖行動……？」

ガンチェの口から出てきた、あまりに動物的な表現にエルンストは首を傾げた。

「ええ、そうです！　そこには愛など、ひと欠片もありませんっ！」

ガンチェは断言した言葉を強調するかのように、しっかりと頭を振った。

「言うねぇ……」

突如聞こえた声にふたり揃って顔を上げる。いつの間に正気づいたのか、女が上体を起こして壁に凭《もた》れていた。

「繁殖行動ね……くくくっ。確かに、そうだ。安心しなよ、坊や。あたしらには愛だの恋だのって殊勝《しゅしょう》な感情はあんまりないんだよ」

縛り上げられたまま、体を揺すって笑う。骨が折れているだろうに痛覚を遮断しているのか。女は顔色ひとつ変えることなく、笑っていた。

「そういうことです。私がこの生涯において、心の底から愛しているのはエルンスト様、ただおひとり！」

指を一本ぴっと立て、ガンチェが強く言う。

「そうだよ。あたしらが特定のひとりにこだわることはない。だけど坊やはもう何度も、ガンチェに突っ込んでもらってるんだろう？　そりゃ愛でもなきゃ、やらないよ」

「お前は黙っていろっ！　……え、と……まあ、言葉は汚いのですが、あの女の言ったことは嘘ではありません」

ふたりのダンベルト人に、そうだそうだと言われると、エルンストもそうなのかと思えてくる。ガンチェが初めて愛したのは、本当に自分なのではないのかと。

じっと、ガンチェを見つめた。エルンストが初めて愛したのも、ガンチェだ。互いに、初めて愛した者同士なのか。

エルンストは柄《がら》にもなく頬が上気するのを感じた。

恥ずかしいというか、照れるというか。なんだかよくわからない感情が沸き起こる。嬉しいのに、心がどこかむず痒い。

照れくささを押し隠すようにガンチェの精悍な顔を両手で挟み込むと、大きな口に勢いよく口づけた。唇を割って舌先を差し込むと、すぐさま吸い込まれるように迎え入れられ、厚い舌に搦《から》め捕《と》られる。

与えられる舌技に必死についていくエルンストの耳に、女の呆れた声が届いた。

「その辺にしときなよ。警務官のみなさん方が入ってこられないだろう？」

口を離しても名残惜しくてガンチェと抱き合ったまま顔を上げると、おずおずと部屋に入ってきた警務官たちと目が合う。

十数人入ってきた警務官のうち、どの者が職務経験が長いのか、一目瞭然だった。照れたように目を泳がせている者がそうで、無残な死体を見るなり口を押さえて慌てて出ていくのが経験の浅い者だ。中間に位置する者たちは青い顔をしたまま、壁に手をつき、耐えている。腹を押さえ、目を閉じる者もいた。

様々な反応を見せる警務官の間を通り抜け、タージェスが悠然と歩いてきた。

「よくこの惨状でふたりの世界を築けますよね。感心します」

そう言い、慇懃《いんぎん》に敬礼を行った。


「軍務府に渡していいのですか?」

部屋の惨状を見たくないと、ブレスとミナハは食堂にいた。曲がりなりにも兵士でそれはどうかと思うのだが、これればかりは一朝一夕に鍛えられるものでもない。

反対に、王宮で真綿にくるまれるようにして育ったエルンストが顔色ひとつ変えず部屋に留まり、警務官の質問に答えていたことにタージェスは驚いていた。

「あの女は何をされても話さない。そういう契約になっているようだ」

女は軍務府に連れていかれたが、最後までふてぶてしい笑みを浮かべていた。

警務官にはダンベルト人もいた。実際に尋問するのは彼らではないだろうが、言わないと決めたダンベルト人に対して、たとえ命を奪うほどの拷問を加えたところで決して口を割らないことはわかっているだろう。

軍務府が無駄な努力を続けなければよいがとエルンストは思った。

エルンストが口添えをしたとはいえ、今の自分の立場がただの貴族であるということは、エルンスト自身が一番よくわかっている。周りが思うほど、権力のある立場ではないのだ。

「王都の治安に関しては軍務府に権限がある。あの女に聞きたいこともあるが、軍務府に引き渡さず留めておけるほどの力は私にはない。それに、みながよく動いてくれたおかげで、あの女にこだわる必要もなくなった」

ブレスとミナハを見上げてそう言うと、ふたりとも照れたような、それでいて誇らしげな笑みを浮かべた。

「エルンスト様、準備が整いました」

タージェスが何気ない様子で食堂に入ってきて、エルンストに耳打ちした。

エルンストは小さく頷くと椅子から立ち、タージェスの後ろをついていく。

元老院に呼び出されているのは明日の午後だ。どのような結論が出たのかはわからないが、これ以上余計な手を出されないよう、今夜中に始末をつける。


馬車に揺られ、夜も更けた中央通りを行く。王都に完全な闇は訪れないのか。街灯が灯され、人通りの絶えた道を照らしていた。

蠟燭も油も高いだろうに。ふとそんなことを思い、苦笑する。全ての無駄に目がいく。多くの物を金で算段してしまう。どうやら自分は、メイセンの水に頭まで浸かってしまったようだ。


エルンストの前にはタージェスとブレスがいた。馬車はミナハが操り、ガンチェは馬で馬車の横につけていた。

タージェスとブレスに挟まれ項垂れた男の顔を見る。顔が青ざめていた。武を扱う者には見えない。ひょろひょろと背が高いだけで筋肉を感じられない体つきだ。

名を、クメガと言った。タージェスが握り拳を見せただけであっさりと自分の名を口にした。

王都を出て隣の領地へと入り、僅かに進んだところに大きな屋敷がある。聳《そび》え立つ、と言ってもいいほどの縦に高い屋敷だ。

エルンストの馬車は屋敷の手前、荘厳な通用門で止められた。一介の貴族の屋敷に通用門とは大層な、そう思いながらミナハと門番の交渉を聞いていた。

なかなか進まない話に苛立ち、タージェスが馬車から降りようとする。エルンストはそれを止め、一案を授《さず》けた。

タージェスはにやりと笑って降りると、時を経ずに戻ってくる。

「仰るとおり、こいつの名を出したらすぐに通してくれましたよ」

クメガをこつんと小突いた。

通用門を通り、屋敷の前まで進みながらクメガの様子を見ていた。怯えてはいるが、だんだんと顔に血の気が戻ってきている。どうやら、自分の主人がどうにかしてくれると信じているようだ。

門番に名を出させたのは、クメガの立ち位置を測るためでもあった。

門番がクメガの名を知らなければ、この者は今回限り、契約を結んだ者だ。だが、門番がクメガの名に反応したということは、以前からこの屋敷の主、カタリナ侯爵に雇われている者となる。それも、立場がかなり上だと思われた。それは、門番がすぐさま通したことからでもわかる。

時間がないため、クメガからは多くのことは聞き出していない。勝手に話したカタリナ侯爵の名と、本人の名くらいだ。

だが、それで十分だった。

夜も遅いというのに侍従長が出迎えた。客間に通され、豪奢な椅子に腰かける。

クメガは侍従長に差し出した。ここまでの案内でクメガの仕事は終わりだ。侍従や侍女たちが茶菓の用意をして出ていく。

メイセンの面々だけになってから、タージェスやブレスも椅子に座った。驚いたことに、ガンチェの体が収まる椅子まで用意されていた。随分と前にエルンストの来訪を察知し、準備をしていたと思われる。

「カタリナ侯爵も覚悟を決めたようだな」

エルンストがぽつりと言うと、緊張した面持ちでタージェスが頷いた。

「どうなさるおつもりですか？」

「どうもしない。これ以上、私に危害を加えるつもりなら容赦はしないと伝えるだけだ。ついでに、このような領地にも屋敷にも、全く興味はないと……」

エルンストは客間の天井を見た。

壁にも天井にも豪華な壁布が使われていた。薄く織った絹には繊細な装飾が施され、微かに揺れる蠟燭の灯りで色合いが微妙に変わる。リュクス蜘蛛が吐き出す極上の絹糸が使われているようだ。

通常の蚕《かいこ》ではなく、リュクス蜘蛛が吐き出す糸は細く強く、煌《きら》めく黄金色である。廊下にも同じような壁布が使われていた。カタリナ侯爵は非常に裕福だということを、この屋敷が教えていた。

これほどの富を一度でも手にすれば、なかなか手放せるものではないだろう。

「……私はやはり、メイセンがいい。蠟燭に印が付いていようと、騎馬隊用の馬が二頭しかいなかろうと、領兵らは軍事訓練より耕作時間のほうが長かろうと、メイセンの清貧のほうがこの屋敷より、何倍も潔《いさぎよ》く美しい」

つらつらと思いを言い連ねると、領兵らは深夜には似つかわしくない賑やかさで笑った。


一杯分の茶を飲むだけの時間を過ごしていると、扉を叩く微かな音の後、エルンストを迎えた侍従長が入ってきた。

「お待たせいたしました。主《あるじ》が会うと申しております。どうぞ、こちらへ」

エルンストと共にタージェスらも立とうとすると、侍従長はそれを制した。

「申し訳ありませんが、メイセン御領主様のみをご案内するように申し付けられています」

「承知した。我が領兵らはここで待たせてもらおう。だがこれは、私の伴侶だ。共にまいる」

「ですが……」

「疑うようですまないが、私はカタリナ侯爵を信用してはいない。それに、伴侶を伴うことに何の不都合があろうか。それでもなお、私ひとりでなければ会わぬと申すのならば、私もカタリナ侯爵と会うことはできない。今日、この場で話を終えるか、後に災いを残すか。どちらに利益があるのかよく考えられよ」

初老の侍従長は言葉に詰まり動きを止めたが、それも一瞬のことで、すぐに平静を取り戻すと頷いた。

「では、御伴侶様もどうぞ、こちらへ」


長い廊下を進む。高さはともかく、屋敷の広さだけならメイセンの屋敷のほうが遥かに広い。だが、調度品の豪華さたるや足下にも及ばない。侍従長はまるで、カタリナ侯爵の威光を見せつけるかのように、ゆっくりと廊下を進む。

王宮から外を知ることもなくこの屋敷に来たならば、

ただ素直に圧倒されたことだろう。王宮でも、たかが廊下をこれほどまでの品で飾ることはできない。だがメイセンの領主として、半年以上を民と共に乗り越えた身としては、目に映る全ての品は無駄にしか思えない。そもそも、誰も生活をしていない廊下を飾りたてて何になろう。

壺のひとつ、鎧《よろい》のひとつを見て思う。これひとつ売れば、どれほどの民が食べていけるのかと。

この領地にはクルベール病の者はいない。クルベール病となった領民の戸籍を抹消し、僅かな金を付けて他領地へと押しつけているのだ。そこまでして貧乏病と言われる民を追い出したいのか。そこまでして、富を誇張したいのか。

この屋敷の廊下に窓はなかった。煌々《こうこう》と照らされた蠟燭の灯りにもエルンストは無駄を感じる。

皇太子殿下などとトーデアプスは未だにエルンストを祭り上げてくれるが、何とも吝嗇家《りんしょくか》の皇太子殿下もいたものだ。エルンストは心中で苦笑する。

しかし、王宮にいた頃よりもよほど、今の自分が好きだった。

豪華に彫刻を施された扉は、見上げるほどに大きい。メイセンもそうだが、この屋敷も天井が高い。この屋敷は特に、横に広げることができなかったためか、上に嵩《かさ》を増している。

扉を挟みグルード人が立っていた。ふたりのグルード人はダンベルト人のガンチェよりも大きい。その体は獣毛に覆われ、少し背を丸めた筋肉質な姿。たしか、グルード人の別名は熊だと、いつだったかガンチェが言っていた。

重いだろう扉を、グルード人が軽々と開く。カタリナ侯爵を守るためだけにここに立っているのか。戦闘種族としては退屈だろうと他人事ながら案じた。

ふたりのグルード人の間を通るとき、その両足に鉄の鎖が付けられているのが目に入った。怪力を誇るグルード人の、どれほどの枷《かせ》となっているのかわからないが、重そうな鉄の枷である。

グルード郡地の種族は外見からは想像もつかないほど、高い文書能力がある。シェル郡地の種族とは違った意味で契約社会を生きる者たちだ。傭兵として不利な契約を交わさぬよう、読解力と契約交渉術を叩き込まれるらしい。

その彼らをもってしても、不利な契約を結ばされたのか。ふたりのグルード人の足に付けられた鉄の枷が鈍《にぶ》く光る。

退屈な仕事の上、あまりに不名誉な扱い方。それでも契約を守ろうとする高潔な精神。

そんな彼らを信じることができず、重い枷をつけたのか。

廊下以上の明るさが、開かれた扉の向こうから雪崩れ込んできた。一体どれほどの蠟燭を使っているのか。最高級品だろう蠟燭は煙を全く吐き出さず、強い光りだけを灯している。鏡が随所に使われ、より一層、明るさを増していた。

広く、豪奢な部屋の奥に、カタリナ侯爵は玉座のように高い台座の豪華な椅子に、どっしりと腰かけていた。

元老院で見たような、地味な衣装ではない。豪華な衣装を身に纏《まと》っている。繊細な刺繡《ししゅう》が全体に施され、金糸も銀糸も惜しみなく使われている。蠟燭に照らされきらきらと輝く様子からは刺繡だけではなく、宝石類も縫い付けられているようだ。上衣も下衣も、上に重ねた上着も、全てが刺繡と宝石に覆われている。生地自体はリュクス蜘蛛の金布か。

神経質そうな目をした男を、必死で掻き集めた富が覆い尽くそうとしていた。

部屋の中央に進み出て、エルンストはじっと、カタリナ侯爵の目を見る。カタリナ侯爵は一段高い所に置かれた椅子に座ったまま、エルンストを見下ろしていた。

だが、元皇太子を、椅子に座ったまま見下ろす優越感に浸っているようでもない。その目はエルンストの視線に耐えかね、彷徨《さまよ》い始める。

頰杖をついて泰然《たいぜん》と構えているように見せかけてはいるが、頰に触れる皺《しわ》だらけの細い指が細かく震え、乾いた額に汗が滲《にじ》んできたのをエルンストは見逃さなかった。

「腰かけよ」

震える声で、それでも命じる。エルンストはゆっくりと椅子に腰かけ、足を組み、顎を軽く上げて見上げた。

ガンチェの椅子までは用意されていなかった。これ幸いと、ガンチェはエルンストの背後にぴたりと控える。

「さて、夜分遅く、我が家に何用か」

これほど我が家の呼称が似つかわしくない家もないだろう。屋敷中の豪華な品々が集められでもしたかのように、広い部屋の中の調度品は統一性がなく、雑然とした印象を与えた。

「私の用件は重々承知であろう」

エルンストは血に濡れた衣装のままで来た。警務官の対応に多くの時間を費《つい》やしたためだ。こういうとき、優秀な侍従が欲しいと思う。メイセンでは全てにおいて、領主自らが対処しなければならないことが多すぎる。

しかし、とカタリナ侯爵の様子を再びじっくりと観察する。

この衣装のまま来て、正解だったようだ。薄い緑色の衣装を、どす黒く変色した赤が染めている。血を見慣れぬ者ならば目を背けたくなる光景だろう。クルベール人の青い血と違い、ダイアス人の赤い血は禍々《まがまが》しさも感じる。カタリナ侯爵の顔は血の気をなくしていた。

「私が……何を、承知していると？　……お言葉ではあるが、私は、なぜ貴方《あなた》がここにいるのか、皆目《かいもく》、見当もつきませんが……」

言葉に切れがなくなり、高圧的な気配も消えている。エルンストを下に置こうと椅子の位置から衣装、言葉遣いにまで気を配っていただろうに、全てが無駄になろうとしていた。

「クメガという者に心当たりはないだろうか」

「それは、私の家の使用人ですが……それが、何か？」

「ふむ。……ああ、このような形ですまない。私は先ほど、賊に襲われたのだ」

「それは……何と……。それで、お怪我などは？」

「心配は無用だ。私の伴侶は誰よりも強い。賊は三人いたが、ふたりまでを殺し、ひとりは今、警務官に預けている」

「それは、何よりでございます。ですが、それと、私に、何の関係が……」

大分、落ち着いてきたか。

父の代にはどこにでもいる一貴族であった。侯爵の爵位を持ってはいたが、領地はスミナーカ領の隣地ミセウス領であり、突出して裕福だと言えるような土地ではなかった。カタリナ侯爵がここまで台頭してきたきっかけはやはり、このスミナーカ領を仮に治めたことにある。

　スミナーカ領を王の子供に治めさせようとする行政官府や元老院をのらりくらりとかわし、今にいたるまで居座り続けている。その上、いつの間にか元老院に名を連ね、その息子までをも元老院に潜《もぐ》り込ませている。おまけに娘を国王に差し出し、今では皇太子の祖父になった。

　運と才覚と面《つら》の皮の厚さでここまで上り詰めた老猾《ろうかい》な男の姿が、今、エルンストの目の前にあった。

「全く関係はないと申すのか。私が賊に襲われていた最中、近くにいたそなたの使用人であるクメガを、私の領兵が捕らえたのだが」

「それはただの偶然でしょう。確かにクメガには私が用を申し付け、使いに出しておりました。ですが、あの者は好奇心が強く、お宿の騒ぎを聞きつけ、物見高く見ておっただけでしょう」

　カタリナ侯爵の言葉に、エルンストは隠すことなく溜め息を吐いた。

「……どうかなされましたか……？」

「ふむ。……そなたは何故、私が宿で襲われたと知っているのだろうか」

　静かに問いかけたエルンストに、カタリナ侯爵は見る間に震え出す。

「私は賊に襲われたと言っただけで、宿で襲われたとはひと言も言ってはいない。そなた、誰に聞いたのだ？」

「え……あ……あの……ク、クメガに……そう！　クメガに聞いたのだっ！」

　うまく切り抜けたな。エルンストはふっと笑って続けた。

「そうか、クメガに聞いたか。なるほど、好奇心旺盛な者ならば、楽しそうに話したであろうな。なかなか闊達《かったつ》でよい者だ。私にも、色々と語ってくれた。……よい使用人を持っておるな」

「そ、それは……どうも……」

　せっかく落ち着いていたのに、カタリナ侯爵は苛々と足を踏み鳴らし始めた。

　神経質で他人を信用できず、底が浅く見栄を張る。忍耐もなく苛々とした感情を容赦なく他人にぶつける。一度手に入れたものにしがみつき、他人に分け与えることができない。

エルンストは静かに観察を続けた。

他人を信用できないというのなら、手はある。

「ところで……先ほども言ったが、我が伴侶はとても強い。賊のひとりを生け捕ったのだからな。その賊は我が伴侶と同じ、ダンベルト人の女であった。この者は偶然にも、我が伴侶の知人であり、私も襲われるまでは何度も食事を共にしている。知己《ちき》と剣を交えなければならなかった伴侶の心情を思えば心苦しいが、この女の命を奪わずに済み、私はとても安堵しているのだ」

ガンチェはひと言も口にしない。エルンストの後ろで彫像のようにどっしりと立っているのだろう。

背後の存在に心強さを感じつつ、話を続ける。

「今この女は、警務官に連れられ軍務府で拘留されている。警務官は色々と、聞きたいことがあるのだそうだ。誰に雇われたのか、その者と交わした契約書はどこにあるのか。……さて、この女のことだが、そなた、何か心当たりはないだろうか？」

「あ……ありません……」

「そうか。まあ、そうであろうな。一介のダンベルト人のことなど、元老であるそなたが知ろうはずもない。いや、夜分遅く失礼した」

エルンストは椅子からすっくと立つ。

「私はこれから軍務府へと赴き、この女と面会してこよう。金で雇われる彼らのことだ。私がそれ以上の金を出せば話しやすくもなるだろう。金で契約を交わしただけの相手を庇《かば》うこともあるまい」

エルンストはそう言うと踵を返した。背後で派手な音を立て、カタリナ侯爵が椅子から立ち上がる。

「あ……ま、待たれよ！　金と申されるが貴方に、奴らに払われる契約金以上の金を用意できるのか!?」

枯れ枝のような手をエルンストに伸ばし、指を突きつけた。

エルンストを指で指し示した者など過去にいない。無礼だと思うより先に、カタリナ侯爵が激しく狼狽《ろうばい》を始めたことを覚《さと》る。

「金……とな。ふむ。幸いにも、王宮を出る際に渡された金が手元に残っている。それに我が伴侶も、長らく傭兵をしていた。ダンベルト人がいくらで雇われているのか、相場は熟知している。伴侶の弁によれば、私が持っている金で女を懐柔《かいじゅう》することは容易《たやす》いそうだ」

王宮から持ち出した金の多くは使ってしまっている。離宮からメイセンへの移動で、そして、領民を集めてのあの協議で。残っていた僅かな金も、今回の旅で大半が消えた。

しかし、エルンストの懐《ふところ》事情など知る由《よし》もないカタリナ侯爵の狼狽は、エルンストの言葉でより一層、激しくなった。

エルンストは老人の狼狽《うろた》えぶりを無様《ぶざま》だと思った。契約書を交わしただろうに、その文面を自らも熟知しているだろうに、なぜ、自分が雇った者を信じ抜いてやらないのか。

グルードの種族にとって契約書がどういうものか、カタリナ侯爵は全く理解していなかった。扉を守るグルード人にわざわざ鉄の枷を付けなければ側近くに置けないように、この部屋に自分以外の者を同席させずエルンストと対峙したように、カタリナ侯爵は誰も、信用してはいなかった。

「ま、待たれよ。このような時間に軍務府に行かれたところで、誰も働いてはおらぬだろう！」

「王都を守る警務官は交代制で一日中働いている。もちろん、深夜も誰かはいるのだ」

「そ……そうですか……。いや、しかし……それほど急ぐことでしょうか？　明日には元老院の結論が出ます。その後でもよろしいのでは……？」

「いや、これは元老院の結論とは全く関係のないことだ。それに、私が軍務府に行くのを遅らせている間に、拷問などが行われていては取り返しがつかない。女に無用な苦痛を与えてしまうことになるだろう。ああ、こうしてはおられぬ。では、失礼する」

「待たれよっ！」

カタリナ侯爵は、高座から数段の段差を駆け下りようとして長い上着に足をとられる。転ばぬようにと脇の大きな壺に手をかけたが、空の壺は支えきれずにカタリナ侯爵もろとも床に転がった。

「どうしたのだ。何をそれほど、慌てている」

床に蹲《うずくま》る老人を哀れと思ったが、不用意に近寄ることはしない。

「私の思い違いでなければそなたは、私がダンベルト人の女と再会することを、喜んではいないように見えるが……？」

カタリナ侯爵の波打つ心にひとつの小石を投げ入れる。

これ以上、腹の探り合いをしたところで時間を無駄にするだけだ。これほど狼狽を見せた後では誤魔化《ごまか》しきれないこともわかっているだろう。あとは、カタリナ侯爵が腹を据えるのを待つだけだった。

倒した壺はそのままに、カタリナ侯爵がゆっくりと立ち上がる。汚れてもいない裾を払い、静かにエルンストを見返してきた。

どうやら、諦めたようだ。これでようやく交渉に入れる。

エルンストは椅子に歩み寄ると、何事もなかったかのように腰かけた。

「この屋敷はとても立派なのだろうが、あまり長居したい心境にはなれない。単刀直入に、話を進めたい」

意外としっかりとした足取りで段差を上り、豪華な椅子にカタリナ侯爵が座る。詰めていた息を押し出すように吐くと、飄《ひょう》々《ひょう》と言った。

「ほう、居心地が悪いと仰いますか。悪趣味で申し訳ない」

「清貧に慣れているものでな」

エルンストも平然と返し、ふたりで笑んだ。

「ダンベルト人の女、そなたが雇ったのだな」

「金が唸《うな》るほどありましてな。ダンベルト人に限らず、色々と雇っておりますよ」

「ダンベルト人にダイアス人、それで私を襲わせたのか」

「どうだったでしょうなぁ。年のせいか、最近、記憶が怪しくて……」

「契約を結んでおれば書面で残っているだろう。案ずることはない」

余裕を見せていたカタリナ侯爵が言葉に詰まる。

「そなたが私を殺したいと願うのも無理はない。私の過去を見れば誰もが、このスミナーカ領を治めるのに相応《ふさわ》しい者だと判断するだろうからな」

エルンストは前触れもなく核心をつく。カタリナ侯爵の顔から、一瞬で血の気が引いた。

「……それほどスミナーカ領が惜しいか。私に害を与えるのも致し方ないと思うほど、この領地が愛しいか」

詰問《きつもん》でもなく、ただ静かに問いかける。だが言葉を失っているのか、カタリナ侯爵の返答はなかった。

「私は、元とはいえ、皇太子の位にあった者だ。過去の身分を振りかざすつもりはないが、かつて王族であった私の命を奪うことに躊躇せぬほどこの領地に固執する、そなたの真意を知りたい」

　カタリナ侯爵が語るまで、エルンストは待つと決めた。他人の真意を憶測で話したところで意味はない。それが真実であろうとも、当人が認めなければ意味はないのだ。

「私は……このスミナーカ領を手放すことは、絶対にしない！」

　俯《うつむ》いたまま、嗄《しゃが》れた声が呟いた。

「スミナーカ領は、私がここまで発展させたのだ！　今更、王の子などに渡してなるものかっ！　王の子など、生まれながらの恵まれた身分に安穏と座るだけだろう!?　この領地を見てみるがいい！　百三十年前、私が領主となった頃は、これほどの発展を見せてはいなかった。百三十年かけて、私が！　発展させたのだっ！」

　拳を握り、どんどんと肘掛けに叩きつける。

　百三十年前、スミナーカ領には農民がいた。カタリナ侯爵が領主となり、農民を追い出した。生まれながらの領地を出ることは許されない農民を、その戸籍を改竄《かいざん》してまで追い出したのだ。そして、空いた土地に市場を作り、商人と職人を迎え、流通税を課した。

　王都では、出回る品物の管理が厳しい。純度の低い黄金を金と言って売ってはならず、光の鈍い石は宝石と称してはならない。

　だがスミナーカ領では、商人が言う言葉のままに商品を売り買いすることを許した。王都で商売ができない怪しい商人たちはスミナーカ領へと集まり、スミナーカ領特有の流通税なるものを支払い、商売をした。

　発展と言ってもそれは、輝かしいものでは決してなかった。

「確かに、スミナーカ領はよく栄えている。そなたの屋敷を見てみれば、この領地がどれほどの富をもたらすか、わかるというものだ」

　カタリナ侯爵はエルンストを射殺しそうな目で睨んできた。

「だが、それでも、私はメイセンを選ぶ。そなたが百三十年を費やして発展させたこのスミナーカ領を愛しいと言うように、私は、我が領地であるメイセンが、メイセンの民が愛おしいのだ」

　自分のものではないものにしがみついて生きてきた。それは疑心に満ちた道だっただろう。エルンストの言葉を全く信じていない目で睨み続けていた。

「そなたが信じられないというのもわかる。いや、誰であろうとも、あのメイセンの領主でい続けたいという、私の言葉を信じないだろう。だが私は、メイセンがよいのだ」

　カタリナ侯爵は身を乗り出してエルンストを睨み続けていた。

　駄目か、と思う。

　欲にしがみつく者は、欲を捨てる者を理解できない。その逆もまた然《しか》り。エルンストが、スミナーカ領地にこだわるカタリナ侯爵を心で理解できないように、メイセンという最貧地がいいと考えるエルンストの心中を、カタリナ侯爵が真に理解することも不可能だった。

　エルンストが真意を語ったところで、相手の常識に全く当てはまらない内容であれば、どれほど言葉を尽くそうとも、信じられることはないのだ。

　エルンストは軽く溜め息を吐いて、戦法を変えた。

「それに、私はこのスミナーカ領の領主には絶対になりたくないのだ。なぜならば、ここは王都に近く、私の行動、言動、身の振り方に口を出そうとする者が多すぎる」

　言葉の真意を測るように、カタリナ侯爵は目を眇《すが》めた。

「私は、我が伴侶を深く愛している。だが、我が伴侶は見てのとおりダンベルト人で、貴族でもなければクルベール人でもない。私の伴侶が他種族であるということに、いい顔をしない者は多いのであろう？」

　元老であるカタリナ侯爵であればエルンストの伴侶について、国の中央部でどのように取り沙汰されているか十分に知っているはずだ。

　元皇太子の伴侶がダンベルト人というのは、決して歓迎されることではない。エルンストにもそれはよくわかっている。だからこそ、誰かに邪魔をされる前にさっさと契約を結んだのだ。幾重にも言葉を重ね、誰も覆《くつがえ》すことができぬように、固く固く結んだ伴侶契約。それをより一層強固なものにするためにも、王都からできるだけ離れた場所にいたい。

　エルンストはそう、言外に含ませた。

「た……確かに、このスミナーカ領におられたら、色々と不便なことになるかと思いますが……。その……貴方は本当に、その者を愛しておられるのでしょうか……？」

　メイセンに執着することは理解できないというのに、

色恋沙汰には素直に反応を示す。人は、単純な構図のほうがすんなりと心に響くらしい。

エルンストは内心で笑うと、背後に立つガンチェを手招きした。

大きな体を屈め、エルンストに近づくガンチェの首に手をかけて引き寄せ、大きな唇に吸いつく。深く、浅く口づけを交わした。離れていくガンチェを追いかけて二度、三度、啄《ついば》むように口づける。

「私が、生まれて初めて愛した人だ。愛おしい伴侶を手放すことなど決してしない。誰に何を言われようと、この者から離れることはない。……スミナーカ領を愛してやまぬそなたならば、私のこの想い、理解してもらえるのではないか……？」

うっとりとガンチェを見つめた後、カタリナ侯爵に視線を戻す。

濃厚な愛を見せつけられ、皺だらけの顔を上気させていた。所在なげに視線を彷徨わせた後、カタリナ侯爵が何度も頷く。

「ええ、ええ、わかりますとも。そうですね。貴方様は、メイセンにおられるほうがよい。こんな所ではいけません。口煩《うるさ》い者共がお節介を焼きますからな」

「そうか。元老院で力を持つそなたの賛同を得られ、私は大変心強い。感謝しよう」

「全て、私にお任せください。貴方様と御伴侶様が末永くお幸せに暮らせますよう、尽力いたしましょう。他にも何か、ご不便なことなどございましたら何なりとお申し付けください。ああ、そうですね。よろしければ我が家にご滞在ください。このように悪趣味で落ち着かないこととは思いますが、お宿は大変なことになっていると聞き及んでおります」

一気に相好《そうごう》を崩すカタリナ侯爵の顔に、エルンストは内心で苦笑した。

だが、滞在の申し出はありがたい。確かに今まで逗留していた宿の、エルンストが使用していた最上階の部屋は入室禁止だと言われ、警務官に追い出されてしまったのだ。

先ほどのエルンストの言葉を皮肉るように言ってきたがさらりとかわし、申し出を受け入れる。

「ふむ。それは、ありがたい。元老院の結論が言い渡されるのは明日……いや、もう今日だな。今日の、午後だと聞いている。どういう結論が下されるかわからないが……」

「ご安心ください。確約はできかねますが、私は貴方様のご提案に賛同いたしましょう。いや、確かに、あの場所はそのままにしておくには非常に危険です。かつて皇太子殿下の位にあられた方の御領地をお守りするのに、あのような不便な道にしておいてはなりません」

力強く言い切るが、カタリナ侯爵がリンツ谷を見知っているとは到底思えない。

だが、エルンストは笑って頷いた。

「それは心強い。重ね重ね、感謝しよう。元老院が整備執行の決断を下したならば、私はすぐにでも国王陛下の御判断を仰ぐつもりだ。そして、国王陛下が御決断くだされればその吉報を持って、メイセンへと帰還しよう。……長くても二日、すまないがこちらで世話になってもよいだろうか」

「ええ、ええ、もちろんでございますとも！　どうぞ、このようなあばら家ではございますが、ごゆっくりとご滞在ください」

これほど豪華なあばら屋があったとしたならば、メイセンの領民の家は何と表現すべきなのか。

「……ああ、そうであった」

立ち去り際、ふと思いついたようにエルンストは足を止めた。

「厚かましいことを承知で、ひとつ、そなたに頼みたいのだが……？」

「は……何でございましょう？」

カタリナ侯爵が警戒するような目を向けてきた。

「ふむ。私が今まで滞在していた宿なのだが、不慮の事故により損害が出ている。修繕費を出してやりたいのだが……」

「ああ！　そのようなことでございましたか！　ええ、もちろんでございます。私めにお命じくださって結構でございます。明日にでも人をやり、十分な修繕費を出してやりましょう」

「それは非常に心強いな。私は安心して我が領地へと帰還することができる。不躾《ぶしつけ》を承知でこのような深夜に来てしまったが、いや、非常に有意義であった」


客間がそのまま一行が滞在する部屋となった。

カタリナ侯爵はもっと豪華な部屋を用意しようとし

たし、領兵らとは別にしようともしていたが、エルンストが辞退した。これ以上、世話をかけてはならないと。

だが本音は、もちろん違う。エルンストは心底ではカタリナ侯爵を信用してはいない。エルンストと離れたことにより、領兵らに危害が加えられないとも限らない。

この屋敷ではエルンストより、タージェスら領兵のほうが危難に遭う可能性が高いと判断した。

「よく、そう話が変わったものですね……」

カタリナ侯爵の申し出を聞き、ブレスが信じられないというように呟いた。

「一体どのあたりからカタリナ侯爵が考えを変えたのか、私にはさっぱりわかりませんでした。気づいたら、元老院での口添えから宿の修繕費まで出すことになっていましたよ」

「……俺は想像できるぞ。リンツ領主を軽々と手玉に取られたのを見ていますからね……」

タージェスがワインを飲みながらぼそりと言うと、ガンチェが感心したような目を向けてきた。

「む……。手玉になどと、人聞きの悪い。私はただ、背中を少し、押しただけだ」

「いえ、非難しているわけではありません。いや、エルンスト様の人心掌握《じんしんしょうあく》術は大変素晴らしい。御領主様がエルンスト様であられれば、我らメイセンの未来も明るいというものです」

タージェスが立ち上がってグラスを掲げると、ブレスやミナハ、ガンチェまでもがおもしろがって同調した。

エルンストは椅子に座ったまま苦笑を浮かべ、軽くグラスを上げて応じた。

装飾の施された大きな窓からは朝日が差し込んできていた。眠るには遅すぎる。それに、感情が高ぶって眠れそうにもない。エルンストは、このまま起きていようと思った。

今日は、元老院の結論を受け取ったその足で、王宮へと向かう算段だ。そのつもりで衣装を選ぶ。かつて、王宮で誂《あつら》えた衣装だった。

シルース国からの使節団を、国王に代わって迎えたときに着ていた衣装。皇太子宮を出るときには二度と袖を通すことはないと思っていた。無駄になるだろうと、置いていこうとさえ思った。それを、何かの役には立つでしょうと持たせたのは、侍従長であったトーデアプスである。

部屋の片隅に吊り下げられた赤い衣装を見た。このような服を着て、再び王宮へ足を踏み入れるときが来ようとは、一年前の自分は思いもしなかった。

エルンストが皇太子の位を追われて、一年が過ぎようとしていた。

2

エルンストの予想どおり、元老院の結論は可であった。

そのまま王宮へと向かい、国王の判断を待つ。本来ならば行政官府へ書類を提出し、行政官府長から国王付の侍従長へ、そして国王へと手渡される書類を、エルンストは直接王宮執務部へと提出した。

元老院が結論を出す日は、国王の執務が執り行われる日だと決められている。危急の場合に王の決断が必要となった際、すぐさま対処できるようにするためだ。エルンストはこの日、国王の決断が下されるまで王宮で返事を待つ。

懐かしいとは思わなかった。エルンストが生活をしていたのは皇太子宮であり、国王の執務空間に足を踏み入れたことはない。あのまま皇太子の身分であったならば、いつかは、この場所で執務を行ったのだろうか。ふと、そう思った。

エルンストは、部屋と見紛うほどの広い幅を持つ、高い天井の廊下で待つ。壁際に置かれた椅子に腰かけ、ひとり、思案していた。

乳白色の壁には、よく見れば繊細な装飾が施されていた。光の加減できらきらと光っている。無駄な美術品の類は一切ない。

壁際に置かれた椅子はエルンストが座るものを含めて五つ。ぽつりぽつりと、離れた場所にひとつずつ置かれていた。深い青色の厚い布地が、座面と背張に使われていた。座る者を疲れさせない絶妙な加減で綿を入れられたその椅子は、乳白色の壁によく映《は》えていた。

過剰に飾り立てられていたカタリナ侯爵の屋敷と比べ、王宮は清楚で美しかった。

国王の決断は可であろう。元老院が可としたものを、国王が否とすることは極めて稀《まれ》だ。

国王は目を隠され、耳を覆われている。外に出たエルンストにはわかる。いくら講義を受けようとも、いくら本を読もうとも、実際にその肌で感じている者とはどうしても違いがある。

もちろん、だからと言って、実体験をした者だけが正しいとは思わない。幅広い物事を総合的に判断するためには国王のように、余計な感情が入らない状態の者も必要なのだろう。

しかし現国王は、自らの経験不足をいつも念頭に置いて執務を行っているように感じられる。自分の頭だけで考えても実情に合わないことがあると。だからこそ国王は、元老院が判断を下したものに添おうとする傾向があるのだ。

法律が変わり、国王も、皇太子も、せめて一生に一度だけでも、王宮から出られるようになればよいのにとエルンストは願った。

王宮の静かな廊下で、エルンストの思案は王都を出るところから始まる。

旅の準備はブレスとミナハが整えていることだろう。タージェスは以前の伝手《つて》を利用し、街道沿いの情報を集めているはずだ。今回はトーデアプスを伴う。百七十歳を越えた者を随伴するのだ。力任せに突き進むことはできない。

王都は無事に出られるだろう。

ムティカ領、グリース領、リンツ領。

どこで襲われるのか。

エルンストは元老院で見た、トリ公爵の目を思い出す。十三名の元老のうち、賛成したのは八名であった。反対したのは軍務府長であり国軍総大将のアルティカ侯爵、財政府長のロジル伯爵、そして現国王の三人の子である。

トリ公爵は屈辱に耐えるように顔を歪め、エルンストを睨んでいた。今回のことで初めて顔を合わせた弟。エルンストが生きているというそれだけで、そこまで恨まなければならないのか。

トリ公爵が憑りつかれている怨霊を思う。それは、母であり、祖父であろう。皇太子になどなったところでよいものではない。それよりも、ほどよい権力と財力を持ち、自由に生きられるほうがいい。そう語ったところで、今のトリ公爵は聞く耳を持ってはいないだろう。

エルンストは静かな廊下でひとり、溜め息を吐く。

メイセンという、自然の要塞で閉ざされた場所にエルンストがいては手出しができない。だが、この場ならば。トリ公爵がそう算段しているのが、ありありと顔に浮かんでいた。トリ公爵は絶対に、何かを仕掛けてくる。浅はかな考えであったとしても、馬鹿な行いであったとしても、それを諫《いさ》める者は周りにいないのだろう。

他種族の傭兵を雇わなければいいのだが。エルンストはその一点を案じる。

ガンチェの強さはわかっている。だが、ガンチェと同等、あるいはそれ以上の強さを持つ者がこの世には数多《あまた》といることも知っている。自分にもっと金があればと悔やむ。もし金があれば、せめてリンツ谷を渡るまででも傭兵を雇うのに。ダンベルト人やグルード人を雇うのに。

プリア侯爵の顔を思い出す。複雑な表情でエルンストを見ていた。

あの者は、エルンストがアステ草について気づいたと察しただろうか。アステ草に気づき、何をするか、邪推してはいないだろうか。エルンストが元老院を出たその足で王宮に向かったことを、勘違いしてはいまいか。国王に、自らの身に起きたことを告げるのではないか、そう思ってはいないか。

エルンストはじっと壁を見た。

乳白色の壁は荒れそうになる感情を吸い込み、心を穏やかにしてくれる。

いくつかの方法を思案し、ふいに、ひとつの考えが腹に座る。

やはり、これが一番の方法だと判断した。


国王の決断は夕闇が迫る頃に下された。

エルンストが考えたとおり、可であった。国王から下された決定書を恭しく押し戴《いただ》き、エルンストは王宮を辞去した。

通用門で馬車に乗り、そのまま王都の中心部へ向かう。

小一時間ほど馬車を走らせた。

「エルンスト様」

揺れが止まり、ガンチェが声をかけてきた。エルンストは閉じていた目をすっと開き、大きな手に支えられて馬車の階段を下りた。地に足を着け、目の前の屋敷を仰ぎ見る。

重厚な印象を与える、大きな屋敷だった。


「エルンスト様……」

通された客間でガンチェが心配そうに声をかけてきた。

タージェスは情報を集め、ブレスとミナハは旅の支度。元老院に赴くときからガンチェしか伴っていない。ぞろぞろと引き連れて歩いたところで意味がない。

あまりに身軽なエルンストを心配し、カタリナ侯爵家の侍従長が、幾人か付けましょうかと聞いてきたが御者《ぎょしゃ》と馬車だけを受け入れ、あとは辞退した。箔《はく》をつけるのが目的であったとしても、それは伴った使用人の数で決まるものでもないだろう。

「大丈夫だ」

安心させるように笑んでやる。

「ですが、このお屋敷は……」

「プリア侯爵家だ」

「やはり、そうでしたか……」

ガンチェが、がくりと項垂れた。

「心配せずともよい。プリア侯爵は、トリ侯爵にアステ草について話しただけだろう。トリ侯爵がそれを使い、何をしたのか、薄々察しているだろうが当事者ではない。気づいたのも、私の体が明らかに通常と違う成長を見せ始めた二十年ほど前のことだ。私が騒ぎ立て、災いが自らに飛び火することを恐れているだろうが、だからこそ、交渉の仕方もある」

「エルンスト様に害を及ぼそうとはしないのでしょうか？　もちろん、私はこの命に代えてもお守りいたしますが……ですが、多勢《たぜい》に無勢とも言います。私ひとりでここから無事にお逃げいただけるのかと……。エルンスト様を無傷のまま、隊長らに引き渡せるのかと……」

プリア侯爵家は数百年前からこの屋敷で暮らしている。カタリナ侯爵のように成り上がりではなく、脈々と続く由緒ある、そして力を持つ侯爵家だ。

歴代当主の多くは領地を持たず、ある時代は行政官府長であり、またある時代は財政府長を輩出した家柄だ。重厚で華美すぎない、だが随所に趣向が凝らされた屋敷だった。

エルンストは広くも狭くもない、亜麻色の木で整えられた客間に通されていた。大きな体を落ち着かせる椅子はなかったため、ガンチェは長椅子に座る。

「大丈夫だ。プリア侯爵家は文官の家柄で、過去に、軍に身を置いた者はいない。つまり、腕力で物事を解決してきた家柄ではない。今は、自分に罪の全てが被せられるのではないかと疑心に満ちているだけだ」

エルンストはガンチェを安心させるように、ふっと笑った。

「カタリナ侯爵と決定的に違うのは、プリア侯爵は成り上がり者ではない、ということだ。品格を持っているとも言える。私の話を冷静に聞く余地はあるし、できるだけ穏便に済ませたいとプリア侯爵自身が強く望んでいるのだ」

「……そうなのですか？」

「私は元老院から直接、王宮に行っただろう？　リンツ谷整備のための国王陛下の決定書を求めて行ったのだが、プリア侯爵は、私が国王陛下に謁見し、アステ草による陰謀について話したのではないかと疑っているはずだ。ならば、その疑う心がまだ小さいうちに誤解を解いてやらねばならない。このまま放置することが一番危険だ。……確かに、プリア侯爵は強硬派ではない。だが、脈々と続いてきた由緒正しい貴族の家というものは裏返せば、その地位を守るためにありとあらゆる手を使ってきたとも言えるのだ」

そういう意味ではカタリナ侯爵の使った手など可愛いものだ。誰でも思いつくようなことをあっさりと決行する。

しかし、プリア侯爵が本気でエルンストに危害を加えようとしたならば、もっと陰湿で複雑な罠を仕掛けるだろう。

カタリナ侯爵にプリア侯爵、そしてトリ公爵。三人の中で一番危険なのは、プリア侯爵だった。

「エルンスト様はどうなさるのですか？」

「まずは、誤解を解こう。そして、私がアステ草について知っていることも包み隠さず話そう」

「話して大丈夫ですか？」

「大丈夫だ。プリア侯爵のような者に対しては、変に隠したりはぐらかしたりするよりは話したほうがよい。話した上で、先のことについて相談しよう」

「先のこと……」

「そうだ。いかにクルベール病が困窮者を救うとはいえ、このまま放置しておくわけにはいかない。このままでは我が国のクルベール病患者は常に、国民の一割を占めたままだ。それでは強い国は築けない。クルベール病であれば軍隊にも領兵隊にも入ることはできず、経済活動も軍事活動も全てにおいて中途半端なままだ」

エルンストは白い茶器を持ち、香り高い茶をひと口飲む。

「クルベール病を徐々に減少させねばならない。国民がアステ草を口にしないよう、指導せねばならないのだ。だが、安易にアステ草の危険性を叫べば、国が揺れる。アステ草に頼る者は多く、知りながら放置していた国に対して暴動が起きた場合、抑えることができないだろう」

「軍隊を出しても駄目ですか?」

「駄目だ。確かに、軍隊を動かせば抑えることはできるだろう。だが、自国民に一度でも剣を向けた軍隊は統率を失うと考えなければならない。軍隊を構成するのは人だ。軍人は、軍人である前にひとりの国民であり、剣を向ける相手は知人であり友であり、家族である」

エルンストは音を立てず、茶器を卓に戻した。

「徐々に、国民をアステ草から遠ざけるのだ。もちろん、野草などに頼らずとも済むように生活力をつけてやらねばならない。……うまくいけば、両方を同時にやり遂げられる」

「……どうなさるのですか?」

エルンストがふっと笑って囁くと、ガンチェは目を見開いて感嘆の声を漏らした。

プリア侯爵との会談は二時間ほどで済んだ。さすがは薬師府長である。アステ草を野放しにしている現状を誰よりも憂《うれ》えていたのだ。エルンストの提案に、二、三の修正を加えて快諾した。

アステ草の摂取者はその成長を止める。しかし、死すその瞬間まで少年であるというのは単に成長を止めているのではなく、ある年齢を境に若返りをさせているとも言える。

その特性を生かせば老化防止にならないか。また、老いて治癒力が落ちた者の体力を回復させることもできる。エルンストのように、生まれながらに病弱である者を強くすることもできる。

アステ草の可能性は高い。エルンストはプリア侯爵にそう語りかけ、提案した。

アステ草の作用を明確に把握するのだ。どれほどの量を摂取すればクルベール病になるのか。どれほどの量であれば副作用なく、有効に活用できるのか。個人差も考慮した確実な分量の情報を、リンス国薬師府で握るのだ。

そして、その情報を元に、処方する。相手は貴族であり、裕福な商人、そして王族だ。

死すその瞬間まで老いず、若い肉体を保てると知れば飛びつく者は掃いて捨てるほどいるだろう。美貌を誇る者であれば、それを保ちたいと願うだろう。たとえ裕福でなくとも、どうにかして金を払い、薬を得ようとする者が現れるはずだ。

安価では売らない。高価であっても必ず、取引される。

そして国民には、アステ草を採ってくるよう言い渡すのだ。

不老の薬の原料になるという理由ではなく、もっと当たり障《さわ》りのない理由付けを行う。例えば、すり潰して塗れば怪我の治癒が早まる、そういう理由だ。

誤《あやま》って口に入れたりしないよう、触れ込みは塗布剤にしなければならない。もちろん、リンス国が売る不老の薬の原料がアステ草と他国にわからないようにするためでもある。

エルンストの提案に、プリア侯爵はひとつ、付け足した。

日常的に食べる草を持っていくだけで金になる。だが与える金は、籠《かご》三つで一食分がよい。金は、多すぎてはならない。だが、少なすぎてもならない。一日かければ子供でも集められる量に対して一食分、その程度がよい。

草を食べないようにするためには金を渡し、食べるより売るほうがよいと思わせる必要がある。だが、草を集めることを生業にしてはならない。それでは生活は向上せず、草の取り合いで犯罪が起きるだろう。

プリア侯爵の言葉にエルンストも頷く。

確かに、どこにでも生えている草を取り合って殺し合いが起きないとも限らない。プリア侯爵の深い洞察に安心した。薬師府長として相応しい人物がその座についているようだと。

アステ草に関しては折を見て、プリア侯爵が触れを出すことになる。金を出すことになれば財政府とも話さねばならないし、国中に広めるならば民が持ち込む先は領主のもとへとし、それならば行政官府とも手順について協議しなければならない。

そして何よりも、アステ草の研究を至急始めなければならなかった。

それら全てを秘密裏に行い、薬師府でも限られた者が情報を握るようにしなければならない。そのためにはアステ草と同時に、別の薬草を加えるほうがよいだろう。アステ草の効能を消すことのない、毒にも薬にもならない薬草を幾種類か混ぜ合わせる。最終的な配合は薬師府長自らの手で行い、その配合が薬効の全てを決めると言うのだ。

真実は決して他言せぬようにすれば、長い期間秘密は守られ、リンス国を潤すだろう。

どれほど遅くとも五年後までには触れを出すようにしましょう。プリア侯爵はエルンストの目をしっかりと見て、約束した。

もうひとつ、エルンストは気になっていたことを問い質《ただ》した。なぜ、国内に出回る薬草について書かれた文献を処分したのか。

「私は若い頃より薬師府で働いていました。当時、各地の領主が薬草辞典を元に、間違った処方を領民らに施すということが日常的に行われていました。善意から行う者もいましたが、単に、金のために行っている領主も多くいたのです。間違った処方で治癒が遅くなるくらいならともかく、不幸にも悪化させて命を落とす者も少なくありませんでした」

そんなことがあったのか。

「ですから領主が勝手なことを行わないよう、治癒は医師が行うと厳格に示したのです。……その結果、医師が薬草を握り、国民に高価な金額で売り渡している現状を招いてしまいましたが……」

そう言ってプリア侯爵は、苦痛に耐えるように顔を歪めた。

話は終わったと立ち去ろうとしたエルンストを、プリア侯爵の絞り出すような声が引き留める。

故意ではなかったとはいえ、自分の不用意な発言が貴方様の人生を変え、国の未来をも変えてしまった。取り返しのつかないことをしてしまった。

自分にできることが何かあるのならば、言ってほしいと。

「私は……みなが思うほど不幸ではないのだ。愛しい伴侶を得た今となっては、そなたにも感謝の気持ちしかない」

エルンストがそう伝えても、プリア侯爵は思いつめた表情を緩めることはなかった。随分と長い間、気に病んでいたのだろう。

エルンストは少しの間思案すると、申し出た。

「ならば、ひとつ頼みがある。我がメイセンに、医師をもらえないだろうか？」

民は貧しく、満足に報酬を払うことはできない。金ではなく、食料などで払おうとする者がいるだろうし、後払いを願う者も多いだろう。

それでもよいと言ってくれる者が欲しい。薬師府長の命令で仕方なく来るのではなく、自らの意思で来る者を受け入れたい。

そして、とウィス森について話した。

「グルード郡地の影響で植物が巨大化している。私が見たところ、かなりの薬草がその森で生育していた。この薬草を薬として売り出したいのだ。研鑽《けんさん》を積み、新たに研究を行える者を望みたい。実直で、学問に素直で、できれば辺境の地に住む者たちを軽んじない者がよいのだ」

条件を出しすぎて無理かと思いつつ、申し出た。

ただ、医師が欲しいだけではない。ウィス森の薬草を生かせる者が欲しい。しかしそれよりも何よりも、メイセンの民を馬鹿にせず、対等に付き合える者がよいのだ。

医師は守られた職種だ。多くの者は領主や貴族に囲われ、一国民を相手にはしない。自尊心が高く、特に、生活に困窮する者を足蹴にする傾向がある。

エルンストは、メイセンに医師を迎えたいと強く望んでいたが、メイセンの民を傷つける者ならばいらないと言外に伝えた。

プリア侯爵は顎に手をやり考えると、ふいに何か閃《ひらめ》いたように笑みを浮かべて頷いた。

「それは、とてもよい人物です。……少々、難がありますが……。当てはまる人物がいますよ。ええ、条件にところでその者を派遣するにあたり、私もひとつ、確認したいことがございます」

「何だろうか」

「御伴侶様は、ダンベルト人だと聞き及んでおります。

失礼ながら、貴方様は本当に、その方を愛しておられるのでしょうか？」

「もちろんだ」

おかしなことを聞いてくるものだと思いながら、エルンストは即答した。

「はい。では、よろしいですよ。その者を派遣いたしましょう。当人の意思を確認してからになりますが、辞退することはありますまい」

プリア侯爵はひとり勝手に納得して、何度も頷いた。


「メイセンに医師が来るのですか⁉」

ブレスが信じられないと叫んだ。無理もない。先代領主が亡くなってから百年、医師が一度も足を踏み入れたことのない場所がメイセンだ。

「その方はお屋敷で生活するんですよね？　我々も診《み》ていただけるのでしょうか？　……あ、医師に診てもらうのにはお金がたくさん必要なんですよね？　一体、いくらくらい必要なのでしょうか？」

矢継ぎ早に質問を浴びせてくる。

「落ち着け、ブレス。どうしてそんなに医師に反応するんだ？　お前、どこか悪いのか？」

タージェスが呆れたように言った。

「最近、腰が……」

「そんなもの、俺が治してやる」

「結構です！　隊長にしてもらうと三日は動けなくなる」

ブレスが腰痛持ちなどと初めて知った。

「腰痛がひどいときは、ドリの葉とデンクの葉とエイギョの根をすり合わせて、つなぎに小麦粉を入れて練るのだ。それを麻布に塗ってから腰に貼っておけばよい。腰を痛めたときだけ冷やして、あとは温めるのだ」

エルンストがそう言うと、ブレスは慌てて紙を取り出し、すみませんがもう一度、と言ってペンを握った。

エルンストが苦笑してもう一度言ってやるのを横目で見ながら、タージェスはガンチェに問いかけた。

「それで、その医師というのは、いつ来るのだ？」

「我々の出立時刻を知らせましたので、それまでに一度、こちらに来る予定です」

「しかし……メイセンがどういうところかわかっているのだろうか。金を払える者などいないぞ？　……ああ、領主相手の商売だからエルンスト様が対象か」

「でも、エルンスト様もお金持っていませんよね。支払いって、どうするんですか？」

タージェスが慌ててミナハの口を手で塞ぐ。

「……よい。私が金を持っていないのは事実だ。誤解があるようだが、医師は屋敷には滞在しない。イイト村に滞在することになる」

「イイト村……？　あんなところでどうするのですか？　あそこはかなり貧乏ですよ。支払いが金じゃなくて、獣の肉になります」

ミナハはイイト村の隣にあるダダ村の出身だった。もちろん隣とはいっても、ふたつの村の距離は徒歩で四時間にはなる。

「医師は、医師としても迎えるが、それよりも研究者として迎えるのだ」

「研究者……？」

問いかけたブレスにエルンストは答える。

「そう、研究者だ。ウィス森の植物について研究を行わせる。薬草になるようなものはないか、医師の目で確かめさせるのだ」

プリア侯爵が強く示した期待感が、エルンストの脳裏に蘇《よみがえ》る。


メイセンがリンス国の薬箱となれば国民も、もっと安価で手軽に薬を手に入れられる。そうなればつまらない病を放置し、命を落とす者も出なくなる。年老いたプリア侯爵はそう言って目を輝かせていた。

自らに与えられた役目に、忠実に誠実に取り組もうとする薬師府長の姿がそこにはあった。

「それに、医師であれば学問も通常の者より修めているだろう。イイト村や、これからイイト村を訪れるはずのメヌ村の子らに学を与える役目も担《にな》わせようと考えている」

「それはいいですね！　ダダ村も、イイト村に行ったら教えてもらえるでしょうか？」

「一緒に教えを受ければよい。だが、ダダ村はイイト村に行くより、私の屋敷に来るほうが近いのではないのか？」

ダダ村と屋敷では徒歩三時間の距離である。

「あ……そうでしたね」

ミナハは頭を掻いて照れていた。こんな姿を見ると、メイセン領兵五十名を率いる中隊長とは思えない。もっとも、メイセンの領兵は兵士と呼称するにはあまりにもお粗末であったが。

谷の整備が決まり、医師が来る。明るい話題に領兵たちが沸き立つ。エルンストはそんな彼らの姿を見ながら、イイト村に思いを馳《は》せる。

ウィス森の草木。使いものになる薬草がどれなのか明確にされたら、薬草を採取して加工する技術をイイト村に授けよう。それが、痩せた土地を耕すこともできず、大きすぎる獣を狩ることもできず、疲弊していくイイト村を救う手立てになればよいのだが。

そう思いつつ、沸き立つ領兵らにひとつ、釘を刺しておく。

「水を差すようで心苦しいのだが……。医師本人が承諾しなければ、メイセン行きの話はなくなる。薬師府長の命令で仕方なく来ても、メイセンではやっていけぬだろう？」

「……そうですよね……あ〜あ、やっぱり叶わぬ夢かぁ……」

ミナハが、がっくりと項垂れた。


来客があるとカタリナ侯爵家の侍女が告げに来たのは、そろそろ休もうかと話していた頃だった。

トーデアプスかとも思ったのだがこのような時間帯に訪ねてくるような者ではない。それに、トーデアプスとは明日の出立時に市場で落ち合う予定となっている。

では誰だと領兵らが顔を見合わせ、医師では、と言い出した。

確かにプリア侯爵が紹介する医師が承諾すれば、出立前にエルンストのもとに来る手はずにはなっていたが、まさかこんな夜遅くにカタリナ侯爵家に来るとは思っていなかった。

しかも、現れた人物がシスティーカ郡地のエデータ人とは、エルンストは思いもしなかったのだ。

「夜分、失礼します」

ひっそりと、静かな声だった。黒髪に、黒い鱗《うろこ》に覆われた肌、金色の瞳。ガンチェと並んでも変わらない長身で痩軀《そうく》。背には大振りの剣を背負っていた。

「医師……だと聞いたが？」

「医師です」

にこりともせずに言った。システィーカ郡地の種族には表情筋がないのだろうか。同じ戦闘種族であるグルード郡地の者は表情豊かだというのに。

「ふむ。医師だと証明するものを持っているだろうか」

エデータ人は無言で懐から数枚の紙を取り出した。

その背後でガンチェが一瞬身構えたのを、エルンストは目の端で捉えた。ガンチェの緊張が最高潮であるのを感じる。このエデータ人は剣士としてかなりの手練《てだ》れなのだろう。

「医師の免許状にプリア侯爵の推薦状……確かに、そなたがプリア侯爵の言っていた者か」

エルンストは免許状等を返しながら思案した。

さて、どうしたものか。

「メイセンで働くことになるが、私の屋敷で私だけを診ることにはならない。屋敷を離れた地に、イイト村というところがある。そなたにはそこに滞在し、イイト村が抱えるウィス森の植物について研究してもらいたい。もちろん医師として、訪れる患者の治療もだ。そして、できれば、子らの学問も見てやってほしい」

「承知しました」

じっと一点を見つめたまま、硬質な声で言った。

「メイセンは圧倒的な人材不足なのだ。みな、二役も三役もこなす。そなたにできるだろうか？」

「問題ありません」

「承知だとは思うが、我がメイセンは非常に困窮している。民らはそなたに支払う金を持っていないことが多い。後払いになればいいほうで、物で払おうとする者もいるだろう。それでもよいだろうか」

「問題ありません」

言葉少なに躊躇なく即答するため、エルンストのほうが心配になってきた。

「……本当に、わかっているのだろうか……？」

「何がでしょう」

「メイセンというところを。何もないところだ。金も、食料も十分にはない。冬には多くの民が出稼ぎに行き、残されるのは老人と子供ばかりになる。雪に覆われれば道が消え、川があっても橋はない。冬場でも水に足をつけて渡らなければならない箇所も多くある。そなたに滞在してもらいたいイイト村には雪が降らないが、代わりに寒風が吹き荒れ、作物は全く実らない。……とにかく、何もないところなのだ」

「問題ありません」

黒い鱗に覆われた顔が、僅かに動いたような気がした。

「木片が、拳ひとつ分でもあれば、一週間は保ちます」

「木片……」

「好んではいません。システィーカでは、それが主食です」

システィーカ郡地は乾いた大地だとガンチェが言っていた。日中の極寒と、夜間の灼熱があらゆる生き物の生息を拒み、僅かに適応した棘《とげ》のある木々があるだけだと。獣は大小様々な種がいるがどれも獰猛《どうもう》で、特に、小さな獣が強い毒を持つ。焼いても煮ても毒が強く、体力を落とした者が食せば命を落とすこともある。それでも、命の危険を冒してもなお、それを食べなければ何もないのだ。

ガンチェが語るシスティーカ郡地は、メイセンも足下にも及ばないほどの厳しい大地だった。そのシスティーカ郡地で生まれ育った者ならば、メイセンの食料事情など取るに足らないものなのだろう。

「ひとつ、確認しておきたい」

「はい」

「気を悪くしないでもらいたいのだが、私も民を守らなければならない。率直に言って、正体のわからぬ者を簡単に招き入れることはできないということだ。プリア侯爵の推薦状はあるが、私は、私の目と頭で、そなたを判断したい」

金色の目が、じっとエルンストを見据えた。

「その背負った剣から考えて、そなたは剣士だったのだろう？　ではなぜ今、剣士ではなく、医師なのだろうか。なぜ、祖国を出てリンス国にいるのだろうか。傭兵でないというのならば、一時的にこの国にいるわけではないのだろう？」

「面倒になり、楽なほうがよいと移り、埋まることに決めました」

簡潔すぎる答えにエルンストは一瞬考え込む。

言葉に表さなかった考えは何だ。

「私の思い違いならば訂正してほしい。つまり……剣士として生きるのが面倒になった、ということだろうか。それとも、殺し合うのが嫌になったのか？」

「前者です」

「そうか。では次だ。システィーカ郡地を私は訪れたことがなく、想像だけでしかないが、生きていくだけで困難を極める大地だということはわかる。……暮らすのならば楽なほうがいい、ということだろうか。温暖な気候とはいえ、長い戦を続けるスート郡地より、戦の少ないシェル郡地のほうがよい。その中でも我がリンス国は、長く他国と争ったことはなく、また内戦もない。だから生活をする上で楽だと……？」

「はい」

「そうか。ふむ、では最後だ。……埋まる、ということは……この地に埋まる、ということだろうか。つまり、そなたがこの地に埋まる、と。それは、この地で死を迎えたいということだろうか？」

「はい」

よし。エルンストは内心で拳を握り込んだ。システィーカ郡地の種族はみなこうなのだろうか。会話が難しい。

「生まれ故郷は捨ててもよいのか？　心を残している思いや、人物はいないのか」

「……ログア国は……」

硬質な声が、冷たく変わった。

「私が祖国に必要とされていないように、私も、祖国など必要ありません」

かちかちと聞こえるような、硬い声だった。そういう声質を持っているというより、それが医師の心境を表しているからだと思った。


システィーカ郡地には五つの人種がいる。ルーフ、デッキ、エデータ、ルンダ、ルクリアスだ。国は四つ、ログア、ムテア、テリス、ルクリアスだ。エデータ人はムテア国に一割、テリス国に二割を占めているだけで、残りの国では国民の一割にも及ばない。

エルンストは王宮で覚えた情報を思い浮かべる。

医師の言葉からは、どの国にいても少数派であるエデータ人の苦悩が滲んでいた。それは、極力多くの言葉を話そうとしないのに、祖国について語ったときだけ言葉数が増えたことからも推測できた。

「そうか……では、このリンス国を祖国とするか。我がメイセンを、故郷とするか」

エルンストが静かにそう語りかけると、黒い鱗を軋ませるように整った顔が歪んだ。

「もしかして……いや、勘違いならすまない。ただ……それは……笑っている……のか？」

おずおずと問い質すと、医師はゆっくりと右手を頬に添え、小首を傾げて頷いた。

「そうか……いや、すまない。そうか、笑ったのか。そうか……」

文献だけで得られることなど本当に僅かだ。実際に体験で得られる知識は貴重だ。エデータ人が笑うと、こういう反応になるのか。

「私はあまりものを知らず、不快にさせてしまったならば、すまない。……そなた、名は？」

「ティスです」

「そうか、ティスか。では末永く、よろしく頼む」

エルンストが立ち上がって右手を差し出すと、ティスは躊躇しつつ立ち上がり、ゆっくりと慎重にエルンストの手を握った。

ガンチェがまた緊張したのがわかる。だが、安心させるようにエルンストは微笑んだ。黒い鱗に覆われたその手は、予想以上に温かかった。

「ところで、プリア侯爵はなぜ、そなたを推薦してくれたのだろうか。私が条件を上げたとき、すぐにそなたが閃いたようなのだが……？」

「御伴侶様がダンベルト人だからです」

「……どういうことだ？」

「ダンベルト人を伴侶に選ばれた領主なら、私も受け入れてくださるだろうと」

「プリア侯爵がそう言ったのか」

「はい。私を、医師として受け入れる者はいません」


ガンチェに劣らぬ長身で、上からじっと金色の目が見下ろしてくる。

リンス国のクルベール人は排他的だ。国民の九割が同一人種なのだ。他人種、特に他種族に対する差別心は強い。それでも相手が商人や傭兵であれば平穏に付き合う。内心でどう思っていようとも、隠して付き合う。

だが医師であれば、そうはいかなかっただろう。リンス国において、医師と教師は一段上の存在だ。その位は職人に含まれるがもちろん、通常の職人よりも上だと認識されている。特に医師は、その技術の多くを貴族など上流階級に捧げているため、医師自身が貴族であるかのように振る舞う。

そんな中にあって、見た目から明らかに違うティスが医師として生きていくのは難しかっただろう。

その腕や知識に不備がなくとも、外見だけで排除される。

「我がメイセンの民には排他的なところがある。いや、非常に排他的だと言える。だが約束しよう。そなたが医師として十分に働けるよう、私は最大限の援助を行うと」

そう言って見上げると、ティスはゆっくりと両手を頬に添え、黒い鱗の顔を歪《いびつ》にさせた。

「そう言えば、そなた、年はいくつだ」

「五十七歳です」

平均寿命百二十歳であるシスティーカ郡地の種族であれば、人生の折り返し地点ということになる。ダンベルト人同様、十歳で自立し親元を離れるエデータ人ならば、独り立ちして四十七年。医師免許状で見た限り、医師となったのは五年前だった。勉学に励んだのが同じく五年だったので、剣士として三十年以上を過ごしたことになるのか。

ガンチェの警戒の仕方から見ても、剣の腕前も経験も、かなりのものなのだろう。

じっと見上げると、ゆっくりと右手を動かし頬に添えた。動きが緩慢だと思うのだが、それでも戦いになれば変わるのだろうか。話し方もゆっくりとしている。

これならば患者に安心感を与えそうなのだが、本当にガンチェが警戒し続けるほど強いのか。

「ところで……そなたは女性、なのだろうか……?」

話し方といい仕草といい、どうにも女性的だと思う。体つきは男性的だと言えなくもないのだが、他にエデータ人を見たこともないエルンストには判断できかねた。

ティスは頬に手を添えたまま、小首を傾げて口元を歪ませた。

「心は……」

硬質な声でそう呟いたので、エルンストは驚愕する内心を無理矢理抑えつけて、大仰《おおぎょう》に頷いた。

「そうか。そうか……。いや、どちらでもよいのだ。男だろうが、女だろうが、両方だろうが。民と仲良くしてくれて、働いてくれれば、それでよい」

ぎぎぎぎ、と錆《さ》びついた鎧が音を立てそうなほどの緩慢な動作で黒く整った顔を歪め、ティスはゆっくりと手を差し伸べてきた。

再びの握手だとエルンストが気づくまでに一瞬の間が必要であったが、慌てて差し出された手を握る。ティスはそのままもう片方の手もゆっくりと伸ばしてくると、両手でエルンストの手を包み込んだ。

「……興味深い人物であった」

旅の支度をするからと辞去したティスを見送り、頷兵らだけとなった室内でエルンストは言った。エルンストの常識から考えると非常に衝撃的で、魂《たましい》が半分抜けてしまったかのように感じる。

「興味深いと仰いますか」

タージェスが呆れたように言った。

「私には理解不能です」

ミナハも言った。

「あれが医師だとして、急病人が出た場合、死にませんか？」

ブレスが妙なことを心配していた。

「いや、大丈夫だろう。医師は通常、親の位を引き継いで医師となるのだ。ティスのように、医師に関係のない者が勉学を修めて医師となる場合、通常の者よりも多くの試験が課せられる。医術に関する机上の知識はもとより、外科的処置の手段についても精査される。ティスが持参した医師免許状には医師であるという証明と同時に、医師を志《こころざ》していつ誰に師事したかということも記されていた。ティスは医師になるための勉学を始めて免許状をとるまでの期間が五年となっていた。五年というのは、とても短い」

「それはいいことなのですか？」

ミナハが無邪気に聞いてくる。

「非常に短期間だ。通常であれば、少なくとも十数年は必要となる。つまり、かなり優秀だということだ。それに、ティスが師事した相手がすごい。タンセ・ルトメとなっていた。みなはこの名を知っているだろうか」

四人の領兵たちは揃って首を横に振った。ガンチェはともかく、生粋《きっすい》のリンス国民のこの反応に、エルンストは哀しくなる。

「タンセ・ルトメとは、偉大な医師の名だ。今年で二百七歳。先代国王の筆頭主治医であったシュ・カンザに師事し、農民から医師へと位替えしたのが四十二歳」

「四十二歳って……まだ子供じゃないですかっ！」

ブレスが驚いて声を上げた。

「そうだ。シュ・カンザを師と仰いだのが三十三歳であったという。三年もの間、昼夜構わず押しかけ、額を地面に擦りつけるようにして頼み込んだらしい。晴れて弟子と認められてからは寝る間も惜しんで勉学に励み、文字も知らなかった者が九年後、医師としての免許状を受け取ったのだ。……ちなみに、位替えで必要とした金を全て用意したのはシュ・カンザだ」

「すごい人がいたもんですね～」

ミナハが感心するのを正すようにエルンストは続けた。

「位替えをしたのがすごいのではない。タンセ・ルトメが偉大なのはここからだ。みなは覚えているだろうか？　今から百三十二年前に、リンス国カツユウ領で起きた流行病を。微熱を発症した者が三日のうちに高熱、下痢、嘔吐と症状が進み、僅か五日で息絶えるという病だ」

「……あれですかね？　私がまだ子供の頃、周りの大人が非常にぴりぴりとして、おかしな行動を取っていました。たしか、犬が病を食ってくれるとか言って、紐で吊り下げられる土を焼いてできた犬の人形を、誰も彼もが首からぶら下げていましたよ」

「……そういう資料も残っていたな……。当時、その病の原因はわからず、とにかく微熱を発した者を隔離することしか手立てはなかった。医師はみな逃げてしまい、それどころかカツユウ領の領主さえも遠く離れた王都へ逃げてしまっていたのだ。残されたのは、どこにも行けない貧しい農民と、数日で死ぬ病人だけだった」

「領主まで……」

「そのようなカツユウ領へ単身乗り込んだのが、当時七十五歳のタンセ・ルトメだった。彼は現国王、当時は皇太子であられたが、主治医のひとりだったのにもかかわらず、職を辞してカツユウ領へ赴いたのだ。そして後に短死病と呼ばれるこの病を、七年の歳月をかけて原因を究明し、その後八年の時を経て鎮《しず》めた」

「ああ、短死病の！　そうか、短死病かっ！」

ようやく思い出したのか、タージェスが叫んだ。

「その後、タンセ医師は功績を称えられ、再び王宮へ呼ばれたが丁重に辞退している。並み居る貴族や他国にまで請われたがどれにも応じず、今にいたるまで市《し》井《せい》の一医師である」

「短死病の医師か……。それはすごい。そんな医師に教わった者を迎えられるなど、なんという幸運なのでしょう」

ブレスは感じ入ったように何度も頷いていた。

本人の実力ではなく、背後に注目するのもよくないが、エルンストも幸運だと思った。

タンセ・ルトメは自らの経験からか、医師を目指す者には誰であっても門戸を開いている。しかしその指導は厳しく、入門当時は炊事洗濯掃除など、およそ医学とは無縁のことを強いられる。それが一年、二年と続けば多くの者が我慢できずにそのもとを去っていた。残った僅かな者を相手に教鞭をとるのかというとそれもなく、ただひたすらに、自らの後ろ姿を見せるだけだ。

向上心があり、好奇心があり、探究心旺盛で、熱心である者。そして何よりも、試練に耐え、腐らない者が残っているという。

タンセ・ルトメのもとで医師になった者。医学から遠ざけられた下働きの期間も、何かしらの方法で勉学を修めたのだろう。そうでなければ僅か数年で医師になれるはずもない。

エルンストは早くメイセンに帰りたくなった。メイセンの民に、ティスを会わせたくなった。

トーデアプスといいティスといい、領民によい土産ができたと思った。

「エルンスト様、眠れないのですか?」

暗闇の中、ガンチェが聞いてくる。

エルンストが滞在するカタリナ侯爵家の客間にはいくつかの小部屋があった。大きな寝台が置かれた小部屋のひとつをエルンストの寝室とした。タージェスら領兵も、別の小部屋の寝台で眠っているはずだ。

エルンストはガンチェの巻き毛を撫でた。

「そう、私は興奮しているのだ」

自分の衣服に指を掛けようとしたエルンストの手をそっと押さえ、大きな手が器用に脱がせていく。

「エルンスト様は何に興奮されていたのですか?」

寝具の中、制約のある動きを助けるためエルンストは両腕を上げた。

「ああ、ティスだ。実際にどれほどの腕前かわからぬが、タンセ医師のもとで学を修めたというのは非常に頼もしい。……イイト村が早く、あの者を受け入れてくれるとよいが。イイト村は出稼ぎ者も多く、外を知っている。それに何より、我がメイセンの領民は素朴で、根は素直だ。ティスのよさをわかってくれるだろう」

「エルンスト様は、あの者を気に入られたのですか……?」

「そうだな。大変興味深い人物だ」

そう答えるとガンチェがじっと見てきた。赤茶色の目が、金色を帯びているように感じる。

「ガンチェ……？」

「エルンスト様は、あの者を気に入られたのですね」

「……ガンチェは、嫌なのか？」

「いえ……。ただ……気に食わない」

ガンチェが誰かをそんな風に言うのは初めてで、エルンストは狼狽した。

「どうして嫌なのだ？　訳を聞かせてはもらえないだろうか？　ティスが直せることならば、私から頼んでみよう」

硬い表情を浮かべたままのガンチェの頰に手を添えたら、大きな顔をふいっと逸《そ》らした。

エルンストの手を避けたことなどないガンチェのそんな行動に衝撃を受ける。

「あの者は……エルンスト様の手を、握った……」

「……は？」

「手、です。手」

何を言っているのか本当にわからなかったのだが、ガンチェの真剣な表情にエルンストも考える。

手を、握った。それは、あの握手のことを言っているのだろうか。

「あれは、握手ではないか」

「そうですけど、でも、手ですよっ!?」

「いや、握手とは、手で行うものだ」

「そうですけど、でも……なんだか、嫌なのです」

ぷいっと視線を逸らす。

「握手など、他の者ともしたことがあるだろう？　なぜ、ティスだと嫌なのだ？」

拗《す》ねてしまった伴侶を宥めようと、緩やかに大きな頭を抱き締める。

「あの者は……」

ガンチェが目を逸らし、何度も言い淀む。先を促すように、エルンストは巻き毛を撫でた。

「あの者は、エルンスト様に邪《よこしま》な思いがあるのではありませんか!?」

思いきったようにガンチェが言った。

「エルンスト様をじっと見つめたり、頰を染めたりしていましたよ」

「頰を染める……？」

それは何色だ。

「何度もそうしていたではありませんか」

「いや、待て……私には、顔色が変わったこともわからなかったのだが……？」

「え……？　何度も染めて、はにかんでいましたよ」

ダンベルト人の感覚が自分とは違うということを、わかっているのに失念してしまう。エルンストには黒一色にしか見えないティスの顔色がわかるのか。歪んだ表情にしか見えないのに、はにかんでいるように見えるのか。

「すまない。私には、さっぱりわからなかった」

「そうですか……」

叱られた犬のように項垂れ、ガンチェから元気が消える。エルンストは慌ててガンチェの手に自分の手を重ねた。

「いや、ガンチェがそう言うのなら、そうなのだろう。私の目には、クルベール人の目には見えなかったというだけだ。しかし、ガンチェ……」

顔を上げたガンチェの頬を撫で、口づける。

「ティスは私に、特別な感情を持っているとは思えない」

「……そうでしょうか」

「そうだ。ティスの背後に立っていたガンチェには見えなかったかもしれないが、私との会話中、ティスはずっと私を見ていたわけではないのだ。時折視線が逸らされ、タージェスらを見ていた。警戒しているようなものではなく、興味深そうに見ていた。もし本当に、ティスが私に特別な感情を持っていれば、じっと見つめてくるか、視線は彷徨ったとしても別の者を見続けたりはしないだろう？」

「……そうかもしれませんが……」

「だからティスは、私に特別な感情を持っているはずがないのだ」

まだ納得できかねるのか、曖昧な返事をしたガンチェを安心させるようにエルンストはしっかりと言いきって、巻き毛を撫でた。

「ところでガンチェ。私にはわからぬことがある」

釈然としない、そう顔に書いてある年下の伴侶の意識を別のところに向かわせることにした。

「なんでしょう？」

両手でガンチェの襟元を摑む。

「どうして私が脱いでいるのに、ガンチェはいつまでも服を着ているのだ？」

ガンチェは大きな声で笑いながら寝台を出て、勢いよく衣服を脱ぎ捨てた。

3

翌朝早く、カタリナ侯爵家を後にする。カタリナ侯爵はエルンストと領兵らのために、馬車と馬を用意してくれていた。馬は、ブレスが調達した馬より遙かに立派な馬だった。馬車も馬も、旅の途中で不要になれば売ってくれて構わないという。

エルンストはカタリナ侯爵の心遣いをありがたく受け取った。

トーデアプスらとの待ち合わせ場所に向かう途中、迷惑をかけた宿を訪ねる。

朝食時で忙しい時間帯であるにもかかわらず、宿の主は駆け寄ってきてエルンストの身を案じた。迷惑だけをかけて急に出ていってしまったことを詫びると、笑って首を振っていた。宿の修繕についてエルンストが訊ねると、宿の主は途端に相好を崩した。はっきりとは言わないが、カタリナ侯爵家から多額の金を受け取ったらしい。

朝早くから始まっている修繕工事の音を背に、エルンストは宿の主に別れを告げた。宿の主は何を思ったのか奥へと走り去ると慌てて戻ってきた。

これを、そう言って宿の主が差し出した小瓶をエルンストは凝視する。じっと宿の主を見れば、にやりと笑ってお幸せに、と言った。

エルンストは苦笑して媚薬入りの小瓶を受け取り、宿を後にした。

市場の噴水でトーデアプス、そしてティスと待ち合わせをしていた。トーデアプスは既にエルンストを待っていた。さすが、時間どおりに動く。改めてタージエスらに引き合わせ、ティスを待つ。

少し遅れてティスがやってきた。黒い、大きな馬を連れている。カタリナ侯爵が用意した馬と比べても遜色のない立派な馬だ。一点を見つめたまま、真っ直ぐに歩いてくる。エルンストを見つけても急ぐこともなく、ゆっくりとした歩みだった。

「エデータ人というのは、随分と落ち着いた人々なのだな」

傍《かたわ》らのガンチェに語りかけると、ガンチェは噴き出すように笑い、首を横に振った。

「とんでもない。どちらかと言うと、せっかちな人種ですよ」

「……あれで？」

「ティスは特別なようです」

そう言って笑っていた。

どうやらティスに対するわだかまりはなくなったらしい。エルンストも安心して笑う。

「その馬は、そなたの馬か？」

ようやく辿り着いたティスに問う。

「いいえ。プリア侯爵のものです」

「リンツ谷は馬を連れて渡ることはできない。リンツ領で置いていくことになるのだが、大丈夫なのか」

「はい。売れと言っています」

貴族というのは太っ腹だ。これほど立派な馬を惜しげもなく使い捨てるのか。

「メイセンに連れていけるとよいのだが……いい騎馬になるだろうに。だが無理なものは仕方がない。リンツ領主ならば、いいようにしてくれるだろう」

エルンストが黒馬を見上げてそう言い、ティスとトーデアプスを引き合わせた。

「ティス、こちらはトーデアプス。かつて私の侍従長であり、王宮で仕えていた者だ。こちらはティス。我がメイセンで医師となる者だ。ティスはタンセ医師の弟子にあたる」

トーデアプスは深々と頭を下げ初対面の挨拶《あいさつ》をした後、控えめに話した。

「タンセ医師は私もよく存じ上げています。お元気でしょうか？」

「ああ、そうか。タンセ医師が王宮に出入りしていた頃、トーデアプスは既に王宮で仕えていたのだな」

「はい、そのとおりでございます。現国王陛下が殿下であられました頃、タンセ医師とは何度も王宮でお会いしております。未熟であった私にも親しくお声をかけてくださるような方で、色々と興味深い体験をさせていただきました」

「ふむ……。タンセ医師とはどのような人物か？」

「タンセ医師は、とても楽しい方ですよ」

そう言ってトーデアプスは、同意を求めるようにティスを見た。

「言葉を非常に大切になさる方で、音にする言葉を慎重に選ぶ方です」

「……どういうことか？」

「あまりにも大事になさりすぎて、単語で話をされるのです。でも決して無口な方ではありませんでした。私などはタンセ医師と会話をさせていただくときにはいつも、言葉と言葉の間に何が隠されているのか見落とさないよう、慎重に気を配っておりました。あれは実に有意義な時間でした。おかげで私のような者でも、他人様が言葉に表さない思いといった繊細なものを、常に気遣うようになりましたから。いえ、もちろん、ほんの僅か、ですが」

トーデアプスは若かりし頃に思いを馳せて、何度も頷いた。

「タンセ医師は……」

頭上から硬質な声が聞こえてきて、エルンストは振り仰ぐ。

「とても、おもしろい方です」

黒い鱗に覆われた顔を歪める。

「そうか……。ところでティスは、言葉をタンセ医師に教わったのだろうか？」

「いえ」

「あ、いや、すまない。そうだな、そなたは大人になってからリンス国に来たのであったな。タンセ医師に言葉を教わる必要はなかったはずだ」

郡地が変わろうと国が変わろうと、人が話す言葉はひとつだ。自立するまで親元にいたはずのティスならば、言葉は親が教えたはずだ。

タンセ医師に医学を習ったからといって、タンセ医師と同じ話し方になるわけではない。ということは、似た者同士が師弟関係になったということか。

「では出立しよう」

ようやくメイセンに帰れる。以前、王都を出てメイセンへ向かったときは、悲壮な覚悟で進んだ。今は逸《はや》る気持ちを抑えて馬車に乗り込んでいる。一年も過ごしていないメイセン。だがとっくにメイセンは、エルンストの故郷となっていた。

領民という家族がいるメイセンへ。

エルンストは前しか向いていなかった。遠のいていく王都など、意識の底にもなかった。

トーデアプスとふたり、馬車に揺られる。御者はブレスだ。襲撃の可能性が高いことは、トーデアプスにもティスにも伝えた。

トーデアプスは苦痛に満ちた顔で、ティスは無言で頷いた。

「トリ公爵様ですよね……」

溜め息を吐くようにトーデアプスが言う。

「私のことなど構わずにいてくれるのならば、無事にメイセンに着くのだが……」

「トリ公爵様は随分と、殿下の御体調を気にかけておられました。何度もお見舞いの品を送ってくださったり……。今思えば、あれも……」

「何も言うな。知らなければ罰しようがない。知ってしまえば、不問に付せなくなる。王族を害することはどこの国でも重罪なのだからな」

「はい。申し訳ありません」

トーデアプスは神妙に頷いた。

「もし襲撃が起きた場合、そなたは隠れていよ。隙があるなら逃げてよい。私が目的であれば、そなたを手に掛けようとはしないだろう」

「何を仰いますか。私は殿下の盾になります。それが私に与えられた使命です」

「殿下ではない。エルンスト、と名を呼ぶのだ」

「ですが……」

「エルンスト、だ。名を呼ばなければメイセンには連れていけぬ」

「はい……」

萎縮したように頷く。

「私が生まれたときよりそのように呼んでいるのだから、そなたには酷《こく》な要望だろう。だが、わかってくれ。メイセンの民は、私が皇太子であったことを知ってはいても、本当には理解していないのだ」

道が悪くなってきた。がたがたと揺れる。ムティカ領に入ったのだろう。

「メイセンの民は、王都から遠く離れた国境地で暮らしている。貧しく学もない。そのため、皇太子という者がどういう者か、本当には知らないのだ。だからこそ、私であっても気安く接してくれる。恐縮し、逃げてしまうことはない。……私が皇太子に戻ることは絶対にない。ならば、過去のことは忘れて、今ある私を民に受け入れてもらいたい。そなたが私を殿下と呼ぶたび、忘れていた事情を民が思い出すのではないのかと、私はそれを危惧しているのだ」

そう語って聞かせると、トーデアプスの青い目が見る間に潤んできた。

「さすがでございます！　皇太子殿下っ！　なんと御立派な御心掛けでしょう。殿下にあられましては御幼少の頃より、下々の者にまで大変お気を遣っていただき……このようにお優しい御方を御領主様としてお迎えすることができたメイセンの民らは、何と幸福に満ちた者たちでありましょう」

「……皇太子殿下ではないと言うのに……まあ、よい。メイセンに着くまで十日はかかる。慣れていってくれればよい」

感極まって何度も目を拭うトーデアプスを前に、エルンストは苦笑した。

随分と涙もろくなったようだ。年のせいなのかと心配になる。キャラリメ村やアルルカ村、イベン村で生活をさせると決めたが、老体には過酷であろう。

しかし、シングテンの心情を思えば、屋敷で受け入れることは難しい。それに、トーデアプス自身が罰を受けることを強く希望している。せめて、三村のうちどれかひとつでも、快くトーデアプスを受け入れてくれたらよいが、と案じた。

「重ねて言うが、襲撃があった場合、逃げられるようなら逃げよ。難しいと判断したならば動かずに、賊を刺激せぬようにするのだ」

「それは……！」

「そうするのだ。私には領兵がいるし、何よりガンチェがいる。ガンチェは私を守ろうと全力で戦うだろう。だが、ガンチェとて万能ではない。私ひとりを守ることはできても、そなたまで一緒に守ることは難しい」

「このような老体、捨て置いてくださってよいのです」

「それは私にはできない。そなたは私を慈しみ育ててくれた者だ。危難においてそなたを捨てたという事実は、その後の私を歪めるだろう。私にはそなたを捨て去ることはできない。ガンチェもまた私を案じ、そなたを守ろうとするだろう」

向かいに座ったトーデアプスの目を見て、真摯《しんし》に語りかける。

「だからこそ、そなたは、そなた自身の身だけを案じ、守るのだ。離れることがあったとしても、私は必ず、そなたを迎えに行こう。故に安心して、そなた自身の命を守るのだ」

静かにそう語りかけると、トーデアプスは渋々と頷いた。

ムティカ領の小さな町にある、一番安い宿で一泊する。

「やはり、あの森は危険だろう」

タージェスが地図を前に呟いた。

「そうでしょうね。行きに何人か殺していますし、それで恐れをなして通してくれるとよいのですが……そううまくはいかないでしょう」

「反対に恨みを買っているかもしれませんよね。ガンチェを倒したら箔がつくぞ、なんておかしな話になっているかもしれませんし」

ブレスとミナハも同意する。行きのときに逃した盗賊は数十人いた。彼らが、エルンストが帰ってくるのを待ち構えていた場合、ガンチェに対しての準備は万端に整えているだろう。

「森を避けたいところだが……この森を通らねばグリース領には入れないな」

ムティカ領とグリース領の間に横たわる森は広い。街道を逸れたところで、森を通らないわけにはいかない。不用意に道を外れたら、森を彷徨うことになりそうな広さだった。

どうしても避けたければ大きく迂回しなければならないが、どれほどの日数がかかるのかわからないほどの大きさだった。

「ではやはり、前回と同じく馬車は捨てて、馬で駆け抜けるか。行きとは反対に、グリース領からずっと馬で進むことになってしまいますが、エルンスト様、よろしいでしょうか」

「よい。トーデアプス、すまないが我がメイセンでは、グリース領で新たに馬車を借りるだけの金銭的余裕はない。馬で大丈夫か？」

「はい。お気遣いいただき、ありがとうございます。ですが、これでも馬に乗れるのですよ」

「自分で乗れるのか」

「はい。私は騎士の位にありますから」

「……それは知らなかった」

「王宮では位など、関係ありませんから。私の父が騎士でありました。私も騎士を継ぎましたが訓練を受けるにつれて、全く騎士に向いていないとわかったのです。馬に乗るだけならばともかく、剣を人に向けるということがどうしてもできなかったのでございます。……あ、これは、失礼しました」

エルンスト以外は全員、剣を持っていることに気づき、トーデアプスが詫びる。

「いや、構わん。確かに、兵士となれる者はそういう意味では限られている。向いていないとわかれば本来の位にしがみつかず、潔く別の世界に飛び込んだトーデアプス殿は正しい」

タージェスに言われ、トーデアプスは安心したように頷いた。

「ではひとりで馬に乗れないのは私だけか……。メイセンに戻ったら乗馬の練習をしようか」

そう呟くエルンストをガンチェが慌てて止めた。

「駄目です。それは駄目です」

「む……何故だ」

「馬の前に、ご自分で走ることを覚えられたほうが……」

「……」

ガンチェの言葉に、ブレスとミナハが噴き出した。

「……ごほっ。え……っと、では、エルンスト様だけをお乗せしましょう。森を駆け抜けるときは私が、その後はガンチェに任せましょう」

タージェスが笑いを噛み殺して言う。だがその表情は不自然に強張っていた。

「……笑いたければ笑えばよい」

憮然《ぶぜん》として言うと、タージェスは弾けるように笑い出した。


夜が明ける前に宿を出る。盗賊の裏をかくために早朝の出立としたが、どれほどの効果があるのか。滞在した町に内通者がいれば意味がない。もっともその場合は、いつ出立しようとも同じだが。

エルンストはタージェスの騎馬に乗る。トーデアプスは自ら手綱《たづな》を握る。

みな、鎧を着けた。ガンチェはまた、あの朱《あか》い鎧を身に着ける。カタリナ侯爵が用意した黒く大きな馬に乗り、朱い大剣を腰に差す。惚れ惚れと見つめるエルンストの視界に、同じく黒い馬に跨《また》がった黒い剣士が映る。

ティスも、自前の鎧を身に着けていた。黒一色の鎧だった。タージェスのように黒地に金色の模様が施されている鎧ではなく、ただ黒一色。艶のある鎧ではない。くすんだ黒だった。限られた場所から覗《のぞ》く肌も黒い鱗で覆われている。背負った大振りの剣も黒だ。乗っている馬も黒で、本当に黒一色の剣士だった。それは、異様な威圧感がある。

ガンチェを先頭に森へと入る。夜は白々と明け始めていた。ガンチェ、タージェス、ブレスと進む。タージェスの右隣にはトーデアプスが、そして、ふたりを挟むようにミナハとティスが付く。

森は、不気味な静けさだった。早朝だというのに、鳥のさえずりも聞こえない。

自分たちが立てる蹄《ひづめ》の、荒々しい音だけが響く。

森の中ほどを過ぎた頃だった。

前を行くガンチェが突然、止まる。強く手綱を引かれ、馬が猛々しく嘶《いなな》く。タージェスもティスも倣《なら》って馬を止める。瞬時遅れてミナハとブレス、トーデアプスが止まった。

ぶるる、と馬が不平を漏らす。ガンチェは険しい表情のまま、周囲に視線を巡らせていた。ミナハが弓に矢をつがえ、エルンストは緊張で心臓が冷たくなっていくように感じた。

盗賊がいるのか。そんな簡単な言葉も口に出せない。自分が声を発したことが合図になりはしないかと、そんな馬鹿な考えさえ浮かぶ。

息が詰まる。うまく吸って、吐き出せない。タージェスの右手がそっと、エルンストの肩に乗せられた。緊張を解《ほぐ》すような温かな手に、詰めていた息をどうにか吐き出す。

かさり、と微かな音を立てて男が現れた。それを合図に盗賊が次々に姿を現す。

いつの間にか、ぐるりと周囲を囲まれていた。幾重にも取り囲む盗賊。はじめに現れた男が、にやにやと笑った。

「久しぶりだな。お前らが通りかかるのを、ずぅーっと待っていたんだよ。随分と、ごゆっくりだったじゃねえか」

エルンストが見たこともない、下卑《げび》た笑いだった。

「おかげで俺らは準備万端、お待ちしていられたんだがな」

「それで、勝てると思っているのか」

感情の消えた声でガンチェが言う。

「俺らがシェルの種族だからって、馬鹿にしてるんだろう？　まあ仕方ねえな。確かにお前ら獣には勝てねえよ。だがな、こいつらならどうだ……？」

男がそう言うのを待っていたかのように、木々の間から大きな影が伸びる。

「ふん。グルード人を雇ったか」

四方を、グルード人が囲んでいた。頭を巡らせてエルンストが数えると、グルード人は五人いた。ひとりを雇うのに２０００シットは必要だとガンチェに聞いたことがある。ひとり２０００シットならば五人で１リッターになる。１リッターもの金を、この盗賊たちは用意できたというのか。

「まあ、驚くのも無理はねえな。俺らも驚いているさ。まさか、グルード人なんて高い買い物、できるとは思ってもいなかったからな。だが、俺らは運がいい。際限なく金を出してくれる太っ腹な御仁《ごじん》と、知り合えたんだからな」

「お前たちに金を出したのは、トリ公爵だろう？」

馬上から、エルンストは問い質した。

「お察しのいいことで……。その方は、俺らの正義に賛同してくれたのさ」

「正義……？」

エルンストは、ふっと笑う。

「愚かな。お前たちが言う、正義とは何だ？」

エルンストに小さく笑われ、盗賊は顔に朱《しゅ》を散した。

「……富の分配だ。貴族などという、くだらねえ奴らから金をぶんどり、下々へ分配するんだよ。富は公平にしなくちゃならねえ。餓《う》える奴が掃いて捨てるほどいるなんて、おかしいだろう？」

「そのために人の命を奪うのか。お前たちが襲っている相手は貴族ではなく、貴族に仕える者だろう。もしくは、商人だ」

「しょ……商人であっても、金持ちには違いないっ！　それに、貴族に使われている奴も貴族と同じだ。そんな奴らは死んだって構わないんだっ！」

「働いているだけだ。働いて金を稼ぎ、生活をしている。そのような者を殺して、それでも仕方がないと言うのか。義賊を気取っているだけで、お前たちに中身はない」

「なんだとっ!?　貴族が偉そうに言うんじゃねえよっ！　お前に何がわかる。餓える者の気持ちなぞ、貴族にわかってたまるかっ！」

紅潮する浅黒い顔を見下ろす。陽に焼けた顔だ。メイセンの民もよく陽に焼けているが、この者たちとは意味が違う。

「我がメイセンは貧しく、領民の六人に一人は領兵だ。兵とならねば生きていけぬからだ。領民は税のために、そして生活のために出稼ぎに行く。だが、それでも生活は困窮したままだ。民は、村人を減らす目的もあり、領兵となるのだ。……領兵は私に仕えている。お前たちが言う、貴族に使われている者だ。そのような者の命まで、お前たちは奪うのか」

盗賊の男は言葉に詰まりながらも反撃する。

「税など集めなければいいだろうがっ！　税を集めてどうする⁉　お前らがいい思いをするために集めているだけじゃねえか」

「確かに、民から集めた税で私は生活し、領地を統治している。国も同じだ」

「ほら見ろっ！」

盗賊は得意気に顔を歪めた。

「だが、税がなければどうなる？　国は国として立ちゆくこともできなくなる。領主もいなくなるだろう。……確かに、税がなければよいかもしれぬ。しかし、他国も同じように納税義務をなくせばよいが、他国がそのまま国として立っていた場合、我が国は脆弱《ぜいじゃく》で、他国からすぐさま侵略され、国民は傷つくだろう」

「……そりゃ、御貴族様の勝手な言い草だ」

「そうだろうか。私にはお前の言い分こそ、知識もなく視野の狭い者の勝手な我儘《わがまま》としか思えぬ。税がなければ国は軍人に給金を払えぬ。国軍は解体され、リンス国は他国に対して無防備にさらけ出される。国境地に暮らす国民は不安で仕方がないだろう。穏やかに併合されればよい。だが、人は身内に優しく他人には厳しいものだ。その地を欲しても、人はいらないと考える者がいるかもしれぬ。あるいは、奴隷とすればよいと考えるやもしれぬ」

「……可能性ばっかりじゃねえか」

「可能性を考えずに動くことが、そもそもの間違いだ。目の前にある障害物を除けば全てが解決されると考えること自体が、浅はかだと言うのだ。何をどうすればどうなるか、十手先まで考えたとしてもまだ計り知れないのが人の世だろう」

「……っ！」

「税は、共同体を成すためには必ず必要なものだ。確かに、国民が知れば腹立たしいだけの使われ方もあるだろう……。しかし、清濁併《せいだくあわ》せ呑む、とも言う。完璧な世界が美しくとも、人はその世界で生きてはゆけない。多少の不都合や遊びがなければ、誰もが生きていける、余裕のある世界は築けないのだ」

静かに語りかけるエルンストに、盗賊はもはや二の句が継げずにいた。そんな盗賊に、エルンストは馬上から言い捨てる。

「正義を振りかざせば人は口を噤《つぐ》むだろう。それが勝手な思い込みであっても、理不尽な要望であっても、正義という便利な覆いを被せれば、人は一瞬躊躇する。正義を叫ぶ者を否定する自分は間違っているのではないのかと。……だが、正義などというご大層なことを殊更口にする者に、大義はない」

何も言い返せず立ち竦《すく》む盗賊を、隣の盗賊が小突く。はっと我に返り、精一杯の虚勢を張った。

「……ふ、ふん。そう強気でいられるのも今のうちだ。そろそろお着きになるだろうよ。それまで、短い人生を悔いていることだな」

「トリ公爵が来るのか……。そうか、どうしても、私が死ぬところを見たいらしい」

ガンチェが軽やかに馬から降りた。取り囲む盗賊が身構える。

背後のタージェスから緊張は伝わってくるが、静かなものだった。恐れているようではない。

ミナハは弓に矢をつがえたままで、ブレスは剣を抜いて構える。

若い頃より王宮で暮らしていたトーデアプスを、人生の後半でこのように危険な目に遭わせてしまったことを後悔した。馬車で語って聞かせたように、自分の身だけを守ってくれればよいのだが。

左隣につけたティスを、ちらりと見る。漆黒の剣士は前を向いたままだった。馬も全く恐れていないのか、足を踏み鳴らすこともしない。騎乗の主同様、彫像のように立っている。

ティスには災厄でしかないだろう。ティスとトーデアプスを後から来させればよかったのか。エルンストは今更ながらに己の不手際を後悔した。

「ティス、すまない。全く関係のないそなたまで巻き添えにしてしまった」

「問題ありません」

詫びるエルンストに、ティスはひと言で答えた。その硬質で静かな声は、本当に何の問題もないと思わせた。グルード人五人を相手に、ティスは勝てると思っているのだろうか。

「ところで……」

エルンストは盗賊を動揺させられればと、語りかける。うまくいけば、盗賊だけを相手にできる。

「トリ公爵に使われているのであれば、お前たちも貴族の手下だと言える。先ほどの弁によれば、お前たちの正義も消え失せたわけだが……？」

「……そ、それがどうしたって言うんだ」

「貴族を襲い、富を分配するのだと言いながら、自分が貴族に使われる。……あまりに滑稽《こっけい》であろう」

「……ちっ！」

「お前たちの正義など所詮《しょせん》、その程度のものだ。目の前にちらつく金銭に、簡単に跪《ひざまず》く程度なのだ。それで貧しい者の代弁者を気取るなど、愚かにもほどがある」

ざわり、と盗賊が騒ぎ始める。

グルード人は微動だにしない。その様子を見て、エルンストの脳裏に閃いていた可能性が、現実のものに変わろうとしていた。

「グルード人を雇ったとは言っても、それはお前たちではなく、トリ公爵ではないのか？　トリ公爵と契約を結んだグルード人であれば、お前の指示には従わぬ」

盗賊らが明らかに狼狽し始め、エルンストは確信した。

グルード人の契約相手はトリ公爵であり、その契約内容は盗賊に加担しろ、ではなく、自分が辿り着くまでエルンストの足を止めろ、だ。

「ガンチェ。盗賊らを仕留めよ」

冷たい声で命じる。守るべきは万人の命ではない。メイセンの民の命だ。

「この場にいる盗賊らが全て死に絶えようとも、グルード人は、動きはしない。私がここに立っているだけで、彼らの契約は履行される」

正面のグルード人が、にやり、と笑った。


戦いは一方的だった。

ガンチェは槍を手に盗賊らへ飛び込むと、横に一閃しただけで数人を絶命させた。刎《は》ね飛ばされた首が地に落ちる前に右へひとつ跳びし、片手だけで槍を振り回す。

腹を斬り裂かれた盗賊が膝をつけた目前に、宙を舞っていた首がどさりと落ちた。動揺し、浮き足立つ盗賊を、エルンストと話していた盗賊がどうにかして止めようとする。

その盗賊の額を、ミナハの矢が貫いた。

止める者もなく、盗賊らは我先にと逃げていく。だが反対側、エルンストの背後にいた者たちは剣を抜き、向かってきた。

「トーデアプス殿」

タージェスが馬上から声をかけた。

「エルンスト様をお任せできるか？」

近寄ってきたトーデアプスに訊ねると、トーデアプスはしっかりと頷いた。

「どうぞ、こちらへ」

タージェスに支えられ、トーデアプスの馬へと移る。そのままタージェスは馬首を返し、蹄の音も高らかに、背後から迫ってくる盗賊の一団へと向けて駆けていった。

タージェスは前傾姿勢で勢いよく馬を駆けさせると、馬に乗らず自らの足で駆けていた盗賊らを踏み抜く。

自分の体重の十何倍もの馬に踏みつけられ無事でいられる者などいない。ある者はそれだけで命を落とし、ある者は戦闘不能に陥《おちい》って呻《うめ》いていた。

タージェスは盗賊の最後尾まで行くとすぐさま馬首を巡らせ、剣を抜いて再び駆けてきた。

背後から迫ってくるタージェスに、盗賊が慌てて構えようとするが、遅い。剣を振り上げることもできずに数人の盗賊が斬り捨てられた。

「ご無事でしたか？」

あっという間にエルンストのもとに戻ってきたタージェスは、息も乱さずに聞いてきた。

あまりの鮮《あざ》やかさに呆気にとられたエルンストが辛うじて頷くと、にやりと笑ってトーデアプスからエルンストを受け取る。

タージェスが駆け抜けた後には、絶命した盗賊十数人と、呻き声を上げて苦しむ盗賊で道が覆われていた。背後を突こうと剣を握った盗賊もタージェスの武勇に恐れをなし、奇声を上げて逃げ出す。

気づくと、そこに残されたのは動けない盗賊と、死んで動かない盗賊、そして、五人のグルード人とエルンストらだけであった。

グルード人と睨み合って少しすると、鈴の音を響かせて無理矢理、馬車が通ってきた。

場違いな、エルンストはその豪華な馬車を見たときにまず、そう思った。

馬車に従ってきた侍従らが顔を顰《しか》め、あるいは吐きながら盗賊を片付けていく。どうにか片付け、持参した台をいくつか並べ、その上に厚手の布地で作った敷布を、さらにその上に金布を乗せ、重そうな椅子を置いた。

カタリナ侯爵家にあったような、豪華な布張りをされた椅子だ。三人がかりで椅子を置き、馬車から椅子までの道に敷布と金布を敷いた。

エルンストは思わず顔を顰める。あれほどの金布、売れば10シットにはなろうに。

馬車の扉を侍従が恭しく開けると、馬車以上に場違いな衣装を身に纏った貴人が出てきた。

あらゆる意味で呆気にとられ、誰も彼もが口を利けずにいたのをどう勘違いしたのか、トリ公爵は満面の笑みで金布を踏みつけ台に上ると、悠然と椅子に腰かけた。

「なんとも、醜《みにく》いことよのう」

ゆっくりと惨状を見渡すと、眉ひとつ動かさず言い放った。

「それが、自分の命令により命を落とした者にかける言葉か」

そう問いかけるエルンストに視線を合わせることもせず、答える。

「私は金を与えただけだ。命を下した覚えはない。……もっとも、そちらの熊どもは私の命で動く」

「詭弁《きべん》だな。盗賊に金を与えればどうなるか、わかっていように。それとも、そのような簡単なことにまで考えが及ばなくなっているのか」

エルンストの言葉に細い眉を寄せる。

「それに、グルード人は熊ではなく、人だ。他人の尊厳に無頓着な者は、他からの徳も得られぬ」

トリ公爵は手にした細身の扇《おうぎ》で口を隠すと、陰湿な笑いを目元に浮かべた。

「さすが……獣を伴侶になされただけのことはある」

エルンストの頭にかっ、と血が上った。

体が震えるほどの怒り。これほど激情に駆られたことはかつてなかった。

「我が伴侶に対して無礼であろう！　その無礼な言葉

ひとつでお前の首など簡単に刎ね飛ぶことを忘れたかっ‼」

深い森の中、エルンストのよく通る声が響き渡る。あまりの剣幕にトリ公爵はもとより、グルード人もメイセンの人々も体を硬直させた。

「国王陛下の御血をいただいているとはいえ、お前など下位にすぎぬ。この国において第三位の地位にある私の足下にも及ばぬことを思い知れっ！」

病的に白い頬をぶるぶると震わせながら、恨みに満ちた形相でトリ公爵がエルンストを睨んだ。

「な……なんと言われようと、お前の窮状は変わらん。お前など苦しみ抜いて、死ねばよいのだ。お前のせいで、私がどれほどの辛苦を舐めさせられたのか……お前などに、わかるものかっ！」

硝子を爪で引っ掻くような、耳障りな声だった。

「そなたの苦しみなど、わからぬ」

激情を収め、常の静かな声でエルンストは言った。

「そなたの苦しみはそなただけのものだ。誰のものでもない。苦しみに飲み込まれるか、飲み込むか、それもそなた次第だ」

「……そうやって切り捨てられるのは、お前が恵まれているからだっ！」

エルンストは、これほど哀れな者を見たことがなかった。

生まれたときより過剰な期待をかけられ、本人の努力ではどうにもならないことを強要される。トリ公爵の下である六番目の子が生まれるまでの数十年間、トリ公爵も、トリ公爵の母も、そしてトリ公爵自身も、エルンストが廃位されないことを焦り、罵《のの》り続けたのだろう。

何と、無駄な時を過ごしてきたのか。

「人は、感情の全てを言葉に表せるわけではない。漠然とした、何とも表現し難《がた》い感情に翻弄されることが多く、その感情も含めて、自分という個人を構成しているのだ。自分自身でさえ理解できない感情や考えを、全く違う個である他人にわかってもらおうと願うこと自体が間違っている。他人同士は理解し合おうと努める存在で、わかってくれないなどと言って喚《わめ》くのは、未熟な者のすることだ」

諭《さと》すように語りかけたが、トリ公爵の目から怨嗟《えんさ》の色が消えることはない。

理屈ではないのだ。頭が理解していても、感情が理解できないのだ。これもまた、自分自身では表現のしようのない、漠然とした感情に翻弄されているということなのだろう。

「もうよいっ！　お前とこれ以上話したところで何も解決されぬ！　お前に苦しめ続けられたこの四十有余年の恨み、今こそ晴らしてやるっ！」

醜く顔を歪め、トリ公爵は喚き続きた。

「グルード人ども！　まずはその獣を殺せっ！　……お前が不気味にも愛しているというその獣、お前の目の前で引き裂き、殺してやろう」

狂気に引き攣《つ》った顔で、グルード人に命じた。

五人のグルード人が、その包囲網をガンチェに向けて狭める。

「悪いな、ダンベルト人。契約金が破格だったんだ」

「構わんさ。俺たちにとっちゃ契約金が全てだ。その内容を吟味《ぎんみ》するか、契約金のみに目がいくか、それは当人次第だろう」

ガンチェは不敵にも笑っていた。

グルード人に囲まれていくガンチェの姿に、エルンストの心臓は摑まれたように痛くなる。

「タージェス……」

手綱を握るタージェスの腕を強く摑む。

返事のない背後を振り仰ぐと、柄にもなく血の気の失せた顔で、タージェスがじっと正面を見据えていた。

どれほど修練を積もうとも、クルベール人のタージェスに、手助けを、とは言えなかった。

恐怖に泣き叫びそうになる心を叱咤し、エルンストは正面を睨みつける。肩に、強い力を感じた。騎士の手が、エルンストの肩を摑んでいた。

「申し訳ありません……。悔しいですが、私では到底、邪魔にしかなりません……」

悔しさを滲ませた声音に、エルンストも無言で頷く。

悔しいのはエルンストも同じだった。もしエルンストが十分な金を持っていれば、グルード人やダンベルト人を雇うこともできた。

いや、カタリナ侯爵やプリア侯爵を脅してでも、金を得ていればよかった。後の災いになろうとも、ガンチェを失うよりよほどよい。せめて、リンツ谷まで雇えばよかったのだ。胃が、引き千切《ちぎ》られそうに後悔した。

そもそも、ガンチェを連れてくるべきではなかったのだ。クルベール人の領兵だけであれば、トリ公爵もグルード人を五人も雇わなかったのではないのか。あの盗賊だけであれば、タージェスら領兵だけでも対処できたのではないのか。

エルンストは、ガンチェの強さに頼りすぎていたのではないのかと後悔した。

グルード人が一歩、ガンチェに向かって足を進める。ガンチェは腰を落とし、身構えていた。その右手には槍が握られ、左手は真後ろの敵に向けて掌《てのひら》が広げられていた。

五人で囲み、圧倒的有利に立つと思われるグルード人が一気に跳びかからないところを見ると、ガンチェの構えには隙がないのだろう。

だが、それもいつまで保つのか。

じりじりと、時だけが流れていた。その流れが速いのか、遅いのか、エルンストにはわからない。

叫び出してタージェスから小刀を奪い、自らの喉に突き立てようかと思うほど、ガンチェを失うかもしれない恐怖に襲われ続けた。

自分が死ねば、少なくともガンチェは救われるのではないのか、そんな馬鹿な考えに襲われる。

だがもちろん、エルンストは正確に理解していた。

自分が死んだとき、ガンチェのために自ら命を絶ったとき、同時にガンチェの命をも奪うことになるのだということを。


突然、動いた者がいた。


誰も彼も、敵も味方も、指一本動かせない緊張状態の中、包囲網を固めたグルード人らに向けて飛び込んだ者がいた。

それが誰なのか、エルンストには気づけなかった。あまりに速い動きで、全く目が追いつかない。その上、恐怖に押し潰されそうになりながら凝視し続けたエルンストの体は強張り、自分の意思では容易に動かせなくなっていた。

強張った首を巡らせ、周囲を見渡す。馬上にいるメイセン領兵。離れた場所で見物を続けるトリ公爵とその侍従、そして領兵ら。

誰も、動いていないように見えた。そう思い、反対側に目をやり、そこに主のいない馬を見つけた。黒い馬だ。

彫像のように動かない、大きくて、立派な黒馬だった。

「ティス……」

乾いて張りついたような喉から辛うじて声を絞り出すと、タージェスの感嘆する声が降ってきた。

「さすが……エデータ人だ……」

再び正面に視線を戻したエルンストの目に、黒衣の剣士に斬られて頽《くずお》れる、グルード人ふたりの姿が飛び込んできた。

「……倒した……のか？」

「相手がグルード人ですからね。一太刀で殺すことは不可能でしょう。ただし……どうやら、関節を断ち切っているようです。あれではさすがのグルード人も立ち上がることは無理ですね。痛み云々《うんぬん》より、体の構造上、不可能です」

膝裏から激しく出血していた。両足共を斬り裂かれている。

「しかしあの大剣は、ただの見せかけじゃなかったようですね。あの分厚い筋肉に覆われたグルード人の足を、一太刀で斬り裂いた。しかも、返す刀でもうひとりやるとは……」

ティスは、グルード人らから数歩離れた場所で何事もなかったかのように立っていた。

構えるわけでもなく、だらりと落とした手で無造作に剣を持っている。

「あれで、構えているのだろうか？」

戦いのことなど全くわからないエルンストも疑問に思うほど、緊張感の欠片もない姿だった。

「……どうでしょうね……？　私の知るエデータ人の剣士は、もっと可愛げがあったものですが。ティスは、どうもよくわかりません。あれがティス独特の構えかもしれませんし……ただ、立っているだけかもしれません」

振り仰いで見ると、タージェスが呆れたように苦笑していた。だがその笑みには先ほどとは違い、余裕があった。

五人のグルード人は今や、三人になっていた。ガンチェの不利は変わらないと思うのだが、タージェスがこのように笑っているのならば勝機はあるのかとエルンストの胸に温かいものが広がる。

「世話をかけるな」

黒い面当てから見えるガンチェの金色の目が、にやり、と笑った。

「問題ありません」

感情が窺い知れない硬質な声で、ティスが答えた。

「エデータ人の剣士か……。ダンベルト人ばかりに気を取られていた我らの落ち度だな」

足を斬られたグルード人がふたり、地面に座り込んだまま笑っていた。

痛覚を遮断できるダンベルト人同様、グルード人もその痛みを自らの意思で断ち切れるのか。

苦しんでいるようには見えないその表情はしかし、悔しそうでもない。冷静に、状況を判断していた。これ以上は戦えないこと、そして、それを招いたのが自分たちであることを冷静に判断し、受け入れていた。

その潔さにエルンストは感服した。

「……な……何をやっているっ！　グルード人五人も集まって、獣一匹仕留められないのかっ!!　お前たちに、いくら払ったと思っているのだっ!!」

トリ公爵が椅子から身を乗り出し、金切り声を上げた。

「騒ぐな。指一本動かすことも汚すこともなく、高台から命じているだけの者が、何を偉そうに喚いているのだ」

エルンストが手厳しく断じるとトリ公爵は、ぎりり、と音が聞こえそうなほど、椅子の肘掛を握り締めた。

「お前の雇い主は、よいな」

「ああ、肝が据わっている」

ガンチェの前方を囲んだグルード人三人が、口々にエルンストを評した。

「当然だ。エルンスト様は素晴らしい方だ。だが、俺の伴侶だからな。おかしな気を起こすなよ」

ガンチェがその目に笑みを浮かべて言う。

「まあ……そういう趣味はないさ。ありゃ小さすぎる。それに、俺たちの契約では、お前を殺した後に、あれも殺さなきゃならん」

グルード人が呆れたように眉を上下させて言うと、ガンチェの身構えが瞬時に変わる。

「そんなことは決してさせません」

「そりゃそう言うだろうさ。伴侶契約などという変わった契約をわざわざ結んでいるんだからな。お前は、何があっても立ち向かってくるだろうことはわかっていた」

「なぜ、伴侶契約のことを知っている……？」

「ダンベルト人の女に聞いたのさ。市場に集まる俺たちが行くべき場所なぞ、ギルドしかないだろう？　少々、懐が寂しかったものでな。下のほうに行ったのさ」

　グルード人が構えたまま、指を一本、地面へと向けた。

「あそこは報酬が高いと決まっている……」

　傭兵制度については王宮でも学んだことはあったが、それはさらりとしたものだった。国軍兵士を抱えている王が、わざわざ傭兵を雇う必要はないからだ。

　傭兵を雇うのは、金はあるが兵はいない、あるいは正規の兵を使いたくない、もしくは突発的事情により兵が不足した者となる。

　ガンチェが語る傭兵の世界は、エルンストには興味深いものだった。

　傭兵はまず、その国の主要な市場へと向かい、傭兵ギルドへ行く。傭兵ギルドはひとつの市場に複数存在する。

　リンス国王都の市場ならば、ガンチェが把握しているだけでも三十以上のギルドがあった。グルード郡地の種族が利用するギルドは、そのうちの五つだ。

　そして、正規のギルトとは別に、契約内容に頓着しないギルドがある。つまり、犯罪行為となる仕事を斡《あっ》旋《せん》するギルドだ。

　こういうギルドは地下に潜《もぐ》っており、治安を守る軍務府の警務官らが常にその場所を探っている。だがギルド側もそれを察知し、頻繁に場所を変え、容易に在《あ》り処《か》を摑ませない。

　あのダンベルト人の女も、このグルード人たちも、そういうギルドを利用したのか。

　しかし、とエルンストは別のことを考える。

　警務官が摑みきれていないというのに、カタリナ侯爵もトリ公爵も、一体どういう手を使って地下ギルドに辿り着いたのか。

「余計なことを話すでないっ！」

　台上からトリ公爵の甲高い声が響く。

「そりゃすいませんな。だが、契約書にはそういう取り決めはなかったはずだ。俺が契約した内容は、メイセン領主を殺すこと、メイセン領主の伴侶を殺すこと、この二点だけだ」

「確かに、俺の契約書もそうだったな」

「俺もだ」

　グルード人らが笑う。熊と蔑まれ、平然と仕えているように見えても腹に据えかねていたのか。

当然だろう、とエルンストは思う。グルード郡地の種族ほど、誇り高い種族はいない。

国の名誉でも一族の名誉でもなく、ただひとつ、己の名誉のために生き、死ぬ者たちだ。

エルンストはグルード人に向かって言う。

「ひとつ、確認したい。お前たちの契約内容は、私とガンチェを殺すことのみか」

「そうだ」

何を訊《き》いてきたのか、訝《いぶか》しむように、戦闘不能に陥ったグルード人が答える。

「ではもし、私とガンチェを仕留めれば、ここにいるメイセンの領兵らに手を出すことはないのだな？」

「そうだ」

領兵やトーデアプスが驚いたようにエルンストを見る。

だがエルンストは、軽く片手を上げただけで彼らの声を制した。

「もし、お前たちが我が国の警務官に捕らえられたとき、お前たちは包み隠さず、契約内容を話す、ということだな」

「……そういうことになるな」

グルード人がエルンストの意図を察し、にやりと笑った。

エルンストは、一段も二段も高い場所から修羅場《しゅらば》を眺めるトリ公爵に視線を移した。エルンストが何を言っているのか、理解するのに時間がかかっているようだ。

エルンストは親切心でもなく、助け舟を出す。

「我が伴侶が、もしくは我が手の者が、そなたの使うグルード人を捕らえ軍務府へ引き渡した場合、そなたの悪行が全てさらけ出されるということだ。私を殺そうとしたことも、我が伴侶を傷つけようとしたことも、また、地下に潜る不正なギルドを利用したことも。もし、我らが不幸にも命を落としたとしても、我が領兵がそなたの悪行を話すであろう。そなたの領兵が仕留めぬ限りはな」

病的に白かった顔が一瞬で色をなくす。

「契約を取り交わすのであれば、もっと言葉を重ねるべきであったな。このような悪事に使うのであれば少なくとも、守秘義務については明記する必要がある」

「そ……そのようなことが……お、起きるものかっ！

何のために2リッターも払ったというのだっ！　熊どもよっ！　何をしているっ!!」

　五人で2リッターというのなら、ひとり4０００シットか。ガンチェの教えてくれたグルード人を雇う相場は、対象相手の命を奪う場合、ひとり2０００シット。確かに破格だ。

「私の本意ではないが、そなたがこれ以上私に害をなそうとするのならば、私の身に起きたことも話さねばならないだろう」

「……何を言っている……」

「そなたは知らぬと申すか。……それでもよい。そなたが知ろうと知らぬと関係のないことだ。そなたの祖父と母が何をしたのか、それだけが証明されればよい」

　トリ公爵は陸にあげられた魚のように、ぱくぱくと口を動かせて目を見開いた。

　何を言われているのか、その結果がどういうことを招くのか十分わかっていると、この姿がエルンストに知らせた。

「お……お前らも行けっ!!　絶対にあいつらを生きて通すなっ！　メイセンの領兵らも殺せっ！　全員、殺せっ！　殺せっ!!　殺せっ!!」

　トリ公爵に連れてこられていたメンセダイ領兵隊が剣を抜く。

　自らの領主がなぜこれほどまでに狼狽しているのかわからないだろうが、領主が罰せられれば、それに与《くみ》した領兵も侍従も罰せられることがある。知らないうちに自らに降りかかっていた火の粉を払うように、躊躇なく剣を抜いた。

　メンセダイ領兵隊の数は、ざっと数えて二十数名。侍従は数に入らないとしても刃物を持っている以上、無視するわけにはいかない。

　エルンストはトリ公爵を睨みつけたまま、タージェスに訊ねた。

「メンセダイ領兵隊は、どのようなものか」

「さて……」

　いやにのんびりした声が降ってきた。

「国境を接している領地の兵でもありませんからね。訓練はされているようですが、あの構えから見て、所詮、お飾りの兵ですよ。実戦をしたことがない。つまり……人を殺したことのない者の目です」

　メイセン領兵隊も長閑《のどか》な兵だった。

だがこの旅で、ミナハもブレスも鍛えられている。

ミナハは既に数人の盗賊を倒しており、ブレスはかつて傭兵として出稼ぎをしていた。

人を殺していることなど自慢できるものではない。だがこの修羅場において、踏み越えた場数の違いは生死を分ける。

「トーデアプス殿」

タージェスが再び、傍らにぴたりと馬をつけたトーデアプスを呼んだ。

「先ほどから見ていたが馬の腕前、かなりのものとみるが、いかがか？」

「お褒めに与《あずか》り光栄です。これでも騎士の端くれ、訓練を怠《おこた》ったことはございませぬ。僭越《せんえつ》ながら、両手で手綱を引かせていただければ、この私の騎馬に敵《かな》う者など国軍の騎馬隊にもいないのではと自負しております」

常時控えめなトーデアプスにしては珍しく、自信を覗かせた。

タージェスはにやりと笑ってエルンストをトーデアプスに託すと、馬首を巡らしメンセダイ領兵へと駆けていく。

すらりと抜かれたタージェスの剣が、陽を弾いて輝く。それすらも計算のうちなのか。メンセダイ領兵の数人が目を押さえた。

「殊更《ことさら》に命を奪わなくてよいっ！」

エルンストは慌てて声を上げた。振り返りもせずタージェスは頷くと、剣を振り下ろした。

刃先を向けてではなく、背で打ち据える。馬上から強力に振り下ろされた剣が、メンセダイ領兵の腕を叩き折る。鈍い音を立ててふたりの腕を折り、ひとりを兜の上から叩きつける。あっという間に、三人のメンセダイ領兵が蹲った。

トーデアプスが言ったように騎士のすごいところは馬を、時には足だけで操り、剣を無尽に振るえることだった。

トーデアプスは油断なく周囲に視線を巡らせ、メンセダイ領兵や侍従らが近づかないように馬を操っていた。

ミナハは数本の矢を手に持ったまま、目にも留まらない速さで矢を射る。

ブレスは馬から降り、どっしりと地に足を着いて構えると、奇声を上げて向かってくるメンセダイ領兵の剣を一振りでいなす。

続いて走ってきた領兵を片足で蹴り上げ、その後ろから駆けてきた領兵へとぶつける。ふたりの領兵はもつれ合うように倒れた。

こちらは圧倒的な戦力の違いにエルンストはほっと息をつく。

メンセダイ領兵は、タージェスらに任せておけばよい。

ガンチェを見た。相変わらず、グルード人が取り囲んでいた。契約に生きるグルード人はさすがだ。こちらの騒ぎに頓着することもなく、雇い主の危うい状況にも興味を示さない。前金で半額を受け取っているのだろう。残り半額を受け取るためにガンチェと向かい合っている。

彼らから数歩離れた場所に立つティスが、ふいに、足を動かした。

それは退屈した子供が足元の小石を蹴るかのような動きだった。だが、鍛えられた剣士が蹴り上げた小石は凄まじい勢いでひとりのグルード人へと向かう。

もちろん、グルード人もティスを警戒していたようだ。二度同じ愚は犯さないということだろう。

しかしティスの目的は別にあった。グルード人を小石如きで仕留めようとしたのではなく、三人のうち、ひとりの動きを一瞬でも削ぐことだったのだ。

包囲網が破れた。

エルンストの目にも、三人のグルード人が描く完璧な円が崩れたのがわかった。

はっとしたときにはガンチェの槍がグルード人のひとりに向けてぶん、と投げつけられていた。

グルード人は、あの巨体からは想像もつかないほどの素早さで、至近距離から飛んでくる槍を避けたが、体勢を崩す。ガンチェは、体勢を崩したグルード人には目もくれず、最後のひとりに向けて大剣を抜く。

ガンチェの大剣が、グルード人の大剣とぶつかり合った。飛び散る火花が消える前に、ガンチェは肩をグルード人にぶつけ、足を払う。

グルード人の巨体はさすがに倒れなかったが姿勢を崩し、後ろ足で踏ん張った。

体勢を崩していたふたりのグルード人が慌てて剣を構える。だが、ティスとガンチェが作った一瞬の間が大きかった。

ティスは小石を蹴り飛ばしたその足を大きく踏み出し、エルンストの目が追いつかないほどの速さで、ガンチェが槍を投げつけたグルード人の後ろに回り込んだ。

　あっとエルンストが思ったときにはもう、グルード人は地面に座り込むふたり同様、膝裏の関節を斬り裂かれていた。

　ティスは返す刀でガンチェと組み合うグルード人に斬りつけようとしたが、小石を避けたグルード人が大剣を振り下ろし、その剣を、両手で摑んだ自分の剣で受け止める。

　無事に受け止めたとエルンストには見えたが、グルード人の俊敏さ、怪力に、敵うものではないらしい。ティスは簡単に弾き飛ばされ、遠く離れた木に背中から叩きつけられた。

「ティス!!」

　エルンストは名を叫んだが、黒衣の剣士はぴくりとも動かない。気を失っているだけならよいが、背中から叩きつけられたのが気になる。

　馬上から身を乗り出すエルンストの腰を、トーデアプスの痩せた手がしっかりと押さえていた。

「ご無礼をお許しください。ですが、どうぞ、抑えてください」

　押し殺したような声が背中から聞こえる。エルンストは震える手でトーデアプスの手を握り、何度も頷いた。

　エデータ人も、ダンベルト人のように強靭《きょうじん》な体をしているという。だが、グルード人の力で叩きつけられ無事でいられるのか。

　エルンストは不安に押し潰されそうになりながら、ティスの姿を凝視した。

　ガンチェは横目でティスが飛ばされていくのを見ていたのだろう。鍔迫《つばぜ》り合いをしていたグルード人から剣を離すと、ティスを弾き飛ばしたグルード人へと飛び込む。

　そうして、ティスを弾き飛ばしたことで体勢を崩していたグルード人の、右脇腹から左肩にかけて一気に斬り裂く。そのまま肩をぶつけて押し倒し、大剣を振りかざすと、倒れ込むグルード人の腹を剣で突き刺した。

　ガンチェはそのまま地面を一回転し、最後に残ったグルード人が振り下ろす剣を避ける。転がり、地面につけた足で強く大地を蹴ると、体勢を崩すことなく前掲姿勢のまま、剣を振るうグルード人目がけて突進した。

グルード人の大剣が閃くのが見えた。エルンストは思わず目を閉じる。

固く目を閉じたエルンストが再び、おずおずと目を開いたとき、ガンチェはグルード人と素手で組み合っていた。

近くにはグルード人の剣が転がっている。ガンチェの朱い鎧も傷ついていた。左腕の箇所がエルンストの場所からでもわかるほど、裂けていた。

しかし鎧だけで止めたのか、血が流れている様子はない。

巨大な人々が組み合う。両手を合わせ、足を踏ん張り、互いを押し合っていた。

ガンチェよりも大きなグルード人の力を、ガンチェはしっかりと受け止めている。踏ん張ったガンチェの足が、地面を削っていた。

だが、一歩も引かない。

「ガンチェ……」

エルンストは馬上から身を乗り出した。

「エルンスト様」

いつの間にかタージェスが横に馬をつけていた。

「あ……りょ、領兵は？　メンセダイ領兵は、どうなったのか」

「大丈夫ですよ。捕らえております。ついでに、トリ公爵にも縄をかけました」

振り返って見てみると、場違いな椅子から引き摺り下ろされたトリ公爵が、屈辱に塗《まみ》れた顔で地に座っていた。

「ガンチェを……」

「手助けしたいのは山々なのですが……私には無理です。グルード人が生身であれば一太刀くらいは浴びせられるかもしれませんが、あの鎧。それほどよいものではないようですが、鎧越しにグルード人の筋肉を断ち切るなど、私如きの腕前では不可能です」

タージェスが悔しさを滲ませて言った。

「ティスは……？」

「大丈夫です。ブレスが連れてきていますよ。私が見たところ意識を失っているだけですね」

その言葉に、エルンストはほっと息を吐いた。

ガンチェとグルード人との組み合いを、固唾を呑んで見守る。

ガンチェよりも大きく、筋肉の盛り上がったグルード人に対し、互角に戦っているように見える。だが、勝たなければ先はないのだ。

「ガンチェ……ガンチェ……」

エルンストは愛しい人の名を呟くことしかできない。この身に力があれば、人外の力でもあれば、すぐにでも助けてやれるのに。

エルンストは両手を握り締め、ぼやける視界の中、ガンチェの姿を見つめ続けていた。

均衡が崩れたのは、足下の枯葉にグルード人が足をとられたときだった。ずるりと半歩を滑らせたグルード人をガンチェは見過ごさず、一気に仕掛けた。

大きく足を踏み出し、下から突き上げるように体をぶつける。ぐらりと揺れる巨体を自らの肩に担ぎ上げると、ぶん、と目の前の大木に向けて放り投げた。

凄まじい音を立てて、グルード人もろとも木が折れる。

無数の葉と枝に絡みつかれて体勢を整えることのできないグルード人を背中から押さえつけると、ガンチェはその腕を捻じり上げ、ぼきりと骨を砕いた。

関節を斬られた者、腕をへし折られた者、腹に大剣を突き刺したままの者、全てのグルード人に対する警戒を緩めることなくガンチェは前を向いたまま後退し、エルンストのもとへと帰ってきた。

「ガンチェ！　ガンチェ！」

エルンストはたまらず馬上から身を乗り出し、ガンチェへと向けて両手を伸ばす。ガンチェはしっかりとエルンストを抱き寄せ、馬から降ろし、抱き締めてくれた。

朱い鎧越しにガンチェを抱き締める。肩に縋《すが》りつき、冷たい鎧に頬を寄せた。

「エルンスト様。汚れてしまいますよ」

「構わぬ！」

離れてなるものかと強くしがみつく。ガンチェからは噎せ返るほどの血の臭いと、愛しい若草の香りがした。

震える指で、どうにかガンチェの黒い顔当てを外す。現れた顔は、いつもの精悍な顔だった。達成感からか、晴れ晴れと笑っていた。可愛い年下の伴侶が、得意がって笑っていた。

エルンストは兜の中に手を入れ、愛しい伴侶の頬を撫でてやる。汗が滝のように流れていた。

鎧は重たいだろう。暑いだろう。早く脱がせてやりたいと思った。湯を使って汗を流し、労《いたわ》ってやりたかった。

額を、眉を、鼻を、頬を撫でていく。指で触れるだけではもの足りず、エルンストはガンチェに夢中で口づけた。

「……ごほんっ」

いつもいいところで邪魔が入る。

「何だ」

憮然として振り向くと、タージェスが呆れたような表情を浮かべ、後ろ手にトリ公爵を、そしていつの間に来たのかネリース公爵を指し示していた。

ネリース公爵は馬車ではなく、自ら馬に乗っていた。

「間に合ったわけではないようですが、まあ結果的には、間に合ったと言ってもいいのでしょうかね」

貴族ではなく民が着るような服装で、特筆すべきところもない普通の馬に乗ったネリース公爵が、おもしろそうに周囲を見渡す。

ネリース公爵の背後には、七人の剣士が従っていた。領兵ではない。シェル郡地とシスティーカ郡地の種族で構成された剣士だ。

「何をしに来た」

エルンストの予想では、ネリース公爵は毒にはならない者だった。しかし、今この場に現れたことを考えればそうとも言いきれない。

タージェスは平静を装いながらも軽く、右手を剣に添わせていた。

「警戒なさるのも無理はありません。ですが、誓って申し上げます。私は敵ではありません」

元老院でよく見た、皮肉な様子は微塵もない。明るい、と言ってもいいほどの笑顔を浮かべた。

エルンストを抱き上げるガンチェの手に力がこめられる。

「私が貴方を殺したところで利益はありません。私は、私に与えられた立場に満足していますし、メイセンなど欲しくもありません。貴方が私の領地を欲していて、私が追い出されそうだというのなら話は変わる……のかなぁ……？　まあ、そうなったら、どうぞ、とお渡ししますね。そうなれば、私は気ままに旅でもして遊びますよ」

ひょいと肩を上げて一方的に話し続けた。

「ということで、私は別に貴方をどうこうしようと思ってここに来たわけではないのです」

「では何故このような場所にいるのだ。ここは街道とはいえ、そなたの領地とは全く違う方向にある。よもや、偶然などと言うのではないだろうな」

「偶然ではありませんよ。私にも使える駒はいくつかありましてね」

にこりと笑う。

「では……？」

「醜い兄弟喧嘩をやめさせに来たのです。……そこに転がっているトリ公爵、私に預けてはもらえませんかね？」

くい、と顎で指し示した。エルンストはトリ公爵に目をやってから、ネリース公爵へと視線を戻す。

「それで、そなたに何の益があるのだ」

「さすが、安易に容易きほうに流れてはいただけませんね……。益、ふむ……私の利益ですか。ひと言で言えば、平穏な日常の確保、ですよ」

ネリース公爵は手綱から両手を離し、ひょいと広げてみせた。一々、芝居がかっているとエルンストは思った。

王宮に芝居者が招かれたことがある。遙か離れた壇上で見ていたが、遠い席に座る王族に向けて、大袈裟《おおげさ》な身振りで演じていた。

「私は、今の自分の立ち位置に満足しています。貴族としての盤石たる地位。領地はそれなりに富んでいますし、領民はそれなりに満足しています。私が領地にいようといまいと関係なく、私の領地は滞《とどこお》りなく運営されるほどの優秀な行政官もいる。私は領地を気にすることもなく、懐を気にすることもなく、こうやって気ままに国内を旅していたいのですよ」

「ふむ……。トリ公爵が私を害したとわかれば、トリ公爵は罰せられなければならない。だがそれは、国王陛下の子同士が争ったということになる。皇太子殿下でなければ国王陛下の子といえどもただの貴族に過ぎぬが、そのようなことが通じるのは皮肉にも、我がリンス国内だけだ」

「そのとおり。さすがは、元、皇太子殿下。お察しがよろしい。……国王陛下の子同士が争ったということは、他国にとっては、王族同士が争った、つまり、内乱の可能性があると判断される。私が愛する平穏も乱されるということです」

笑みを絶やさず、相手を称賛する言葉を随所に散らしつつ、要点を逸らす。エルンストはほんの僅か、目を眇める。

　このネリース公爵、底が深い。

「トリ公爵をそなたに預けたとしよう。それでそなた、どうするつもりだ？　よもや、屋敷に送り届けるだけだとは言うまい」

　ネリース公爵は顎に手をあて、思案するように目を閉じた。

　タージェスがエルンストに視線を寄越《よこ》す。ガンチェに抱き上げられたままだということを咎めているようだ。だがエルンストは黙殺した。

　馬から降りないネリース公爵、あれは気づいていないのではなく、わざとだ。明らかに順位が上であるエルンストに対して優位に立ち、交渉を進めようとしている。

「……では、反対にお聞きしますが、トリ公爵を警務官らに引き渡したとして、貴方に利益はありますか」

　エルンストを見下げるようにネリース公爵がくい、と顔を上げた。

「私の生命が守られる。私の伴侶も、領兵らも。これ以上の利益があるだろうか」

「確かに……」

　くく、と肩を揺すって笑い出した。

　エルンストの頭は目まぐるしく回転していた。ネリース公爵は視野の外にいた。もちろん忘れていたわけではないが、重要人物ではなかった。

　エルンストより二ヶ月遅れて生まれた弟。国王の第三子。ショウカ領主、トゥラン・ビュル・ネリース公爵。トリ公爵にこだわる真意はどこだ。

　ふいに、エルンストの脳裏にある光景が浮かんだ。

「そなたの目的はトリ公爵ではなく、ナドラ領だ」

　ネリース公爵の目から笑いが消えた。

「メンセダイ領の隣地であり、五十七年前から領主不在。土地は狭く痩せている。領民の多くは農民ではなく、職人。現在はメンセダイ領主であるトリ公爵が仮に治めている土地だ」

「……そんなつまらない土地を、私が欲している、と？」

　先ほどまでの快活さはどこに消えたのか、冷たい声だった。

「確かに、取り立てて奪い合うような土地ではない。……現在のところは」

　エルンストがひと呼吸置くように話を止めると、ネリース公爵の目がすっと眇められた。

「私の記憶が正しければナドラ領は、三年前にネンゲ石が見つかったのではないのか？」

「それが、どうかしましたか」

冷たい声に、硬さが混じる。

「ネンゲ石自体はどうということはない。ただの、硬いだけの石だ」

エルンストはトリ公爵を見た。ふて腐れたような顔で座り込んでいる。自分の処遇について話し合っているというのに、全く関係がないという顔だ。

「だが、その硬さが重要だ。ネンゲ石の硬さでなければ磨けない石がある。……そなたが欲しているのは、その石のほうではないのか」

ネリース公爵の顔からは完全に笑みが消えた。

「その石とは、エスタ石だ。普通の黒い石に見えるが、ネンゲ石で磨くと鮮やかな緑色になる。腕の良い職人が加工すれば高値で取引される。地下ではなく、地上で採れる数少ない宝石だ」

宝石や鉱物の類は、大地の硬い地層の下で採れる。どこにあるのかわからず、硬い地層を砕いてまで無闇に探すことはどの種族にもできなかった。

だが、ただひとつ、ヘルの種族だけがそれを行える。

現在出回っている鉄も鉛《なまり》も宝石も、全てヘル人の手を一度は通ったものだ。そのため利益の多くはヘル人が得ている。それが、ヘル人が築いた全ての国を富ませている理由である。

エスタ石のように地上付近の地層から見つかる鉱物は、ヘル人以外の種族にとって貴重だった。

「そなた……エスタ石の鉱山を見つけたのか」

ネリース公爵は憮然とした表情を浮かべ、顔を逸らした。反対に、トリ公爵の顔に喜色が広がる。

「そなたら、忘れたわけではなかろう？　エスタ石は国の財産となる。どの領地で産出されようとも、全ては国の管理下に置かれることを」

エルンストが諭すように言っても、ふたりの表情は変わらなかった。

「トリ公爵を脅すか騙《だま》すかして、そなた、ナドラ領を手に入れたかったのだろう？」

「……私は我が領地、ショウカ領で満足していると言ったではありませんか」

「そなたはショウカ領主でおればよい。だが、ナドラ領は領主不在の土地だ。隣地の領主が仮に治める。それがメンセダイ領主でなければならない理由はない。ナドラ領の隣地は他にもある。ナドラ領の隣地、イドリウサ領主は、アルティカ侯爵だ」

下品にも、ネリース公爵は舌打ちをする。エルンストはその様子に内心で溜め息をつきながら、自分の予想が正しかったことを知った。

「国軍総大将であるアルティカ侯爵はイドリウサ領主であり、また、そなた、ネリース公爵の恋人だ」

トリ公爵が驚いたようにネリース公爵を見た。

「……証拠は？」

「元老院でのそなたらの視線、入退室での歩き方、そして、私に対する詰問の連携。これらは私の想像に過ぎぬが、今のそなたの顔を見れば誰にでもわかることだろう」

ネリース公爵はうっすらと汗を掻いていた。

「アルティカ侯爵を介してナドラ領を手に入れネンゲ石を、ひいてはエスタ石を手に入れるつもりだったのか」

この旅慣れた旅装を見ればその言のとおり、ネリース公爵が国内を回り続けたことがよくわかる。

旅の途中で偶然にもエスタ石を見つけたのか。磨く前のエスタ石ならば、ただの黒い石に見えただろう。

しかし、上級貴族であるネリース公爵の目は、莫大な富を生み出す石であることを、違わず見抜いたはずだ。

自分の地位に満足し、多くの金銭を望んでいなかった者を惑わせる宝石。エルンストも、エスタ石で細工された品を数多く王宮で目にした。最近ではカタリナ侯爵の屋敷である。深い緑色のエスタ石は陽の光を受けて若葉色に、蠟燭の下では深い青緑へと変わる。リンス国では最高級と評される宝石だ。

確かに、エスタ石は美しいと思う。だが、人々の目を惑わせるものであるのならばそれは、ただの禍々しい石だ。エスタ石の採掘、流通の一切を国の管理下に置いているのは正しい。個人が手にすれば、身を滅ぼす。

「トリ公爵をそなたに託そう」

ネリース公爵が驚いたように顔を上げた。

「だがネンゲ石の存在を知った今、トリ公爵が大人しくナドラ領を手放すとは思えぬ。そなたらが画策し、協力し合い、石を掘り出し磨くのか？」

静かに語りかけると、ネリース公爵もトリ公爵も、お互いを見ようとはしなかった。

「ネリース公爵。そなたがどこを旅したかを綿密に調べれば、エスタ石の鉱山を探し出すことも可能であろう。鉱山が発見されてからそなたが弁明したところで遅い。エスタ石の鉱山を隠すことは大罪である。トリ公爵の罪ほどではないが、そなたも一生を閉じ込められて過ごすことにはなる」

ネリース公爵に従っていた剣士たちが身構える。エルンストを抱き上げるガンチェの手に力がこめられた。

「さて……どうする？　私の口を塞ぐか。あるいは、正直に行政官府へ届けるか……」

ネリース公爵はじっとエルンストを見ていたが、ふいに視線を逸らすと諦めたように笑った。

「仕方ありませんね。柄にもなく、金に目が眩《くら》みました。貴方のご推察どおりですよ。私はひょんなことからエスタ石の鉱山を見つけたわけです。まあ、どれほどの量が眠っているのかは知りませんがね。……短い夢だったなぁ……」

ひらひらと右手を振って、剣士らに緊張を解くよう示した。

「さて、今から戻って行政官府へ伝えに行きましょうか。……で、やっぱりトリ公爵はいただいていっても構いませんかね？」

「好きにすればよい。ただし、スラグ領との領地替えを望む」

「メイセンを出られるのですか？」

ネリース公爵の言葉に、タージェスらが驚いたようにエルンストを振り返った。

「私ではない」

苦笑してエルンストは続ける。

「トリ公爵だ。私に対する遺恨が消え失せたとは思えぬ。二度とこのようなことがないよう、自由に金が使えないくらいの貧乏領地を与えよ」

ネリース公爵は肩を竦め、トリ公爵は表情を凍らせた。

「もっとも……我が領地メイセンより困窮している領地はないと思うが……」

エルンストがひと言付け加えれば、メイセンの領兵は弾けるように笑った。

4

グリース領へと入り、行きで使った宿に着いたときには完全に陽が暮れていた。

グリース領とムティカ領に横たわる森が危険だからと鎧を着けて行き交う者も多いだろうが、さすがに血と汗に塗れた一行が辿り着いたときには、宿の主は腰も抜かさんばかりに驚いていた。

トーデアプスが丁寧に説明し、ようやく宿に招き入れられた。

「とにかく……疲れましたな」

室内に入るやいなや、ブレスがどっかりと椅子に体を預けた。鎧を脱ぐ力も残っていないらしい。ミナハが自分の鎧を脱ぎ捨てた後、ブレスの上半身部分だけでもと外してやっていた。

「エルンスト様、大丈夫なのですか？」

ティスの様子を診ていたエルンストに、タージェスが問いかける。

「ネリース公爵に全て任せて」

「ふむ。エスタ石に関しては、もう諦めたことだろう。あの石は闇で売り捌《さば》くにしても相手が限られる。国の管理下に置かれているエスタ石は、採掘はもとより、その取引についても厳重な取り決めがあるのだ。ネリース公爵にも、それはわかっていることだ」

十分わかっている者でさえ、一瞬、惑わせた。それが宝石の持つ力なのか。

「トリ公爵は諦めてくれるでしょうか？」

なぜトリ公爵がエルンストどころか全員を殺すように命じたのか、エルンストがトリ公爵を脅かす何を握っているのか、タージェスは知らない。

だがタージェスは、何も聞かなかった。察しがいいということは、聞くべきことと聞かなくてもよいことを違えずに判断することでもある。

「状況が諦めさせる。タージェスは、スラグ領を知っているだろうか」

「たしか、南のほうの領地でしたよね。……申し訳ありません。それだけしかわからないです」

「詫びる必要はない。多くの国民は、遠く離れた他領地など気にも留めないだろう。スラグ領は南に位置し、気候は温暖で土地は肥えている。本来ならば、豊かな土地だ」

エルンストはミナハに命じ、湯が使えるかどうか宿に確認させた。

「だがスラグ領には大小様々な石が散乱し、耕《たがや》すことは困難となっている。鍬《くわ》を一度振り下ろすと、ごろごろと石が出てくるのだ。あの土地はかつて、リヌア石の採掘場であった」

「たしか……土地が狭かった……という印象があるのですが」

タージェスは微かな記憶を掘り起こすように、眉間に皺を寄せて言った。

「そうだ。スラグ領はとても狭い。キャラリメ村とアルルカ村ほどしかない」

「そ……それは……また……」

ブレスが何と言っていいかわからないのか、言葉にならない言葉を呟く。

メイセンの広さに慣れている生粋のメイセン領民には、到底信じられない狭さだろう。

「スラグ領の全域でリヌア石が採掘できたのだ。そのため、それほどの狭さであっても領地は潤っていた。約百年前までは、だが」

今からおよそ二百五十年前、最後に見つかったリヌア石の採掘場である。百五十年採り続け、今では石だらけになってしまった領地だ。

「かつては農耕地としてそれなりに豊かであったのだが、今では石ばかりでどうにもならない。領民は以前の豊かな暮らしを忘れられないのか、地道に耕す意思が少ないという。そのため年々、困窮がひどくなっている」

とはいっても、今現在でもメイセンほどの貧地ではない。

「そうなのですか……。それで、そのスラグ領がどうかしたのですか」

ミナハが戻ってきて、宿がわざわざ湯の準備をしてくれていると伝えてきた。

エルンストらが森の盗賊を二度にわたって痛めつけたことを知ったらしい。この街道が賑やかになれば、宿も儲かるのだ。

「スラグ領の領主は、国王陛下の第二子であるコウナカクト公爵なのだ。コウナカクト公爵というのは気の毒な方で……」

「殿下がお気に病まれることではございません」

トーデアプスが控えめに、だが毅然と言った。

「わかっておる。私にどうこうできることではなく、誰にも責はない。とはいえ、コウナカクト公爵が皇太子であったかもしれぬのだ」

鎧を外していくガンチェの手が止まる。

「コウナカクト公爵と私の生まれ日の違いは、僅か十五日だ。私の母と、コウナカクト公爵の母は、ほぼ同時に身籠り、どちらが先に生まれるかわからなかったため、二人共が皇太子宮で産み月を過ごした。だが、私の母が産気づいてすぐ、コウナカクト公爵の母は退去させられている」

「仕方のないことでございます。皇太子宮でお生まれになる方は、皇太子殿下ただおひとりと定まっておりますれば……」

「コウナカクト公爵の母は、あまり裕福な貴族の出ではなかった。しかし皇太子の母になるかもしれぬと、父であるコウナカクト子爵は無理をして皇太子宮へ上がるための支度をした。身ひとつで上がってもよいのだが……見栄を張ったのだな」

トーデアプスがやりきれないというように首を振った。

「控えめな、お優しい方でございました」

「そのためにコウナカクト子爵家は没落してしまった。金を用意するために領地まで手放してしまったが、特別に何かの役職に就いていなかった子爵には、領地から上がってくる税以外に収入はなかったのだ」

止めていた手を再び動かし、ガンチェが鎧を外していく。あの重い鎧が軽々と扱われていた。

「第二子であるコウナカクト公爵がスラグ領主となったのは、ひと言で言えば騙されたのだ。新たに領地を得たかった子爵はよく調べもせずに、ネリース公爵の祖父である、ネリース侯爵の誘いに乗った。それが、スラグ領である」

「当時はまだ、もっと掘り下げればリヌア石が採掘できると言われておりましたから」

トーデアプスの言葉にエルンストは頷く。

「だがネリース侯爵は、スラグ領からリヌア石を採るのはもう無理だとわかっていたのだろう。その上で、そのような土地を自分の孫が押しつけられることのないよう先手を打ったのだ。その結果、コウナカクト公爵が領主となった。王都での生活に耐えられなかった母と共に、スラグ領へ赴いたのは二十歳のとき。まだ子供であったコウナカクト公爵に代わって統治するため、コウナカクト子爵も共に赴いている」

「とても……驚かれたのだと思います。子爵は領地に到着されて数日後、息を引き取っておられます。当時、まだ百四十八歳のお若さで……」

トーデアプスは目を閉じて頭を振った。

「コウナカクト公爵の母は、病弱な方であったという。だが、幼い娘に代わり、領地を統治したのだ。しかし無理をしたのか、子爵が亡くなって十二年後、ひっそりと息を引き取られた」

鎧を全て外したガンチェに近寄り、衣服に触れた。それは、ひんやりと冷えていた。

「当時、まだ三十二歳であったコウナカクト公爵に、一体何ができたというのだろう。スラグ領は坂道を転がるように衰退し、今では国に対する納税でさえも滞りがちになっている。聞くところによると、屋敷中のものを売り払い、何とか生活をしているという話なのだ」

エルンストは慌てて話を終わらせようとした。これ以上、ガンチェをこのままにはしておけない。本当に風邪をひいてしまう。

「本来ならば第二子であるコウナカクト公爵が、あのような貧地に留め置かれること自体が間違っている。もともと、ネリース公爵ならば私の真意がわかるだろう。自らの祖父の邪心が招いたことだ。曲げた道理は正さねばならぬ」

ガンチェの腕を取り、扉に半身を向けた状態で話し続けたエルンストに、タージェスは苦笑した。

「なぜスラグ領なのか、よくわかりました。どうぞ、お湯を楽しんできてください。我々は夕食をいただいたら休ませていただきます。他にも部屋が取れましたので、適当に使わせてもらいますよ」

タージェスの言葉にミナハが顔を上気させ、ブレスはにやにやと笑っていた。ティスは相変わらず表情のわからない顔でゆっくりと茶を啜り、トーデアプスは着替えを用意していた。

「ガンチェ様、こちらを」

そう言って両手で差し出された着替えをガンチェが受け取る間ももどかしく、エルンストは風呂場へ急ごうとして、慌てて足を止める。

「ああ、そうだ。みなも汗を掻いたのではないのか？放置しておいては体調を崩す。湯を……」

言いかけたエルンストの言葉を遮るようにブレスが

「はい。大丈夫ですよ。それに、私はダンベルト人ですから」

「む。私は、それはいけないと思う。ダンベルト人は確かに強い。私のような者と比べれば、綿と岩ほどに違うのだろう。だが、何事も過信してはいけない。用心を怠ってガンチェがもし、万が一、体調を崩すようなことがあっては、私は哀しい」

下から見上げてそう言うと、ガンチェはどこか、こそばゆいような顔をしていた。

「では、髪を洗おう」

エルンストが立ち上がってもガンチェは座ったまま、エルンストの腰を引き寄せた。湯船に座るガンチェと立つエルンスト。エルンストの腰はちょうど、ガンチェの目の前にある。

「……髪を洗わねば……」

巻き毛に指を絡める。くい、と引っ張ったが大きな顔はエルンストの腰に貼りついたまま、離れようとはしなかった。

「仕方がないな……」

くすくすと笑って、エルンストは年下の伴侶の好きにさせた。

温かい湯に、ほっと息を吐く。ガンチェの硬い太腿に乗り上げ、茶色の巻き毛に指を入れた。くん、と匂いを嗅ぐと微かに血の臭いがする。

「体が温まったら、次は髪を洗おう」

広い肩に両腕を置き、甘えるように言った。ガンチェはくすりと笑って、エルンストの腰に手を這わせる。

「エルンスト様に体を洗っていただいただけでも畏れ多いことですのに……髪までとは」

「何を畏れるのだ。伴侶であろう？　私も、してもらってばかりではいけない」

ガンチェの大きな体を、エルンストは初めて洗った。

「体は温まっただろうか」

言った。

「いいえ！　お気遣いなく。我々はガンチェほど動いてはおりませんから汗など微塵も掻いてはおりません。ええ、大丈夫ですとも」

あまりに強くブレスが断言しタージェスらも強く頷いたので、エルンストはそうかと呟き、ガンチェを伴って風呂場へと向かった。

濡れた音が風呂場に響く。巻き毛に両手の指を絡ませ、エルンストは目を閉じ、顔を仰け反らせた。

吸いつかれ、引っ張られ、腰が動く。眉を寄せ、迫り上がってくる情欲をやり過ごす。欲情のまま吐き出すばかりではおもしろくない。視線を感じて目をやると、赤茶色の目とぶつかった。不満を湛《たた》えたような、意外そうな、おもしろがっている目だ。

「……私も、流されてばかりではない。未熟ながらも、成長はするのだ」

そう言ってやると、より強い力で吸いつかれた。

「……くっ」

息を呑み、耐える。

下に目をやり、必死に吸いつくガンチェを見る。可愛くて仕方がない伴侶。両手で茶色の巻き毛を掻き混ぜ、吸いついて窄《すぼ》めた頬を撫でてやる。誰よりも、愛おしい伴侶。

真剣な顔をして吸い続けるガンチェが上目遣いにエルンストを見てきた。もう我慢できない。赤茶色の目が、そう言っていた。エルンストはくすりと笑って目を閉じると、情欲に身を任せる。

脳天で、弾けるように光がちらつく。体の中心部から魂が抜け出るようだ。

両手でしっかりとガンチェを押しつけ、全てを与える。可愛い伴侶は最後の最後まで、エルンストを啜り続けた。

再びエルンストは立ち、ガンチェの手を取って湯船を出る。風呂場の床に座らせ、石鹸を手に取った。

宿の風呂場の床はもちろん、リヌア石ではない。王宮のようにタイルでもない。木であった。

「木の風呂場というのもいいものだな。肌に優しい。これは作るのに特別な技術が必要なのだろうか」

「どうでしょう。どこの町だったか忘れましたが、酒を酌《く》み交わした相手に聞いたことがあります。木の風呂というのは、何の木でもいいというわけではない、と」

「ふむ……。そうか、木の種類が大事なのか」

「ただの趣味人のこだわりかもしれませんが、水に強い木でなければ駄目なのでしょうね」

「そうだろうな。イベン村では温泉が出るだろう？村近くの風呂場が石で作られていたが、木にしたほうがよいのかもしれぬ。あの岩のような石では、子らも老人も危ないだろう」

背後に立つエルンストがそう言うと、ガンチェは肩を揺すって笑った。

「どうした？」

「いえ……エルンスト様は本当にメイセンのことばかりですね。エルンスト様の頭の中にはいつだって、メイセンがあるようです」

「む……。そのようなことはない。私の頭の中身の大半はいつも、ガンチェだ」

大きな背中から腕を回し、広い肩越しに覗き込むように見る。至近距離にある赤茶色の目が意外そうに見開いた。

「何を驚くことがある。私にとってはメイセンの領民より領兵より、ガンチェが一番大事だ。もし、ガンチェを伴侶としていることを禁じるとリンス国が言えば、私はいつだって国を捨てる」

「そ……それは、ありがとうございます」

ガンチェは照れたように視線を泳がせると、太い腕をエルンストの腰に回し、片手で引き寄せ太腿の上に座らせた。

「髪を洗わねば……」

エルンストは手にした泡が壊れないように両手を上げた。

「エルンスト様」

ガンチェが真剣な目で見てきた。

「エルンスト様、私はとても嬉しかったのですよ。あのとき、トリ公爵が私を蔑んだとき、エルンスト様が怒ってくださったことが」

「当然ではないか」

「ええ、エルンスト様がそう仰ってくださることにも、私はいつも感謝しています。でもあのとき、エルンスト様は本気で怒ってらしたでしょう？　私は、あれほどまでに激高《げっこう》するエルンスト様を初めて見ました。エルンスト様は本当に私のことを大事に思ってくださるのだと……とても、嬉しかったのです」

泡など、もうどうでもよかった。エルンストはガンチェの首に両腕を絡ませると、唇に触れるほど近く顔を寄せ、囁いた。

「私の愛を、疑っていたのか……？」

「まさか……信じております。でもエルンスト様もわかってくださるでしょう？　信じてはいても、改めて知ると、嬉しいということがあると」

軽く啄《ついば》みながらガンチェも囁いた。心地よい低音がエルンストの心を震わせる。

「ああ、よく、わかる……」

エルンストは大きく足を広げてガンチェに跨ると、引き締まった太腿に腰を落とした。硬い屹立の先端がエルンストの腹に触れる。

「ガンチェ。私はガンチェにどれほど愛されているかよく理解している。だが……」

太い首にしがみつき、緩く腰を上下させた。

「だが……やはり私も、わかってはいても、改めて知りたいのだ。ガンチェの愛を……」

そう言って腰を浮かせ、迎え入れる場所でガンチェの先端に口づける。精悍な眉を寄せると、ガンチェはしっかりとエルンストの腰を摑んだ。

「では、どうぞ。私の愛を確認してください」

エルンストを蕩《とろ》けさせる美酒を溢《あふ》れ出させた先端が、様子を窺うように突いてきた。

数度先端を擦りつけられ、ガンチェがエルンストの入り口に塗り込められる。エルンストは逸る気持ちを抑え、ガンチェに全てを委《ゆだ》ねた。

ガンチェは自分を跨がせたままエルンストを立たせると、太い指を中に潜り込ませてきた。鉤《かぎ》状に曲げ、狭い筒を押し広げるように動かし、自分を塗り込める。この粘つく液体がエルンストの体内でどういう作用を起こすのか、十分に理解した上での行動だった。

体液適合者の精液が吸収されるにつれ、エルンストの体はこの上もなく弛緩する。三本の太く長い指を難なく飲み込み、体内で動かされるたびにエルンストの体も蠢《うごめ》く。広い肩に頰を寄せて縋りつき、含んだ指に吸いつく。ガンチェの指が心地よく、足が震えて立っていられない。

「エルンスト様……」

ガンチェが笑うのがわかった。自由なほうの手が、エルンストの背中を優しく支えていた。

ガンチェの大きな頭を抱え、深く口づける。熱い舌がエルンストの口中で踊っていた。

口づけたまま目を開けると、ガンチェが眉を寄せ、欲望のままに流れそうになる自分を抑えている。

赤茶色の瞳の中、金に輝く星が見えた。

「ガンチェの目の中に、私を愛する色を見つけることができる」

くすりと笑ってエルンストが囁くと、ガンチェもふっと笑って指を引き抜いた。

「私は、エルンスト様の愛を、エルンスト様の中で見つけることができますよ？」

「私の中？」

「はい。エルンスト様の小さなお体が、私を優しく包み込んでくださる。一番奥にお邪魔すると、私に吸いついてくださる場所があります。ご存知でしたか？」

ガンチェは両手でエルンストの腰を優しく掴むと自分に引き寄せ、ゆっくり下へと座らせていく。

ずくり、と押し広げてガンチェが挿《はい》ってくる。優しく、傷つけないように、ガンチェがエルンストを花開かせた。

エルンストはぎゅっと目を閉じ、ガンチェを締めつける。

どれほど優しく開かれようと、ガンチェはとても逞しく、大きかった。中から押し上げられ、その日の初めてはいつも、苦しさを感じた。

だがこの先に、愛しい甘さが広がることも知っている。エルンストは詰めていた息をふっと吐き出し、薄い腹の上からガンチェを撫でた。

ガンチェが眉を寄せ、エルンストの頬に口づける。

硬い腕に触れ、先を促す。ごぽりと音をさせ、ガンチェはいつもの場所に落ち着いた。

「ここ、ですよ……」

ガンチェはエルンストの腰を数度回して前後に揺らし、軽く上下させて落とさせた。腰を落とす瞬間、ガンチェの引き締まった腰がくっと上がる。

「あっ……」

奥を、とん、と突かれエルンストの首が仰け反る。晒された首をガンチェが優しく舐め、もう一度、突いた。

「あ……ん……っ」

エルンストの声が、湯気の中に甘く溶ける。ガンチェの喉の奥から、抑えた低声が響く。

「エルンスト様……もっと、吸いついてください。そ、そこに……」

ガンチェの硬い頭が何度も奥を突く。エルンストは千々《ちぢ》に乱れる意識をどうにか掻き集め、愛しい伴侶の願いを聞く。

薄い腹を両手で押さえ、下腹に意識を集中させる。とんとん、と中で突かれるのに合わせ、ぎゅっぎゅっと締めつけた。

「く……っ」

ガンチェがエルンストの肩口に顔を押しつける。

肌に直接、低音の呻き声を感じ、エルンストは広い背中に両腕を回した。硬いガンチェの腕もエルンストの背に回される。強い力で抱き締められ、最奥《さいおう》に熱いガンチェを感じた。

頭の中が掻き混ぜられるようだった。何も考えられない。ただ、ガンチェだけに縋る。

空に投げ出されたエルンストの足が、引き攣るように踊っていた。


ようやく髪を洗い終わり、ふたりが風呂場を出た頃には既に夜も更けていた。

ガンチェに抱きかかえられ部屋へと戻る。トーデアプスが用意したのか、夕食がそこにあった。

だが、タージェスが気を回したのだろう。冷めてもよいようなものばかりだった。

「よく気がつく……」

疲れて溜め息交じりに呟くエルンストを自分の膝に乗せ、ガンチェが食事の載った皿を引き寄せる。

口元に、野菜や肉を挟んだパンを持ってこられ、エルンストは無意識に口を開け、ひと口嚙みついた。

気怠げにガンチェの胸に頭を寄せたまま、ゆっくりと咀嚼《そしゃく》する。視線を上げると、ガンチェの大きく開けた口に、パンが勢いよく消えていった。

エルンストがひと口分のパンを飲み込んだ頃、ガンチェがもうひとつのパンを手に取り、大きく嚙み切ってから、手にした残りのパンをエルンストの口元へと持ってきた。

先ほどエルンストがパンのみを食べたことに気づいていたのだろう。中身を食べろと言っているのだ。

エルンストは苦笑し、先ほどよりは幾分大きく嚙み千切る。もちろん、中身も。

食事を終えて眠りにつく頃には、明け方近くになっていた。

5

どれほど遅く寝ても、いつもどおりの時間に起きる。

ダンベルト人は数日間寝なくても平気な種族であり、

エルンストは体内に時計を叩き込まれている。ふたり揃っていつもの時間に起き、身支度を整えて食堂へと下りていく。

「おはようございます」

トーデアプスが隙のない出立ちで立っていた。

「おはよう。トーデアプス、座ってよい。そこまで畏《かしこ》まらなくても構わないのだ」

苦笑してエルンストは伝える。

トーデアプスは一瞬の躊躇を見せてから、おずおずと座った。百数十年を王宮で仕えた者だ。早晩に正せる習慣ではないのだろう。

「エルンスト様、どうされますか」

タージェスが、エルンストの茶器に茶を注ぎ入れながら聞いてきた。

「何を?」

「今日の出立ですよ。明日に延ばしますか?」

「何故、延ばす必要があるのだ。宿の滞在期間を一日延ばすと、それだけメイセンの負担が増える」

「ええ、まあ、そうなのですが……大丈夫ですか……?」

「何がだ」

「エルンスト様のご体調です」

「私の体調? 何故そのようなものを気遣うのだ。体調を気遣うのならば私ではなく、ティスや、みなの体調であろう?」

タージェスもブレスも何か言いたそうな顔をして、お互いを見交わしていた。

「ティス、体はもうよいのか?」

ミナハやトーデアプスと隣の卓を囲んでいたティスが、ゆっくりと振り向いた。

「問題ありません」

相変わらずの無表情で、黒い鱗に覆われた顔色がいいのか悪いのかわからない。それでも何か隠しているいる体調不良でもないかとエルンストがじっと見ていると、ガンチェが隣から囁いてきた。

「大丈夫ですよ。あれは、普通の顔色です」

「ふむ……そうなのか」

エルンストは安心して頷く。

「では予定どおり、朝食後、宿を発《た》とう。ここからは馬車ではなく、馬で行くのだろう? 早ければ今日にでも、リンツ領に入れるのではないのか」

「駆ければそうですが……大丈夫ですか? 馬は結構、

響きますよ？」

　ブレスが窺うように聞いてきた。

「先ほどからふたりとも、何を心配しているのだ？　馬が揺れることも、駆けさせれば響くことも知っている。もちろん、私が知っていることは実体験で得たことではないかもしれない。だが、みなを煩《わずら》わせることはないと思うのだが……」

　エルンストは一度手にした匙を皿に戻し、タージェスとブレスに言った。

　トーデアプスも騎士の位を持つ者として恥ずべきことのない乗馬の腕前を持っている。ブレスやミナハもこの旅で騎馬の腕前を上げた。自分が一番足手まといになっていることはわかっている。

　だがここからはガンチェに乗せてもらうことになっていた。背中に愛しい者の存在を感じ、我慢できないことなどないとエルンストは思った。

「いえ、そういうことではなく……つまり、何と言いましょうか……」

　タージェスが苦笑して言葉を濁したのを引き継ぐように、離れた場所からティスの硬質な声が響いた。

「御領主様の臀部を気遣っています」

「臀部？」

「伴侶様と交尾をされましたから、傷に響くと案じています」

　ふたりが何を言っているのかようやく合点《がてん》がいき、タージェスに向き直る。

「心配には及ばない。確かに、私たちは体格があまりにも違うため、みなが心配してくれる気持ちはよくわかる。だが、私たちは体液適合者同士なのだ。私に多少傷があったとしても、ガンチェの体液を身の内に取り込むと、非常に治りが速い。昨夜のように何度もガンチェに吐き出してもらった今、私の体調は万全なのだ」

　領兵らを安心させるように笑うと、タージェスとブレスは視線を逸らし、猛烈な勢いで胃に朝食を流し込んでいたミナハが固まった。

「どうした？　ミナハ。何か口に合わないものでも入っていたのか？」

　エルンストは自分の前に置かれた皿のスープを匙で掬う。さすが豊かな農地であるグリース領だ。たくさんの細かく切られた野菜が入っていた。だが特別、変わった食材は見つからない。

「エルンスト様……。では、予定どおり、出立いたしましょうか」

タージェスが絞り出すような声で言う。エルンストはスープを掬っていた手を止めて、頷いた。

「ああ、そのようにしよう。ミナハ、別におかしなものは入っていないと思うのだが……？」

「どうぞ、ミナハは放っておいてやってください。中隊長などという大層な役職をいただいていますが、奴はまだ若いのです」

理由がよくわからないが、ブレスの言葉に頷いた。

「体液適合者なのですか」

ティスが、かちかちと聞こえるような声で聞いてきた。

「ふむ。そうなのだ」

「それは、それは……っ！」

トーデアプスが感じ入ったように話に加わる
「なんとお素晴らしいことでございましょう。体液適合者と言いますれば、その相手に巡り合う確率は万に一つとも言われる奇跡でございます。さすが、皇太子殿下。そのような奇跡のお相手を御伴侶様に選ばれるとは……っ！」

「御領主様」

「何だ」

「おふたりの交歓に、同室させていただいてもよろしいでしょうか？」

「駄目だっ！」

椅子を鳴らしてガンチェが立ち上がる。

「体液適合者同士に出会ったのは初めてです。どのような作用が起きるのか、ぜひとも研究を……」

「駄目だと言ったら駄目だっ!!」

大きなダンベルト人が感情のまま怒鳴る声は食堂を震わせた。

何事かと周囲の客や宿の者たちが動きを止める。エルンストは大きな腕をそっと取り、興奮が冷めず荒い息を繰り返すガンチェを座らせた。

「ティス、そなたが言うように体液適合者というのは非常に珍しく、私たちがどのように交歓しているのか研究したいという、そなたの気持ちは十分理解できる。私も、そなたの探究心を満たしてやりたいと思う。だが、ガンチェがこれほど嫌がっていることを、私が了承するわけにはいかないのだ。納得してくれるだろうか？」

静かに言うと、ティスはゆっくりと頷いた。

「残念です」

「すまない。言葉でよければ、いくらでも質問には答えよう」

エルンストがそう言うと、ティスはぎぎぎと表情を歪ませた。これは笑っている顔だ。エルンストにもそれはわかったので笑み返す。

「ティスの疑問に答えるときは閉じられた室内で、おふたりだけで、籠ってやってくださいね」

タージェスが呆れたように言い、ブレスが何度も頷いた。


ガンチェの馬に乗る。凭れると、引き締まった腹がそこにある。温かく大きな手がエルンストの腰に回されていた。エルンストは誰の馬に乗るよりも安心して揺られていた。

「エルンスト様。眠っていただいても構いませんよ」

ガンチェがそう言うのに緩く頭を振る。

このような機会、旅が終わればいつ巡ってくるのかわからない。ガンチェと同じ馬に揺られる機会など、いつ来るだろうか。眠って過ごすことは惜しくてできないと頭を振る。

それなのに、エルンストは眠ってしまっていた。

目が覚めたとき、周囲は茜色《あかねいろ》に染まっていた。

「ここは……どのあたりだろうか……」

「目が覚められましたか？　もう少し行くと、グリース領の真ん中あたりになりますよ」

「そうか……。私が眠ってしまったから、駆けることができなかったのだな……。すまない。足を引っ張ってしまった」

「何を仰います。隊長たちも疲れていましたからね。ちょうどよいくらいです」

前を行くタージェスの耳に入ったのか、振り返って頷いていた。

「トーデアプス殿も、駆け続けていては負担になりましょう。やはり、駆けていくのは無理ですよ」

「そうだな。私は、急ぎすぎていたのかもしれない」

「仕方ありません。一日延びれば負担が増えるのも事実ですし。でも、急がば回れとも言いますから」

背後を振り仰ぐと、赤茶色の目が笑っていた。

「そうだな」

エルンストも笑う。

「それに……」

ふいにガンチェが屈み、エルンストの耳元に口を寄せて囁く。

「この旅が終わってしまうと、またエルンスト様はお忙しくなって、私の相手をしてくださるのは夜だけになってしまうでしょう？　私はもう少し、エルンスト様とこうやって、一日中抱き合っていたいですよ？」

くすぐったくて肩を竦めた。

「ガンチェに用事がなくて私が執務室にひとりで籠っているときは、いつだって側にいていい。だが私も、ガンチェと共にいられて本当によかった」

エルンストはガンチェに軽く口づけ、うっとりと囁いた。


翌日遅く、リンツ領へと入った。どこから連絡が入ったのか、リンツ領主の使いが領地境で待っていた。導かれ、リンツ領主の屋敷へと向かう。

日はとっぷりと暮れ、空には星が瞬いていた。明日の朝早く出立し、五日も歩けば谷へと着くだろう。

谷を越えればメイセンだ。

未だ困窮を極め、餓えが民のもとを去るまでには長い年月がかかる。だがそれでも、早くメイセンに帰りたいとエルンストは思った。

帰りたい。そう、帰りたいと思うのだ。もはやエルンストにとってメイセンは、故郷となっていた。帰る場所なのだ。

自分の心境の変化を嬉しく思う。ガンチェを愛するように、メイセンを愛している自分に気づく。

だがもちろん、ガンチェ以上に愛することなどあり得ないのだが。


エルンストだけではなく、領兵らまで屋敷に呼ばれた。

リンツ領主は階級を気にする人物だと考えていた。タージェスはともかく、ブレスやミナハまで屋敷に招くとは思ってもいなかった。他種族であるガンチェやティスにいたっては、驚き以外何も浮かばない。一体、この通された広間でエルンストは思案する。

態度の変化は何だ。

目の前には豪華な食事が整えられていた。行きに立ち寄ったときには予《あらかじ》め伝えていたにもかかわらず長時間、タージェスとふたり、客間で放置されていた。その際には茶しか出なかった。

それが今回は広間に通され、大きな机にメイセンの面々とリンツ領の主要な人物らが着き、和《なご》やかに食事をしている。

ガンチェやティスにも、同じように料理が振る舞われていた。エルンストが下した評価では、リンツ領主は一般的なクルベール人同様、他種族に対する偏見が強いはずだ。

「ガンチェ殿。量は足りておりますかな？」

「ティス殿。お国の銘酒には敵《かな》いませんでしょうが、こちらもどうぞ」

リンツ領主は機嫌よく、客人の世話をしている。ティスの出身地を、ルクリアス国と間違えてはいたが。

「お着きになりました」

侍従長がリンツ領主に近寄り告げる声が、エルンストの耳にも届いた。

傾けたグラス越しに目をやると、エルンストの視線に気づいたリンツ領主がにこやかに答える。

「リンス・クルベール公爵様に、ぜひともお会いしたいという人物がいましてね」

「ふむ。誰だろうか？」

「もうすぐこちらにまいりますよ。お帰りをずっと我が屋敷でお待ちしていたのですが、まだであろうと十日前にカイタテ領へ向かったのです。公爵様が今日お着きになると昨夜知り、慌てて知らせに走らせたのですが、このような時間になってしまいました」

カイタテ領はリンツ領の隣地だ。イベン村のように温泉が出る土地だった。

一体誰だと訝っていると広間の扉が開き、初老の女が入ってきた。その服装から貴族だとわかる。豪奢でもなければ新しくもないドレスだ。だが、ドレスにも人物にも気品がある。

女は真っ直ぐエルンストのもとへ歩いてくると、優雅に貴婦人としての礼をした。

「私はニベ領の領主、イディ・エンルーカ子爵と申します。このような不躾、誠に申し訳ございません。本来ならば御領地にお伺いし、御礼申し上げなければならないところですが、ご覧のとおりの老婆。リンツ谷をこの足で越えることができず、こちらの御屋敷でお帰りをお待ちしておりました」

ニベ領は、エルンストがトスカテから金を預かり、代わりに王都で税を納めた領地だった。

エルンストは立ち上がり、エンルーカ子爵に向き直る。

「我が領兵を助けていただき、我が領地の税を国に納めに行ってくださったとのこと、誠にありがとうございます。その上、御領兵を遣わして納税証明書を届けてくださり、重ねて感謝申し上げます。ご存知かもしれませんが、我が領地の税はこの数年の間、幾度も狙われ、奪われております。領兵や侍従らの命が無事であればよいとは申せ、二度三度と多額の金銭を毎年用意しなければならないことに、ニベ領は疲弊しておりました。今回の公爵様のご厚情には領民一同、涙を浮かべて感謝しております」

エンルーカ子爵は深々と頭を下げた。

「礼には及ばない。私はついでに持参したに過ぎない」

エルンストがそう言うと、エンルーカ子爵は再び頭を下げた。

「リンス・クルベール公爵様。私からもお礼を申し上げます」

リンツ領主が立ち上がり、エルンストに対して頭を下げた。

「エンルーカ子爵は、私の叔母にあたる方です。叔母が毎年悩んでいたことを知りながら、私は共に税を納めに行けばよいという簡単なことにさえ気づかず、事実上、放置しておりました。リンス・クルベール公爵様がなされたように、来年からリンツ領は、ニベ領と共に税を納めにまいります。盗賊はまだ活発に動いているのでしょうがひとりの領兵よりふたり、三人。みなが固まって行けば襲われる率も少なくなりましょう」

エルンストはふと思いつき、提案した。

「ならばメイセンもそのようにしよう。メイセンとニベ領、そしてリンツ領。三つの領地が共に税を納めに行けばよいのではないのか。今回の旅で気づいたのだがこの街道、一番危険なのはグリース領とムティカ領の間に横たわる森だ。その森に多くの盗賊がおり、街道を通る者を襲っている。そこで提案なのだが」

エルンストは、リンツ領主とエンルーカ子爵を交互に見た。

「三つの領地が負担し合えば、傭兵をひとり、雇うことができるのではないか。リンツ領から王都までの道程だけを雇えばよい。領兵と共に馬で駆け抜けるのであれば、五日もあれば十分だ。……ガンチェ、もしダンベルト人をひとり、このような仕事で五日雇うとしたらいくらになるのか」

「そうですね。そのような契約内容ならば、20シットから30シットが相場ですね」

ガンチェが椅子から立ち上がって答えた。

「ふむ。ではグルード人であれば、どうだろう」

「グルード人はダンベルト人の一・五倍が相場ですから、30シットから45シットとなります」

エルンストはふたりの領主を見た。

「30シットとした場合、三つの領地がそれぞれに負担する額は10シットとなる。軽い負担ではないが、盗賊に襲われるよりはよほどよい」

「確かにそうでございます。我がニベ領は今年も二度、税を用意しました。盗賊に奪われた金は10シットなどというものではございません。……決めました。ニベ領は、リンス・クルベール公爵様の御提案に賛同いたします」

エンルーカ子爵は即断した。

「では、リンツ領もそのようにいたしましょう。そうとなれば、グリース領にも声をかけておきましょうか。グリース領主とは長年、隣地の領主同士としての付き合いがあります。私から話しておきましょう。グリース領が賛同すれば、一領地の負担額も少なくなりますし」

「それはよい。運ぶ金額が高額になるが、脇を固める領兵も増える。一領地が三人の領兵を出したとしても、四つの領地が重なれば十二人の領兵となる。そこにひとりの傭兵が加われば心強いだろう」

エンルーカ子爵はにっこりと笑った。

「公爵様にお会いできて、本当によかった。我が領民らに、いい土産話ができました」

「では早速、協議書を取り交わしましょうか」

「それは明日になさい。公爵様はお疲れでございましょう。グリース領主の返事も待たねばなりませんし」

「それもそうですね……。いや、性急にすぎ申し訳ありません」

エンルーカ子爵も加わり、会食は和やかに行われた。

エルンストがもたらしたリンツ谷の整備決定の話も

リンツ領主を上機嫌にさせた。全て国の金で行われるというのは、リンツ領にとっても朗報である。リンツ領の面々は口々にエルンストを称え、トーデアプスを感極まらせた。


「美味しかったですね」

リンツ領主の屋敷で一泊する。エルンストとガンチェに用意された寝室はとても広かった。寝台も大きく、メイセンで使用しているものと変わらない。

カタリナ侯爵家に比べて、リンツ領主の屋敷は随分と質素だ。しかし、その質素さにほっとする。

随分と慎ましくなったものだと、エルンストは自分に苦笑した。心身共にメイセン領主となっていくようで、それがまたよい。

出された料理も素朴なものばかりだった。飾らない料理に胃が安心する。

「そうだな。あのように素朴な料理はとてもよい。もっとも、メイセンの料理はもっと素朴なのだが……」

エルンストの言葉にガンチェが笑う。

「メイセンの料理人は家庭料理しか知りませんからね。同じ材料を揃えたところで、決してカタリナ侯爵のお屋敷のようなものは出てこないでしょうね」

「侯爵家の料理は美味なのだが、一日で飽きる。私は胃も、メイセン仕様になったようだ」

ガンチェに服を脱がせてもらいながら、エルンストは笑って言った。

もうすぐメイセンだ。リンス国には十の都市と二百五十の領地があり、領主の数は二百二十人を超える。二百二十を超える国中の領主全てがメイセンを疎い、避けるだろう。

だがそんなメイセンに、早く帰りたいとエルンストは望む。あの不便さが愛おしい。あの素朴さ、困難さ。閉塞感をもエルンストは愛していた。

愛しい故郷を前にして、それ以上に愛しい伴侶を抱き締める。

「エルンスト様、どうされました？」

ガンチェの優しい手が、素肌の背中を撫でている。

「メイセンにもうすぐ帰れると思うと、嬉しくてたまらないのだ」

「……また色々と我慢が続きますよ？　食事は薄いス

ープばかりで、薪《まき》の本数を数えながら使うのです」

「む……。食事は、ガンチェが獣を狩ってくるから肉が入っているだろう？　薪もガンチェが用意してくれて、今では自由に暖炉《だんろ》にくべられる」

「ははは。そうですね。エルンスト様が二倍に太ってしまうくらい、肉を用意しますよ」

「そういう姿をガンチェが望んでいるのなら、そうしてやりたいのだが……。私は幼少の頃より、食が細いのだ」

「そうですよね。エルンスト様は、私などから見れば小鳥のようにしか召し上がりませんね」

　薄い腹にそっと、大きな手を添える。ガンチェの高い体温が掌から伝わった。

「本当は……傭兵を雇わずとも、メイセンの領兵としてガンチェを派遣すればよいのだろうな」

　エルンストは腹を撫でるガンチェを見ながらぽつりと呟く。

「だが、僅かな期間であったとしても、ガンチェと離れるのは嫌なのだ」

　そっと手を伸ばし、茶色の巻き毛を撫でた。

「メイセンと王都を往復しようとしたら、馬で駆け抜け何事もなかったとしても、ひと月はかかるだろう？　そのように長い間、離れることなどできぬ」

　王都で離れていた三日間、それでも耐え難かったというのに。ひと月も離れているなど、考えただけで気がおかしくなりそうだ。

「私も嫌ですよ。エルンスト様のお側を離れるなんて……」

　同じ思いを確かめられ、エルンストは笑って口づける。

「それに、王都でガンチェが誘惑されないとも限らない。私は決して、ガンチェの側を離れない」

　額を合わせ、赤茶色の目を見つめて言うと、ガンチェは照れたように目を泳がせた。

「……エルンスト様は私を買い被っておられます……。自分で言うのも哀れですが、私は万人に好かれる外見をしてはいませんよ。……どちらかと言うと、避けて通られる部類のものです」

「何を言う。ガンチェは、人を惹きつける姿をしている。私はガンチェを見ると、いつだって頭の芯が痺れそうになるのだ」

　謙虚な伴侶が可愛くて、エルンストは大きな頭を引き寄せ、ぎゅっと抱き締めた。

ガンチェが苦笑するのが肌で感じられる。熱い舌で胸の飾りをぺろりと舐められた。

「エルンスト様が嬉しい誤解をなさってくださるのをよしとしましょう。妬《や》いていただくのも、非常に光栄ですし」

ガンチェはそう言って、もう片方の飾りに吸いついた。ちゅくちゅくと音をさせながら吸いつかれ、エルンストは抱き締めた茶色の頭に何度も口づける。

「ガンチェ、ガンチェ」

「はい？」

「服を脱がないのか？」

「うーん……どうしましょうか？」

下から赤茶色の目が窺うように覗いてくる。

「何を迷っているのだ」

「……私としてはさっさと脱いで、楽になりたいのですよね……。このままでは布地を押し上げて痛いですし」

見ると、硬い領兵の服が不自然な形になっていた。

「出してやればよいだろう？　可哀想ではないか」

屈んで解放してやろうとしたが、エルンストの腰に回したガンチェの手が拒む。

「ガンチェ？」

「私は悩んでいるのです」

「何を」

「このまま自由にさせていただくか……あるいは、非常に不本意ではありますが、水場へ行くか」

「水場？　何故そのようなところへ行くのだ」

「そうですよね。エルンスト様がいらっしゃるのに……」

大きな手がエルンストの両腕を掴み、臍《へそ》から喉元にかけてぺろりと舐め上げた。

「ガンチェ。一体どうしたのだ？」

ぎゅっと抱き締められる。エルンストの腹に吸いついて、いくつもの花を咲かせていた。

「釘を、刺されているのです」

「釘？」

「明日から森に入るでしょう？　森を行くときは野宿になりますし、狩人の小屋まで五日はかかるでしょうし」

「そうだな」

「馬はここに置いて歩いていきます。いえ、もちろん、エルンスト様は私がお運びしますが」

「私は自分で歩く。だんだんと鍛えられ、これでも随分と足が丈夫になったのだ。だがトーデアプスは気遣ってやってほしい」

「おふたりとも担いでも軽いものですよ。トーデアプス殿はエルンスト様をお育てになった方で、私にとっても大切な方ですから」

自分が特別だと思っている者を、ガンチェも大切だと言ってくれるのが嬉しい。エルンストは優しい伴侶の頭を撫でた。

「このお屋敷を出たらメイセンのお屋敷に着くまで、宿には泊まれません。狩人の小屋やメイセン領民の家には泊まるかもしれませんが、あれらは馬小屋と変わりませんし……」

失礼なことを言うが、その意見にはエルンストも頷かざるを得ない。

「ですから、釘を刺されているのです」

「誰に」

「隊長と、第一小隊長に」

「何を言われたのだ」

「エルンスト様に無茶をして、疲れさせるなと……」

「無茶……？　何が無茶なのだ」

「エルンスト様に挿入してはならないと言われました」

「何とっ！」

「疲れさせて、体調を崩すことがあってはいけないと」

「何と……そのようなことを……。ふたりの気遣いはありがたいが、取り越し苦労というものだ」

「ですが、エルンスト様のお体に負担が大きいことも事実でしょう？」

「負担などない」

「ですが……私の大きさは、エルンスト様の小さなお体にはやはり、無理があると思うのです」

「何を言うのだ。私は無理などしてはおらぬ」

優しい伴侶の頬をそろそろと撫でる。

可哀想に。タージェスらが気遣ってくれるのは嬉しいが、ガンチェがこれほどまで気にするようであれば、ひと言、言っておくべきなのだろうか。

ガンチェを含むのは簡単なことではない。優しく時間をかけて解してもらっても、クルベール病を患うエルンストの体に、ダンベルト人の体は大きすぎるのだ。

それは事実だが、優しい伴侶は体格の違いを忘れることはない。どれほど激情に駆られようと、エルンストを傷つけるようなことは決してしない。

腕のひと振りでこの小さな体など簡単に命を落とすのだろうが、ガンチェを恐ろしいと感じたことは一度もなかった。優しい年下の伴侶がたとえ熟睡していても、この身を傷つけないとわかっていた。

「私が傷ついたことなどないだろう？　血を流したこともない」

「そのようなこと、決していたしません。エルンスト様をこの身で傷つけるなど」

「では、よいではないか」

ガンチェはぎゅっと抱き締めてきて、熱い息を腹に吹きつける。

「そうなのですが……。でもやっぱり、ご無理をさせているのでは……」

茶色の巻き毛を慰めるように撫でる。優しく撫でて、言い聞かせる。

「ガンチェの優しさが嬉しい。嬉しいのだが、私の心情も考えてはくれまいか……？」

赤茶色の目がじっと見上げてくる。

「ガンチェが私を欲しいと思ってくれているように、私も、ガンチェを強く欲しているのだ。私の身はガンチェのように、見た目にはっきりとわかる形状にはならない。だから私の情欲が薄いと思うのかもしれないが……」

子供のような、純粋に問いかけてくる目でガンチェが見ていた。

茶色の前髪をゆっくりと掻き上げる。

「ガンチェが私の身の内にあると、私はとても満たされていると感じるのだ。ガンチェが出ていってしまうと、空虚に寂しい。私はいつだって深く、ガンチェと愛し合いたいし、駄目だと言われると哀しいのだ」

「エルンスト様……」

「私の体がこのように小さくなければ、みなを心配させずに済むだろうに。だが、クルベール病の者は意外と強いのだとわかっているだろう？　メイセンの民も、健康な者のほうが早く老いて死んでしまうが、クルベール病の者は寿命も長いではないか」

笑うと、ガンチェも納得したように笑った。

「……そうでしたね。ええ、確かに、そうです」

「子供が疲れを翌日にまで残さないように、私も翌日まで疲れていることはない。心はともかく、体の疲れが残ることはないのだ。馬に揺られて眠ってしまったのは疲れていたからではなく、ガンチェの側で安心し、あまりに心地よかったからだ」

ガンチェの額に口づける。

「でもやっぱり外野が口煩いですから、一回だけにしましょうか。一回だけ、させてください」

ガンチェは自分に言い聞かせるように言っていた。エルンストはくすくすと笑って頭を抱き締める。

「帰ったらしばらくは雑用に追われるだろうが、落ち着いたら休暇を取ろう。領主が休んではならないことはない。他の領主らを見て思う。エンルーカ子爵もネリース公爵も、一体何日領地を離れているのかわからないだろう？　リンツ領主も、執務を行っているようには見えないし、カタリナ侯爵は完全に行政官任せだ」

この旅で見てきた領主の姿を列挙しながら、自分が休む理屈を探す。

「私も傭兵時代色々な領主を見てきましたが、エルンスト様は随分とお忙しい、生真面目な御領主様ですよ」

「ふむ。ガンチェもそう言ってくれるし、雑用が片付いて落ち着いたら、せめて数日に一度は全く何もしない日を作ろう。そして、ガンチェとずっと一緒にいるのだ」

「はい！　その日は私も何もせず、エルンスト様とずっと一緒にいます。領兵も休みがありますからね。私もその日は休みにしましょう」

楽しい約束にふたりで顔を見合わせ笑った。

6

翌朝早く、リンツ領主の屋敷を後にした。

三領地で協議書を交わすのは後日となる。グリース領が入ったとしても、位置的に動きやすいリンツ領主が協議書の策定や連絡係を行うこととなった。

「ムティカ領の街道を通る周辺領地にも話をしておきましょう。賛同者が増えれば傭兵を雇う負担も軽くなりますし、集まった領地の数によっては傭兵をふたりから三人、雇うこともできますし」

リンツ領主は百年近く領主を務めている。周辺領地の領主とも何かにつけ連絡を取り合っているらしく、顔の広い人物だった。

エルンストは協議書に関しては安心してリンツ領主に一任することにした。

馬は全てリンツ領主に託した。どれもよい馬だ。惜しいとは思うが仕方がない。仔馬ならともかく、大人の馬を抱えて谷を渡ることなどできない。

リンツ領主は快く引き受けてくれ、売り渡した際に受け取る代金は後日、協議書と共に届けてくれることになった。

森の入り口までリンツ領主の侍従らがついてきた。この場で馬と別れる。領兵らはあっさりとしたものだった。ぽんぽんと首筋を叩いただけで別れる。ティスなどは馬から降りたその手で手綱を侍従に渡し、振り返りもしなかった。

戦いに身を置く彼らにとって、馬は大切な相棒であると同時に、道具でもあるのだ。別れを常に念頭に置き、特定の馬に必要以上に心を置くことはない。

彼らを見習わねばならないとエルンストは思う。馬だけではなく何においても、抱えるものを多くしてしまうと身を滅ぼす。

森を進む。過去に二度、エルンストがこの森を通ったのは冬の初めと春の終わりだったが、今は夏だった。森には生命力が溢れ、活気に満ちているような気がする。緑は色濃く、漂う空気までもが密度を濃くしていた。

あちらこちらで獣の気配を感じる。その多くは小動物だ。頭上の木々で鳥がさえずり、飛び立つ。ふいに視界に動くものが入ったと思えばそれは、リスや兎だった。素早い彼らは人の姿を見るとあっという間に走り去る。

森は、豊かだった。

「メイセンの森も、このように賑やかなのだろうか」

ブレスとミナハに問いかける。

「私はイベン村の出身ですから一番身近だったのはエグゼ山ですが、あの山は夏でもこれほど賑やかではありませんよ。木々は、花を咲かせるものも柔らかな木の実をつけるものもあまりありませんから、村周辺で小動物を見かけることは少なかったですね。もっとも、山の上のほうがどうなっているのかはわかりませんが……」

ブレスの言葉にミナハが続く。

「私はダダ村の出身ですが、ご存知のようにあの村の周辺は平地が広がります。薪を作るためにイベン村に行っていたくらいですから。でも、夏はいいですよ。何より出稼ぎの者が帰ってきて村人も全員揃いますし、何より畑がとても綺麗《きれい》です。野菜の緑がずーっと向こうにまで続いていたり、収穫間近の麦は夕方になると黄金色ですよ。……風が吹くと柔らかに揺れて、私は夏が一番好きですね」

「そうか……。よい時季に、私はメイセンを出ていたのだな。来年は、メイセンの春と夏を楽しまなければな」

山を越え、谷を渡るとメイセンだ。だが夏真っ盛りのリンツ領と違い、メイセンではもう秋だという。

メイセンの春は一瞬で、夏は短い。忙しく収穫している間に秋が消える。あとは、ひたすら続く冬だ。雪に閉ざされ、民は絶え間なく降り続ける雪に押し潰されるように俯いて過ごす。

「メイセンの冬に、楽しみがあればよいのに」

エルンストが呟くとミナハが笑い出した。

「冬に楽しみって……それは無理ですよ。僻地《へきち》だと年寄りと子供ばかりになるし、ダダ村みたいなところだと力仕事ばっかりで、そりゃもう、疲れるばかりなんだから。凍った大地を耕すのは本当に辛いんです」

ものを知らない子供に言い聞かせるようにミナハが言った。言いながら自分で納得し、うんうん、と頷く。

エルンストは苦笑を浮かべて聞いた。

「ではミナハは、冬の楽しみはないのか?」

「う〜ん……村にいた頃に比べて、今は楽ですからね。ああでも、この冬は最悪だったなぁ。だって、隊長が雪の中、行進しろって何度も何度も歩かせるんですよ?　ひどいと思いませんか。吹雪で前を行く奴の背中が見えないようなときにも歩けって。隊長は散歩が好きなんですかね」

いくら声を潜《ひそ》めても森の中では結構響く。前を行くタージェスが勢いよく振り返って叫んだ。

「散歩じゃないっ!　行軍だっ!　訓練だっ!　お前はなぁ、夏だけに敵が来ると思っているのか?　メイセンは一年の三分の二が冬なんだぞ?　冬に敵が来ないと誰が言えるんだ」

「敵って……。エルンスト様。最近、隊長ってこんなことばっかり言うんですよ?　やっぱり年寄りって変なことを心配し続けるもんなんですかね?」

「誰が年寄りだっ!!」

「まあまあ、隊長。そりゃミナハから見れば隊長なんて年寄りですよ。仕方ありませんって」

「そういうお前はどうなんだ……」

「私は隊長よりは若いですからね。まあ、いいとこ中年くらいなもんで……」

ブレスはガンチェを見ながら言った。どうやらグリース領を通っているときにガンチェに言われた言葉を根に持っているらしい。記憶力がいいなとエルンストは思いながら、領兵らを諫めた。

「ミナハ、タージェスの懸念は仕方のないことだ。メイセンは国境地である。リュクス国がいつまでメイセンを放置しているかは誰にもわからない。リュクス国がメイセンを手に入れると決断したとき、ミナハたちがまず真っ先に剣を交わさなければならない。そのとき、日頃の訓練が役に立つのではないのだろうか。訓練は厳しいだろうし、剣を一度も振るったことのない私に言われるのも腹立たしいかもしれないが……」

足を止めたミナハの正面に立ち、エルンストは静かに語りかける。

ミナハはそれでも理解しかねるような顔をしていたが急に顔を引き攣らせ、ぶんぶん、と頷き出した。

ほんの少し、可能性として示しただけなのだが、リュクス国の脅威を強く感じたのか。ミナハは中隊長なのだ。これで訓練に身を入れてくれるとタージェスの負担も軽くなってよいだろう。

エルンストは若い中隊長が真意をわかってくれたことに、ほっと息をつく。背後にガンチェの瑞々《みずみず》しい香りを感じた。

柔らかな土を踏み締めながら進む。時折張り出した根が行く手を阻むが、メイセンの木々に比べると大したことはない。手助けしようとするガンチェを制し、エルンストは自分の体を使って進む。

ガンチェに抱き上げられるのは確かに楽だし、近くで触れ合えて嬉しい。だができるだけ自分の体を使いたいと思うのだ。

メイセンでは、エルンストと同じような体格の子らでもエルンストよりもっと強い。エルンストも自分を鍛えてもっともっと力強くなれば、誰にも心配をかけないだろうと思うのだ。

誰も心配をしなくなれば、ガンチェももっと自由に愛してくれると思うのだ。

そう決意して進んでいたのに昼近くになった頃には

もう、エルンストは一歩も歩けなくなっていた。

荒い息を繰り返すエルンストを、ガンチェは苦笑して抱き上げる。ひょいと片腕に乗せられ、すたすた森を進む。

愛しい伴侶の腕の中で情けなくなった。高齢であるトーデアプスでさえ、しっかりとした足取りで歩いているというのに。

「私は本当に、情けないな……」

気落ちした心のまま、ガンチェの肩に頭を乗せる。体力のなさに落ち込んでしまう。

「適材適所、ですよ」

タージェスが振り返って言った。

「適材適所？」

「ええ、エルンスト様はその頭脳で我々を導いてくださるのですから、お首より下のお世話は我々にお任せください」

タージェスの言葉をガンチェが訂正する。

「我々ではなく、私に、お任せください」

タージェスとブレス、ミナハの笑い声が森に木霊《こだま》した。

終始ゆっくりとした動作のティスが、意外なほど軽やかに進む。ふわふわと飛ぶように歩くその姿は、どこか楽しげだ。

「ティス、楽しそうだな」

エルンストは、ガンチェの肩越しに声をかける。

「はい」

「森を歩くのが好きなのか」

「木がたくさんあります」

そう言ってひょいひょいと、土から盛り上がった太い根と根を飛び移るように進む。

「木が珍しいのか」

「はい」

硬質な声も、どことなく弾んでいた。

「システィーカ郡地には、このような森はないのですよ。木はあっても枯れたような巨木がぽつりぽつりとあるだけですから」

ガンチェが、ティスの話さない心情を説明した。

右に左に、前に後ろに、子供のように飛び跳ねながら歩くティスに、エルンストの顔に笑みが広がる。

黒い鱗に覆われたその表情は相変わらず変わっていないが、とても楽しそうだった。無表情だけに真剣に見えるその顔で、子供のように飛び跳ねて歩く。

ガンチェとはまた違った意味で、この医師を可愛いと思った。

小さな川を見つけ、休憩する。ミナハは石を組み、簡易な竈《かまど》を作ると携帯用の器《うつわ》に水を汲んで乗せ、小枝に火をつけた。干し肉を小さく切り器の中へ入れる。

手際よく準備したミナハは、弓を手に立つ。川へと入ると、弓を構えてじっと水の中を見ていた。

何をしているのかとエルンストが見ていると、突如、川の中に向けて矢を放つ。ミナハが矢を摑み水の中から上げると、大きな魚が刺さっていた。

ミナハは川の中に立ったまま、驚いたエルンストに向けて得意気に笑う。

竈とは別に、小枝を集めて焚き火を作る。ミナハが獲《と》った魚が三匹、木に刺され焼かれていた。

小さな干し肉が入ったスープに、焼いてほぐした魚と刻んだ葉を入れて煮る。魚の骨も焼いて入れられていた。魚の骨はいい味が出るという。

エルンストは流れるように準備するミナハの手元を感心して見ていた。最後に小袋から塩を取り出し、スープに溶かす。味を見て、ミナハは納得したように頷いた。

ほっとする味だった。木の実や乾燥させた果物がぎっしり詰まったパンも切り分ける。

栄養価が高く保存も利くこのパンを持たせてくれたのはリンツ領主だった。エルンストは心遣いに感謝しながら食す。

「リンツ領主は気前がいいですよね。塩もこんなに持たせてくれたし」

そう言ってミナハは小袋を掌に載せ、重さを確かめるように弾ませた。

「これだけあればメイセンに着いてからも使えそうですよね。いい土産になりますよ」

「ふむ。その塩は多分、エンルーカ子爵からだろう。ニダ領は岩塩の産地だ。だからこそ貧しいとはいえ、二度も三度も税が用意できたのだ」

「メイセンじゃ絶対に無理ですよね。今年だって必死に掻き集めたのですし」

しみじみとそう言ったタージェスに、トーデアプスが遠慮がちに問いかける。

「殿下の御領地の財政は、それほど緊迫しているのでしょうか……？」

「緊迫も緊迫。何せ民から集める税より、国に納める税のほうが多いのですよ。今年の不足分は８００シットたかな。そりゃもう、エルンスト様が屋敷中を箒《ほうき》で掃くようにして、金を集めたんですから」

「な……なんと……おいたわしい……」

「トーデアプス、泣かずともよい。不便であったとしてもそれ以上にもの珍しく、楽しいのだ。それに先代領主たちの心遣いにより、来年も大丈夫だろう」

「来年はともかく、再来年はどうするのです？　その次も、その次も。これから九年間はこのままですよ？」

あっという間に食べ終えたタージェスが聞いてきた。

「ふむ……」

いざとなれば他領地の裕福な商人か、どこかの領主や貴族からの借金になるのだろうが、できるだけ避けたい事態だ。

とはいえ、今の段階でエルンストにも妙案があるわけではない。そもそも、ないものを掘り起こすことはできない。

「あの本、いい値で売れるといいですよね……」

ぼそりとガンチェが呟いた。

「本？」

ブレスが聞いてくる。

「お屋敷の本をいくらか売ることにしたのです。今、サイキアニとフォレアの商人が買い手を探しているところですよ」

「本ですとっ⁉　なんと、おいたわしい……。殿下が、あれほど本を愛された殿下が、お手元の本をお売りになるなど……！」

トーデアプスの食事の手は完全に止まった。

「そのように嘆く必要はない。売る本は、あまり役に立たないものなのだ」

「いいえ、殿下。この世に、役に立たない本などありましょうか。……ああ、お優しい殿下。私などを気遣ってくださっているのですね……？」

目頭を押さえる回数を一層増やすトーデアプスにエルンストは苦笑する。ミナハは何杯目かのスープを注ぎ足し、鍋の底をさらっていた。

「いや……本当に、よいのだ。先代領主が集めた本のようなのだが……あれは、いいのだ」

「トーデアプス殿。私も読みましたが、あれはいいですよ、なくても。まあ、おもしろいと言えば、おもしろいのですが……」

「おもしろい？　どういう本なのだ」

ブレスが内容を聞いてきた。

「どういう……」

ガンチェが何とも言えない表情を浮かべてエルンストを見た。

「有り体《てい》に言えば、人間模様を書き表したものだ」

「人間模様？　……それは、人の考えを書いたものなのですか？　そんなものがおもしろいのですか？」

「私とは違った立場の者が、私などでは全く考えも及ばないことを考えて、行動している。人の世には色々なことが起こるものだと思わされる。そういう意味ではおもしろいとも言えるだろう」

「それなら尚更、お手元に置かれたほうがよいのではありませんか？」

タージェスが言ってくる。

このままでは内容を確かめさせろと言われそうな雰囲気だった。ブレスも興味を示す。もし字が読めなかったとしても、挿絵で内容がわかる。

エルンストはガンチェを窺った。さて、どうしたものだろう。

「誓って言うが……」

エルンストは腹を決めた。


「私が集めたものではない」

ここが一番肝要だ。全員と順々に目を合わせながら、エルンストは強く言う。

何を言い出したのかさっぱりわからないだろうが、全員、エルンストの気迫に押されるように頷いた。

ガンチェだけは天を仰いだ。

「今回売る本は……所謂《いわゆる》、恋愛を書いたものだ」

「恋愛……」

「そう、恋愛だ」

「恋愛本が、領主の屋敷の書斎にあるのですか？」

「そうだ」

「へぇ～……恋愛本かぁ……読んでみたいです！」

ミナハが目を輝かせて言った。

「字が読めるのか？」

「失礼ですね、エルンスト様。こう見えても字が読めます。領兵となってからシングテンさんに教えてもらいましたし、今は、隊長に叩き込まれています」

「少なくとも、小隊長以上は字を覚えるべきだと思いまして」

エルンストは考え込んだ。

エルンストはあの本を読んだとき、何度も仰《の》け反《ぞ》り、突っ伏し、気力が萎《な》えそうになったのだ。ガンチェも、読破した後に深く長い溜め息を吐いていた。

果たしてあのような本でも、ミナハは読みたいと言うのだろうか。読ませてもよいのだろうか。差し障りのないものだけを選び出すか。いや、そんなもの、いくらもなかったはずだ。

「エルンスト様？」

ミナハの問いかけにも答えず、思案するエルンストにタージェスが言った。

「もしかして……ただの、普通の、恋愛本じゃないですね……？」

さすが王都で生まれ育っただけのことはある。純朴な考えではない。

「まあ……そうだな」

エルンストは苦笑した。

「普通の恋愛本じゃないって、他にどういう恋愛本があるのですか？」

ミナハの純真さが清々しく、痛い。

「少々、変わっているのだ。それに何と言おうか……こう、実用書でもあるのだ」

「ミナハ……そのあたりでやめておいたほうがいいと思うぞ？」

「実用書？」

タージェスの忠告にも耳を貸さず、ミナハが問いかける。

「そう、実用書だ。男女の交わりとはどうやればいいのか。そして、男同士だとどうやれば具合がよいのか。まあ、そのようなことが書いてある」

さすがに獣と人の交わりについて書かれた本まであるとは言えなかった。

「交わり……？」

エルンストの言葉を頭の中で反芻《はんすう》していたミナハが結論に達したのが傍《はた》から見ていてもわかった。

「え……？　あ……う……」

「お前にはまだ早い。……エルンスト様。その本、全部、間違いなく、売ってくださいよ？」

タージェスに念を押され、エルンストは苦笑しつつ頷いた。


森と山には明確な違いはないという。だが、自分が明らかに上へ登っていると感じられるようになると、ここは山だと言いたくなる。

二日目の昼食を終え、いくらも進まないうちに山になったとわかった。

木と木の間隔が広がり、下草の緑が薄くなる。ふかふかと豊かな弾力を持っていた土に、ごつごつとした石が混ざり始めた。

先頭を行くブレスが足を止める。

「早めに、今夜休む場所を見つけましょう」

「どうしたのだ？」

「空が怪しい。雨が降りますよ。夏とはいえ、山で雨に降られると一気に気温が下がります。体温が奪われてはいけませんから、洞窟など、雨を避けられる場所を探しましょう」

空を見ると青空だった。

「晴れてるじゃないか。本当に雨など降るのか？」

「タージェス。ブレスが降ると言うのなら、降るのだろう。この中で、この山を一番よく知っているのはブレスだ。ブレスの言葉に従おう」

ブレスの記憶で洞窟を探し出す。洞窟は、七人で入っても十分なくらいの広さがあった。

ミナハとガンチェが枝を集め、ティスが鳥を仕留めて戻ってきた頃、雨が降り始めた。

ぽつりぽつりと雨粒を落としてきた空は、あっという間に滝のような雨を降らせ始めた。

「本当に降ってきた……」

洞窟の入り口から外を窺っていたタージェスが、呆れたように呟く。

「ほーら、言ったとおりでしょう」

腰に手をあて、ブレスが仰け反って勝ち誇ったように笑った。

「ブレスは天候を読むのがうまいのだな」

エルンストが感心して言うと、ブレスは満更でもないように笑う。

「イベン村はエグゼ山を背負っていますからね。天候がすぐに変わるし、あの山は荒れやすいんです。子供の頃、村の年寄りと一緒に放牧していたときにはいつも、空の読み方を教えられましたよ。天気を先読みしなきゃ、人も羊も濡れてしまいますから」

「メイセンの者なら皆、同じことができるのか？」

タージェスの問いに、ブレスはとんでもないと首を振る。

「イベン村やキャラリメ村のように、日常的に村から離れて放牧している奴らは空を見ますが、村の近くで耕しているだけの奴はそんなことしませんよ。土を見ているだけで、空なんぞ見ていませんから。それに、雨が降ろうが槍が降ろうが、走って帰れますし」

「私はダダ村ですから、できません」

「そうか……。練習すればできるようになるだろうか？　天候を読むというのは、戦時において非常に役に立つ能力だ。雨が降りそうなのに、火矢を射かける馬鹿はいない」

「イベン村でも、誰でもできるようになるというもんじゃないですからね。当たる率が違うんです。領兵に教えたとしても、どうでしょうね……。十人も覚えたら、いいほうじゃないんでしょうか」

「百五十七名中十名なら上出来だ。メイセンに戻ったら早速、指導してやってくれ」

　人は役目を与えられると活き活きするものだ。ブレスは嬉しそうに頷いた。


「ティス、鳥は弓で捕まえたのですか？」

　ミナハが鳥を捌きながら聞いた。珍しくて、エルンストはミナハの手元を食い入るように見ていた。

　まだ温かった鳥が羽を毟《むし》られ、ミナハの手によってあっという間に肉へと変わる。トーデアプスは耳まで塞いで、決してこちらに顔を向けようとしない。

　エルンストは、肉や魚がどうやって自分の食卓にのぼるのか、その過程の縮図を見ているような気がした。何かの命の上に自分の生がある。そんな当たり前のことに気づかされる。

「剣で、仕留めました」

「剣で……」

　ティスの言葉にミナハの手が止まる。

「剣で仕留めると、何か拙《まず》いのか？」

　エルンストが聞くとミナハが首を振った。

「いいえ、剣でもいいんですが……。鳥を剣で仕留めるのは難しいですよ。私には絶対に無理です。……でも、だからなのか……鏃《やじり》が埋まっていることがあるからさっきから探していたんですが、鏃どころか穴が見つからなくて、その代わりに、ここんとこに傷があるんですよね」

　そう言って血に塗れた指先を、鳥の首元へと持っていった。

「ティスがとどめを刺すときに斬ったのかと思ったんですけど、これが仕留めたときの傷だったんですね」

細い鳥の首がすっぱりと斬られていた。

「すごいですよね～。やっぱりシスティーカの人って、違うんですね。あのときの戦いでも思いましたが、ティスの動きは私にはさっぱりわかりませんでした」

「そうなのか。私は自分が不慣れだからわからないと思っていたのだが、ミナハもそうだと言うのなら、やはりティスはいい剣士なのだろう」

振り仰ぐと薄暗い洞窟の中、焚き火の炎で肌を煌めかせながらティスが表情を歪めた。その顔が照れているように見える。

「照れずともよい。もちろん、ティスを医師として迎えることに変わりはないが、ティスのように強い者がイイト村にいてくれたならば、私は非常に安心できる。イイト村は屋敷から離れていて、何か緊急事態でもあったときにどうやって対処しようかと思案していたのだ」

同じように離れているヤキヤ村周辺には、半分に分けた領兵を駐屯させる予定だ。

グルード郡地に近いイイト村の心配事とは、他国に攻め入れられることではなく、獣だった。

出稼ぎの者が多く、冬の間は子供と老人だけになるイイト村。もし万が一、グルード郡地の獣が襲ってきたらどうするのか。エルンストはそれを案じていた。

しかし、ティスの強さを見て安心する。ガンチェとは全く違う戦い方と強さだが、確かな腕だ。

エルンストとミナハに見上げられ、ティスはゆっくりと両手で頬を挟むと、首を傾げて口元を引き攣らせた。

「ああ、やはり照れているのだな。ふむ。私にもティスの表情が読めてきた」

笑ってエルンストが言うと、ティスは後ずさりながら遠ざかっていった。

「……おもしろい人ですよね」

「ミナハもそう思うか。ティスは非常に興味深く、好ましい人物だ」

ミナハは水を入れた器に肉を落とし入れ、火にかける。焚き火の加減を見て、周囲に顔を巡らせた。

タージェスとブレスはこの先の道について確認していた。雨脚が強すぎると雨が上がったとしても土がぬかるんで外を歩くのは危険になる。天候によっては、明日はこのまま、この洞窟で過ごすことになる。

ガンチェはトーデアプスと話していた。エルンストの幼少の頃のことを聞き出しているのだ。あまりおかしなことをトーデアプスが話さなければよいが、と思う。

照れたままのティスは、ふわりふわりと洞窟の中を歩いていた。システィーカ郡地ではこのような洞窟もないらしい。限られた空間が珍しいのか、先ほどからぐるぐると同じところを歩いている。

「ここだけの話ですが……」

ミナハが声を潜めた。

「ティスは、隊長が好きなんですよ」

「何と……それは本当なのか」

思わずミナハに身を寄せる。

「はい。だって、本人が言っていましたから」

「いつ？」

「ムティカ領で泊まった宿で。隊長のこと、好みだって言っていましたよ」

驚いた。シェル郡地は恋愛に男も女も関係なく、エルンスト自身、同じ男性であるガンチェを伴侶としている。

だが何となく、タージェスは女性を相手にするのだと思っていた。エルンストがそう言うと、ミナハは首を横に振った。

「違いますよ、エルンスト様。ティスが好きなのが隊長なのであって、隊長はティスを好きなわけではないですよ」

「ああ、そうか……。少々驚いて、動揺しているようだ。そうか、ティスか。……ティスも何となく、色恋とは別の世界で生きているような気がしていたものだから……」

「まあ、そんな風にも見えますよね」

「それで、タージェスはどうなのだ。ティスには全く興味ないのか？」

「どうなんでしょう……。意識は、していますよね。なんか、微妙に距離を取っていますし」

「ふむ。意識はしているのか……。そうか、それならティスにも望みはあるのだな」

「あ、り、ま、せ、ん、よ」

一字一句区切るようなタージェスの声が降ってくる。振り向くと、タージェスが真後ろに立っていた。

「ミナハ、余計なことを話すな」

タージェスに上から睨まれ、スープを掻き混ぜていたミナハの手が止まる。

「で……でも、本当のことですよ……」

「それでもだ。お前は口が軽すぎる。仮にも中隊長なんだぞ？　口から言葉を出す前に、頭の中で考えろ」

「……エルンスト様は御領主様だし……色々と、知っていたほうがいいかなぁ……と……」

「言い訳をするな」

「でも……」

可哀想なくらい小さくなるミナハを助ける。

「まあ、よいではないか。個人的なことではあるが、私にも協力できることがあるかもしれぬ。ティスはイイト村で暮らすことになるが、数ヶ月に一度は屋敷に呼び寄せてもよいのだし、イイト村に用事があるときは、タージェスを優先的に行かせてもよい」

「だから何だって、私とティスを結びつけようとしているんですか」

「興味があるのだろう？　ティスを意識していると言うし」

「意識しているというより、避けているんです。人として嫌だと言うのではありませんよ？　ただ……私の恋愛対象は女で、男のことなどわかりませんので」

「わからぬのならば、本を読めばどうだろう。屋敷の本は、まだ売れていないはずだ」

「いえ、別に、男同士の恋愛がわからないというのではありません」

「そうか。では、やり方か……。大丈夫だ。あの本の中には勉強になるものがある」

「いえ、そういうわけでは……」

「かなり詳しく書かれているものもあるから、大丈夫だ。それでもわからぬというのであれば、何でも私に聞いてくれ。私にわかることならば、いくらでも話せる」

「……結構です」

タージェスはエルンストを制するように片手を上げた。

「そうか？　遠慮はしなくともよい」

「……そうではなく……。とにかく、他人の恋愛に関しては、エルンスト様はお動きになられませんように。いいですね？」

「私が世間知らずだと言うのだろう」

「そうは申しませんが、少々、我々の常識とずれております。とんでもないことが起こりそうなので、どうぞ、動かれませんように……」

クルベール人としても長身のタージェスに立ったまま見下ろされると居心地が悪い。エルンストは渋々、頷いた。ガンチェに愛され幸せだから、タージェスもそうなればよいと思ったのだ。

タージェスはミナハもじっとりと睨みつけてから、溜め息を吐いて踵を返す。

数歩遠ざかったタージェスの後ろ姿を見ていて、エルンストははっと気づき確かめる。

「タージェス」

「何ですか？」

足を止め、振り返る。

「タージェスは、どちらなのだ」

「何がです？」

「ティスに貫かれたいのか？　それとも、タージェスが挿入したいのか？」

数歩離れたタージェスに向けて放ったエルンストの言葉は、洞窟の中、木霊する。

タージェスは一瞬固まってからずかずか歩いてくると、地の底から這い上がってくるような低音で強く言った。

「いいですか!?　な、に、も、し、ま、せ、ん、よ、う、に！」

エルンストの目前に突きつけた指を、言葉に合わせて振る。タージェスの気迫に押されて、エルンストは何度も頷いた。

どちらかがわかれば助けようもあるのに。そう思って訊ねたのだが、どうやら本当に、手助けはいらないらしい。


夕食を終え、早々に就寝する。ブレスの予想では雨は夜半過ぎには上がり、明日は天候が回復するという。足元が大丈夫なようであれば、また歩き始める。あと二日も歩けば狩人の小屋に着くだろう。

洞窟の中はひんやりとして涼しい。奥へ行くと蝙蝠《こうもり》がいるようだ。ガンチェが奥を確認してきて、そう言う。

エルンストは文献でしか見たことのない蝙蝠を見たいと、夕食後、眠りだしたタージェスらを置いてガンチェと共に奥へと向かう。

洞窟の奥は暗く、松明《たいまつ》の火をかざしてもクルベール人であるエルンストの目ではよく見えない。ガンチェが、あれですよと指さしてくれるのだが何も見えなかった。

ただ、蝙蝠の声はよく聞こえた。甲高い声で鳴いていた。

「鳥のように空を飛ぶのに、鳥のような声ではないのだな」

「そうですね。もっとこう……鼠のような声ですよね」

「鼠か……。私は鼠《ねずみ》も見たことがない。こういう声なのか？」

「似ていますよ」

エルンストは改めて聞く。ききき、と高い声で鳴いている。ぱたぱたと風を切るような音もする。

とにかく、騒がしい。

「蝙蝠とは、賑やかな生き物なのだな」

「数が多いですからね」

「……たくさんいるのか？」

「ええ。蝙蝠は大体、集団でいますよ」

ガンチェに促され、来た道を戻る。

蝙蝠の巣は、もっと奥にあったらしい。エルンストはほんの入り口で見ていたようだ。あまり奥に進んで見上げると、上から蝙蝠の落とし物が降ってくるから危険なのだそうだ。

「ガンチェは物知りだな」

感心して言う。

「エルンスト様はたくさんの大切なことをご存知で、私が知っていることはどうでもいいことですよ」

「そうだろうか。ガンチェやミナハ、ブレスが知っていることこそ、生きていく上で重要なのではないだろうか」

「そうですね。……本当はそういう知識しか持っていないのに、すごいと周りに言われていると何でもできるような気になって、本人も周囲もそう信じてしまう。でも生活の知恵みたいなものって、国を動かすときにはあまり、関係のない知識なんですよね……」

ガンチェが珍しく国造りの話をするのでエルンストは首を傾げる。

足下が悪いですから、とガンチェが抱き上げてくれた。エルンストが持つ松明の火に照らされ、ガンチェが苦笑したのがわかった。

「傭兵として色々な国に行きましたし、たくさんの領主や国王や、大臣や将軍や貴族を見てきました。国王が不甲斐《ふがい》ないと国民は内乱を起こしますが、それが成功しても国がうまく治まらないのは、排除した国王に代わって国を治める人物を、予め決めていないからだと思うことが多くて……」

ガンチェの言う内乱とは、システィーカ郡地の国、テリス国のことだとエルンストは気づく。

テリス国は今から十二年前に内乱が起こり、王族と当時の大臣たち全てが殺された。代わりに内乱を指揮した者が国王の座に就いたはずだが、十二年経った今でも国は落ち着かない。

「好人物で面倒見もよく、気前もいい。物知りで知恵もある。だから人は集まるし、戦いも成功する。……でも、国は治められないんですよ。そういう人物だから、人はすごいことをすると思うでしょう？　どんな素晴らしい楽園を作ってくれるのかと。でも、駄目なんですよね……」

ガンチェの巻き毛に鼻を寄せる。愛しい香りがした。

「国を治めるというのは、知識だけではできない。思いが強いだけでも駄目だ。人を信じなければならぬが、信じすぎてもならない。時には……愛する者に剣を向けねばならぬこともある。本当に国を治めようと思うのならば、その者は第一に、己の心を殺さねばならぬ」

ガンチェがエルンストを見た。

テリス国の現国王を、ガンチェは知っているのかもしれないと思った。現国王と共に剣を振るい、内乱を戦ったのだろう。

「国王は、偏《かたよ》ってはならないのだ。全ての国民に添い、全ての国民から離れる。……ガンチェは、国王の素質とは何だと思う？」

「……国民を思う気持ちでしょうか……？」

「そう、それは非常に大切なことだ。だが強すぎてはならない。かつて私はこう教育を受けた。百万の国民の命を守るため、一万の国民を殺す、と。……意味がわかるだろうか？」

「一万の国民とは……他国の国民ですか？」

「いや違う。自国民だ。私は国王にはならなかったから、想像でしかないが……。国王とは、いざというとき、より多くの国民の命を躊躇なく選択できる者なのだ。ガンチェの知る好人物の王は、百万の国民を守るため、自らの友を殺せるだろうか？　百万の国民の代わりに、罪もないひとりの子供を殺せるだろうか？」

エルンストの言葉の意味がわかったのか、ガンチェが眉間に皺を寄せ、苦しそうに頭を横に振る。

「王とは、そういう者なのだ。常に数で考える。現在生きる国民だけではなく、これから生まれてくる国民のことをも考える。……より多くの国民を守るため、即座に判断できる者でなければならない。躊躇することがより一層、国民を苦しめることになるのだ。……だからこそ、メイセンは切り捨てられる。七百名の命より、一千万の国民だ」

別れた友の進む先が厳しいものだと感じているのだろう。ガンチェは険しい表情を浮かべたままだった。

心優しいだけでは務まらない。理想だけでは潰される。

慰めるように額に口づける。

王となるべく、生まれてすぐに教育を始めることは正しいと、外に出て気づいた。

だが外に出て、ひとりの人間として他人と心を通わせたエルンストが座るには、玉座はもはや冷たすぎた。

「私はやはり、王宮を出られたことに感謝している。あのまま何も知らず、何も考えず、多くの人を殺すようなことにならなくてよかったと、本当に感謝している。そして、ガンチェに出会えたことを何よりも感謝している」

ガンチェは足を止め、エルンストを見つめた。

「エルンスト様。弱い心を持った者は、王にはなれないのでしょうか」

「いや、なれる。王の周りを固める者が、苦しみを引き受けてやればよい。王に全てを見させることが正しいとは限らぬ。そのような王であるならば、醜いものは王の目に触れさせず、誰かが代わりに引き受けるのだ。国は……人のようなものだ。潔白で清らかな国などない。必ず、醜いことをせねばならぬ。王ができぬというのなら、別の者がすればよい。それは決して、卑怯なことではない。多くの者が集まって、ひとつの国を形成する。ならば、ひとりの王が全てを行わなければならぬということはない。みなが力を合わせて王を、国を支えてやればよい」

ガンチェは腑に落ちたのか、しっかりと頷いた。

「……そうですね」

「ガンチェの言う王には、そのような人物が側にいるだろうか？」

「……いますよ。ええ、いました。今はまだ危なっかしいですが、いつかよくなりますよね？」

エルンストは笑って頷く。

「国の平定をみなが望み、よくしたいと考えているのならば、必ずよくなる」

他国につけいる隙を見せなければ、とは言えなかった。

不安定な国で一番危険なのは、他国の侵略だ。国中が内を見て、外を見なくなる。外を見る余裕がなくなる。そのようなとき、他国が放つ一本の矢で、瞬く間に倒れてしまうこともある。

ガンチェの友がいるのだろう国が早く安定し、しっかりと立てばよいのにとエルンストも願った。


ブレスの予想どおり、雨は夜半過ぎには上がり、眩《まぶ》しい朝日が洞窟の中にまで差し込んできて目覚めた。

外に出ると、目に痛いほどの陽光が煌めく。

夏の空だった。

「よい天気だな」

傍らに立つタージェスに言うと、両手を上げて長身を伸ばしながら頷いた。

「本当に。このままの天気があと三日続けば、予定どおり進めるのですがね」

「また崩れるのか？」

「どうでしょう。ブレスの天候読みは、数日間有効のものではないようです。いいとこ、半日か一日の予想ですね」

「ふむ。早くメイセンに着くほうがよいが、無理はしないようにしよう。トーデアプスが体調を崩してはならぬし、無理をしていいこともあまりないだろう」

「そうですね。幸いにも今は夏ですから、手持ちの食料がなくなってもどうにかなりますよ。何せ、俄狩《にわか》人がいますから……」

タージェスの視線を追うと、朝早く洞窟を出ていったティスが、兎を手に戻ってきた。

「兎を剣で仕留めるって、すごいですよっ！」

「そうなのか？」

「ええ。兎って、むちゃくちゃ素早いんですよ？　矢でも難しいのに、剣だなんて……」

ミナハは兎も手際よく捌いていた。

「ガンチェにしろ、ティスにしろ、ああいうのを見ていると本当に、シェル郡地の種族って弱いんだなぁと思いますよ。なんというか……その強さが反則だと思うんです」

ミナハの言葉に、エルンストは微かに笑う。

「だがミナハ、シェルの種族には、彼らにはない強さがあるだろう？」

「何ですか？」

「それは、寿命だ。我々は、彼らの二倍の時を生きる。それは強みになる。なぜならば優秀な人物が生まれたとき、その者は二百年の時を使って何かを作り出すことができるのだ。国が発展するということにおいて、国民の寿命が長いというのは強みになる」

だが、自分の寿命の長さが、ガンチェとの強制的な別れを生じさせる。

エルンストは胸に広がる痛みを押し殺す。

「それに、寿命が違うということは、生きる人の数が違うということだ。シェル郡地の総人口はグルード郡地の十倍、システィーカ郡地の三十倍にもなる。ミナハが三十人集まってティスと戦った場合、負けるだろうか？」

「……すっごく作戦を練れば……勝てるかもしれません」

「シェル郡地の種族は出生率が低い。だが、その寿命の長さがそれを補っている。確かにシスティーカ郡地の種族は強いが、出生率は低く、子が無事に成長する確率も低い。その上、その寿命は百二十年だ。グルード郡地は出生率も子の生存率も高いが、寿命を全うする者は少ない」

「シェルの三つの国が集まって一緒に戦えば、システィーカ郡地にもグルード郡地にも勝てる、ということですよね」

ミナハの目がきらきらと輝く。

「そうだ。だが、どちらの土地も厳しく、我々が踏み込むことはできない。この世は、よく考えられているとは思わぬか？　偏ってはおらず、絶妙に均衡が保たれている」

「本当に、そうですよね」

ミナハは感心したように頷いた。

朝食を終え、歩き出す。昼を食べて休憩し、さらに歩く。夕闇が迫り、今宵《こよい》の休む場所を探しながら歩いている頃には、夏の装いでは肌寒さを感じ始めた。山を登っているのだと実感する。

開けた場所を見つけ、焚き火を作った。火の暖かさにほっとする。

「山の上になると寒いですね」

ミナハが渡した器を両手で受け取り、スープの温かさを楽しみながらトーデアプスが言った。

「メイセンはもっと寒いですよ」

ミナハは全員に器を渡してから自分の器にスープを注いだ。今日の具材はティスが見つけてきた野草と、リンツ領主が用意した干し肉、そしてブレスが探してきた木の実だった。

ガンチェがぱきりと枝を折り、焚火に放り込む。暗闇に、ぱっと火の粉が舞った。

「エルンスト様。明日には狩人の家に着くでしょうし、一日休んだらあの谷を渡って、いよいよメイセンですよ」

ガンチェの言葉に、エルンストの心の中にも温かな思いが舞う。

「ああ、メイセンだ。ふふ、楽しみだな」

近づく故郷、愛しの大地。たくさんの土産を持って帰れることに、エルンストは駆け出したくなるほどの喜びを感じた。

朝早くから歩き続け、夕闇が満ちる頃、狩人の家へと着いた。

四人の狩人たちは、エルンストがもたらした谷の整備計画実行の報せを殊《こと》の外《ほか》喜んだ。すぐさま取りかかったとしても完成は数十年先の話で、緊急性がないと言われればもっと時間はかかるだろう。それでも一歩を踏み出せたことを狩人は喜んだ。

雪に閉ざされれば身動きが取れなくなるのは彼らも同じだ。谷を渡ってメイセンに行くことはおろか、山を下ってリンツ領の村や町へ入ることも困難になる。

常に何もない状態で生きている彼らにとって、どれほど小さなことでも一歩を踏み出すことはとても大事なのだ。

狩人たちと賑やかな夕餉《ゆうげ》を楽しみ、暖かな小屋でゆっくりと眠った。床板の上に直接体を横たえるだけだったが、冷たい土の上よりよほどいい。エルンストはすっきりとした心地で朝を迎えた。

谷にまだ雪はなかったが、夏の終わりが確実に近づいていると感じられる寒さだった。谷に近づくにつれ岩場となっていく。

足下が悪いからとエルンストはガンチェに抱き上げられた。トーデアプスはと見ると、ティスが抱き上げていた。

細身に見えるティスが、片腕で軽々とトーデアプスを抱き上げているのを見てエルンストは驚く。黒い剣士は意外というか当然というか、力が強い。

一番の難所である崖に辿り着いたのは昼前だった。以前は冬の初めで吹雪いていたからだとしても、今回は非常に速く着いた。兵士たちの足は強い。

ガンチェやティスは足下の悪さを感じさせないほどすたすたと歩き、タージェスらも変わらぬ速度でついてきた。

ガンチェは崖が見えてきても歩く速度を緩めず、反対に小走りになった。

「エルンスト様。しっかり摑まっていてくださいよ」

楽しそうに笑って走り出すと、崖の岩に一歩足をついただけで飛び越えた。

「行きよりすごいな」

感心して目を見開いたエルンストに、ガンチェは得意そうに笑った。

「そこを動くな。先に行くなよ!」

崖の向こうからタージェスが叫んでいた。

ガンチェは、わかりましたよと言いながらもエルンストを下に降ろそうとはしない。エルンストも、ガンチェの首筋に鼻を寄せて愛しい匂いを楽しんだ。

息がかかってくすぐったいのか、ガンチェが首を竦める。

「そのあたりで抑えといてくださいよ。ミナハが動揺して崖から落ちたらいけませんからね」

気づくと、崖を渡りきったタージェスが睨んでいた。

「最近、タージェスは手厳しいと思わぬか?」

ガンチェの耳元に囁く。

「年のせいですよ。年を重ねると気難しくなるものですからね」

「誰が年寄りだっ!」

「年寄りとは言っていませんよ。こちらが言葉に気を遣っているのに、隊長自ら自分を貶《おと》めるようなことを言っちゃいけませんよ」

ガンチェが笑いながらタージェスと言い合っているうちにブレスとミナハ、そしてトーデアプスを抱えたティスが渡ってきた。

ガンチェのように、一歩足をつくだけで飛び越えることはさすがにできなかったのか。ティスはトーデアプスを片手で担ぎ上げたまま、崖の岩場に三歩足をつき、飛び越えた。

「ティスはいざというとき、非常に頼りになるな」

エルンストが感心してそう言うと、ガンチェも頷いた。


約二ヶ月ぶりのメイセンだった。春の初めから秋の終わりまで、長い間離れていた。

谷を渡っただけで何もない。アルルカ村は森の向こうで、民にも会わない。大きな岩や石ばかりで、木々は遠くに見える。寒々とした景色なのにそれでも、ここがメイセンだと思えばほっとする。

メイセンは確かに、エルンストにとっての我が家だった。

エルンストは周囲を見渡し、ふぅと息をつく。微かに両腕を広げ、メイセンの冷たい大気を吸い込んだ。冬の気配が体中に染み渡っていくようだ。

空を見上げる。メイセンを出るときは雪が解けて心浮き立つような春が近づいていると感じたが、今は気の早い雪がちらちらと舞っていた。

「冬が始まるな……」

エルンストがぽつりと呟くと、領兵らも気合いをこめるように頷いた。

メイセンの冬を乗り切るには気力が必要だ。ひと冬を過ごしたエルンストでもそう思う。屋敷に守られて生活をしているエルンストでもそうなのだ。貧しい小屋のような家で冬を過ごす領民の苦労はどれほどのものなのだろう。

そのような村に高齢のトーデアプスを置いていかなければならない。これがけじめで、もう決めたことだとはいえ、エルンストは躊躇する。

この先、冬が来るたびにエルンストは不安に駆られるのだろう。トーデアプスが苦しんではいないか。エルンストの心の片隅にはいつも不安が居座るのだ。

しかし今回の措置はトーデアプスに対する罰でもあり、救いでもある。

7

森で一日を過ごし、翌日の昼過ぎにアルルカ村に着いた。

エルンストの姿に村長らは喜び、なけなしの食料を使って歓待しようとする。

冬はまだ始まっていない。これからひと冬を乗り切るために、村には常にないほどの食料があった。それらを使おうとする村長を慌てて止める。

だがエルンストに形だけ頷いて、まだ出稼ぎに行っていない村人らも一緒になって料理を始めてしまった。

そこへ、染めた羊毛を荷車に乗せて運んできたイベン村の村長と村人がやってきて、歓待の作業に合流する。

賑やかに料理を始めたアルルカ村とイベン村の村人たちに困惑するエルンストを見かねてガンチェは森へ行くと、大きな鹿を一頭、仕留めて戻ってきた。

生きている姿ならともかく、食料として見たこともない大きな鹿に、村の子らは狂喜乱舞する。

以前、村を訪れたときにガンチェにまとわりついていた子らは、獲物を担いで戻ってきたガンチェをまるで英雄のように見つめていた。きらきらと目を輝かせ、終始引っ付いて離れない。

黒い鱗に覆われ金色の目をしたエデータ人の姿に、他種族といえばガンチェしか見たことのない村人たちは驚いたようだ。

だが子らは、当初の人見知りを克服した後は興味津々でティスに近寄っていた。

ティスはゆっくりと手を伸ばすと、子の頭や頬を撫でていた。そうやって撫でながら顔を歪める。子らはそんなティスを見て弾けるように笑っていた。

どうやらティスは、子供好きらしい。

村人らに忙しく指示を出していたアルルカ村の村長と、率先して調理を続けるイベン村の村長を招き寄せ、人の輪から離してトーデアプスについて相談する。

「そんなことならこのアルルカ村に滞在してください。家なら直しますよ。今は若い者がいますから、出稼ぎに行く前に直させて、隙間風などない家に住んでいただきますよ」

アルルカ村の村長が胸を叩くのを、イベン村の村長が遮る。

「いやいや、それほどご高齢の方ならイベン村のほうがいいですよ。うちには温泉があるし、年寄りは冷やしちゃいけません。先生が入りやすいように、掘りの浅い風呂を用意しますよ」

「うーむ……。確かに年寄りは、冷やしたら体のあちこちが痛くなるからな。儂《わし》も、イベン村の温泉には世話になっているし。ここの湯は、いい湯だ」

アルルカ村の村長は、実年齢はともかく、見た目はかなりの高齢だ。足腰も弱く、四十歳は上のトーデアプスよりも高齢に見える。

染色した羊毛を届けに来るイベン村の帰りの荷は、アルルカ村の村長らしい。荷車に乗せられ、何度もイベン村に通っているという。

「すまないがトーデアプスのこと、イベン村に託してよいだろうか？　トーデアプスは私を育てたと言っても過言ではない者だ。王都育ちで外へ出たこともない。色々と不都合もあるだろうし、腹に据えかねることもあるかもしれぬ。そのようなときは遠慮せず、私に言ってくれ」

「なんの！　大丈夫ですよ、御領主様。私は長年、商人のお屋敷で奉公していましたからね。お金持ちの方々の振る舞いが私らとはちょいと違うってことくらい、重々わかっていますよ。それに御領主様を育てた方なら、うちは願ったりですよ！　どうしましょうかね？　イベン村の子らが、御領主様のようにお上品にでもなったりしたら……あははっ」

イベン村の村長は豪快に笑った。

「食料はダダ村に分けてもらえばいいですよ。先生は肉より、芋なんかのほうがいいでしょう。エグゼ山の薪を売るのを金じゃなく、いくらかを芋にしてもらえばいいし。キャラリメ村にも、放牧中の子らをうちに寄越すように言っておきますね。キャラリメ村は最近、うちの羊やアルルカ村の羊の面倒も見てくれて、放牧地が以前のように、イベン村まで広がっているんですよ」

商人でない者はものを売ってはならない。本来ならば、雪であってもイベン村は金で売り渡すことはできない。

だがエルンストはそのことには触れず、流した。

「ふむ。そうしてくれるとありがたい。アルルカ村は子らを、トーデアプスのもとに通わせるのは難しいだろうか」

「ちょっと距離がありますからね……子供の足では難しいでしょう」

「ならさ、先生を半月くらいキャラリメ村に置いといてもらえばいいんじゃないかい？　キャラリメ村までなら、子供の足でも歩けるだろう？」

「ああ。キャラリメなら歩ける」

「イベン村からキャラリメ村までは、うちの子供らに荷車引かせりゃいいよ。この冬はキャラリメの羊がうちの近くまで放牧されるはずだし、そうしたら羊のおかげで雪も少なくなるだろうからね」

メイセンの羊たちは雪を掘って下の草を食べる。

何もしなければ降り積もる雪で道は消えるが、羊が雪を掘り、その足で踏み固めれば道が消えることはない。

「今はキャラリメに荷車がなくて、あたしらがここまで羊毛を運んでいたんですけどね。先日、お屋敷の領兵さんらが来てくれて荷車を作ってくれたんですよ。おかげでこれからは、キャラリメが自分の荷車でイベン村に羊毛を運んできたら、あたしらが染色してキャラリメに持っていくんです。そしたら、アルルカ村まではキャラリメ村が運ぶことになったんですよ」

イベン村で染色したからと、イベン村からアルルカ村まで運べば一日仕事になる。それでは、一日かけて歩いて運び、一日かけて歩いて戻り、運搬だけで二日を要する。

しかし、イベン村からキャラリメ村までならば三時間で辿り着く距離だ。キャラリメ村からアルルカ村まででも同程度である。領民たちの合理性にエルンストは感心して頷いた。

「だからこれからは、羊毛を運ぶ仕事は子供にやらせようと思っていましてね。道中で先生に講義でもしてもらえればいいですよ」

さっさと話を決めていくイベン村の村長を、アルルカ村の村長が窘《たしな》める。

「いや待て、先生の都合を聞かなければ。半月であっち行ったりこっち来たり、先生が疲れちゃならん」

「あ、そりゃそうだ。御領主様、あたしらはこんな感じでいいですから、先生の都合を聞いておいてくださいな」

ぽんぽんと進む会話に置いていかれそうになって、エルンストは慌てて頷いた。

領きつつも安心する。どうやらトーデアプスの存在は歓迎されそうだ。

出稼ぎに行く彼らは、出稼ぎ先の商人や貴族を見て学を修める必要性を感じていたのだろう。彼らにならば安心して、トーデアプスを託すことができる。

エルンストはもう一度、強く頷いた。


アルルカ村でひと晩を過ごし、翌朝トーデアプスと別れる。

皺だらけの痩せた手を握り、エルンストは静かに語りかける。

「メイセンの厳しい環境はそなたの体の毒になるだろう。辛いことも多いだろう。食事も、口に合わぬかもしれぬ。だが、できれば耐えてほしい。そして、メイセンの未来を背負う子らに力をつけてやってほしい。どの領地へ行こうとも、故郷を決して恥じぬ力をつけてやってほしいのだ」

エルンストの手に触れることを畏れ恐縮していたトーデアプスだったが、エルンストの言葉に真剣な目を向ける。

「だがどうしても……どうしても、駄目だと思ったときは、意地を張らずに私の屋敷へ来るのだ。私はいつでも、そなたを迎える準備ができている。そのことを、決して忘れぬように」

「殿下……っ！」

トーデアプスは感極まったように声を詰まらせるとさっと跪き、両手で受けたエルンストの手を恭しく頭上に掲げ、自らの額に触れさせた。

国王から臣下が受ける褒美の、最高の形であるそれを、アルルカ村やイベン村の村人らが異様な目で見ていた。

彼らにはトーデアプスが見せる、エルンストに対する敬服の情が理解し難いのだ。

エルンストはトーデアプスの好きにさせながらふたりの村長を見ると、苦笑を浮かべた。

「このような者だが悪い者ではない。色々あるだろうが、よろしく頼む」

ふたりの村長はぎこちなく笑って頷いた。


馬を持たないアルルカ村が屋敷に報せに走れるわけ

もない。屋敷は未だにエルンストが戻ったことは知らないのだ。仕方なく、アルルカ村から屋敷までを歩いていく。

「エルンスト様。鳥を飼いませんか？」

タージェスが疲れた様子で呟いた。

リンツ領の森から山を登り、谷を渡る。この七日間、ずっと歩き通しだ。ガンチェに運ばれているエルンストは疲れてなどいないが、さすがに領兵たちには疲労の色が濃い。

「鳥？」

「そう、鳥です。そいつを訓練して、伝書に使うのですよ。そうしたらメイセン中どこにでも屋敷から連絡できるし、どこの村からでも屋敷へ連絡できます」

エルンストの脳裏に、王宮で読んだ文献の内容が浮かんできた。

前線部隊から、後方に位置する司令部まで伝書鳥を使うのは速く、有効であると書かれていた。

「ふむ。それは、よいかもしれぬな。メイセンの民たちが字を操るようになれば、非常に役立つだろう。タージェス、鳥を訓練する知識を持っているのか？」

「残念ながら、私にはありません」

「そうか……特殊な技術なのだろうな。領兵隊に、そういうことができそうな者はいないのか」

「いないでしょうね。ブレス、心当たりはあるか？」

タージェス以上に息を乱したブレスが首を振る。口を利くのも辛いらしい。

エルンストは休憩を命じた。

「今すぐにではないが、広い領地を持つメイセンに伝書鳥は必要だろう。どうにかして訓練できる者を得たいものだ。タージェス、鳥を扱えそうな者を領兵の中に見つけられないだろうか。その者を技術者のもとへ派遣し、技術を習得させたいのだが」

「そういうことでしたら、何人か、心当たりが、ありますよ」

地面に座り込んだブレスが、乱れた息の合間に呟いた。

「ええ、私も心当たりがあります」

ミナハは疲れた様子も見せずに言った。ティスとガンチェは当然の如く平然としている。

「ふむ。では時期を見て派遣させようか。国軍が受け入れてくれればよいのだが、それが無理でも、どこかの領地にそういう技術を持つ者がいるだろう」

「そうですね。私の記憶では、伝書鳥に使う鳥を供給しているのはオルツ領だったはずです」

「そうか、鳥ならどれでもよいというものでもないのだな。オルツ領か……エンルーカ子爵が領主を務めるニベ領の隣だな。エンルーカ子爵を頼ればオルツ領主へ話が繋がるだろう。派遣するとなればひとりでは駄目だ。数人を預けることになるだろうし、そのほうが技術の習得にも有効だろう。だが、そうなると金の問題が出てくる。……すべきことが多く、楽しいものだな」

タージェスは肩を竦める。

「本当に……領兵は大忙しですね」

「頼りにしている。私はまた、金の算段をしなければ……。屋敷で売れるものは粗方《あらかた》売ってしまったし、こうなるとやはり、あの本がどれほどの値段になるかだな」

ガンチェを見上げると、中身に精通した伴侶は苦笑していた。

「ティス、私はそなたも頼りにしている。薬草が見つかればメイセンのよい商品になる。薬草は軽く運びやすく、高値が付く。メイセンには医師がおらず、そなたの負担は大きいだろうが、薬草の研究にも力を入れてくれ」

ぼんやりと周囲の景色を見ていたティスはゆっくりと振り返ると、金色の目でエルンストを見た。

「問題ありません」

ぎしぎしと顔を歪めて笑う。エルンストもティスにつられるように笑った。

不思議な気がした。ほんのひと月前にはティスを知らなかったのだ。だが今は、とても頼りになる医師であり剣士だ。

医師となるまでに五年しか費やさなかった者。ティスに任せておけば、エルンストでは見落としただろう薬草も難なく見つけてしまいそうだった。

ブレスの息が整ったのを見て出立を命じる。

疲れているタージェスらを見ていると楽をしてはならないと思えて、エルンストは自分の足で歩く。だが数歩も歩かぬうちに力強い手で担ぎ上げられてしまった。

降ろすよう言おうと口を開いたエルンストの言葉を奪って、タージェスの叫び声が聞こえた。

「降ろせっ！」

ティスが、タージェスとブレスをその肩に担いでいた。

タージェスはクルベール人としても大柄なほうだ。ブレスも決して小柄ではない。その両名をそれぞれの肩に担いで、ティスはすたすたと歩く。

「すごいな……」

「エデータ人は結構、力持ちなのですよ。ま、もちろん、ダンベルト人には敵いませんけどね」

背後の光景があまりに衝撃的で、エルンストは自分を降ろしてもらうことを忘れてしまった。

ガンチェの広い肩に顎を乗せ、ティスを窺う。

右肩に担ぎ上げられたタージェスは足をばたつかせながら、降ろせ降ろせと叫んでいた。対照的に、左肩に担ぎ上げられたブレスは、これは楽だなあと悠然と落ち着いている。

ミナハはそんな三人をどこか冷めた目で一瞥してから、さっさと追い越していった。

屋敷に着いたのは日も暮れた頃だった。

既に自室に戻っていた料理人が夕餉を準備している間、エルンストは執務室でアルドも交え、リンツ谷の整備について改めて伝えた。

「国王が了承したとはいえ、緊急性がないと思われている。火急にしなければならないことがあれば当然、後回しにされるだろう。だが、とりあえずの一歩を踏み出せた」

大机の中央に置いた国王の決定書を前に、アルドは溜め息を吐いた。

「しかし……本当に……あの谷が整備されるなんて、私は夢にも思いませんでしたよ。それが、まあ、本当に……」

「状況が変われば、これもただの紙切れになる。だがそうなったとしてもメイセンが引き継ぎ、必ず谷の整備は行う。できるだけメイセンの負担が軽くなるように、国土府や行政官府、財政府がその重い腰を上げ、早急に取りかかるように願っていてくれ」

決定書を恐る恐る指先で持ち上げ、表や裏を見ていたアルドに苦笑してエルンストは言った。信じられないという思いが強いのだろう。

「整備が完了するまで、どれほどの時間がかかるでしょうか」

「ふむ。今すぐ取りかかっても数十年は必要だろう。せめて測量だけでも終わらせておかなければ、メイセンが工事を引き継ぐような事態が起きたとき、測量済みかどうかで状況は全く違う」

工事を行うだけなら知識のない者が無闇に行ったとしてもできるものだ。だがそれでは、表面上ではわからない問題を孕《はら》んでいる場合が高い。

「測量はすぐに始められるものなんでしょうかね？」

かつて国軍に身を置き、国の組織がどういう速度で事を進めるのか十分理解しているのだろう。タージェスが窺うように聞いてきた。

「測量ならば、さほど金は必要ない。工事費に比べれば山と小石ほどの違いがある。であるならば、財務府も時間を置かずに支出許可を出すだろうし、国土府もすぐに取りかかるだろう。そのためにもカタリナ侯爵には、私が谷の整備を切望していると重々言い渡しているのだ。ダーリ伯爵は、伯爵という低い身分ながら国土府長となっている。今の地位を守るため、権力者であるカタリナ侯爵に睨まれたいとは望んでおらぬ」

エルンストをメイセンに止めておくため、カタリナ侯爵はエルンストの願いを叶えようとするだろう。国家予算数年分を費やそうとも、自分の懐が痛まなければどうでもよいのだ。

「タージェス、領兵を割《さ》いて悪いのだがひとりかふたり、国土府の技術者がいつ来るのか、道案内から谷の状況説明まで行える者を王都へ行かせよう」

「そうですね。そのほうがよいと私も思います。ここは王都から遠いですからね。メイセンでただ座って待っているだけでは、せっかくの決定書も無駄になってしまいます。遠いのをいいことに、無視されてしまいますよ」

それはタージェスなりの誇張だったが、エルンストはさもあらんと苦笑する。

「では、王都でも自分を保てて、国土府の役人たちに飲まれない者を選別するように」

「承知しました」

最後に付け加えたエルンストの言葉に、タージェスもアルドも笑いを堪《こら》える。

田舎者が王都で遊び呆けては困る。そう意味を捉えたのだろう。

あたらずも遠からずなのだが、エルンストの言いたかったことは、メイセンで純粋に生きてきた者が、王都の淀んだ空気に惑わされてはいけないということだった。

何でもあるということは、何もないということにもなる。便利さは人の五感を狂わせる。

金がなくても生きていけるのがメイセンだ。金がなくては一日も生きられないのが王都だった。

その差を見極め、まやかしの煌びやかさに目を奪われてはならない。一度狂乱に身を浸してしまっては、身を滅ぼすことにもなりかねない。

経験を積み、よくも悪くも自分を冷静に判断できる者。故郷メイセンに誇りを持ち、王都の人々に対しても卑屈にならない者。そして、高学歴の役人たちと対等に渡り合える者。

領兵の選別はタージェスとアルドに一任するが、最終判断はエルンストの目で行うと決めていた。

選別を誤ると、エルンストが目指すメイセンの未来が遠のくだけではなく、送り出す領兵の人生をも狂わせる。


出された食事は、急いで作ったにしては今までになく手が込んでいた。

エルンストは焼きたてのパンを千切って口に運び、素朴な味を噛み締める。皿には大きな川魚が載っていた。塩漬けにして保存しているものだ。

普段ならば一匹を解してスープや炒めものなどに入れ、数人で食べる。それがエルンストとガンチェそれぞれに、丸々一匹使われていた。

「料理長、随分と奮発《ふんぱつ》したのですね」

ガンチェの皿には特大の魚だ。

「そうだな」

丁寧に塩抜きされ、蒸されていた。すり潰した芋と鮮やかな緑の菜物でソースが作られ、魚を囲むように皿を彩《いろど》る。ほっとする味だった。

「屋敷の人たちは嬉しそうでしたよ?」

「何かあったのだろうか」

「エルンスト様がお戻りになったからですよ。侍女たちもいそいそとエルンスト様の寝台を整えていましたし、侍従らは風呂の用意をしていました。侍従長もばたばたと走り回っていましたし」

いつもなら屋敷の者たちはとっくに寝ている時間だ。食事の給仕にも三人の侍女が入れ替わり立ち替わり準備をしていた。

自分がメイセンに戻ってきて喜んでいるように、メイセンの人々も、エルンストを喜んで出迎えてくれているのか。

エルンストは優しい味の夕餉を食しながら、にっこりと笑った。

「ようやく、我が家に戻ってこられたな」

大きな魚の大きな骨まで食べていたガンチェが顔を上げ、同じように笑う。

「ええ、本当に」

魚の尾が口から出ている。エルンストは立ち上がって身を乗り出すと、仕草の全てが可愛い伴侶の頭をぐりぐりと撫でてやった。


この広い湯船から溢れんばかりの湯を用意するのは大変だろう。今はまだ雪がなく、井戸の水を汲んで来なければならない。

二人の侍従だけでは無理なのではないのか。そう思ったら、領兵も手伝ったらしい。

「このような時間に……みなに悪いことをしたな」

沸いた湯を床石に一度撒いておいたのか。リヌア石が温かだった。

「みんな喜んでいますよ。エルンスト様の役に立ちたくて、領兵もうろうろしていましたから。兵舎では隊長たちが歓待されているでしょうね」

「ティスはどうしているのか」

「エルンスト様が御屋敷に部屋を用意してくださったのに、ティスは隊長と一緒に兵舎に行ってしまいました」

アルドを交えて王都での出来事を執務室で話し合った後、料理長が夕食を仕上げるまで、エルンストは執務室で留守の間に溜まった業務を行った。

その間、ガンチェは兵舎へ行っていたのだろう。

「ふむ。やはり、タージェスと離れがたいのだろうな」

ティスは明日、イイト村へ向けて出立する。

もちろんエルンストも共に行き、イイト村の村長に話を通す。

「エデータ人の愛情表現はよくわかりませんが、隊長を気にしているのはわかりますよね。じっと見ていることも多いですし。まあ隊長を別にしても、ティスは兵舎でわいわいやるのが好きみたいですよ。ティスは人懐こいですよね」

「そう言われるとそのような気がする。アルカ村でも子らと遊んでいたし、村人の輪の中にいたな」

「そうでしょう？」

ガンチェは笑って風呂椅子にエルンストを座らせると、石鹸でたくさんの泡を作り始めた。

「では、イイト村でも仲良くやっていけるかもしれぬな」

ガンチェがエルンストの体を洗う。たっぷりの泡が肌を滑っていくが、時折、ガンチェの熱い手も肌に触れる。

「大丈夫ですよ。私もそうですが、見た目で警戒されてもだんだんとわかり合えますよ。イイト村は出稼ぎの者も多いですし」

背中から回された太い指が、小さな胸の飾りを押し潰すように捏《こ》ねていた。ぷくりと腫《は》れてくると指先で摘《つま》み、軽く引っ張る。

「……ん……これで、メイセンの識字率が上がるとよいのだが」

肩を洗っていたガンチェの手が背骨を辿るようにゆっくりと滑り、後ろから腹に回される。

「御屋敷近くの村はエルンスト様や侍従らが教えていますし、キャラリメ、イベン、アルカはトーデアプス殿。イイト村はティスが教えていけば、メイセンのほぼ全ての村と町に教師がいることになりますね」

腹を撫でていた手が、掠めるように柔らかな茎に触れる。指先で焦らすような触れ方に、エルンストの細い首が仰け反った。

「……っ、そうだ。あとはヤキヤ村とメヌ村だな。あのふたつの村は誤りとはいえ、商人の位を持っていた。故に、簡単な字ならば読める」

熱い手が股間へと差し込まれ、柔らかな茎を引っ張ったり押しつけたり、それは忙しく働きだした。エルンストは硬い腕を抱き締め、身を捩《よじ》る。

「でも、簡単じゃ駄目なんですよね？　どうなさるのですか……？」

首筋に熱い息が吹きかけられ、エルンストの腰が上がる。逞しい両腕が腰に絡まり、愛しい膝へと移動させられた。

ガンチェが優しくエルンストの腿を掴み、大きく足を開かせた。エルンストの首筋に吸いつき、赤い所有印を残したのだろう。離れていくガンチェに頬を寄せる。

金の光が瞬きだした赤茶色の目を見ながら、エルンストはガンチェに口づけた。

「領兵隊をふたつに分けて、バステリス河沿いを警戒していく話をしただろう？」

「はい……」

窄まりに、ゆっくりと太い指が差し込まれる。泡の助けを借りて、ゆるゆると入ってきた。久しぶりの圧迫感に、エルンストは一瞬息を詰める。

「ん……っ」

太い指が動きを止め、エルンストの様子を窺っていた。エルンストはふっと笑って、開いていた足を閉じる。そうして、両の内腿でガンチェの硬い腕を挟み込んだ。

足をゆっくりと動かす。両腕で縋りついた硬い腕に、内腿を擦りつける。こんなところで感じると、ガンチェが教えてくれた。

「エルンスト様……」

両腕両足でガンチェの片腕を抱き締めたまま、仰け反る。ガンチェが堪えるように眉を寄せて苦笑し、エルンストに赤い舌を見せた。その舌先に吸いつく。


「ん……ふ……っ」

ガンチェの舌を味わいながら、エルンストはゆっくりと体の力を抜いた。硬い腕を挟み込んでいた足を開き、ガンチェに自由を与える。

「……っ……まだ確定ではないが……向こうには、アルドが駐屯することになる。アルドは……っ、よく、字を知っている。聞けば若かりし頃、ガイドラ領の教師の家で侍従をしていたらしい」

差し込まれた一本の指が狭い筒内で蠢き出した。

熱い息を吐き出しながら、ガンチェが物欲しそうにエルンストの首筋を舐めた。

「え？　傭兵ではないのですか」

中に入った太い指が、驚きで動きを止める。

「資料では、侍従となっている。珍しい経歴なので本人にも確認したが、確かだった」

領地に縛られる民は、他の領地に出る際には届け出なければならない。

商人のように他領地を常に行き交う者はよいが、商人以外の民はどの位にあっても、ひと月以上領地を離れる際には必ず、届け出ることと国法で決められている。

領主不在のメイセンでも届出はされていたが、まともに処理されてはいなかった。近年の書類では届出自体が見あたらず、領民の間で勝手に端折《はしょ》られていたらしい。

「副隊長が侍従ですか……傭兵をしていたと自分では言っていたのですが、そうですか。侍従ですか……」

含み笑うガンチェの息が掛かりくすぐったい。首を竦めるエルンストの耳の裏をガンチェが舐める。

「私も驚いた。しかし言われてみると、確かにアルドには侍従らしきところがある。……ん……話し方や、立ち方が、それらしいのだ。アルドは四十年ほど、侍従として勤めていたらしい」

「それは、それは……」

ガンチェは笑ってエルンストを抱き締める。

二本の指が抜き差しを始め、狭い筒を広げるように指がそれぞれの方向に動く。ぱくりと、微かに開いた隙間に外気が入り、冷たさで背筋が震えた。

エルンストの肩を、ガンチェが優しく前へと押す。エルンストは体を前へ倒し、ガンチェの硬い膝に両手をついた。

微かに震えるエルンストの背を、ガンチェの熱い舌が舐めていく。

中に潜り込んでいないほうの手が、エルンストの腹に触れる。軽々と抱き起こされ、分厚い胸に背を預ける。

エルンストのうなじに唇を押しつけたまま、ガンチェが囁く。

「では、ヤキヤ村とメヌ村の件も解決しますね」

「ああ……」

胸の飾りを太い指で捏ねられ、エルンストは吐息のような声で返事をした。

「エルンスト様……っ」

ガンチェが指を引き抜き、強く抱き締めてきた。エルンストの肩に、ガンチェの歯が軽く立てられる。

ガンチェの太く逞しい雄が、大きく開いたエルンストの足の間から頭を覗かせていた。年下の伴侶の若さと雄々しさに、エルンストはふっと笑う。

エルンストは期待に震える手を伸ばし、濡れたガンチェの先端を撫でた。そのまま、微かに頭を擡《もた》げる自分に触れる。太さも長さも、逞しいガンチェの半分もない。

ガンチェの大きな両手が、エルンストの手越しにふたりを包み込んだ。

「エルンスト様……愛しています」

ちゅっと音を立てて、エルンストの頬に口づける。

エルンストも、ガンチェの頬に口づけた。

「ガンチェ、私も愛している。誰よりも、何よりも、ガンチェを愛している」

ガンチェが頬を寄せ、エルンストの頬を撫でる。愛おしいと、その様子が教えてくれた。

互いの手の中で、ガンチェが頭を振る。びく、びく、と震え、そのたびにガンチェの眉が苦しそうに寄せられた。

「ガンチェ……」

舌を差し出すとガンチェが吸いつき、熱い口中に迎え入れられる。舌を絡め合って口づけを交わし、エルンストは硬い筋肉で盛り上がった胸に背を預ける。そうして、ふぅと息を吐き出し、目を閉じた。

太い指がエルンストの中に入ってくる。優しい年下の伴侶がもう一度、具合を確かめようとしている。

体格の違いを誰よりも認識し、注意を怠らないのがガンチェだ。だから誰も、心配する必要などないのだ。ガンチェが大丈夫と判断すればそれは、本当に大丈夫なのだから。

エルンストは目を閉じたまま、強張りそうになる体を弛緩させ、ガンチェに全てを委ねた。

ゆっくりと潜り込んできた指が、エルンストのいいところを撫でていく。

「ん……」

眉を寄せ、身を捩るエルンストの頬を熱い舌が舐める。指は奥まで辿り着き、二度、三度とつつく。エルンストは背を仰け反らせ、ガンチェに快感を伝えた。

硬い胸に頭をつけたまま、目を開く。金色に変わったガンチェの目が、エルンストを見ていた。

月の狼と評されるダンベルト人が、獰猛とも言えそうな目でエルンストを見る。欲されている。その目にエルンストの背が震え、咥《くわ》え込んだ指をきゅっと抱き締めた。中を探っていた太い指が出ていく。

軽々と体を持ち上げられ、窄まりに熱い息吹が押しつけられる。

「くっ……!」

背後から響く低音が鼓膜を震わせる。

エルンストは腰を摑む硬い腕に両手を置く。ぎしぎしと押し広げ入ってくる逞しい伴侶に、呼吸を忘れて堪える。

掴んだ硬い腕の筋肉が、エルンストの指を弾く。ガンチェが頭を振って、エルンストの狭さに耐えていた。

ガンチェが片腕でエルンストの腰を抱え、空いたほうの手でエルンストの口元に触れる。そうして、嚙み締めてしまうエルンストの口を開かせた。

「はっ……は……ん……っ」

太い指がエルンストの口の中に入ってくる。嚙んではならない。その思いが、どうしても嚙み締めてしまう口を開かせる。

エルンストは舌を這わせ、ガンチェの指を舐めた。素直に声を漏らし、体から力を抜く。

「…………っ」

腹を抱えるガンチェの腕が震える。ぐっと抱き寄せられ、硬い頭が潜り込んできた。

「あ……ん……」

仰け反り、雫《しずく》が落ちてくる天井を見上げる。エルンストの肩に頭を乗せ、ガンチェが詰めていた息を吐き出した。

「……ふ……っ……」

一番太いところを飲み込み、エルンストも息を整える。互いの呼吸が合った瞬間、体の奥で音を感じた。ずっ、と音をさせ、ガンチェがもうひとつ潜り込んでくる。エルンストは腹に添えられたガンチェの腕を掴み、浅く呼吸を繰り返して背を震わせた。

ガンチェが何度もエルンストの背中に吸いついていた。赤い花を散らし、そして舐める。エルンストは浅い呼吸を繰り返しながら、最奥へと潜り込んでくるガンチェを迎え入れた。

全てが片付いたわけではないし、ほんの一歩を踏み出したに過ぎない。だがここがメイセンであると思えば、ほっと肩の力が抜ける。

最奥に辿り着いたガンチェが動きを止め、エルンストの中を感じ取ろうとしていた。目を閉じ、エルンストの肩に頬を寄せる。

エルンストは頭を傾け、ガンチェの柔らかな髪を頬で楽しんだ。

熱い手がエルンストの薄い腹を撫で、中にいるガンチェの形をなぞろうとする。もう片方の手は、小さな胸の飾りに触れていた。

ガンチェが至近距離でエルンストの顔を見てきた。エルンストはちゅっと音を立て、ガンチェの頬に口づけた。

「心地よいか？」

訊ねると、ガンチェは弾けるように笑った。

「とても」

「それはよかった。私も、とても心地よい」

エルンストは艶やかな吐息を吐きながらガンチェに背を預ける。しっかりと抱き留められ、目を閉じた。

ぐっと抱き締めるガンチェの腕に力がこめられ、緩く、優しく、そして力強く突き上げられた。

久しぶりで余裕をなくしたガンチェの動きが嬉しい。激しく揺れる視界の中、ちかちかと光りが瞬く。エルンストは言葉にならない声で鳴いていた。

背後のガンチェがエルンストを抱き締め、低く呻く。硬い腕が震え、引き締まった腿も小刻みに痙攣《けいれん》する。体の奥に熱いガンチェが放出され、エルンストは背を弓なりに仰け反らせた。

「あ……ああ……っ」

見開いたエルンストの目から涙が零《こぼ》れ、頬を濡らしていく。熱い手が優しくエルンストを包み込み、未熟な頭を撫でてくれる。

「ん……っ」

ガンチェの硬い足に握り込んだ両手を乗せ、エルンストは下腹に力を込める。ガンチェの手に促され、エルンストも思いを吐き出した。

完全に弛緩した小さな身体を、ガンチェは愛おしそうに撫でる。白い腿をさすり、小さな膝を撫でる。自分の胸にくたりと体を預けたエルンストの髪に甘く口づけた。

「冷えてしまいましたね……」

案じながらも離れがたいと、中に収めたガンチェが駄々を捏ねていた。

「このまま……湯船へ」

力の抜けた腕をどうにか持ち上げて指し示すと、ガンチェは嬉しそうにエルンストを抱き上げた。


外から領兵の声が聞こえてきて目を覚ます。エルンストはぼんやりとした頭のまま何度も目を瞬いた。

ようやく視界も頭も焦点が合ってくる。力強い鼓動を頬に感じ、ガンチェの上で自分が寝ていたのだと気づく。

そっと頭を起こし見上げると、まるで眩しいものでも見るかのように目を細めたガンチェと目が合った。

「おはよう」

ひと晩中喘いだ声は掠れていた。ガンチェは軽く口づけて挨拶を返してくる。

「今は、どれほどの時間なのだろうか？」

「いつもの朝食の時間が過ぎた頃ですね」

決まった時間に目覚めなかった自分に軽く驚く。だが、慌てて体を起こそうとは思わなかった。

エルンストは硬いガンチェの体の上で、吐息をついて微睡《まどろ》んだ。

「……そうか。誰も、起こしには来なかったのだな」

「昨夜遅く戻ってきましたからね。疲れているのだろうと、気を利かせているのでしょう」

「疲れているはずなのに……たくさん、してしまったな」

エルンストが微かに眉を寄せて笑うと、ガンチェも共犯者の顔で笑った。

ティスを伴ってイイト村へ行くつもりだったが、それは翌日に持ち越された。

エルンストが予定を変えることは非常に珍しく、だが、誰も何も言わなかった。

予め決められていた予定が狂うと途端に落ち着きをなくして狼狽するシングテンでさえ、落ち着いていた。まるで本日の予定は変更されるのだとはじめから知っていたかのようだ。

そうなのかとエルンストが聞くと、シングテンはなぜか神妙に頷いた。

ガンチェが真相を教えてくれたのは、その夜の寝具の中であった。

「賭けをしていたそうですよ」

「賭け？」

ガンチェが少し、憤慨《ふんがい》したように言った。

「ええ、賭けです。領兵らと御屋敷の侍従らが一緒になって。エルンスト様がいつもの時間に起きてこられるのか、昼過ぎまで寝所に籠っているのか、賭けていたんです」

ガンチェを宥めるように抱き寄せ、よしよしと頭を撫でる。

「それは、どういう賭けなのだろうか。私が疲れているかどうかを賭けていたのか？」

「いえ、そうではなく……私と繋がり合って起きてこられないことを賭けていたのです」

声にまで怒りが滲んでいる。巻き毛に口づけを落とし、耳の後ろを撫でる。

可愛い年下の伴侶は感情が豊かだ。そこもまた可愛らしく好ましいのだが、あまりに怒っている姿を見ると可哀想になる。怒りの感情は苦しいだろうに。

「ふむ。どうして、そのような賭けをしたのだろう」

抱き寄せた茶色の髪を撫でる。

「おもしろがっているんですよ。私とエルンスト様が繋がって、どうしようもなく燃え上がると思っているんですっ」

がばっと起き上がったガンチェの目は、金色を帯びていた。エルンストは苦笑して頬を撫で、口づける。

赤茶色の目はまだ金の色を浮かび上がらせていたが、その息遣いは落ち着いてきた。

ゆっくりと頭を撫でながら、静かに語りかける。

「よいではないか。本当のことなのだから」

でも、と起き上がりそうになったガンチェを抱き寄せる。

「本当のことだろう？　私はようやくメイセンに戻れて、一番落ち着けるこの屋敷で、この部屋で、誰よりも愛しいガンチェと向かい合い、冷静でなどいられない。予定を変えてしまうことになったのはシングテンにもティスにも申し訳ないが……どうしても、自分を抑えることができなかったのだ」

顔を上げたガンチェの目は赤茶色であった。

くるくると表情を変える可愛い伴侶の、いつもの目だった。

「だから、よいではないか」

落ち着かせるように笑うと、ガンチェも渋々と頷いた。

「でも、エルンスト様。みんな、昼過ぎに起きてくるに賭けていたのですよ？」

不満そうにそう言うから、エルンストはおかしくて笑ってしまう。

「それでは賭けにならぬではないか」

「ええ、そうなんです。それなのに誰も、大穴を狙って、いつもどおりに起きる、には賭けなかったんですって」

「楽しいことをするのだな」

「何だか、癪《しゃく》じゃありませんか？」

「何が？」

「だって、私がさかりのついた獣のように獰猛に求め続けるはずだって言い合っていたんですよ？」

どうやら兵舎で言い合う領兵らの会話をガンチェは聞いてしまったらしい。

「ふむ、それは違うな。私が、ガンチェを離さなかった、のほうが正しい。では明日にでも誤解を解いておこう」

エルンストがそう言うと、ガンチェは慌てて体を起こした。

「い、い、いけませんっ！　それは、いけませんっ！」

「何故だ？」

エルンストは首を傾げて訊ねる。

「そんなことを仰ったら、また奴らが喜ぶではありませんかっ!?」

「何を喜ぶのだろうか？　笑わせるようなことを言うつもりはないのだが」

「いえ……そういう喜ばせるではなく……何と言いましょうか……エルンスト様がそういう、ええと、性的なことを仰るのを領兵らは楽しんでいるんです」

「ふむ。そう言えばいつだったか、タージェスにも言われたことがあったな。あまりそういうことを口にしてはならないと」

「そうです！　隊長もたまにはいいことを言いますね。エルンスト様は、あまりそういうことをお口にしてはなりませんよ？　私に対してはいくらでも仰ってくださって構いませんし、むしろ嬉しいくらいなのですが、領兵に聞かせるのはもったいないですからね。わかりましたね？」

ガンチェは腕を組み、自らにも言い聞かせるように頭を振る。

「ふむ。よくわからぬが、ガンチェがそうしろと言うのならばそうしよう」

「はい。お願いします」

ガンチェはにっこりと笑って頷いた。

豊かな感情でくるくると表情を変える可愛い伴侶につられ、エルンストも笑う。

今思えば、王宮で暮らしていたかつての自分は陰鬱《いんうつ》であった。心は常に平定で、沸き立つような喜びも、思わず笑みを浮かべるようなこともなかった。

王宮の外に出られてよかったと、そう思うことが日々増えていく。

そして、それを強く感じさせてくれるのも愛しい伴侶の存在だった。


いつもの時間に目覚め、ガンチェとふたりで笑い合う。朝の挨拶を交わしながら互いに啄み合い、身を起こす。

寝台に座ると朝の光の中、白い肌に散らばるガンチェの愛した跡が目に入った。この二日で一気に増えたそれらが愛おしく、指を這わせる。

先に手早く衣服を身につけたガンチェが目の前に立つ。エルンストの手を取り、優しく引き起こしてくれた。

ガンチェと愛し合った翌日の、はじめの一歩はいつも覚束ない。ふわりと柔らかな綿の上を歩いているような感覚なのだ。ガンチェに支えられ一歩二歩と踏み締めながら、寝所に続く衣装部屋へと入る。

体に力が入っていたのだろう。衣装部屋でほっと息をついたエルンストの足を、止めきれなかったガンチェの情欲が流れていく。

「ああ……」

その感覚に身悶《みもだ》え、ガンチェの手を握ったまま震える。

「ん……っ」

エルンストの足を伝って流れたガンチェは床へと辿り着き、使い古され色褪《いろあ》せた敷布を濡らした。

「随分とたくさん、溜め込んでおられたのですね」

ガンチェの言葉に、溜め息混じりに答える。

「たくさん与えてくれたのに、惜しいことをしてしまった」

ガンチェは優しく抱き締めてくると、朝には似つかわしくないほどの熱い口づけをくれた。


一日遅れでイイト村へと向かう。

予定が狂ったことを詫びたが、ティスは全く気にしていなかった。反対に、賑やかな領兵らと別れることを惜しんでいた。

いつもの無表情だが、ティスが名残を惜しんでいることがエルンストにもわかった。だんだんと、ティスに対する理解が深まっていくのが嬉しかった。

イイト村の村長はティスを歓迎した。

医師であるということはもちろん、薬草の存在を確かめにエルンストと共に森へ入ったティスが、早速大きな兎を仕留めたことを喜んでいた。

時折、森から村に獣が出てくることがある。若い者がいればどうにかなるが、出稼ぎに行ってしまう冬の間は不安でしょうがない。

そんな村にとって、ティスは心強い医師であり剣士となった。

薬草の研究についてイイト村の村長らにも伝える。

ティスもいくつかの薬草に目を止めた。予想していたとおり、エルンストが見落としていた薬草もティスは見つけた。

それには非常に貴重なものも含まれていて、メイセンが巨大な薬箱となれる可能性を現実に近づけた。

エルンストはイイト村の村長に、ティスの研究の重要性を伝える。

できるだけ早く効能を確立し、薬として他の医師に売れるようにしなければならない。その際には薬草を摘《つ》み取ること、加工することをイイト村の仕事とするように命じる。

村長らは目を輝かせて何度も頷いた。

巨大になりすぎた樹木を相手に、山民として生きていく限界を感じていたのだろう。

薬草がイイト村の新たな産業になればよいと、エルンストは切に願った。

子らはあっという間にティスに懐き、素朴な人々に囲まれティスも嬉しそうだった。

エルンストはイイト村で一泊すると、安心して村を後にした。

8

イイト村から戻ってひと月後、アルドが領兵を伴ってバステリス河へと向かった。

昼下がり、いつもの窓に凭れ、眼下で行われている領兵の訓練を見ていた。百五十七名から七十七名になった領兵らは少し寂しそうだ。

エルンストも何だかもの悲しくて、窓枠に頬を寄せた。

「エルンスト様？　何をなさっているのですか」

振り返ると、侍従のマイスが立っていた。

「領兵の訓練を見ていたのだ。半分になり、寂しくなったものだなと」

マイスはエルンストと並んで窓の下を見下ろす。

「寂しくなんかないですよ。兵舎が広々としていいし、料理人は食事の準備が楽になったと喜んでいますよ」

さばさばとした若者にエルンストは苦笑する。

屋敷の料理人はひとりなのだが、ひとりで領兵隊の食事も準備する。もちろん侍女や侍従らも手伝うが、総勢百六十五名もの食事の世話は大変だっただろう。

しかし、料理人の用意する領兵の食事はパンとスープのみなのだ。五つの大鍋に入れられた薄いスープをどん、と渡される。水としか思えないそれに、自分たちで獲ってきた肉やら魚やら、こっそり屋敷の畑から確保しておいた芋などを入れる。

ガンチェは領兵隊の生活をそんな風に話していた。

「そのうち余裕が出てきたら、料理人も増やさねばな」

「期待しないでお待ちしています」

マイスは飄々と答え、エルンストは苦笑するしかなかった。屋敷の侍従も侍女もみな年若く、なかなかに手厳しい。

「ああ、そうだ。エルンスト様、サイキアニとフォレアの商人たちが来ていますよ」

主人に知らせる用件があるのならばそちらを先にしなければならない。そのような基本を知らないのがメイセンの使用人たちだ。

躾《しつ》けるべき侍従長のシングテン自身が、若い頃先代領主に仕えたとはいってもその年数が十年ほどで、自らが年長者に躾けられる機会を失っているのだ。

今はまだどうにかなるがそのうち、弊害が生じそうだとエルンストは思う。シングテンに躾けられたマイスらが、次の世代を躾けるのだ。

人は不思議なもので、気を抜くと簡単に易きに流れる。祖父母世代が躾を怠ると親世代はそれ以上に怠り、子の時代になると完全に常識を無視した者ができる。

とはいっても、使用人の立ち居振る舞いに侍従長を差し置いて主人が口を出してはならない。他人の仕事を奪うのならば、それなりの嵐を起こす覚悟が必要なのだ。

エルンストはマイスに頷き歩き出す。

シングテンの気分を害さずに、侍従らをトーデアプスに預けるよい方法はないかと考えながら、書庫へと向かった。

ふたつの町の商人たちは、大机に積み上げていた本の山を前に話し合っていた。

「だから均等に、分けよう」

「しかし、カプリ領のほうがいい」

「いや、リンツ領やグリース領も……」

エルンストが入ってきたことにも気づいていない。

だが、罵り合うというのではない。王都の市場でよく見かけた商人同士の話し方だった。

「何を話しているのだ」

商人の会話の流れを遮らないように、頃合いを見定めて声をかける。

「御領主様！　御領主様もカプリ領のほうがいいですよね？　高いほうがいいんでしょ？」

「いや、グリース領ですよ。グリース領は纏めていいって言っているし」

五人の商人たちが口々に言うので、エルンストはその勢いに一歩後ずさる。

「すまぬが、何の話だ？」

「ああ、本ですよ。この本」

フォレアの商人が後ろ手に、山と積み上げた本を指し示す。

「本？　本が売れるのか!?」

期待に、思わず声が大きくなる。

「はい！　我々も驚いたのですが、さすが御貴族様は御趣味が変わっていますよね。私はリンツ領とグリース領のふたつの領地を回ってみたのですが、どこの御貴族様も目の色を変えて欲しがりましたよ」

「いやいや、カプリ領もすごいです。何とっ！　これ！　この獣との交わりに、一冊1シット出すと言った御貴族様が！」

「1シット!?」

本がいくら高価だとはいえ、俗な小説なら100アキアも出せば釣りが来る。辞典でも1シットはしないだろう。

「グリース領の、ある御貴族様もすごいですよ！　約束で誰とは申せませんが……何とっ！」

フォレアの商人は興奮した様子で山の一角から数冊の本を選び出す。

「これでございますっ！　こちらの、少年が蛮族に犯される話。この続き小説を全て買い取ると仰った方がいましたっ！　しかもこの方！　こちらの……」

獲物を狙う目で鋭く一瞥した後、さっと、やはり数冊の本を選び出した。

「これですっ！　この、気弱な青年兵が敵国の兵らに弄《もてあそ》ばれ、性的に鍛えられていく話を……ぐふっ……ぐっ……ぐふふふふふっ」

突然フォレアの商人が不気味に笑い出し、エルンストは思わず仰け反った。

「これを……ふふふふふ……この十三冊全てを、25シットで買うとっ！」

さあどうだ、と言わんばかりにサイキアニ町の商人に向けて目を見開く。

「おお……っ！」

さすがのサイキアニの商人も驚いていたが、エルンストも驚いた。

紙として売るしかないかと諦めていたのだ。それが本として売れる。

しかも、この高値は何なのだ。

「本当に、このような本でよいのだろうか？　その者たちは内容をわかっているのか？」

「もちろんでございますとも。参考までにとお預かりした本も、皆様方そりゃあ熱心に読まれて……」

フォレアの商人の言葉にサイキアニが続く。

「ええ、ええ。ちらっと見て返してくだされればよいのに返してくださらない。翌日お伺いしたら寝不足で目を真っ赤にされて、もっとないのかっ！　とそりゃまあすごい勢いで」

別の商人も言った。

「よほど、餓えてらしたんでしょうね～。椅子を倒したことにも気づかず、本を鷲摑みにして部屋中を走り回った子爵様が……」

「おいっ！　買い手の話をしてはならんっ！　失礼しました。いえ、何せね、こういう内容でございましょ？　どの方も、決して自分の名を言わぬようにと、そりゃまあ何度も何度も念を押されて」

「どうせお前も口止め料をもらったんだろう？　ふふふふふ」

何だかよくわからないが、本に関してはよいほうに転がっているらしい。サイキアニ町の商人もフォレア町の商人も楽しそうだ。

エルンストも楽しくなってきた。

「では、この本は全て売れるのだろうか」

「ええ、もちろんでございますとも。それでですね、ひとつ問題が……」

「何だ？」

「つまり、取り合いが始まっているのですよ」

「……そこまで欲されているとは思わなかった。ふむ。どのような状態だろうか？　つまり、全ての本に対して、買いたいと申す者が複数いるのだろうか？」

「いえ、全てではございません。希望者が複数いるのは半分程度でしょうかね」

サイキアニ町の商人がフォレアを見て言う。

「そうだなぁ……そのくらいだろうなぁ」

フォレアも頷いた。

「ふむ。では、買い主がひとりに限定されるものを取り除き、複数になったものを選別しよう」

エルンストの号令で、五人の商人たちは本を別の机へと移動させた。

買い主が重複している本は、全てで三百五十九冊となった。

「続き小説であれば揃っているほうがよいだろう」

エルンストは三百五十九冊の中から続き小説を重ねていく。組分けでいえば二百七十六組の本となった。

「それで御領主様、どうされるんですか？」

積み重ねられた本の束を商人らと囲む。

「欲している者が重なっているということだが、それは一冊の本につきふたりくらいなのだろうか」

「いえ、そうではないですね」

サイキアニの商人が数枚の紙を机の上に広げた。

「御領主様が用意してくださった、本の名を記したこの紙を見せていったのですが……これは私が見せた紙ですが、ここんとこ、印を付けてあるでしょう？　この印、欲しいと言われたときに書いていったのですが、私が持っていたこの紙だけでも同じ本に三つも付いています」

「ふむ」

多い本で、一枚の紙に印がふたつから三つ、付いていた。

エルンストはふたつの町の商人が要望したとおり、本の名を記した紙をサイキアニに二枚、フォレアに三枚用意した。

総数で七百八十一冊ある本の名を全て記していく作

業は、非常に骨が折れた。ガンチェが手伝ってくれなければ一体何日かかったことか。

意外にもガンチェの字は繊細で美しく、愛しい伴侶の新たな一面を発見できてそれはそれで嬉しかったのだが、ここまでして本としての価値がなく紙になったらどうしようかと不安でもあったのだ。

五枚の紙を並べる。試しに拾い出した同じ本に付けられた印は全てで十二。十二人の奇特な貴族が欲しいと言っているのは……表題を見て、エルンストは眩暈《めまい》がしそうになる。

想像上の獣と屈強な戦士との交わりを書いたものだった。

自由自在に動く数多の触手で囲われた巨大な男根。もちろんこれも自由自在に動き、膨らむ。これを挿《さ》し込まれた戦士がだんだんと獣を愛し、最後には自ら好んで咥え込むというものだった。一冊分の話の中、交わっている箇所が九割にも及ぶ。続き話で三冊あった。

売るべき本である以上、内容を確認することは必要だろうとエルンストは全ての本に目を通したが、あまりに激しい内容に何度も気力が萎えそうになったのだ。それを、十二人の貴族が争いながら欲している。

エルンストはこの国の行く末を真剣に案じた。

「御領主様……？」

瞑目《めいもく》しかけたエルンストを、フォレアの商人の声が引き戻す。

「ああ、すまない。……ならば、入札を行おうか」

「入札……でございますか？」

「そうだ。一番高値を付けた者に売ることにしよう。続き話については纏めて入札にかける。みなには手間をかけて申し訳ないが、私が新たに作成する入札紙を持って、この貴族たちを回ってくれないか？」

五人の商人たちは戸惑いつつ、顔を見合わせている。どうやら入札の意味がわからないらしい。エルンストは簡単に入札の意味を説明し、続ける。

「本来ならばこの貴族らを集まらせ、一度に入札をかけたほうがよいのだが、顔を合わせたいとは思っておらぬのだろう？　ならば仕方がない。多少やり方を変え、入札らしきことをしよう」

エルンストは紙とペンを手にする。

「みなは、私が用意する入札紙を持って貴族の屋敷へと行く。本の名を書いた横に金額を書かせるのだ。そしてそれを集めて、みなで確認する。一番高値を付けた者に、その本を渡すのだ。誰がいくらを付けたのかわかるように、貴族に渡す紙にはみなの名を記すように。数枚を持っていくのならば、どの紙をどの貴族に渡したのか間違わずに判断できるように、名の横に数字を記すなどして明確にしておくのだ」

「ほお……これなら御貴族様の名を書かなくていいですものね。その上、高値を付けた方に売れる」

「現段階での情報を話すのは構わない。その者が欲している本を他に何人が欲しているのか、その者たちがいくら出すと言ったのか、そういうことだ。だがもちろん、入札紙に一度でも書かれた他の者の情報を漏らすことはならない」

「そりゃそうですよね。そんなことしたら後で書くって言って、なかなか書かなくなりますよね」

「そういうことだ。ふむ。ならばこうしようか。日を決めよう。私が渡した入札紙を持って、その足で貴族のもとへ行くのだ。そして必ず、三日後までには金額が記入された紙を受け取るのだ。入札紙は封筒に入れ、その貴族の手で封蠟《ふうろう》をする。もちろん、印は押さなくてよい」

「考えるのは三日間ですか……まあ、いいとこですよ。そのくらいで。それに、封をするための蠟を持っているのは御貴族様くらいですものね。封をされたものをそのままエルンスト様にお渡しすればいいんでしょ？ つまりそれで、私らが数字を触ったり、他の貴族には見せなかったということになるんですよね？」

祭しのよいサイキアニの商人にエルンストは頷いた。

「一番遠い場所はグリース領になるな。ならば私は明日までには紙を用意し、その翌日にはみなに渡そう。グリース領なら十日もあれば着く。三日待ち、戻るまでにひと月で十分だろう」

「え……？ 二日後には私ら、メイセンを発つんですかい？」

フォレアの商人が驚いて身を乗り出す。

「急がせて悪いが、ふた月も過ぎるとリンツ谷を渡れなくなるだろう？」

「あ……そうだ。冬が来るんだった」

商人たちが行って帰って入札完了までにひと月。その後、落札者に本を持っていって帰って、全てを完了するのにふた月は必要となる。

今すぐに動かなければメイセンは雪に閉ざされ、遠い春を待たなければならなくなるのだ。

「お前、一番大事なことを忘れているなあ……」

「いや、何だかうっかりしてた。今年の夏は商売に忙しかったからなぁ」

「そういやそうだったよな。アルルカ村がえらく張り切って、敷物を作ったんですよ。まあ小さいやつなんですけどね。試しに一、二枚リンツ領へ持っていったら人気があって、すぐに追加注文が取れたんですよ」

「ええ、グリース領でもそうでした。そしたらアルルカ村が喜んで、出稼ぎから帰ってきた奴らも一緒になって、朝から夜まで織っていましたよ」

「商売繁盛でいいことだ。うちもよかったぞ？　ヤキヤの蜂蜜をようやく俺らが取り扱えるようになったし、カリア木も、まあ二本だが扱えた。数十年ぶりに、いい夏だった」

満足したように頷くサイキアニの商人に、周りの商人たちも同調する。

「本当に、よかったなぁ。……しかし、冬を忘れたらいかんだろう。俺たちの商売の腕の見せ所は、冬だ。冬にどうやって商売を続けていくかが問題なんだからな。サイキアニは、冬でもどうにかバステリス河を越えていけるからいいだろうが、俺らフォレアはそうもいかん。冬までにできるだけ外での商売を終えて、冬の間はメイセンでやらにゃならん」

「ああそうだ。今年の冬はメイセンでどういうものが売れるのか、間違っちゃならんからな。今年は……アルルカ村でも薪が売れるかもしれんな」

「そうだなぁ、敷物が予想以上に売れて、奴ら景気がいい。それに冬の間も織り続けるだろうからもしかしたら、蠟燭も売れるかもしれんぞ？」

「蠟燭かあ……そんなもん、もう何十年も売れたことがなかったなぁ。じゃあ、試しにいくつか用意しておくか。あとは、食料だな」

「景気がよくなっているとは言っても、ほんの僅かだからな。保存食とはいえ、あまり買っておくと俺らの負債が増える。冬の間だけなんだから、五ヶ月分くらいでいいだろう」

「しかしいつだったか、えらく雪の解けない春があっただろう？　メイセンでは何十年かに一度は、ああいうのが来る。前のは……いつだったかな……」

「冬の長い年があるのか？」

興味深く商人たちの会話を聞いていたエルンストだったが、思わず口を挟む。

冬が長いというのは、メイセンにとっては死活問題になる。みな、毎年ぎりぎりの状態で春を迎えているのだ。それが数日間でも延びれば春を前に蓄《たくわ》えが尽きる。

「ええ。御領主様、覚えていませんか？　カタ村で子供が生まれた年ですよ」

「ああ、そうだった。久しぶりに子供が生まれたのに春が遅くて、母親の乳が出にくくなっておろおろしたんだよなぁ」

「カタ村の子供……」

エルンストが呟くと、サイキアニ町の商人が重ねて言った。

「そう、その年ですよ。それにほら、三年前も冬が長かったでしょ？」

「三年前……？」

「御領主様、忘れちまったんですかい？　いけませんぜ、まだお若いのに」

わはは、と笑い出した商人たちに苦笑しつつ、エルンストは弁解した。

「すまぬ。私は領主となって一年なのだが……」

「あ！　そういや、そうでしたね。何だか、ずっとおられる気がしてましたよ」

そう言って笑ったフォレアの商人の言葉に他の商人たちもどっと笑う。

商人たちの笑い声を聞きながら、エルンストは胸が温かくなるのを覚えていた。

エルンストが一年前に領主になったということを商人たちが忘れていた。長年メイセンで暮らした者だと勘違いを起こしていた。

エルンストは商人たちと一緒になって笑う。

エルンストがメイセンを故郷だと思い始めたように、領民たちも、エルンストがメイセンにいるのは当然だと思ってくれているのかと、嬉しくて仕方がなかった。


「すまない、ガンチェ」

「いいえ、何ということもありませんよ」

ガンチェはすらすらと紙にペンを走らせる。

「すまない、タージェス」

「いえいえ、まあ、構わないですよ。……ですが、すごい量ですね……」

三百五十九冊の本の名を記すのに二時間かかった。

それと同じものを二枚、用意した。

　二枚の紙に書き写すだけだったのだが、手が疲れて要した時間は三時間。三枚用意するのに合計で五時間かかり、夕食の時間にも遅れてしまった。

　しかしどうしても昨日中に三枚、必要だったのだ。

　エルンストは朝からガンチェとタージェスを書庫へ呼び、それぞれに一枚ずつ紙を渡す。これから三人でひたすら書き写し、合計で四十枚を仕上げなければならない。

「誤解のないように言っておくが、私が買い集めたわけではない」

　ペンを握ったまま、ぐっとタージェスを睨むようにして言った。

「わかっていますよ。そう何度も念を押されると疑いたくもなりますが……で、エルンスト様。この本、もちろん、ご覧になったのですよね？」

　にやにやと笑っている。

「内容を確認しなければ、売るべきかどうか判断のしようがない。タージェスも読みたければ手にして構わぬが、紙に書き写してからで頼む」

「いえ……遠慮しておきます」

「そうか？　おもしろいと思えるものがないわけでもない」

「なんだかややこしい評価ですね。しかし、読むのは平気なのに、どうして購入に関してはそこまでご自分に関係ないと念を押されるのかが、わからないのですが」

「どういう本を購入してまで読むのかで、その者の人物評が変わる。ただそこにある本を読むだけならば、どのようなものでも読むということはよい。だが、決して安くはない本を、購入してまで読むということは、特別に興味があるということだ。私がこれらの本を購入したということになれば、私は、七百八十一冊分もの興味を持っているということになる」

　力説するエルンストに対して、タージェスはおざなりとも言える態度を取った。

「はいはい。エルンスト様にはエルンスト様なりのこだわりがあるのですね。まあ、メイセンの御領主様がこれほど大量の、何と言いますか、淫らな本を集めているというのは、メイセンにとっても不名誉になりますからね」

「む……」

誰も口にしようとしない真実を、タージェスはさらりと口にした。

そうなのだ。本を読むという行為は、貴族や、裕福な商人や教師、そして医師など、限られた者に与えられた特権である。不自由なく字が読め、金が使える者でなければ無理だ。

領主の屋敷に大量の本が収められているということは、領民たちの自慢にもなる。自分たちの領主は勉強家で、物知りで、金に不自由していない証《あかし》だからだ。

それなのにメイセンの領主は、屋敷の大きな書庫の三割にこのような本を収めている。その真実を知ったならば、領民も顔を赤らめ俯いてしまうだろう。

せめて、現領主ではなく、先代だということをエルンストは強調したい。

「しかし、熱き獣……って、何を言っているんでしょう？　獣というぐらいだから、グルードの種族を指しているんでしょうね」

タージェスのペンは何度も止まる。どうにも本の名が気になるらしい。

「ふむ。明記されてはいなかったが、それはシェル郡地の種族同士の話だろう」

「読んだのですね……でも、獣って？」

「獣とはつまり、男根のことだ。それは男女の交わりを主に書いているのだが、出てくる男が本の七割分で勃起していた」

ぱたりと、タージェスの手からペンが転がり落ちる。

「そ……そうですか……。ちなみに、この、柔らかな花、というのは……？」

「ああ、それは少年の尻のことだ。挿し入れる穴を、花と表現している。その本はシェルの少年とシスティーカの剣士の交わりについて書いている。だが作者はシスティーカ郡地の種族についてあまり知らなかったようだな。肌は鱗状だと書かれていてこれは正しいのだが、男根は常に出したままだった」

「え……？　何ですって……？」

タージェスはシスティーカ郡地の種族の体について知らないのだろうか。

ティスのこともある。エルンストは、ガンチェに聞いた話を丁寧に教えてやった。

「システィーカの男は、常には何もないのだそうだ。

女と変わらない体型をしているらしい。もちろん、股間のことなのだが。性的に興奮すると、男根が生えてくるのだそうだ。それ故、その本に書かれているように、何でもないときにぶら下がっているということはない」

「そ……そうなのですか。……ええと、それじゃあエルンスト様。この、三者協議、というのは……？」

「ふむ。それは三人で楽しんでいた。どの人種とは明記されていなかったが、シェルの男と、グルードの男、そしてスートの男が交わっていた。主に、グルードの男がどちらかの尻に挿入し、挿し込まれた男は、もうひとりの男の男根を咥えているのだ。そして、グルードの男と咥えられた男が、挿し込んだ男の背に地図を広げ、互いの郡地が抱える問題などについて討論している」

「そ……それは、また……確かに、三者協議ですね」

「そうなのだ。作者は行政官府に勤めたことがある者かもしれぬな。どきりとするような描写がある。意外と真理を突いていて、なかなかに興味深い」

エルンストはペンを止めずに話す。

あと三十七枚を仕上げなければならない。ふたつの町の商人は今日の午後には屋敷に来て、そのまま一泊させる。明日の朝早くに屋敷を出立し、それぞれの商売場所へと向かうのだ。

少なくとも、明日の早朝までには入札紙を用意しなければならない。

「……エルンスト様。もしかして、この本全て、内容を覚えているのですか……？」

「ふむ」

エルンストは手を止め、ぐるりと書庫を見渡した。

「ここに収められている本ならば全て読んだ。内容も九割なら覚えている」

「本当ですかっ⁉」

タージェスは椅子から立ち上がり、書棚を数えている。

「一度読めば当然だろう？　もっとも、本来ならば書かれている内容、全てを覚えておかねばならない。だが……私は能力不足で、九割にしかならないのだ」

自らを恥じて言うと、タージェスは呆れたように溜め息を吐いた。

「九割で凄いですよ……」

「そうだろうか。王宮では常に、全てを完璧に諳《そら》んじることを求められていたのだが」

「いえ、九割で十分です。わからなければ調べればいいんですよ。第一、エルンスト様にそのようなことを言った教授らが、全てを完璧に覚えていたとは決して思えません」

タージェスの優しさに救われる。エルンストは笑ってまたペンを走らせた。

三人で黙々と書き続ける。タージェスは疲れたと言っては何度もペンを放り出す。そのたびに、がつっがつっと机の下から音がした。

何だと下を覗くが何もない。不思議に思って正面に座るガンチェとタージェスを見ると、ふたりが睨み合っていた。

どうしたと聞いたが、何でもありませんとふたり揃って答える。ふたりとも、エルンストが妬いてしまいそうになるほど息が合っていた。

よくわからないが、ガンチェが警戒していないのならば不審な音ではないのだろう。エルンストはペンを持ち、再び紙に走らせた。

ガンチェはこのようなところでも素晴らしかった。まるで疲れを知らず、さらさらと書き続ける。美しい文字が紙を彩り、何枚書き上げようと決して乱れない。

昼前にエルンストは四枚、タージェスは一枚、ガンチェは十一枚も仕上げていた。

残り二十一枚。これならば今日中にできそうだ。

「後学までにエルンスト様」

「何だ」

こういう机上のことに限ったことかもしれないが、タージェスは意外と集中力が続かない。

「獣と人の交わりもあるって仰っていましたよね？」

ペンを止めて聞いてくる。エルンストは内心で苦笑しつつ、ペンを走らせながら答えた。

「ふむ。赤い月、波打つ黄金のたてがみ、月夜の咆吼《ほうこう》、甘い果実、隆起する情欲、淫らな夜、強い陽光、柔らかな若葉、きらめく川面、乱れさせて……あとは、激突し合う獣、剣と盾、裂かれた金布、白い肌、これらがそうだ」

「……」

タージェスは紙を見つめたまま固まる。

「どうした？　タージェス」

「いえ……。改めて、エルンスト様の記憶力に感服しているのです」

「何だ？　それは」

エルンストはペンを止め、首を傾げた。

「お気になさらず。エルンスト様にとっては当然のことなのですよね……。しかしエルンスト様、意外ともな題名ですよね」

タージェスは紙に目を走らせていた。できればペンを走らせてほしい。朝から書き続けて、今手にしている紙でまだ二枚目だ。

タージェスの隣で黙々とペンを走らせているガンチェは十七枚目だった。

「そうだな。やはり、背表紙を見ただけでは内容がわからぬように工夫されているのだろうか」

「そうかもしれませんね。それで獣と人って、どうやるんですか？」

「獣に挿し入れるものと、獣に挿し入れられるものとがある。前者はともかく、後者はお互いに意思の疎通ができなければ難しいと思うのだが……物語というのは便利なものだな。登場人物の思うように事が運んでいた」

「それはまた……」

タージェスは椅子に背を凭せかけて感心する。

エルンストは説明しながらもペンを走らせることを忘れなかった。このままでは、ひとり黙々と書き続けるガンチェが、その多くを仕上げてしまいそうだ。

書くという行為は結構疲れるものだ。いくらダンベルト人とはいえ、これほど多くの時間を書くという行為に費やさせるのは可哀想だった。

ガンチェに手助けしてもらうつもりが、ガンチェが主体となって書いている。これではいけないとエルンストも必死にペンを走らせた。

予想以上の速さで作業は進み、夕飯の時間を少し過ぎた頃、全ての入札紙が完成した。

エルンストは九枚、タージェスは三枚、ガンチェは二十五枚を仕上げた。

翌朝早く、商人たちは出発した。

七百八十一冊のうち、買い主が決まっている四百二十二冊をそれぞれ手分けして運んでいく。どちらの商人も、メイセンを出るまでは馬を使って、領兵が本もろとも運んだ。

これで一日程度ではあるが短縮できる。

ふた月後、七百八十一冊全ての本が無事に売れた。

入札にすると言っただけで貴族らは高値をつけた。

結果、七百八十一冊の本は672シットになった。

商人たちへの報酬を払っても、エルンストの手元には537シットと600アキアが残った。

「思わぬ高値で売れた」

エルンストの予測ではあの部類の本ならば売れたとしても、七百八十一冊で5シットがいいところだと思っていた。最悪、紙として売ることになれば100アキアになるかどうかだと覚悟してもいたのだ。

「御貴族様というのは、変わった趣味の方が多いですからね」

「それについては何とも言えないが……」

タージェスは相変わらず、貴族に手厳しい。

「これでリヌア石の採掘場が見つかれば、もっといいですよね」

「ふむ。リヌア石は、もうしばらく眠らせておこう」

「え？　どうしてですか？」

エルンストは両の指を組んで一瞬黙考し、そして口を開いた。

「今のメイセンでは、リヌア石がもたらす利益を支えきれないだろう。採掘で得られる資源という名の富は、その土地の民を狂わせることがある。採掘方法、そして利益の使い方。そのようなことを確実に決めていなければ、大きすぎる利益は結果的に、民を殺すことにもなりかねない」

「そういえば……コウナカクト公爵が治められていたスラグ領は、もともとはリヌア石の採掘場だったんですよね……」

「そうだ。しかし、当時のスラグ領には優秀な行政官がおり、利益は領主と領民にもたらされ、他領地の貴族や商人が手を出す余地を与えなかった。もっとも、結果的に、民は鍬や鋤《すき》を捨て、石を掘り起こすことだけに邁進《まいしん》したのだが、それでも利益はスラグ領地に落ちた。だが、今のメイセンではそれも叶わぬだろう。メイセンにリヌア石があるとわかれば、他領地から触手が伸ばされるように手が出てくる。利益はメイセンの民にはもたらされず、不満だけが残る」

今のメイセンでは、リヌア石は毒にしかならない。

掘れば出てくる利益は、手にする者がしっかりと大地に足を着けた生活をしていたとしても、その者を狂わせることがある。

メイセンの民のように食うや食わずで生活をしてい

る者では、それ以上だ。石を掘り続け、採掘場ではない場所も掘るだろう。そして、農地を捨てる。

石を採り尽くした後は、かつて農地を捨て困窮を極めたキャラリメ村やアルルカ村のように、メイセン全体が沈むのだ。

それでも、一度でも利益がメイセンに落ちればまだよい。行政官がひとりもいないメイセンでは、あらゆる方面から伸びてくる手を払い除けることはできない。

エルンストがどれほど注視していたとしても、ひとりでできることなど限られているのだ。

他領地や他国を長く旅したタージェスには、エルンストの言わんとしていることがわかったのだろう。重い溜め息を吐いて神妙に頷いた。

「……でも、よかったですよね。蔵から見つかった品と、本が売れた代金を合わせれば、五年くらいは大丈夫でしょう?」

気分を変えるように明るく言ったタージェスの言葉に、エルンストは苦笑して首を振った。

「いや、金は貯め込んでいても意味がない。生かさなければな」

「生かす?　どうやってですか」


今この執務室にはタージェスだけがいた。ガンチェは領兵たちと訓練中だ。

新参兵の多くはアルドが連れていったため、タージェスは最近よく執務室にやってくる。そして、訓練後やってくるガンチェと入れ替わって出ていくのだ。

おかげで執務室はいつも賑やかだった。

「まずは、橋の整備を行おうか」

エルンストは執務机に置かれた陳情書を手に、話し始めた。

「キャラリメとアルルカ、イベン。そしてメヌ村とイイト村。この村々を巡る道には多くの川が横切っている。だが橋が架かっている川は少なく、民は冬でも、水に浸かりながら渡る。荷車が通れる箇所を見つけるために川岸を上ったり下ったり、余計な労力もかかっている」

「それで、橋ですか」

「そうだ。森の木を使えば安く済む。そのための道具を仕入れよう」

ペンを持つといくつかの数字と言葉を書き入れ、陳情書に書かれた文字が間違っているのを訂正する。大きな間違いではないが、明らかに違っている箇所を放置するわけにはいかない。

侍従長のシングテンを交えてふたりの侍従にこれらを見せ、後のための学習とするのだ。

「また領兵らに手間をかけさせて悪いのだが……架けやすい場所から作業を行っていこう」

「土木工事もいい訓練になりますからいいですよ。でも架けやすい場所からやるのですか？　渡るのに困難な場所からしたほうが、民らも喜びませんかね」

「いや、架けやすいほうがよい。渡るのに困難な場所ということは、橋を架けるのにも困難な場所となる。十の橋を架けようとして困難なものを先にすると、それが架かるまで残り九ヶ所が放置される。先にやりやすいほうをやっていけば、ひとつの橋が架かるまでの時間が少なくて済む。最後に困難な箇所に掛かりきりになったとしても、九ヶ所の橋は架かっていて民の助けとなる。それに、簡単なものを片付けている間に領兵らの技術も向上するだろう」

エルンストは陳情書を右側に移動させ、左側の書類の束から一枚を取る。

国からの調査依頼だった。人口の推移と領兵の数を教えろと言ってきている。

先日まで王都にいたのだから、そのときに行政官府が聞いてくれればよいのに。エルンストは溜め息を吐きそうになりながら数字を書き込んでいった。

しかし、書いたところでメイセンは冬。この回答書が王都に届くのは春だ。エルンストは回答書を封筒に入れて、領主の印で封印する。

「今回作れた金で、まずは工事用の道具を買う。同時に、農具を買うのだ。鍬や鋤など、二百本もあればよいだろう」

回答書を手に立ち上がり、部屋の隅に置いてある王都への書類を纏めている箱へ入れた。

「二百本もですかっ！」

「そうだ。カタ村やラテル村、ダダ村など、農作業で生活をしている民のための道具だ」

机に戻り、エルンストはまた左側の書類を手に取った。

「橋の整備は村々を行き交う者たちのために行う。将来的にはメイセン中の道の整備を行うが、現段階でそこまでの余裕はない。今は、荷車を引いて行き交う道を整備するのだ」

新たな書類はリュクス国カプリ領主からのものだっ

た。

どこから聞いたのか、ヤキヤ村とメヌ村の民が商人の位を持たずにカプリ領で商売をしていたことを問い質し、賠償を求めてきていた。

エルンストは、ふたつの村の誰ひとり、商売を行っていたとしてカプリ領内で身柄を拘束されてはいないと言葉を重ねて慇懃《いんぎん》に綴り、そのような事実は過去にも先にもないと白を切る。

「しかし橋の整備は、その道を使う五つの村しか恩恵を受けない。残りの六つの村にはあまり関係のない話だ。他の民が不満を持たぬよう、農具を買うのだ」

カプリ領主への返答書も封筒に入れ、蠟を垂らし領主印で封印をする。

「だが、ただ与えるわけではない。商人を介して買わせるのだ」

再び左側の書類から一枚を手に取ると、また陳情書だった。

エルンストは内心で、がくりと頭を落とす。どうして同じ部類の書類を纏めておかないのか。

「それでは不満解消にはならないのではありませんか？」

「金で購入しなければならないものを、私が、金を取らずに与えてはならない。それでは民のためにはならぬ。だから農具を買わせるのだ。ただし、一本につき10アキアだ。これを五年間、払わせる。一年10アキアが五年、つまり一本50アキアとする。もちろん、一括で払えるのならばそれでもよい」

先ほど指摘した箇所と同じ箇所を間違っている。

陳情書は、民から聞き取った話を侍従が纏めて作成する。

だがこれは、陳情書としての体を成していない。金銭で揉めているときに数字を間違うのは言語道断だ。

揉めている金額が民同士の言い分として数ヶ所出てくるが、出てくるたびに違っていた。

「農具というものの相場がよくわからないのですが、一本50アキア程度なのですか？」

エルンストはインクの色を変えて訂正箇所に印を付けていく。

こんな面倒なことをしなくても誤り箇所などすぐにわかるのだが、侍従らに教えるためには必要な作業だった。

「グリース領を移動しているとき、街道端で作業をしていた農民に聞いたのだが。リンス国産であれば、一本100アキア程度だそうだ」

内心で溜め息を吐きながら陳情書を右側に寄せ、新たな書類を手にする。

ネリース公爵からの手紙だった。思わずエルンストの手が止まる。

封切り用の細いナイフで開封する。

トリ公爵の処遇についてエルンストの提案どおりに行ったこと、エスタ石について国に報告したことが書かれていた。エスタ石を見つけた褒美として一本の宝剣を受け取ったとも皮肉混じりに言っていた。

エルンストは苦笑しつつ手紙を封筒に戻す。

しかし、個人的書簡は陳情書などの書類と一緒にしてはならない。

けじめとしてトーデアプスを遠ざけたが、心の底から懐かしくなってきた。

「一本100アキアなら、50アキアの損害ですよ」

「リンス国産であれば、あまりよいものは望めぬ。やはり鉄製品は、システィーカ郡地産がよいだろう。一本500アキアはするが、私はシスティーカのものを買おうと思う」

次の書類は薬師府長のプリア侯爵からだった。

雪で閉ざされる前に急いで数種類の薬草を送っておいた。ティスが選び出したそれらの効能を薬師府でも確認すると書かれていた。

生の状態と乾燥させた状態、粉にして服用した場合と水に溶かした場合、幾種類かの方法を調べる。

グルード郡地の影響がどのような形で出るかわからないため、同じ方法でも何人かで別々に行い、万全を期したいと書かれていた。そのため、雪が解けたらすぐさま追加で送るよう要望している。

これはティスに知らせなければならない。

メイセンでも冬の間にできる限り調べ、情報を纏めて追加の薬草と共に届ければ、薬師府での調査の役に立つ。

ティスへの手紙にその旨等を記し、プリア侯爵の書類と共に封筒に入れ、右側へと移す。

「それだと一本売るたびに、450アキアもの損害が出ますよ」

「そうだ。だがこれは、必要な損害だ。今のメイセンの民に、500アキアを出せというのは酷だ。二百本買い入れ、全部売れたとして、私の損害は90シット。

だが幸いにも、本の代金で賄える」

「90シットの損害ですか……決して、少ない損害じゃないですよね」

「ふむ。だが、その農具でグリース領のように農地が広がるのならば、将来的に見てよいことだとは思わぬか？」

「そうですね。このお屋敷でも耕していますが、鉄が付いている農具なんてありませんよ。木で耕しているんですが、能率悪いのなんのって……」

「民も同じようなものだろう。あまり余裕がなくて、今回は屋敷で使う分までは用意できないのだが」

「いいですよ。兵士は最後まで楽しちゃいけません。最後の最後でものを言うのは、あの苦しさの中耐えた、頑張ったという自分自身に対する自負ですから。過去の自分の頑張りが、今の自分を支えてくれるのです」

エルンストは手を止め、タージェスを見た。

「そういうもんでしょ？　まだ踏ん張れるって自分の力を信じられるのは、過去に、今以上に頑張ったんだと思えることがあるからですよ」

「……確かに。タージェスの言うとおりだ」

エルンストはタージェスの考えに感心して頷く。

誰かが側にいて共に戦うのならば、互いに励まし合うこともできる。

だが、ひとりで戦うときに励まし、背中を押してくれるのは、自分自身なのだ。

元老院でひとり戦っていたとき、エルンストの背中を押したのはエルンストだった。

ガンチェを恋しがり薄暗闇の室内で震えていても、目覚め、再び議場へと進むこの背中を押したのはやはり、過去のエルンストだったのだ。

まだ立てる、まだ歩ける。そう励ましたのは、エルンスト自身だった。

「ふむ。タージェスはよいことを言う。タージェスが隊長であれば、領兵らも幸せであろうな」

エルンストがそう告げると照れたのか、タージェスは赤い顔を隠しながら立ち上がり、そそくさと執務室を出ていってしまった。


執務室での一件をガンチェに語って聞かせると、ガンチェは自分用の大きな椅子に足を組んで座り、ふんと鼻で笑った。

「ガンチェは、そうは思わないのか？」

私室に戻り、ネリース公爵に対して返事を書いていたエルンストの手が止まる。

「いいえ。確かに、困難を乗り越えるたびに強くなれますよ。困難を実戦でばかり学んでいたら、いつか力足らずで死んでしまいますから、訓練で自分の限界を越える回数を増やすのもいいことです。ただ、それを隊長が言うのかと……」

書き終えた手紙を封筒に入れ、こちらはリンス・クルベール公爵としての私印で封印する。

互いに領主であるネリース公爵だが、領主としてではなく、個人として付き合いたいと思う。

ネリース公爵もそう考えているのか、エルンストに送ってきた手紙の刻印はショウカ領主ではなく、ネリース公爵としての私印だった。

「最近、隊長は訓練を全くしませんからね」

確かに領兵の訓練時間中、いつも執務室にいる。

「副隊長がいなくなって、羽を伸ばしているんですよ」

エルンストは手紙を机の中央に置き、ガンチェに向かって座り直す。

「羽？」

「そうですよ。何だかんだ言っても、副隊長は隊長のお目付役みたいな存在でしたから。隊長がさぼっているとどこからともなく現れて、じっと見ているんです」

「見るだけなのか？」

「ええ、それで十分なんですよ。そうしたら隊長は訓練に戻りますから」

「タージェスは察しがよいからな」

ガンチェの語る領兵たちの日常は、いつもエルンストを笑わせる。

「本当に察しがいいなら、最初からさぼらなければいいんですよ。ああいうのを、老獪《ろうかい》と言うのでしょうか？」

領兵の訓練を全て押しつけられているのだろう。ガンチェが憮然として言う。

「まあ経験は積んでいるだろうが……」

ガンチェはよく、タージェスらを年寄り扱いする。

二十代のガンチェは、クルベール人から見ればほんの子供に過ぎない。いつも子供扱いをされ、腹立たしいことも多いのだろう。

これがガンチェなりの意趣返しかと思うと、可愛くて仕方がなかった。

燭台の火を消すと、室内を照らすのは暖炉の炎だけとなる。薄暗がりの中、椅子から立ち上がってガンチェのもとへ行き、よしよしと頭を撫でる。

茶色の巻き毛が手に優しい。

「ガンチェはどうだ？　領兵が半分になって、寂しいのではないのか」

「そんなことはありません」

ガンチェは目を閉じる。そっと抱き寄せ、巻き毛に口づけを落とした。

「ふむ。みな、強いのだな」

「エルンスト様は寂しいのですか？」

「兵舎には最大収容人数である三百二十名分の寝具や家具がある。それにもかかわらず、今は七十七名だ。それは少し、寂しい光景ではないのか？」

椅子に座ったガンチェと床に立つエルンストの視線が合う。

エルンストを立たせて自分は座るという状態にガンチェが慣れるまで、随分と時間がかかった。だが今は、ゆったりと腰を落ち着かせている。

謙虚な伴侶に何度も何度も言い聞かせた。そして、ようやくガンチェは安心し、エルンストの前でも自然に振る舞い、素直な感情を見せてくれるのだ。

「確かに、がらんとしていますね。部屋も余裕があるんだからもっと散らばればいいのに、固まって同じ部屋にいますよ。あれは……寂しいんですかね？」

「そうではないのか？」

ガンチェの額に口づける。風呂上がりのよい香りがした。エルンストと同じ石鹸の香りだ。

「そう言われると、そうですね。私も、訓練していてもすぐに終わってしまって、物足りないと感じます」

首筋に口づけを落として、襟元から覗く鎖骨に鼻を寄せる。冬だというのに若草の香りがした。

「農具を与えればグリース領のように、農地が広がっていくだろうか。かつてのメイセンのように農地が広がっただけでも、千名の民を養えるはずだ。それ以上に広がれば、もっと民が増える」

「領民が増えると、面倒事も増えますよ？」

ガンチェが優しくエルンストの髪に口づけた。

「そうだな。だがやはり、民は多いほうがよい。多すぎてはならないが、メイセンの土地であれば、もっとたくさんの民を受け止められるはずだ」

ガンチェの眉間に口づけて、引き締まった腿の上に座る。

「人が増えても揉め事が起こらないよう、区画整理を行っておこう。村々の境界を明確にしておくのだ。後に、それぞれの村の人口が増えていったとしても不都合が起きないように、曖昧な場所を消しておく。その他の問題は……民に学ある者が増えれば解決するものもある。金の貸し借りなど、その最たるものだ。口約束で行うから互いの記憶が曖昧になってしまうのだ」

いつ貸したのか、いくら借りたのか、年月と共に記憶が薄れ齟齬《そご》が起きる。そして人は、自分の都合がよいほうに記憶を変えてしまう。

「エルンスト様のお仕事は、際限がありませんね……」

気落ちしたようにガンチェが溜め息を吐くので、エルンストは慌てて可愛い伴侶を抱き締める。

「すまない。落ち着いたら、定期的に休みを取ると約束したのに……だが必ず、メイセンはよくなる。民も、侍従らもよくなる。私を助けてくれるようになる。そうしたら私は休みを取り、ガンチェと一日中過ごそうと思うのだ。そのような日が、必ずやってくる」

メイセンにトーデアプスを迎えて三ヶ月が経とうとしていた。

三つの村はトーデアプスを大事にしてくれているらしい。子らも字を覚えることを喜んでいるという。トーデアプスは、小さな子らに字を教え、年長の子らには数学も教えていると手紙に書いてきた。

出稼ぎに何度も行った大人たちも学習の大事さを痛感しているのか、年老いた者でさえトーデアプスに学んでいた。

「トーデアプスやティスからの手紙でも、民が学習に向かう意欲の強さを伝えてきている。勉学は、修めようとする本人の意欲が一番大事だ。意欲が高く、素直な者は習得も速い。メイセンは近いうちに、小さな花を咲かせると私は信じている」

「そうですね……そうですよ。領兵たちも成長してきましたから。以前ならすぐに息が上がって二度は向かってきませんでしたが、今では三度は来ますよ」

「ガンチェに対してそれはすごい」

褒めると、ガンチェは自分が誉められたかのように笑う。

領主として着任当時、エルンストの不安のひとつであった領兵。ガンチェに毎日鍛えられ、今では兵士として見劣りしないくらいには筋肉がついてきたと思う。

「字も、教えているのだろう?」

「はい!」

ガンチェは勢いよく頷いた。

兵士としての訓練だけではなく、ガンチェは字も教えている。当初、ダンベルト人に教えられるなどと馬鹿にしていた領兵だったが、今では素直に教えを請うている。

馬鹿にされていた頃、ガンチェは愚痴《ぐち》を零したりはしなかったが、怒り、悩んでいたことを知っている。

「ガンチェは本当にすごい。戦士として強いのはもちろん、忍耐も強い。それに、私はガンチェの大らかさと優しさにいつだって救われている」

ガンチェに背を預け、エルンストは暗い窓を見た。外では雪が降っている。冬が既に始まっているのだ。

今年の夏は色々なことがあった。メイセンの領主となって退屈したときなどない。問題は山積していて、エルンストが休めたときはないのだ。

だが、確実に人は育っている。メイセンのあちらこちらで小さな種が蒔かれている。問題の一つひとつに真剣に取り組んでいれば、いつか必ず、その種が芽吹くのだ。

どれほど小さな花でもいい。蒔いた種が芽吹き、いつか花が咲いたならば、それは確かにエルンストの力となってくれる。

そしてエルンストが挫《くじ》けそうになったとき、強い力を発揮して、倒れそうになるこの背を支え、また一歩を踏み出す勇気を与えてくれるのだろう。

エルンストは目を閉じ、思いを馳せる。

メイセンに咲く花は、どのような色をしているのだろう。どのような形になるのだろう。

ガンチェの温かな手が、エルンストの手を優しく包み込む。

愛しい若葉の匂いを感じながら、エルンストは笑みを浮かべた。

下弦の月

1

エルンストがメイセンの領主となってから十五年の歳月が流れていた。この間、メイセン領民は六百九十六名から六百九十八名へと微増し、百五十七名の領兵は百五十四名へと減少していた。

領兵にならずとも生活ができる村が増えてきた、ということにもなるのだが、国境地として兵の減少は決して喜ばしいことではない。

エルンストは五年前から、末端兵士にまで給金が与えられるようにしていた。まだほんの僅《わず》かで、子供の小遣い程度なのだが、いずれは家族のひとりくらい養えるようにしたい。

他領地へ出稼ぎに行く者が領兵となれば、メイセンに課せられた最低領兵数である二百名も、十分確保できるはずなのだ。

十五年前、エルンストとトーデアプス、ティスと第二駐屯地隊長アルドが始めた子らへの教育は、実を結び始めていた。

見込みがあるとトーデアプスが見定めたキャラリメ村の子供は現在、リンツ領主のもとで行政官となるべく勉強を続けている。

また五年前に、ティスが寄越《よこ》してきたイイト村の子供はエルンストのもとで一年間暮らし、屋敷に収められていた五百二十一冊の本を全て読み漁り、内容を諳《そら》んじた。

エルンストもその子供の可能性を高く評価し、プリア侯爵へと託した。

それから四年、王都の薬師府で学を修め、この春からは外科的技術力に定評があるメニナカ医師のもとで学ぶことになっている。

アルドが選んだメヌ村の子供と、エルンストが見出したサイキアニ町の子供は、メンセダイ領主となったコウナカクト公爵に託した。かの地は裕福な商業地であり、ひとりは大局的に商業を見る力をつけるため、もうひとりはメンセダイ領の学校に入り、教師となるべく勉学に励んでいる。

昨年からはダダ村の子供をグリース領へ、カタ村の子供をエイシ領へとやり、農業を学術的に学ばせている。

そして昨秋からは、タージェスが進言した伝書鳥技術を習得させるため、十名の領兵をオルツ領へと派遣した。早い者でも技術習得までには十年の歳月が必要だと言われている。

リンツ谷の整備は遅々として進まなかった。エルンストはこの十五年の間に三十八回、行政官府及び国土府、財政府に対して督促状を送っている。

もともと難所であるということも大きいが、一番の問題は、メイセンの冬が長いということだった。

各領地から税が集まり出した春に財政府が予算を付け、その予算を元に国土府が動き始めるのは例年夏となり、実質一ヶ月の工事期間となっていた。そのため、雪が解け始めた頃からすぐに工事に取りかかるよう、再三に渡って要請していたのだ。

測量が終わった十年前から言い続け、ようやくこの春は、雪が解け始める前から工事が始まることになっていた。エルンストの目下の心配事は工事期間中、仮に渡された吊り橋が安全であるのかどうかということである。

この十五年の間にリンツ谷で滑落し、命を落としたメイセン領民の数は三名である。


十五年の間に、哀しい出来事は他にもあった。

トーデアプスが二年前に息を引き取ったのである。百九十一歳であった。平均寿命二百歳から考えれば少し早い人生の幕引きで、メイセンでの過酷な生活がもたらした結果かとエルンストは悔やんだ。

だが、人生最後の三日間、屋敷から駆けつけたエルンストの手を握り、トーデアプスは息を引き取るその瞬間まで、エルンストの未来を案じつつも希望を口にしていた。そして、数えきれないほどの感謝の言葉を述べたのだった。

あのまま王都で一生を過ごしていたならば決して知ることのできなかった喜びを教えてくれた。一人ひとりの子供が、国を支える大事な礎《いしずえ》なのだと知った。教え、成長の過程を見られて、これほどの喜びはない。人生の最後を色鮮やかにしてくださって、本当に感謝しています。

トーデアプスは静かな声で幾度もそう語ったのだ。それが、エルンストの救いとなった。

トーデアプスの葬儀はアルルカ村、イベン村、キャラリメ村の村人らが泣きながら取り合い続け、結局、棺《ひつぎ》が三つの村を順々に巡ることで了承された。

イベン村を出発した棺は教え子らが担《かつ》ぎ上げ、キャラリメ村へと向かう。そこでキャラリメ村の教え子らが引き継ぎ、アルルカ村へと向かった。

アルルカ村の教え子らはトーデアプスが危篤状態になってからの五日間、夜通しで織り続けた色鮮やかな敷布を棺にかけると、村の入り口であり、メイセンへの入り口にもなる森へと向かった。

そして、獣に荒らされることのないようにと、三つの村の大人たちが掘った深い穴に、棺はゆっくりと降ろされていった。

トーデアプスの墓はメイセンの入り口で、まるでメイセンを見守るように、静かな森に建っている。

十五年前に始められたティスの研究は、三年前にようやく小さな実を結び始めた。

軽い胃薬と頭痛薬、そして傷薬がメイセンから出荷され始めたのだ。商人が売る薬は警戒され、出荷量はまだとても少ないが、僅かながらでもイイト村に収入をもたらした。

長い年月がかかろうとも、常備薬としてリンス国、そして他国でも定着すればよいとエルンストは願っている。


バステリス河沿いの整備も進んでいた。

第二駐屯地隊長となったアルドの指揮の下、メヌ村の協力も得て植樹を行う。だがやはり、バステリス河は非常に長く、植樹された範囲は、まだ十分の一程度であった。

植樹し続けて十年目にようやく四割程度が終わったのだが、三年前に起きた大きな雪崩で、まだ若木であった木々が流され、一割程度にまで落ち込んでしまったのだ。

エルンストはすぐさま第二駐屯地へ駆けつけ、気落ちする領兵を励ました。木々は倒れてもまた植えればよい。みなの苦労は私の想像以上であろうが、何より命が無事であればよい、と。

雪崩が起きたとき、第二駐屯地の領兵たちは作業中であった。

領兵が逃げるための時間を稼いでくれたのは植樹されたばかりの若木で、もし何もなかったならば、領兵の大多数が命を落としていただろう。

気落ちしている領兵とは対照的に、駆けつけたメイセン領民は強かった。

ヤキヤ村の村人は、倒れてもう駄目だと判断した若木をさっさと薪《まき》にしてしまい、メヌ村は、生きている若木を再び植えた。

その姿に領兵隊も元気を取り戻し、また植樹を始めたのだった。

十五年前に領民に宣言した増税は約束どおり、五年前から実施されている。それにより、民ひとり当たりの基本税は5シットから8シットへと変わった。

だが未だにメイセンの、エルンストの窮乏は変わらない。

各地へ派遣している子供や領兵の生活費、派遣先でかかる教育費、そしてメイセンの設備費や人件費が大きな出費として、メイセンの財政を圧迫していた。


「エルンスト様。今年の税も無事に納められそうですか?」

ガンチェの言葉に、書類を書きつけていたエルンストの手が止まる。

新春を過ぎる頃から毎年エルンストの頭を悩ませている問題だ。今年も精一杯掻き集めて知恵を絞らなければ100シットの赤字になる計算だった。


「……何とか、しよう……」

絞り出すような声でエルンストが言うと、ガンチェは苦笑いを浮かべた。

十五年経《た》っても何も変わらないクルベール病のエルンストに比べて、ガンチェの外見は十五年の歳月を刻んでいた。

若々しく精悍《せいかん》であったガンチェの顔に渋さが滲《にじ》んでいる。きりりと引き上がった眉に、大らかで余裕のある優しさを浮かべた口元。赤茶色の瞳は落ち着いた静かさを浮かべていた。

十五年経っても変わらない伴侶への愛しさで眩暈《めまい》がする。ペンを置きガンチェのもとへと歩いていくと、その引き締まった腿に乗り上げた。

ぎゅっと抱きついて愛しい匂いに身を浸すと、温かな手が背を撫でてくれる。耳の後ろに口づけ、鼻先を触れ合わせるほど近くで見つめ合う。

大人になった精悍な顔。それでも感情の豊かさがその目に表れている。

十五年経っても変わらないのではない。年々、ガンチェに対する想いが募っていく。日々、伴侶を愛する気持ちが増えていくのだ。可愛くて愛しくて仕方がない。この年下の伴侶をどうしてくれよう。

エルンストは猛る想いのまま、大きく口を開けて厚い唇に食いつくと、舌を差入れ、口中を味わった。両手で伴侶の髪を掻き回す。少し、白いものが混じり始めた茶色の巻き毛。ガンチェが重ねる年月を教えているようで、エルンストの胸を締めつける。

ガンチェに対する想いが年々増していく。だが、日々を重ねるということは、ふたりが別れるときが確実に近づいているということでもあった。

エルンストは力任せにガンチェを抱き締める。大きな体はびくともしない。これほど強い体なのに、どうして先に逝《い》ってしまうのだろう。

深夜、無性に不安に駆られるときがある。そんなとき、震えるエルンストを優しく抱き締めて、溢《あふ》れる涙を舐め拭《ぬぐ》ってくれるのもガンチェだった。

これは我々にはどうしようもできないこと。でも、だからといって、ふたりで共にいられるこのときまで、哀しみで覆うことはやめましょう。

ガンチェの低く、静かな声を聞いていると、エルンストの心は不思議と静まるのだった。

この十五年、領兵としてガンチェを派遣したほうがよいと思われる事態は多々あった。

他領地と共に、国に税を納めに行くために傭兵を雇うことになったが、メイセンの負担金が払えないと思われたとき。バステリス河で、雪崩で倒された樹木を起こし、再植樹するとき。メイセン領地内の道を整備し、橋を架けていくとき。リンツ谷整備のために来た国土府の職人に、崖を無事に渡らせるため、領兵を派遣するとき。

しかし、どのようなときであってもエルンストは、ガンチェを自分の側《そば》から離して派遣することは決してなかった。

タージェスや領民からどれほど要望があろうとも、この件に関しては、エルンストは頑《がん》として受け入れなかった。その結果、エルンストに対する不満が募っているとわかっていてもだ。

ガンチェを行かせるのなら自分も行く。領主が執務室を出る余裕がないのであれば、ガンチェも行かせない。

時に強く諫言《かんげん》されても絶対に、エルンストは了承しなかった。

ガンチェのことになると我儘《わがまま》な子供のように駄々を

捏《こ》ねるエルンストの姿に、最後はメイセン中の民が折れた。

今となってはどのような緊急事態が起きようとも、エルンストから離れてガンチェが助けに来ることはないと誰もが理解している。

「エルンスト様。今年もグルード国へ親書を送られるのですか？」

大きな手が、柔らかな生地で仕立てられた衣服の上からエルンストの背中を撫でていた。

皇太子時代から着ている服は、今でもしっかりとした形状を保っている。生地も仕立てもよい服というのは丈夫だ。

「ふむ。そのとおりだが」

ガンチェの髪を掻き上げ、よく陽に焼けた額に口づける。

「今年も、領兵を行かせるのですよね……」

ガンチェが何を言いたいのか当然察していたが、エルンストはそこには触れず平然と答える。

「ああ、そのとおりだ」

ガンチェは視線を彷徨《さまよ》わせ、何度も言い淀み、だが、ぐっと覚悟を決めるような目でエルンストを見た。

「そのお役目、私がしては……」

「駄目だっ！」

最後まで言わせず却下する。ガンチェの精悍な眉が気落ちを表すように下がった。

「ですが……クルベール人の領兵では、グルード国まで辿り着けませんよ？」

そんなことはわかっていた。むう、とエルンストは黙り込んだ。

エルンストは五年前から、グルード国へ親書を出し続けていた。

しかしガンチェの言うとおり、クルベール人である領兵はグルード郡地をいくらも進むことができず、いつも通りすがりのグルードの種族にエルンストの親書を託して戻ってきていた。彼らが本当にグルード国へ渡してくれているのかどうかも怪しく、返事が戻ってきたことは一度もない。

もちろんだからといって、いきなりエルンストがグルード国へ乗り込む無礼はできない。

ガンチェは何度も自分がグルード国へ向かうと言っていた。確かにダンベルト人であるガンチェであれば、グルード郡地の中心地にあるグルード国へ行くことは容易であろうし、領主の伴侶であれば使者としての立場も十分だ。

しかしガンチェ曰《いわ》く、往復の全てを全速力で走ったとしても、その行程にひと月は必要らしい。

ひと月。

ひと月もの間、ガンチェと離れていられるのか。

エルンストは自分に問いかける間もなく却下した。ひと月も愛しい伴侶と離れているなどと、考えただけで気が狂う。

思えば、かつて王都の元老院で過ごした数日間、よくぞガンチェと離れていられたものだと我ながら感心する。今のエルンストであれば僅か一日であっても、ガンチェと離れることは耐え難《がた》い。

だがガンチェが案じるように、このままクルベール人の領兵を使者に立て続けたとしても意味を成さないだろうということも重々、理解しているのだ。

「私も、エルンスト様のお役に立ちたいのですよ」

頭がどれほど理解していても感情が納得しかねるのだ。エルンストはぷい、と横を見る。

「エルンスト様……」

大きな手が金色の髪を撫でていた。

伴侶となったばかりの頃はエルンストがガンチェを宥《なだ》めることが多かったのに、最近ではガンチェに宥められることが増えた。

年下の可愛い伴侶は今でも可愛いままだが、以前とはまた違った意味で頼りがいが出てきた。

それとも、エルンストが幼くなってしまったのだろうか。

「ガンチェと一日でも離れたくはないのだ。……それを、ひと月などと……」

ぶつりと言うと、ガンチェが苦笑したのがわかった。

「ガンチェは平気なのか？　私と離れて」

「平気なわけがないでしょう？　愛しいエルンスト様と離れて、私が平気なはずなどありませんよ」

心外だと言わんばかりに赤茶色の目を見開いた。

「でも、エルンスト様のお役に立ちたいんです。誰もできない役目でしょう？　私にやらせてください。そして、ご褒美をください」

熱い手に両頬を挟まれ、大きな口に唇を覆われる。

厚い舌が口中をねっとりと蠢《うごめ》く。何度も角度を変え、長い時間エルンストの口を離そうとしない。

息が上がって苦しくなってきたが、逞《たくま》しい首にしがみつき、伴侶の舌を必死に追いかける。エルンストはたまらなくなって茶色の巻き毛を掻き回した。

執務室で繋がることは滅多《めった》にない。ガンチェはいつも冷静で、執務室で繋がる危険性をわかっているのだろう。誰が入ってくるのかわからない、そう思っているのだ。

実際に、扉を数回叩いただけでエルンストの返答も待たずに扉を開ける者は多い。他領地ではあり得ないことだろうが、ここメイセンではそういう基本的な礼儀を知らない者は多いのだ。

誰に見られたって構わない。エルンストはそう思うのだが、ガンチェは苦笑しただけで賛同してはくれなかった。自分ばかりが翻弄される。伴侶の冷静さが少し、悔しい。

しかし、この日のガンチェは違った。

優しくエルンストの衣服を脱がせると、自分が着ている領兵服の前を寛がせて、出した巨根を深々とエルンストに挿《さ》し入れた。身を屈《かが》めてエルンストの小さな胸の飾りにむしゃぶりつきながら、ずくっずくっと下から突き上げる。

そうやってエルンストを乱れさせながら、お願い、お願い、と繰り返すのだ。綺麗《きれい》に並んだ真っ白な歯で胸の飾りを挟まれて、可愛い赤茶色の目が見上げてきて、お願い、と囁く。

エルンストは頑として首を縦には振らない。背筋を快感が這い上がってきたが、強く首を振り、流されたりしない。

ガンチェの衣服を左右に開き、現れた逞しい胸に吸いつく。絶対に、願いを聞いてやったりはしないぞと、大きな体に両手でしがみついた。

それなのに、執務室に差し込む陽が夕闇に変わり始めた頃、エルンストは渋々頷《うなず》かされた。

ガンチェと繋がったままの窄《すぼ》まりからガンチェが溢れ出る。それ以上に、エルンストの青い目から涙が溢れ出ていた。

ガンチェは涙を拭うようにゆっくりとエルンストの頬を舐め、感謝の言葉を囁いたのだった。


親書一枚を書くのに、これほどの時間を要したのは初めてだ。

これが出来上がるとガンチェが旅に出る、そう思うとペンは一向に進まなかった。業を煮やしたタージェスが、自分が書くと言い出したのだがもちろんそんなことは許さないし、多分、タージェスに親書は書ききれない。

エルンストは百万回の溜め息を吐きながら、ようやく一枚の親書を書き上げた。


「ガンチェ、薬は？」

「大丈夫ですよ。私はダンベルト人ですから」

「それはいけない。ダンベルト人であっても体調を崩すこともあるだろう。ガンチェは長い間、グルード郡地を離れていたのだ。水が合わないかもしれぬ。腹痛の薬と頭痛薬と、ああ、それから傷薬を……」

エルンストは、侍従のマイスに命じて取ってこさせる。

「傷薬も持たせるが、決して、諍《いさか》いを起こしてはならぬぞ？　腹に据えかねることを言われたとしても、決して剣を抜いてはならぬ」

腰に差した大剣の柄に手を添える。エルンストのその手に、ガンチェの大きな手が重ねられた。

「はい。どれほど腹立たしいことがあろうとも、エルンスト様のお顔を思い浮かべて耐えましょう」

「ああ、そうだ。そうしてくれ。……いや、しかし、もし相手が剣を抜いたならば、躊躇《ためら》わずに斬り捨てるのだ。ガンチェに傷が付いてはならぬ。誰を殺そうと後のことは私に任せて、ガンチェは身の安全だけを考えよ」

遙か上にある可愛い伴侶の顔を仰ぎ見て言い聞かせると、ガンチェは素直に頷いた。

「無事に戻ってくるのだ。もし万が一、グルード国が歓待してくれようとしても、辞退して、すぐに戻ってくるのだ」

「エルンスト様……それでは親書の意味がないでしょう？　ガンチェ、ちゃんと、グルード国の返答が出るまで待っているんだぞ？」

タージェスの呆《あき》れた声が聞こえたが、エルンストは構わずに続けた。

「返答は数日後となるかもしれぬ。そのように長い間、滞在するわけにもいかぬだろう。グルード国の迷惑になるかもしれぬ」

「そんなことありませんよ。別に、王宮に……って、あの国にも王宮があるのかどうかわかりませんが、市場の宿で滞在していればよいのです」

「む……。やはり、タージェスが行けばよいのだ。グルード郡地に行ったことがあるのだろう？　そうしよう。タージェスが行くのだ」

「無理です。私は這って進んだのです。それも、まだ若いときに」

「そうですよ。隊長は年寄りですから、もう無理ですよ」

中隊長のミナハがそう言うので、エルンストはガンチェの手を握ったままミナハを振り向く。

「ならば、ミナハが行けばよい。何事も経験だ」

「だから、無理なんですって。私は二年前に行ったでしょ？　多分、百歩も進めなかったですよ」

「エルンスト様」

くすりと笑い声が降ってきて、ガンチェが片膝をつく。エルンストと視線を合わせると、優しく語った。

「大丈夫ですよ。グルード国に着いたならばすぐさま親書を届け、三日間だけ返答を待ちましょう。それ以上かかるようであれば、私はメイセンへ戻ってきます」

「三日か……」

「そう、三日間だけです。往復と合わせても、ひと月という予定に変わりはありませんよ」

三日の滞在がなければひと月もかからずに戻ってこられるではないか。エルンストはそう言いたかったが口を噤《つぐ》んだ。

項垂《うなだ》れるエルンストの顎《あご》をひょいと持ち上げると、ガンチェは優しく口づけてくれた。離れようとする厚い唇を追いかけて、エルンストも口を押しつけた。


遠ざかっていくガンチェの広い背中を見つめる。胸が詰まって苦しかった。

グルード郡地とは、どのような土地なのだろうか。生まれ故郷だとは言っても、ガンチェは数十年も離れているのだ。勝手が変わっているかもしれぬ。

タージェスは、気のいい者が集まった種族だと言うが、みながみな、そうとも限らぬ。ガンチェに害を為す者がいるかもしれない。

それに、ガンチェに恋する者がいるかもしれない。

いや、しれないではなく、いるはずだ。

あれほど素晴らしい人を放っておくだろうか。そんなはずがない。ガンチェは見た目も素晴らしいが、何より中身が素晴らしい。大らかで優しくて、甘いのだ。ガンチェは絶対にエルンストを忘れることはないし、裏切ることもない。だが、ガンチェの優しさに付け入る者がいるかもしれない。

ああ、どうしよう。やはりひとりで行かせるべきではなかったのだ。

そうだ、ついていこう。無礼であったとしても、領主自ら親書を届けてはならないという法はない。

「エルンスト様」

決意を固めたエルンストを、どこか冷めた声のタージェスが呼び止める。

「ついていこうなどと、思わないでくださいよ?」

エルンストは、ばっと振り返った。

「何故わかる!?　タージェス、そなた人の心が読めるのか」

領隊長にそんな特技があるとは知らなかった。

「わからないはずがないでしょう。言っておきますが私だけでなく、ここにいる者は全て、エルンスト様のお考えが手に取るようにわかっていますよ?」

改めて見ると、タージェスの背後に控えていた領兵や侍従が全員、うんうんと頷いていた。

「何と……っ!　メイセンの民にはそういう特技があったのか」

「特技……。エルンスト様、お気づきではないのですね……。エルンスト様はガンチェのことになると、お考えの全てがお顔に出るのですよ」

タージェスは腰に手をあて、呆れたように笑った。

「ガンチェの留守中、エルンスト様のことはガンチェに重々、頼まれていますからね。エルンスト様が思いあまってグルード郡地へ走っていかないよう、しっかりと見張らせていただきます」

厳しい教師のようにびしっと言い放ったタージェスの言葉を、第一小隊長のブレスが補う。

「まあ、走れるものなら走っていただきたいところですが……」

十五年経っても相変わらず、自分の足で走るどころか早足さえできない。乗馬の練習をしようとしたら何度も落馬して、そのたび、ガンチェに受け止められているエルンストを、領兵らは盛大に笑い飛ばした。

タージェスは本当に見張るつもりらしい。

領主の広い屋敷には侍従長以下侍従と侍女、料理人を入れても七名しかいない。

料理人は仕事中の大半を厨房で過ごし、エルンストが屋敷内を歩いているときに侍従らに出会う確率はとても低い。

それにもかかわらず、ガンチェが旅立ってから二日、エルンストは屋敷内を三歩と歩かないうちに領兵に出会う。

「タージェス、領兵隊の訓練もあるだろう。屋敷で私を見張っていなくともよい」

今も執務室にはタージェス、その扉の向こうには領兵が二名はいるはずだ。

「ひと月くらい訓練をしなくてもかまいませんよ」

エルンストは、山と積まれた書類の向こうに見えるタージェスを憮然《ぶぜん》として睨《にら》んだ。

「ほらほら、早く片付けなければ侍従長が怒りますよ?」

「む……。余計なお世話だ」

「エルンスト様はガンチェのことになるとお人が変わられますね。この二日、そちらの書類が増えたのはわかっても、減ったのは全くわかりませんよ?」

わかるわけがないだろう。この二日、一枚の書類も片付いていない。

ガンチェが、いない。

ひとりで起きて、自分で着替えて、ひとりで食べて、ひとりで風呂に入って、自分で体を洗って、ひとりで寝るのだ。

ガンチェが、いない。

寂しくて、寂しくて、寂しくて、寂しくて、気が狂いそうだ。

ガンチェが、いないのだ。

あと、何日だ?

エルンストは日付を書いた紙を用意し、毎日ひとつずつ潰していった。

ガンチェが帰ってくるまで、あと何日だ?

「タージェス、ガンチェはまだ戻ってこないのだろうか」

「グルード国に着いてもいないでしょうね」

「だが、ガンチェはとても足が速い。もう着いたのではないのか」

「足の速いガンチェが、最高速度で進んだと計算しての、ひと月です」

「グルード国の事情が変わって、こちら側に国が寄っているということはないだろうか」

「そんな簡単に、国があっちに行ったりこっちに来たりしませんよ」

「タージェス……。ガンチェは、いつ戻ってくるのだろうか……」

「あと二十五回ばかし、寝て、起きてを繰り返してください」

毎日同じ会話をして、遅々として進まない時計を見る。

ガンチェは、まだ戻らない。


「タージェス、イイト村まで迎えに行こう！」

「はいはい。あと二十三回ばかし、寝て、起きてを繰り返してからにしましょうね」

潰されていない数字が、偉そうな顔をして並んでいた。

ガンチェは、まだ戻らない。


「エルンスト様、仕事を片付けてください」

「……」

「机から書類が落ちてしまいますよ」

「……」

「ほら、拗《す》ねてないで仕事をするのです」

「……」

執務椅子に座ると、執務机の向こうに立つタージェスの姿が書類の陰に隠れて見えなくなってきた。

ガンチェは、まだ戻らないのだ。


「エルンスト様、湯を使っておられないのですか？」

「ガンチェがいないのに……」

「侍従が湯を用意してくれているでしょう？」

「ガンチェがいないのに……」

「……」

広い風呂場にひとりで立つと寒いではないか。

ガンチェが、いないのだ。


「エルンスト様、元気を出してください」

「元気など出ない」

「ほら、数字が十個、潰れていますよ」

「……まだ二十個もある」

「そりゃ三十引く十は、二十ですからね。あと二十回、寝て、起きてを繰り返してください」


タージェスは冷たいと思う。ガンチェがいないのに、寂しくはないのだろうか。

ガンチェが置いていった朱《あか》い鎧《よろい》を抱き締める。愛しい香りに泣けてくる。

エルンストは恐怖を感じた。

たったひと月、ガンチェと離れただけでこれなのか。ガンチェが先に逝ってしまった後、自分はガンチェとの約束どおり、天寿をまっとうすることはできるのだろうか。


ガンチェを、追いかけてしまうのではないのか。


「タージェスは、平気なのだろうか」

「何が、でしょうか」

「ガンチェがいなくて、平気なのだろうか」

「戻ってくると、わかっていますからね」

「戻ってこないときは……どうすればよいのだろう……」

領隊長の声は返ってこない。

影を感じて見上げると、山積する書類の上から、タージェスがじっと見下ろしていた。

「エルンスト様が何を恐れているのか、私にもわかります。でも、エルンスト様が恐れていることを、ガンチェも恐れているのですよ」

黙り込んだエルンストに構うことなく、タージェスは続けた。

「エルンスト様は置いて逝かれることを恐れ、ガンチェは、置いて逝かなければならないことを恐れています。自分がいなくなって、エルンスト様がどのように苦しまれるだろうか、悲しまれるだろうか……後を追うようなことをしないだろうか……。そして、ほんの少しでしょうが、エルンスト様が誰か、別の者を愛するようになるのではないのか……と」

「それはないっ！」

最後のひと言を打ち消すように強く断言すると、タージェスは小さく笑って続けた。

「そりゃそうでしょうとも。ガンチェだってわかっていますよ。でもエルンスト様が、ガンチェがこの世で一番素晴らしい人物だと信じて疑わないように、ガンチェはエルンスト様を、この世で最高のお方だと信じきっているのです。だからみなが放っておくはずはない、と」

驚いた。ガンチェがそのように買い被ってくれているとは思ってもいなかった。

「ふふふ。本当に、貴方《あなた》がたはよく似ておられる……。エルンスト様、ガンチェはね、エルンスト様に経験してほしいのですよ」

「経験？」

「そうです。ガンチェがいなくなっても、きちんと日常生活を送れるように。ガンチェのいない、でも、必ず帰ってくるという状態を経験してほしかったのです」

静かに語るタージェスの目に晒《さら》されているのが恥ずかしくなった。

この十二日間、日常生活の全てを捨て去っている。書類一枚、手に取ってもいない。

「私は、エルンスト様の強さに感服しております。ガンチェを伴侶と迎えられたときより、エルンスト様は十分、理解されていたのでしょう？　……今は、感情がついていかないだけで」

「……ガンチェが先に逝くからと……ガンチェを愛さずにいることなど、できるはずもなかったのだ……」

「普通の者は、弱い者は、そういう相手は最初から排除してしまうものですよ。それをエルンスト様は乗り越えて、ガンチェを私の人生から排除することなど、絶対にできない」

「ガンチェを私の人生から排除することなど、絶対にできない」

見上げてそう言うと、タージェスはまるで眩《まぶ》しいものでも見るかのように目を細めた。

「エルンスト様。今がいくら寂しくても、必ずガンチェは帰ってきます。あと二十日もすれば、必ず帰ってきますよ。……そして、遠い未来におふたりが離れてしまっても、いつか必ず、また会えますよ。いくら哀しくても、絶対に、おふたりは再び出会えるのです」

エルンストは、ゆっくりと椅子から立ち上がった。

タージェスの言葉に、心に覆い被さっていた重い布が取り払われたような気がした。

「一歩一歩、確実に歩いていれば、メイセンは必ずよくなる。エルンスト様は、そう信じておられるのでしょう？　それと同じことです。一日一日、エルンスト様がしっかりと日常を過ごしておられれば、必ず再びガンチェに会えるのです。そのとき、恥ずかしい思いをなさらないようにしなければなりませんよ」

ふと見ると、今まで見たこともないほど書類の束が積まれていた。大きな執務机では足らず、床にまで積まれている。

「本当に……ああ、本当に、タージェスの言うとおりだ」

エルンストは茫然《ぼうぜん》と呟いた。

「これでは、ガンチェに怒られてしまうな」

自分のみっともなさを恥じて言うと、タージェスはそうですとも、と強く頷いた。


翌日からエルンストは、猛烈な勢いで書類を片付けていった。

不思議なことに、仕事に打ち込んでいると時間が進むのが速い。朝、執務室に入って、気づくと夜だった。食事を抜いてしまうこともしばしばで、そのたびにシングテンに怒られた。

エルンストは、仕事に逃げたかったのだ。頭に余裕ができてしまうと、どうしてもガンチェを思ってしまう。

夜は、寝具を涙で濡らさずに眠ることができなかった。どうしようもないときは、ガンチェの朱い鎧に抱きつく。

兜を抱えて寝具に潜《もぐ》り込み、そうしてようやく眠れるのだった。

エルンストの心はふらふらと揺れる。

哀しみと苦しみと寂しさと、叱咤と立ち直りを繰り返す。いくつもの心情を、ふらふらふらふら揺れて動く。一点に定まることはなく、何もせずにいると感情の変化の激しさに疲れてしまう。

タージェスに諭され納得したのに、心はいつまでもガンチェを渇望していた。

いつかそのときが来たら、自分は何十年もこのようにして過ごすのだろうと思うと、焦燥感《しょうそうかん》に打ちのめされる。

でも、と思うのだ。タージェスが言うように、一歩一歩進んでいれば、必ずガンチェに近づくのだ。

死の間際、エルンストはこの上もない幸福感に満たされるのだろう。

愛しい伴侶に再び出会えるそのときを迎えて、はち切れんばかりの笑顔を浮かべるのだ。

ガンチェが、言ったことがある。天寿をまっとうした者と、自ら命を絶った者の逝く場所は違う、と。

それがグルード郡地の言い伝えなのか、ガンチェなりの心遣いなのかはわからないが、エルンストもそれは正しいと思う。

ガンチェが天寿をまっとうしたならば、どれほど苦しくとも、エルンストも天が定めたそのときまでを精一杯生きていかなければならない。

そうでなければ、ガンチェと再び出会うことはできないのだ。


塗り潰した数字のほうが多くなり、やがて残りの数字が十を切った。

エルンストはじっと、自分の両手を見る。

この指の数より少ない日数で、ガンチェが戻ってくる。

執務室の書類は完全に消え去っていた。手元に届く書類を奪うように受け取り、そのまま処理する。領地内も精力的に動き回った。

「素晴らしいです、エルンスト様。侍従長もとても喜んでいましたよ。メイセンから陳情書が消えてしまったと」

タージェスは相変わらず執務室にいた。

「できれば、お食事もとっていただけますか？　そうすれば完璧ですよ」

食事は今でも喉を通らない。料理人には悪いと思うのだが、ガンチェがいない食卓では、料理の味がしないのだ。

「それに……ちゃんと休んでおられますか？　なんだか目の下に隈《くま》ができていますよ」

眠れるはずなどない。暗闇の中、ガンチェを思わずにいることなどできようか。

「……書類も片付いたし、領内の揉め事も全て片付けてしまわれた。ガンチェが戻ってきたら、五日ほど、休まれてはいかがですか？」

　タージェスに背を向け、ぼんやりと窓の外を見ていたエルンストは勢いよく振り返る。

「よいのかっ⁉」

「構いませんよ。仕事は全部片付けられたでしょう？　新たに来ても五日くらい、放っておけばいいんです。侍従長には私から話しておきますよ」

　エルンストは嬉しくてタージェスのもとへと行き、その手を取った。

「タージェス、そなた本当によい者だな。私はよい領隊長を得て幸せ者だ」

　言葉を尽くして褒め称えると、タージェスは照れたように目を逸《そ》らした。


　残った数字は五つになった。

「タージェス、イイト村へ迎えに行こう！」

　執務室に来たタージェスに、エルンストは叫んだ。

「それは構いませんが……まだ五日もありますよ。それに、それはおおよその予定であって、確実に戻ってくる日ではないのですが……」

「それはわかっている。だからイイト村で待つのだ。イイト村では迷惑がかかると言うのならば、領主の館があっただろう。あそこへまいろう」

「あれは……。あれに館の呼称は館に失礼です。小屋でしょう」

「小屋でも何でも構わぬ」

「あそこは……無理じゃないでしょうかね……？　たしか、床が抜けていたと思うのですが」

「では野宿をしよう。今は夏なのだから平気であろう」

「イイト村の目の前で領主が野宿などしたら、イイト村が他の村に責められますよ。エルンスト様、結構慕われていますからね」

「……そうだろうか？」

「そうですよ。メイセンの民も活発になってきて、出稼ぎ以外でもメイセンの外に出ているでしょう？　よその領主を知る機会も増えて、エルンスト様に対する再評価が始まっているのです」

「……よくわからぬが……？　まあ、よい。では、イイト村に滞在しよう。迷惑にならぬように、食料を持っていけばよいだろう」

「そういう気遣いがいいんでしょうね……。でもエルンスト様、せめてあと三日、お待ちください」

「何故だ」

今すぐにでも飛んでいきたい。

「あと三日経てば、予定の日を二日残すだけになります。屋敷からイイト村までは一日かかりますからね。ガンチェが予定どおり戻ってくれれば、エルンスト様がイイト村に滞在するのは、一日で済みますよ」

「……しかし、ガンチェが早く帰ってくるかもしれぬ。メイセンに入ったのに、誰も迎えに行かないのは可哀想だろう？　誰も成し得なかった仕事をしたのだ。出迎えて、盛大に労《ねぎら》ってやらねば」

「誰も成し得なかったのは全員、クルベール人だったからです。ダンベルト人が故郷を往復したのは偉業でも何でもありませんよ」

「……しかし、ひと月もひとりでいたのだぞ？　寂しかっただろうに……」

「傭兵は、ひとりで生きていくものです」

「……しかし、今は傭兵ではないのだ。出迎えて、ガンチェの帰りを心待ちにしていたと伝えてやらねば可哀想ではないか」

「可哀想……。申し訳ないのですが、私はガンチェに対して、可哀想という感情は持てないのですが……」

「そうだろうか？　ガンチェは可愛いし、寂しがっていると思うと可哀想で、守ってやりたいと思えないだろうか」

タージェスは傍目《はため》にもわかるほど、身震いした。

「あの図体を見て、可愛いですって……？」

「確かに立派な体格をしているし、誰よりも精悍な顔をしている。だが感情が豊かで、仕草の一つひとつが可愛らしいだろう？」

「仕草が、可愛い……も、申し訳ないのですが、そのあたりの感情はどうも、共感できません」

ガンチェを見て可愛いと思わない者がいるなどと。奇特な人物を見る思いでタージェスを見つめた。

「断っておきますが、私のほうが一般的な考えだと思いますよ？　……とにかく、あと三日ばかり、我慢してください」

むう、とエルンストは黙り込んだ。

領主なのに自由がない。

王宮で、周りの者を困らせてはならないと散々叩き込まれた弊害《へいがい》だ。領主なのに、このメイセンで一番偉いはずなのに。

エルンストは、寝室でむっつりと考え込む。

ガンチェはすぐそこまで帰ってきているのではないのか。急ぐと言っていたのだ。もうイイト村に入ったのではないのだろうか。

そうだ。グルード郡地の種族は悩まない種族なのだ。即決で全てを決めていくとガンチェも言っていた。

ならばグルード国の返答も即決で、ガンチェはその場で受け取ったのかもしれない。

ならばイイト村など既に過ぎて、こちらに向かってきているのではないのか。

……決めた。

迎えに行こう。

エルンストは立ち上がると、もたもたと着替えた。

蠟燭《ろうそく》はなく、窓からの明かりだけだ。自分で着替えるということに慣れていない指がうまく動かない。だがとにかく着替え終わると、ゆっくりと寝室の扉を開けて外を窺《うかが》う。

さすがに夜は領兵らも眠っているようだ。静かに廊下を進んで屋敷の外に出た。

雪はないからエルンストの足でも歩けるはずだ。メイセンで危険なのは獣だけ。それも、森や山に近づかなければ大丈夫だ。

治安のよい我が領地に感謝しつつ、エルンストは意気揚々と夜の道を進む。夏の夜空は満天の星で、エルンストが進む先を示してくれた。

短い夏を謳歌しようとする、青葉のいい匂いがする。生命力に溢れた匂いだ。エルンストの愛する香りによく似ていた。

虫が軽やかに鳴いている。大気の全てが喜びに満ちていた。

阻《はば》むものなど何もない。

愛しい伴侶のもとへ、さあ、行こう。

だが、いくらも進まないうちに、エルンストの肩を背後からがっしりと摑む手があった。

びくりと体を震わせる。不審者の報告などなかったはずだ。

一体……何者だ……？

ゆっくりと背後を窺うと、怒り狂ったタージェスの顔がそこにはあった。

「だ、か、ら！　あと三日、大人しくしていろと言ったでしょうっ!?」

……そんなに怒らなくてもいいじゃないか……。

逃げない、と言っているのに、タージェスに腕を掴まれたまま屋敷に戻った。領兵が六人、にやにやと笑いながら出迎えてくれた。見張っていたのなら、見つけたときに言えばいいのに。

エルンストがじっとりと睨むと、六人とも不自然に目を逸らした。


紙に書かれた数字は残り四つ。だが、あとふたつ消えなければこの屋敷に縫い留められたままなのだ。

ひとつ消えて、エルンストはそわそわと屋敷中を歩いてしまう。

やはり怪我をしているかもしれないから包帯と傷薬と、湿布薬。それからガンチェのための食事だ。荷車に乗せられるだけ乗せていこう。

ティスがイイト村で暮らし始めた頃から、イイト村の食糧事情は飛躍的に改善された。だが、ガンチェの胃を満たせるだけの肉はないかもしれない。

侍従や侍女に命じて数着の着替えと医療品を用意した。そして、肉を持っていくようタージェスに提案する。

「いりません」

「そうだろうか。空腹かもしれぬだろう？　腹を空かせていたら可哀想ではないか」

「エルンスト様、グルード郡地をどういうところだとお思いなのでしょうか？　あそこは肉食の種族ばかりが暮らしているのですよ。市場に行けば、いくらでも肉が食べられます。しかも安価で」

「そうかもしれぬが、その市場からイイト村まではどうするのだ？」

「大丈夫。一番こちら寄りの市場からイイト村までは、一日くらいですよ。ガンチェの足ならば」

「一日もかかるのか……その間、食べていないのなら可哀想だ」

「市場で肉を買って途中で食べるくらいの知恵はありますよ」

「……」

荷車の用意はしてくれなかった。

朝日が昇る前に目が覚めた。今すぐ屋敷を出発すれば、今日の夜にはイイト村に着く。もしかしたら今日中に、ガンチェに会えるかもしれない。

わくわくと逸《はや》る思いを抑えられず、エルンストは兵舎へと急ぐ。

「タージェス、さあまいろう！」

七十五人の領兵はまだ眠っていた。エルンストは静かな兵舎の中をさくさくと進み、領隊長の個室の扉をどんどんと叩く。

領隊長には戸建ての兵舎が与えられるはずなのだがタージェスは、家族もいませんし、と領兵らと共に兵舎で暮らしていた。

「……エルンスト様……」

領兵の服以外の服を着ているタージェスを初めて見た。目も、半分しか開いていない。

「約束どおり三日待った。さあ、イイト村へまいろう」

「……せめて、朝食を食べてからにしましょうよ」

「そのようなもの、道中で食せばよいだろう」

今すぐに、出立したいのだ。


「……馬に餌を食わせてからに……」

「そのようなもの、道中で食べさせればよいだろう」

ざわざわと、領兵らが廊下に出てきた。

「ほら、みな起きているではないか。タージェスも早く準備をするのだ」

「みな、起こされたんです。エルンスト様に」

「そうなのか？　まあ、よいではないか。さあ、まいろう」

足踏みをしそうになったが、六十年間叩き込まれた作法がそれをさせない。じりじりとした思いを抱えてじっと見上げると、タージェスは気怠げに扉に凭《もた》れて立っていた。

「とりあえず、朝食です。エルンスト様も召し上がっておられないでしょう？　侍従長が怒りますよ」

「……ならば、パンを持っていこう」

「ガンチェが出掛けてから、まともに食事をされていないでしょう？」

「……食事なら毎日している」

「薄いスープをひと口ふた口召し上がるのは食事とは言いません。メイセンでは豪華な料理など出るはずもありませんが、料理人が作って食卓に載せたささやかな料理ぐらいは、きちんと召し上がってください」

いつの間にかタージェスの目がいつもどおりに開いていた。

エルンストは、むう、と黙り込んでから渋々頷く。

「朝食を召し上がられたら、すぐに出立しましょう」

タージェスが苦笑いを浮かべてそう言ったので、エルンストはすぐさま踵《きびす》を返して屋敷へと戻った。

朝食を終え屋敷の外へと急ぐと、既に馬車の用意がされていた。

領兵らは朝食を後回しにして馬の世話と馬車の用意をしてくれていたらしい。

エルンストは自分の我儘を恥じつつも感謝し、馬車に乗り込む。そこには、侍女が用意してくれたガンチェの衣服や薬品などが綺麗に収められた衣装箱が積み込まれていた。

騎馬のタージェスを先頭に馬車が進む。

領隊長自らが来なくてもよいようなものだが、エルンストが出掛けるときは必ず、タージェスが同行していた。領主が動くときは領隊長も動く。タージェスはそう決めているようだ。

タージェスと、第一小隊が同行した。

馬車に揺られながら、エルンストは窓の外を見ていた。

十五年前、領主となったばかりの頃は非常に頼りない領兵たちだった。沿道で作業を行う領民に話しかけ、足を止める者も多かった。重いからと武器を置いてくる者までいたのだ。

それが今ではみな、颯爽《さっそう》と歩いている。もちろん、武器も携行していた。彼らの成長はエルンストも嬉しい。

その点、自分はどうなのかと語りかける。

十五年前と今、領主として僅かばかりでも成長したのだろうか。

このひと月のことを考えれば、自分でも顔が熱くなる。我儘にもほどがあるだろう。周りの者を振り回し、心配させた。迷惑をかけてしまった。トーデアプスが生きていれば哀しんだことだろう。

エルンストは衣装箱を開け、ガンチェの衣服を取り出す。顔に押し当て残り香を吸い込む。

ガンチェにも怒られてしまうな、そう思った。

ガンチェがエルンストに経験させようとしたのは正しい。どのように不都合なことであろうとも、自分を知るのはいいことだ。

ガンチェを失い、みっともなく騒ぐ自分を、今のエルンストは容易《たやす》く想像できる。

そして、タージェスの言うとおり、一歩一歩、毎日を進んでいけば必ずガンチェに会えるのだという救いを信じられる。

徒歩で進む領兵に合わせ、馬車はゆっくりと進んでいた。

だがもう、エルンストは焦らない。どれほどゆっくりとした歩みであっても、必ずこの馬車はイイト村に着くのだ。

そして、今夜であろうと、明日であろうと、必ずガンチェに会えるのだ。


途中、何度か休憩を挟み、エルンストがイイト村へ着いたのは夕闇が迫ってくる頃だった。

若い領兵を先に走らせ、村に知らせておいた。イイト村の村長らは夕食もとらずにエルンストを出迎えてくれる。そして、ティスが捕らえてきた獣の肉で盛大な歓待が行われた。


以前は干した肉を少しずつ、齧《かじ》りながら食べていた。それが今、エルンストの前で焼かれている肉は生肉だった。

ティスのおかげで食生活がよくなったとイイト村から報告を受けていたが、それは本当のことのようだ。村人たちの血色もいい。

十五年前に比べて、イイト村の出稼ぎ者は半減していた。

「ティス、不都合なことはないか」

「問題ありません」

相変わらず、ティスは大振りの剣を背負っていた。この姿を見て医師だとわかる者はメイセン以外にはいないだろう。

「先生のおかげで私らの生活もえらくよくなりましたよ。去年から売り始めた傷薬、あれは評判がいいらしくてね。先日も、サイキアニの商人とフォレアの商人が村にあった分、全部買っていってくれました」

イイト村の女村長は、ほくほくと笑って言った。

「ふむ。それはよかった。やはり口にする薬より、体に塗る薬のほうが抵抗感は薄いのだろう」

見慣れないものを口にする警戒心は誰もが持ってい

る。

「傷薬などの塗布剤で信用を得ていけば、必ず服用薬にも買い手が付くだろう」

エルンストがそう言うと、イイト村の若者がしっかりと頷いた。

十五年前に比べて領民たちも成長している。十五年前であれば簡易な言葉であっても理解が得られないことも多かったが、今では特別な気遣いをしなくても、エルンストが話す言葉を理解する者がいる。

特に、十五年前には子供であった民の成長が著《いちじる》しい。彼らは、これからメイセンを背負っていく若木になっていた。しっかりと根を張った若木だ。

「カリア木はどうなっているだろうか」

エルンストの言葉を聞き漏らすまいと全神経を集中させていた若者に訊《たず》ねる。

「あ……はい！　カリア木は、今年もちゃんと芽吹いています」

ぴんと背筋を伸ばして答えた。

十五年前、試しに蒔いたカリア木の種は予想以上に芽吹いた。

メヌ村が試行錯誤の上に確立した方法を試していた頃、小屋に百個の種を蒔いても芽吹くのは十個くらいだと言っていた。

だが、イイト村の森では全く違った。

百個蒔くと九十個が芽吹くのだ。芽吹いた九十個のうち、若木にまで成長するのは六十本。五年ほどをイイト村のウィス森で過ごさせ、その後メヌ村の山に運び、植樹していた。

そのカリア木も、今年の冬からようやく出荷が始まる。メヌ村は今、歓喜に沸《わ》いていた。

「メヌ村のおかげでウィス森がよくなったんですよ。カリア木の若木が植えられるだけの場所を確保するために、いくつかの大きな木を残した後は、綺麗に伐採したんです」

村長の言葉に村人の男が続く。

「あの大きな木を伐採するのは儂《わし》らだけでは無理でしたが、メヌ村も一緒にやりましたからね。一年に一本くらい伐採して、今じゃいい感じの森になっていますよ。それにカリア木の世話でメヌ村が入るし、儂らも薬草を採りに行くために森に入る。森に入る回数が増えるほど、成長途中の細い木も見つけやすくて、すぐに伐《き》り倒せるんです」

焼いた肉をパンに挟んだものを渡され、村人の話を聞きながらエルンストは口に運んだ。

薬草だけで生きていこうと覚悟を決めたイイト村だったが、今でも薪や木工品を出荷している。彼らが言う細い木は、決して細くはない。彼らの力と道具で辛うじて倒せる大きさなのだ。

だがそんな木を見過ごしてしまうほど、彼らは森に入ることを恐れていた。

しかし、今はティスがいる。ティスが彼らと共に森に入り、出くわした獣を始末していた。ティスという心強い剣士を得て、イイト村の者たちは森に入ることを躊躇《ちゅうちょ》しなくなったのだ。

薬がよく売れたから、来年の春にはシスティーカ郡地の鉄を付けた斧が買えそうだ。イイト村の民たちはそう言って、楽しそうに笑っていた。


木を得やすくなったからか、イイト村の家々は隙間風を感じなくていいように改善されていた。

相変わらず強い風が吹いていたが、以前に比べて随分《ずいぶん》と過ごしやすい。

エルンストは用意された家をそっと出て、寝静まった村の中を歩く。

村の入り口を示す石の上に腰かけて、じっと、遙か遠くの森を眺めた。

無理をすれば辿《たど》り着くとしても、それが夜ならば迷惑になる。だから一夜を野宿し、翌朝村に着くようにする。

普通の旅ならばそうだ。エルンストが、かつて行った旅でもそうだった。村に入るときは日中になるように心がけていた。

だからこのような深夜に、ガンチェがイイト村に入るとは思えない。

だが、と心の底でもうひとりのエルンストが言っていた。

だが、ガンチェは一日でも半日でも一時でも早く、戻ってくるのではないのか、と。

エルンストは星明りの下、暗い森をじっと見る。

ガンチェはやはり、戻ってくるような気がするのだ。走って、戻ってくる気がしてならない。


微《かす》かに東の空が白くなった頃、ガンチェが戻ってきた。

　声をかけられたような気がして、エルンストは腰を下ろしていた石から立ち、遠くの森へ首を伸ばす。目を凝《こ》らして見ていると、ぽつんとした点が、どんどんどんどん近づいてきた。獣かもしれない。そう思ったが動かず、じっと見ていた。だんだんと近づいてきて、やがてその姿がわかる。

　愛しい伴侶が、全速力で駆けて戻ってきた。

「エルンスト様っ！」

　珍しく、ガンチェが汗を流し、息を切らしていた。エルンストは胸がつかえて言葉が出せず、無言でガンチェにしがみついた。

　力強い手が軽々と抱き上げると、しっかりと抱き締めてくれる。

「遠くから、エルンスト様が見えましたよ。森で野宿して明日にしようかとも思いましたが、エルンスト様ならば、イイト村で待っていてくださると思ったのです。寝ずに、待っていてくださるのではないのかと、駆けてきました」

　エルンストはがばりと体を起こし、愛してやまない可愛い伴侶の顔中に口づけを落とした。

「……以心伝心ではないか」

　エルンストがようやくひと言そう告げると、ガンチェは同意を示すように強く頷いた。そして深く、エルンストの唇に口づけた。

　そんなふたりを引き離したのも、やはりタージェスであった。

「お気持ちもわからないでもないですが、おふたりとも、自制心というものを持ちなさい」

　ぴしりと言われて、そこが村の入り口であったことに気づく。まだ年若い村人らが顔を赤らめて俯《うつむ》いていた。

　いつの間にか夜が明け、朝のひと仕事が始まろうとしていた。

「すみませんね、小隊長。馬をお借りします」

「構わんさ。ただ、道ばたでおっぱじめたりするなよ」

　軽口を叩くブレスの横で、タージェスが苦い顔をしていた。

「やめろ、ブレス。冗談に聞こえん」

「心配には及びません、領隊長。こんなに可愛い人の一番可愛らしいお姿を、他人になど見せたりいたしませんよ」

ガンチェの太い指が、前に座るエルンストの腹を撫でていた。

「人目がなかったら外でもいいのか……」

「当然でしょう。エルンスト様とふたりきりで愛し合えるのならば、外だろうが内だろうが、関係ありませんよ」

可愛いことを。エルンストは背後を振り返ると、愛しい伴侶の頬を撫でた。

「ああ、もういいから行ってくれ。メイセンの人々は純朴なのですよ。これ以上、毒されてはかなわない」

タージェスは犬を追い払うように片手を振った。

タージェスの無礼な態度もみなのからかいも、エルンストは全く気にならない。愛しい伴侶が側にいて、自分を抱き締めていてくれる。

これ以上の幸せがあるだろうか。

乗ってきた馬車はタージェスに託し、ブレスの馬を借りてガンチェとふたり、屋敷へ駆け戻る。

イイト村が朝食を用意しようとしてくれたが、その僅かな時間さえ惜しい。早く戻って、早くふたりきりになりたいのだ。

ガンチェが馬を急《せ》かして駆ける。馬が駆けるたび、空に飛んでしまいそうなほどの勢いで突き上げられるのだが、背後のガンチェがしっかりとエルンストの体を抱えていた。

ガンチェはエルンストを抱えたまま馬と一緒に揺れて、エルンストの体の負担にならないように気遣ってくれた。

休憩も取らずに駆け続け、馬が疲れたと感じたら降りて歩かせた。ガンチェは片方の手で手綱《たづな》を持ち、空いた手でエルンストを抱き上げる。

片腕で軽々と抱かれながら、エルンストはガンチェと口づけを交わす。着替えをさせることはできなかった。そんな余裕も失っていた。

ガンチェの首筋に鼻先を擦りつけ、耳の下をゆっくりと舐《ねぶ》った。耳朶に吸いつき口中で弄《もてあそ》ぶ。下半身がじんわりと震えるのを感じた。

馬が落ち着いてきたのを見計らい、ガンチェは再び馬に乗る。先に乗せたエルンストを背後から抱き上げ、自分の膝の上に座らせた。

沿道で作業を行う領民たちが声をかけてきた。

ガンチェが留守にしていたことをみな知っているのだ。おかえり、と叫び、大丈夫だったか、と案じてくる。

ガンチェは愛想よく答えながらも馬の脚を止めることはなかった。素っ気ないそんな態度を民たちは笑っていた。逸るふたりの気持ちをよく理解してくれているようで、エルンストも嬉しかった。

道程の半ば頃、タージェスに持たされた食事に気づく。

朝食だか昼食だかわからなくなってしまったそれを、エルンストは馬上で取り出した。空腹など感じていないが、ガンチェはそうではないだろう。大きな体をした伴侶は食事の量も多い。いつも清々しいほど勢いよく食べる。

包みを開けたら昨夜食べたような、パンに肉を挟んだものが出てきた。野菜も見える。イイト村の食生活は本当によくなってきているらしい。

イイト村は、得た金で農作物を買えるようになったのだ。かつて、村の周りに広がっていた乾いた農地は、今はなかった。痩せた土地で無理に作物を育てなくてもよくなったのだ。

背後のガンチェにパンを差し出す。年下の伴侶は大きな口を開けてがっぷりと食いついた。二、三回咀《そ》嚼《しゃく》して飲み込み、残りのパンも一気に食べる。

エルンストは伴侶の可愛らしい行動に笑みを浮かべ、もうひとつパンを差し出す。ガンチェはまたふた口で食べてしまった。

エルンストの手から食べるガンチェの姿が微笑ましい。雛鳥《ひなどり》に餌を与えているようで楽しい。笑いながら残りのパンも差し出すと、ガンチェはそれもばくばくと食べてくれた。

一気に駆けて、馬が疲れたら降りて歩く。そんなことを数回繰り返しているうちに、ようやく屋敷が見えてきた。

急いだかいがある。昼過ぎには着いてしまった。

敷地に駆け込み、近くにいた領兵に馬を託す。

領兵や侍従らは、ガンチェの姿にも、一人で戻ってきたエルンストにも驚いていたが、すぐに何かを察すると必要以上に話しかけてはこずに通してくれた。

気遣いを嬉しく思いながら、ガンチェに抱き上げられ私室へと走る。

扉を閉めたら、もう駄目だった。

ふたりで抱き合い、まさぐり合う。お互いの衣服が邪魔で仕方がない。

いつもは優しいガンチェも余裕をなくしてしまったのか、エルンストの衣服を引き裂いた。自分が着ていた固い領兵の服も力任せに引き千切《ちぎ》り、あっという間に全裸になる。

阻むもののなくなった状態で抱き合い、口づけを交わした。軽々と抱き上げられ太い首にしがみついて、口中を無遠慮に蠢く厚い舌に応《こた》える。

足に、濡れた感触を感じた。最後は服の上からでもわかるほど雄々しく勃ち上がっていた太い茎が突いてくる。両手で茶色の巻き毛を掻き回しながら、足で愛しい剣を撫でてやる。

ガンチェはエルンストの足をぶるんと叩くと、芳香を撒き散らしながら勢いよく美酒を吐き出した。

「ああ、何という……」

エルンストは陶然《とうぜん》と呟く。ガンチェの吐き出した美酒はエルンストの足はもちろん、腹も胸も顔も濡らした。

「このひと月、溜め込んでいましたからね」

ガンチェの低音が腹に響いてたまらない。

「エルンスト様を思うと勃起せずにはいられず、しかし、エルンスト様がいらっしゃらなくて出すこともできませんでした」

「自分ではしなかったのか？」

「しませんよ。というより、できませんでした」

ちらりと自分の股間を見る。

「痛いほど勃起するくせに、私の手では役立たずだと、言うことを聞かないのです。私はもはや、エルンスト様がいらっしゃらないと自慰もできません」

可愛い伴侶はエルンストを喜ばせてばかりだ。

「ああ、エルンスト様……っ！」

何かに耐えるように精悍な眉が寄せられたかと思うと、金色の瞳に獣性が混じる。

「私は、自分を抑えることができませんっ……。どうか、どうか、私がひどくしてしまいそうになったら、叱ってやってください」

ぎゅっと強く、太い腕が抱き締めてきた。

「私を十分に愛さなかったら叱ってやる」

ぽんぽんと茶色の巻き毛を叩く。

「ひどくても何でもいい。ひと月分、きちんと私を愛するのだ」

額を合わせて囁くと、ガンチェは切羽詰まったように唇を合わせてきた。


エルンストの股間には年下の伴侶がむしゃぶりついていた。もう既に一度味わわせてやったというのに、まだ足りないのだ。大きな背が小刻みに震え、ガンチェの抑えた低い声が部屋に響く。

エルンストは優しく巻き毛を撫でながら、目を閉じた。

目を閉じると、余計な刺激も閉じられる。ガンチェが与える刺激しかわからなくなる。

熱い口中に取り込まれ、引き千切られそうなくらい引っ張られていた。厚い舌が袋を突き、太い指が下の口に潜り込もうとしていた。

だが、ひと月ぶりの体は容易に飲み込むことができない。

これほどの抵抗感をエルンストが見せたなら、いつもガンチェは動きを止める。そうして気遣いの色に覆われた視線で窺ってくるのだ。やめておきましょうか。エルンストを一番に据えて、自分の都合は後回しにしてしまう。

だが、今日は違った。エルンストの抵抗感も無視して、どうにか指を潜り込ませようと必死だった。

可愛い伴侶の必死なその行動に、エルンストは目を閉じたまま笑う。

股間にむしゃぶりついていたガンチェがむくりと体を起こす。濡れた口元を荒々しく手の甲で拭うその様に、エルンストの太腿が震えた。

可愛く思えた次の瞬間には、屈強な戦士の姿がそこにある。可愛さと精悍さが同居する年下の伴侶に胸が震えた。

エルンストはゆっくりと起き上がると、ガンチェの固い腿に乗り上げる。

「エルンスト様……」

物欲しそうな目が見つめてきた。赤茶色の瞳に、金の光が煌《きら》めいている。

エルンストは茶色の巻き毛を撫でながら口づけると、

下からエルンストを狙っている濡れた剣に尻を沿わせる。

「エルンスト様……」

ガンチェの声が、震えている。たまらないだろうに。それでも、エルンストを気遣って我慢しているのか。

太い腕を摑み、自分の腰に触れさせる。

「エルンスト様……っ！」

がっしりと、強い力が腰を摑んできた。ぶるぶると、その腕が震えている。固く引き結ばれた口元から、荒々しい獣の息遣いが漏れていた。

「ガンチェ……さあ、入ってくるのだ」

誘惑するように微笑んで囁く。ごくっと、太い首が上下するのがわかった。

「先ほどから、何度も吐き出しているのだろう？　これ以上、寝具に吸い込ませてはならぬ」

頰を撫でる。ガンチェを起点に、エルンストを狂わせる芳香が部屋中に充満していた。

「さあ、早く。ガンチェを私の中に……これ以上、一滴も外で出してはならぬ」

優しく命じると、年下の伴侶は神妙な顔でこくりと頷いた。

今までにない、太さと、長さだった。いつも逞しいと思っているが、これほど成長できるものなのか。

エルンストは、詰めた息をどうにか吐き出して迎え入れようとした。努めて体の力を抜き、大きな伴侶を迎え入れる。目の前がちかちかと瞬いた。歯を食いしばって耐える。

力をこめてしまって、ガンチェが苦しそうに眉を寄せた。可哀想だと思ったが、エルンストは意識を手放したくはなかった。

ぐっと耐えて、消えそうになる意識を繫ぎ止める。渇望した愛しい伴侶と抱き合っているのに、眠ってしまうわけにはいかない。

ゆっくりと入り込んできた巨大な茎が中ほどまで進んだとき、ガンチェは今にも意識が飛びそうなエルンストをしっかりと抱き締め、乱れた息を吐き出した。ぜえぜえと荒々しく息をする。ガンチェがこれほどまでに息を乱すことなど初めてだった。

「エルンスト様……」

切れ切れの息を吐き出すようにしてエルンストに呼びかける。

ガンチェ以上に息を乱したエルンストは答えること

もできない。弱々しく頷くのが精一杯だった。

「落ち着いたら……っ、もう少し、あと……少しっ、進んでも構いませんか」

当然だろう、と何度も頷く。常にない太さが入り口を押し広げてなかなか進んでこられないが、もっと奥にガンチェ専用の場所があることくらいエルンストにもわかる。

「あ……ありがとうっ……ございます」

ガンチェが強く抱き締めてきて、ずくり、と中の剣が奥へと押し入った。

どくどくと、ガンチェの息吹を感じる。堪《こら》えきれなかったのか、ガンチェが狭い筒の中で漏らしていた。溢れる美酒に助けられ、ゆっくりと進んでくる。

太さも素晴らしかったが、長さがもっとすごい。常にないその長さにエルンストは驚嘆する。届いた、そう思った先に進んでくる。

長い時間をかけてガンチェは進み、いつもとは全く違う居場所を見つけたようだった。

しっかりとエルンストを抱き締め、ガンチェの動きが止まった。エルンストは愛しい匂いに包み込まれ、体中が痺れるように弛緩していた。はあはあと、息が上がったまま落ち着かない。

ガンチェも息を乱しながら、抱き締めたエルンストの顔に、首に、胸に、何度も口づける。ガンチェが与える新たな匂いにエルンストの脳天はくらくらと瞬く。もう、どこもかしこもたまらない。

体内で漏らされ続ける美酒も、抱き締めてくるガンチェの香りも、全てがエルンストを狂わせた。


引き締まった逞しい体の上で揺れていた。尻に太いガンチェを咥《くわ》え込んだまま、ゆるゆると揺らされていた。窓から見える夜空に星が瞬いている。

力強い鼓動を聞きながら、夕食をとっていなかったと気づく。だが、さすがのシングテンも呼びには来なかった。タージェスらは戻っただろうか。

「エルンスト様」

太い指がエルンストの髪を弄んでいた。

「お疲れになりましたか？」

見上げると、優しい目があった。金色の光は消えていた。赤茶色の、いつもの優しい伴侶の瞳だ。

「いや……」

笑って、ゆっくりと首を振る。蕩《とろ》けそうな幸せの中、愛してやまないガンチェをうっとりと見上げた。

「夕食を、食べていないことに気づいたのだ」

「お腹が空きましたか？」

「いや……ガンチェは？」

「うーん……まだエルンスト様の中にいたいです」

可愛い返答に、くすくすと笑う。

「私もだ。まだガンチェを感じていたい」

熱い手がエルンストの背中を撫でていた。

激情のままに繋がり合うのもいいが、こうやって微《まど》睡《ろ》みながらガンチェと語り合うことをエルンストは殊《こと》の外《ほか》好んだ。

「仕事を全て、終わらせたのだ」

「それはすごい」

大きな手が首筋を撫でてくれる。

「それでタージェスが、五日ほど、休めばよいと言ったのだ」

どうだ、と目で聞くと、赤茶色の瞳が大きく見開かれた。

「それは……すごいっ！」

「そうだろう？　私に休日が与えられるなど、初めてではないか？　ふふふ。何をして過ごそうか？」

「まずは……このようにして過ごしましょう」

逞しい腰を振り上げて、下からずくん、と突き上げてくる。ガンチェの悪戯《いたずら》に、エルンストは小さく叫んで仰け反った。

「あっ……これは、よい。もちろん、このようにしても過ごすのだ。だが他にも、したいことはないのか？」

「そうですね……。まずは寝所でしょ？　それから風呂場と……ああ、森でも一度、試してみませんか？」

何を、とはもちろん聞かない。

「ふむ。それはよいかもしれぬ」

「そうでしょう？　外で、というのも初めてだし。開放的でいいと思うのですよ」

ガンチェはにこにこと笑っている。クルベール人ならばともかく、ダンベルト人のこの年なら十分に大人であろうに、年下の伴侶はいつまでも可愛い。

豊かな感情に笑みを浮かべて、エルンストはガンチェの頬を撫でる。

「そうだな。とてもよいだろうな」

「隊長たちが煩《うるさ》いし、エルンスト様の可愛らしいお姿を見せるわけにはいきませんからね。ちゃんと、人目のない場所にご案内しますよ」

エルンストの風呂場に使う薪は、今でもガンチェが集めてくる。領主の森にいつも入っているガンチェであれば、どこがどういう場所か、よく知っているのだろう。

楽しそうな伴侶を見ているとエルンストも楽しくなってきた。

「ガンチェ、繋がり合うこと以外で、したいことはないのか？」

「うーん……」

真剣に悩む顔が可愛い。

「たくさん、お話ししたいですが、それは繋がり合ってもできますし。今も、こうやってしっかりと挿し込ませていただいてから話していますし。これが、とても気持ちいいのですよ？　ご存知でしたか？」

「もちろんだ。私だって気持ちがよい」

迷わず答えると、赤茶色の瞳が笑った。

「ああ、よかった。私だけが気持ちいいのかと心配だったのです」

いつも気遣ってくれる優しい伴侶の、筋肉で盛り上がった硬い胸を撫でる。


「様々な場所で繋がり合うことと、話すこと。それ以外にしたいことはないのか……？」

訊ねると、精悍な眉を寄せて、ガンチェがおずおずと口を開いた。

「とても……無茶なお願いなのですが……。今すぐには無理でしょうが、いつかできたらいいな、と思っているのですが……」

「何だ？」

くすりと笑って先を促す。

「エルンスト様と、ふたりきりで過ごしたいのですよね……。半日とか、一日じゃなくて、数日間。誰にも邪魔されず、誰の気配も感じず、エルンスト様だけと過ごしたいのですよ」

愛しさに気が狂いそうだった。

エルンストは湧き上がる思いのままガンチェの頭を抱き締める。両手でガンチェの頬を撫で、思いを伝えるように口づける。

愛しくて可愛くて愛しくて、たまらなかった。


それから五日間、約束どおり、エルンストは休暇を取った。

休暇中、極力ガンチェ以外の者とは関わりを持たず、ガンチェだけと過ごした。シングテンやタージェスらに言い聞かせられていたのか、誰も、必要以上にエルンストやガンチェに話しかけてこようとはしなかった。

彼らの心遣いに感謝しながら、エルンストは至福の休暇を過ごした。

「すっきりとしたお顔をしていますね」

タージェスに言われ、エルンストは思わず自分の頬に手を添える。

「そうだろうか？」

隣に座るガンチェに聞くと、笑って頷いていた。

「ふむ。休暇というものがこれほどよいものとは思ってもいなかった。タージェスには感謝している」

思えば皇太子時代より、領兵らが取っているような休暇というものがエルンストにはなかった。丸一日、公人としての業務をしない。それがどういうことか全く知らず、自分には必要ないとさえ思っていた。

しかし、思いきって取った五日間の休みはとてもよかった。肩の力が抜けて、身が軽いとまで思える。ガンチェとたくさん触れ合い、語り合うことができた。とても充実した五日間だった。

「これからはもっと計画的に仕事を行い、一年に数日であっても休暇を取ろうと思う」

「そうですよ。エルンスト様はお忙しすぎたと思います。これから人も育っていくでしょうし、そうすればお休みも取れますよ」

タージェスの隣で、ブレスが頷きながら言った。

副隊長であったアルドが第二駐屯地隊長となってからは、メイセン領兵隊副隊長は第一小隊長のブレスが兼任することになった。本来ならば中隊長が副隊長となるべきなのだろうが、タージェスは年齢や経験、人柄からブレスを任命した。

「エルンスト様がお休みを取られるときは、ガンチェも休めるようにしておきますね」

「そうしてくれるか」

ブレスの言葉にエルンストの頬が緩む。

「ええ。エルンスト様だけがお休みになられても意味がないのでしょう？　ガンチェが側にいないと……」

ブレスは本当に人の心を読むのがうまい。エルンストは勘のいい部下を多く持てて、自分の幸運に感謝した。

「そうなのだ。ガンチェが側にいてこその休暇だ」

ガンチェの手を握ったまま振り向くと、タージェスが眉間に指先を押しつけ目を閉じていた。

「タージェス？　疲れているのか」

「いいえ、お気遣いなく。こちらが勝手にあてられているだけですから……。それよりエルンスト様。グルード国からの返答はどうなったのですか」

タージェスに言われて初めて、肝心なことを思い出した。

はっと口を開けて瞬時固まった後、エルンストは慌ててガンチェを振り仰ぐ。

「そうだった……！　ガンチェ、返答はどうなったのだ？」

「忘れていたんですか……。我々は、五日間もエルンスト様が休暇を取ったから、絶対によい返事を得たのだと思っていたのですが……」

ブレスの泣き言もエルンストの耳には入らなかった。そうだった。何のためにひと月もガンチェと離れていたのか。

「こちらにありますよ」

ガンチェは苦笑し、懐《ふところ》から一通の封筒を取り出すと、エルンストに手渡した。

硬い紙だった。荒々しいと言ってもいいくらいの、素朴な紙だった。

ごわごわと手に荒いそれを受け取り、エルンストは開いていく。蠟での封印もされていない。

開けて読んで、エルンストは思わず項垂れた。

「ど……どうされたのですか？　やはり、無謀な申し出でしたか？」

「貴族如《ごと》きが国主に対して無礼だと怒っているのですか？」

「隊長。エルンスト様は、ただの御貴族様ではありません。無礼って、それこそ無礼です」

三人の領兵たちの言い合いを聞きながら、エルンストの眉間が震えた。どうにか気持ちを整えて、片手を上げて領兵たちを制する。

「何でもない。少々、取り乱しただけだ。……返答はよいものだ。会いたいと言っている」

「おお！」

「さすがです！　エルンスト様」

「いつ行きますか？　もちろん、私が抱き上げてお連れしますよ。隊長たちは足手まといになりますから、ふたりだけで行きましょうね」

「何を言っているんだ。ふたりだけで行かせたら、何が起こるかわからんだろう」

「どういう意味ですか。私は絶対に、エルンスト様をお守りしますよ」

「そういう意味ではない。ふたりきりで行かせたら……道端で始めそうで怖いんだ……」

「隊長。それはあまりに無礼です。大丈夫ですよ。イイト村からもちゃんとおっぱじめずに戻ってきてたんですから、今回だって……なあ？　ちゃんと、屋根のあるところでするんだぞ？」

「もちろんですよ。私がどうしてエルンスト様のお可愛らしいお姿を、他人に見せなきゃならないんですか」

領兵たちの楽しい会話に加わることもできずに、エルンストはグルード国からの親書を見る。

「エルンスト様……？　どうかされましたか」

タージェスが聞いてくるので、エルンストは無言で親書を渡した。

怪訝《けげん》な表情を浮かべて受け取ったタージェスだが、その表情がだんだんと険しくなってくる。眉を寄せ、奇怪なものを見るような目つきになった。

「色々と……興味深いだろう？」

苦笑を浮かべるエルンストに、険しい表情もそのまま、タージェスが言った。

「何です？　これは」

「親書だ」

「そうなんでしょうけど……これは……」

ブレスがタージェスの手から親書を受け取り、目を通す。

「……？　何か変なんですか？　これ」

机の中央に置かれたものにガンチェも目を落とし、ブレス同様、首を捻《ひね》っていた。

「ふむ。親書、として見た場合、色々とおかしい」

「私も親書などというものにはそうそうお目にかかったこともありませんが、それでも変だと思いますよ、これ」

タージェスが呆れたように言った。

「そうなのだ。ガンチェ、この親書を受け取るまでにどれほどの時間がかかったのだ？」

「三日です。エルンスト様の親書を渡したときに、返答は三日の後に、と伝えましたから」

「ふむ。三日間、私に会うかどうかを話し合っていたのか、この親書を作るために悩んでいたのか、わからないところだな」

「そんなに変なんですか？　これ」

ガンチェは自分に向けて置き直し、覗《のぞ》き込むように読んでいる。

「契約書として見れば、正しいと言えなくもない。……グルード国はグルード郡地の種族が築き、他国との親交がない国だ。多分……親書というものを見たことがないのかもしれぬ」

「は？」

タージェスとブレスが同時にエルンストを見た。

「つまり、契約書には慣れているのだ。グルードの種族以上に、契約書に精通している種族はいないかもしれぬ。しかし、親書というものの形式はわからないのだ。読解力に優れている彼らであれば、私が送った親書の意味を読み取ることはできたのだろう。だが、同じように、親書の形で返答することはできなかったのだ」

「……それで……これですか……」

タージェスが指先でとんとんと机を叩いた。

グルード国からの返書は、文面の頭にグルード国とリンス国メイセン領を記し、いきなり互いの権利を明確にするところから始めている。何のためなのか期限設定を行い、損害賠償についてまで記されていた。

そこまでしておきながら、名を記しているのはグルード国のみなのだから、契約書のつもりでもないらしい。

契約書作成に精通した者たちが頭を付き合わせて親書を作るとこうなるのか。

愛しい伴侶の生まれ故郷で暮らす人々が、エルンストには微笑ましく思えてきた。

エルンストは五日後、ガンチェと共にグルード国へ向かうことを決めた。

2

「エルンスト様。本当に、おふたりだけで行かれるのですか？」

出立しようという段階になってもなお、タージェスは食い下がってきた。

「ふむ。あの土地は特殊ゆえ、誰も入ってはいけぬだろう？」

「ですが……っ！　ガンチェ、やはり荷車だ。我々が荷車に乗るから引いていけ」

「嫌ですよ。大体、そこまでして一緒に来ても、隊長は何もできないでしょう？　もし万が一、獣が襲ってきても、隊長を荷車に乗せたまま放っていきますよ？」

「ぐぅ……！」

「タージェス、気遣いは嬉しいが無理はしなくてよい。それに……今回は、簡単に事が済むだろうと思うのだ」

「……どういうことですか？」

タージェスの問いに苦笑してエルンストは答えた。

「確定していないことを不用意に口にすべきではないのだが……。グルード国は、他国が思っているような国ではないと思う。彼らが何を望んでいるのか、私には何となくわかるのだ。彼らが欲しているものを私が提供できると示せば、彼らの信頼を得ることもできる」

立場上、確実でないことは決して口にしない。だがあの契約書もどきの親書を見て、エルンストは確信したのだ。グルード国の人々は、今のままでいいとは決して考えてはいないと。

不思議そうな顔をするタージェスやブレス、見送る領兵らに手を振ると、エルンストはガンチェと共にグルード郡地へと出立した。


イイト村からウィス森を進んでいけばいくほど、巨大な樹木が一層巨大になっていく。しかし、やがて森は終わり、気づくと赤茶けた大地が広がっていた。この頃になるともう、グルード郡地の種族以外には歩行が困難な地になっているらしい。

ガンチェに抱かれたまま見渡すと、文字どおり、這って進む者がいた。

「……どうして、ああまでして入ってくるのだろう？」

グルード郡地の土に触れると自らの体重の何倍もの重さを感じるという。頭では理解していても、幾人もの大人が地面を這っている姿は異様に見える。

「シェル郡地をぐるりと回ってスート郡地へ行くより、グルード郡地を通り抜けたほうが遥かに早いですからね。……地図上は」

グルード郡地と接しているのは、メイセンのウィス森だけではない。

　リンス国ではシープ領やパカス領もグルード郡地と接し、リュクス国もシルース国も、グルード郡地と接している箇所がある。

　対して、シェル郡地でスート郡地に接しているのはシルース国だけだ。そのため、リンス国やリュクス国からスート郡地に行こうとしたら、シルース国を回っていくよりも、グルード郡地を通るほうが近い。

「しかし、あれでは……」

「この地を甘く見ているのか、力試しをしたいのか。あるいは、ただ遊んでいるのか……。ふふふ。おもしろいでしょう？」

「おもしろいというか……気の毒というか……」

　あまりの光景にエルンストは茫然と呟く。噂に聞いてはいたが、本当に地面に縫いつけられるのだろう。じりじりと進んでいた、おそらくシェル郡地フェル人が、ぐったりと突っ伏した。

「ああ……」

「ご心配には及びません。ああやって倒れても死にはしませんから。少々休んで体力が回復したら、回れ右して戻ればいいんですよ。シェル郡地に」

　しかし本当に大丈夫なのか。ガンチェの肩越しに案じていたエルンストの前で、通りかかったガイア人が突っ伏したフェル人をひょいと抱え上げ、シェル郡地の方向へ進む。

「……それに、あのように誰彼構わず、倒れている他郡地の種族を拾って運んでやる者がいますから」

　ガンチェが笑って言うので、エルンストは軽く口づけた。

「エルンスト様？」

「親切なのだな、グルード郡地の種族は。私はますますこの地の者を好きになりそうだ」

「……駄目ですよ。以前、お命を狙われたではありませんか。親切な者もいれば、そうでない者もいます」

「命を狙われたのは、この地の種族がみな、そのように契約をしていたからだろう？　この地の種族がみな、親切だとは思わない私も、そこまでめでたくはない。だが……多分、シェル郡地の種族は、倒れている他種族の者を助けようとはしないだろう。メイセンの民も、助けるかどうかはわからぬ」

　シェル郡地の種族もスート郡地の種族も自尊心が高い。ヘル郡地の種族は、常に自らの富を狙われている

ために、他郡地の種族どころか自分以外の者は誰であっても信用しない。システィーカ郡地の種族はその過酷な環境で生きていくため、感情というものが欠如しているようなところがある。

エルンストは、行き交うグルード郡地の種族を見た。みな、活き活きと目を輝かせていた。どの者も口元には楽しそうな笑みを浮かべている。

「グルード郡地の種族は大変好ましい。生きることを楽しんでいるようだ」

可愛い伴侶もいつも楽しそうだ。くるくると表情を変える赤茶色の瞳、笑いの形を刻む口元。

エルンストはぎゅっと抱きつくと、啄《ついば》むように口づけた。愛しい伴侶はすぐに応えてくれ、音を立ててエルンストの唇に吸いつく。

「私以外の者に、エルンスト様のお心を移してはなりませんよ」

至近距離でぐっと見つめてくるから、エルンストは笑ってその眉間にも口づけた。


メイセンからグルード国まで、ガンチェは全速力で走り続けて十二日かかったと言っていた。今回はエルンストがいるために走り続けることはできない。急ぐ旅でもない。ガンチェはのんびりと歩いていた。

いつもなら、エルンストが屋敷を出るときはタージェスや領兵たちがついてくる。だが今回は正真正銘のふたり旅だ。ガンチェは出立の数日前から浮き立つ心を隠そうともしなかった。

楽しそうな伴侶を見て、エルンストの頬も自然と緩む。


時折、荷車を引いているグルード郡地の種族がいた。荷台には他郡地の種族が乗っている。

「あのようにして、この地を渡るのだな」

「そうですね。あれはまあ、子供の小遣い稼ぎみたいなものですよ」

言われてよく見ると、確かに引いている者は子供のような顔をしていた。ただし、その体格は立派なものだ。中にダンベルト人の子供がいた。

「あのダンベルト人の子は、いくつくらいだろうか」

「……そうですね。七つくらいでしょうか」

「そうか。七歳か。ガンチェもあのようであったのだな」

茶色の巻き毛に子供らしく大きな赤茶色の瞳。ふっくらとした頬はガンチェ同様、陽に焼けた浅黒い肌だった。背丈は、横に並ぶとエルンストの頭を少し越えるくらいだろうか。楽しそうに荷車を引いていた。

愛しい伴侶もあのくらいの頃があったのだと思うと、可愛くて仕方がない。

グルード郡地には市場が点在していた。どの市場も賑《にぎ》やかで人も多い。家で食事をするという習慣がないため、市場を使うのだそうだ。武器を売るシスティーカ郡地の種族の姿も見える。

「システィーカの者は、グルードの大地でも大丈夫なのだろうか」

「どうでしょうね。彼らは見た目以上に体重があるんですよ。多分、ティスでも、私と同程度の重さがあると思いますね」

「ティスが？」

信じられない。身長こそガンチェと同程度だが、体の厚みが全く違う。ティスはクルベール人と変わらない厚みだ。

「グルードの大地は自分の体重の十倍の力がかかるのです。ですから、体重の重い者はより一層きついのです。システィーカ郡地の種族は体重が重いですから、本来ならばこの地で動くのは辛いと思いますよ。ただ、彼らは力持ちでもありますからね」

道端で剣を売るシスティーカ郡地の種族、ルーフ人は平然としているように見える。

「ですが、動きが非常にゆっくりになりますし、ごく稀《まれ》に、蹲《うずくま》っているシスティーカの種族を見たことがありますから、やはり、辛いんでしょうね」

客から受け取った金を落としてしまったルーフ人だが、すぐに拾い上げることができない。ゆっくりとした動作で一枚一枚、硬貨を拾っている。

ティスがゆっくりとした動作なのでシスティーカの種族はそういうものだと思ってしまうが、ティスのあれはティスだけのことだとわかっている。普通のシスティーカ郡地の種族は、素早い。

「我々グルードの種族は生まれる場所がここ、グルードの大地でなければならないと言われています。そうでなければ強くなれないと。ですが今思えば、この地で生まれ育つことが既に、鍛錬《たんれん》になっていたのだと思います。その証拠に、システィーカの種族と同じくらい体重が重いグルードの種族ですが、普通に歩いているでしょう?」

ガンチェはそう言うと、周囲を見渡した。システィーカの種族より遙かに体重が重いだろうグルード人でさえ、楽々と動いていた。

食堂のひとつに入り、ガンチェはエルンストを大きな椅子に座らせる。

店内がいっぱいだったため、外に置かれた椅子になった。椅子の下はもちろんグルードの大地で、食事を買いに行ったガンチェの目を盗み、エルンストは椅子から足を下ろしてみた。

ほんの好奇心のつもりだったのだが、足先を地に着けた瞬間、頭の上からまるで岩が落ちてきたかのような衝撃を受けて地面に突っ伏す。

あまりの圧迫感に息が詰まりそうになった。指一本どころか瞼《まぶた》ひとつ動かすこともできない。声も出せずに倒れ込むエルンストを、物音で気づいてくれたのか慌てて戻ってきたガンチェが抱き上げる。

「エルンスト様!」

ガンチェに抱き上げられた瞬間、嘘のように、体にかかっていた重さが消えた。エルンストは詰まっていた息を吐き出し、どうにか声を出す。

「驚いた……」

「椅子から降りてはいけません! エルンスト様のお体が、グルードの土に触れてはいけないのです!」

優しい伴侶が、少し、怒っていた。エルンストは両手でガンチェの首に抱きつき、ぎゅっとしがみつく。

「すまない。どういう土地なのか、知ってみたかったのだ。……息が止まるかと思った」

くすりと笑って言うと、ガンチェは泣きそうな顔をして言った。

「私は、心臓が止まるかと思いましたよ……」

もう一度、可愛い伴侶を抱き寄せ、柔らかな巻き毛を撫でる。

「すまない。二度とやらない」

エルンストを抱き締めるガンチェの手に力がこめられた。

「本当に、二度となさらないでください」

ガンチェを安心させるように、その大きな背中をぽんぽんと叩く。

食堂は喧噪《けんそう》に包まれていた。昼間から酒を呑む者、大声で話す者。多くの人々の声が雑多に混ざり合い、食器の音がそれに重なる。

だが誰ひとり、抱き合うエルンストとガンチェに特別な関心を払う者はいなかった。視界の端に捉えても、ひょいと視線を外す。

あるがままを受け入れる彼らの姿勢が表れているようで、エルンストは、この地で暮らす人々をますます好ましいと感じた。


昼食を食べた市場と同じような市場に着き、ガンチェはここで一泊することに決めた。

宿の食堂で夕食をとり、借りた部屋へと入る。グルードの大きな種族が使うだけあって、部屋は広く、天井は高く、間口も広い。寝台も、エルンストがメイセンの屋敷で使っているものよりも大きく、広かった。

ガンチェは寝台の上に、エルンストを恭《うやうや》しく降ろした。寝台は少し硬く、寝具も硬かった。グルードの種族は、一度は戦いに身を置く人生なのだ。故郷で眠るときであっても、柔らかな寝具など望まないのかもしれない。

「申し訳ありません、エルンスト様。湯は、ないのだそうです」

ガンチェは腰に差していた大剣を引き抜き、寝台近くの壁に立てかけた。

「構わない」

風呂湯を使う習慣は、シェル郡地特有のものだ。スート郡地の種族は、湯を使いでもしたら死んでしまうのだろう。システィーカ郡地は湯を沸かすための木を集められない。

グルードの種族は、みな夜目が利くのだろうか。広い室内に蠟燭は一本だけだった。ガンチェがその蠟燭の灯《あか》りを消すと、室内は暗闇に包まれた。

ぎしりと音が響き、微かに寝台が沈む。硬い腕がエルンストを抱き寄せ、寝台で横になった。

今日は一日中、ガンチェに抱き上げられていた。これから五十日ほどは、ガンチェとずっと触れ合っていられる。往復と、グルード国での滞在期間を考えれば二ケ月間、ガンチェとだけいられるのだ。

エルンストは微かに笑って、ガンチェの硬く引き締まった腹の上に手を置いて抱きつく。温かな手がエルンストの背に触れる。

愛しい香りに包まれ、エルンストは目を閉じた。

愛しい伴侶の腕の中で朝を迎える。いつものように逞しい胸の上を這って近づき、口づける。口づけたまま朝の挨拶《あいさつ》を交わし、寝台から降りた。

グルード郡地は、大地以外であれば足を着けても大丈夫だった。衣服や靴程度の厚みではグルードの大地の影響を遮ることは不可能だが、岩や切り株ほどの厚みで遮れば体の重さを感じることはない。

室内だから大丈夫だとわかっているのに、ガンチェに抱き上げられ食堂へと降りていく。

いつも側にいるメイセンの者がいない。気遣ってくれるタージェスらには悪いと思うが、エルンストは解放感を味わっていた。それはガンチェも同じなのか、大丈夫なのだとわかっていても敢《あ》えてそれには触れず、当然のようにエルンストを抱き上げた。

食堂は、朝から活気に満ちていた。

グルード郡地の種族は、朝早くから夜遅くまで元気だ。人で溢れている店内を出て、外に置かれた椅子を使う。

広い道を行き交う人々を見る。

エルンスト同様、グルードの種族に抱き上げられた他郡地の種族の姿も見える。多くはシェルの種族だが、中にはヘル人やスート人も見える。獣臭い、近寄るなと無茶なことを言っている者もいた。だが、理不尽に罵倒《ばとう》されているダイアス人は苦笑するだけで取り合わない。

ガンチェもそうだが、グルード郡地の種族の、懐の深さに感心する。雇用主だからと言うが、それでもあそこまで理不尽なことを言われてあっさりとかわすところがすごい。

ガンチェが朝食を買ってきて机に並べた。

「すみません、エルンスト様。肉以外のものを探そうとしたのですが、見つからなくて……」

「構わない」

昨日食べた昼食も夕食も肉だった。炙《あぶ》っただけの肉。周りを見渡すと山のような肉を、誰もが、がつがつと食べていた。グルードの人々は肉食だとは知っていたが、本当に、肉だけを食べるのか。

ガンチェが切り分けてくれた薄い肉片にフォークを刺す。口に入れて内心、眉を寄せる。

塩もソースもない。肉を炙っただけなのだ。肉本来の味がすると言えば聞こえはいいが、正直なところ美味いとは言い難い。おまけにエルンストの胃は、あまり肉を欲しない。三食続いた肉のおかげで、どうにも表現し難い重さを感じていた。

湯をもらい、胃薬となる薬草を入れて掻き混ぜる。本当は煮出したほうがよいのだが、火も鍋も持ってはいない。忙しそうな食堂の主人に頼むのも憚《はばか》られ、エルンストは薬草入りの湯を飲み干した。味は薄く、効能もあまり期待できそうにないが、気休めくらいにはなるだろう。

思わず胃を押さえたエルンストを、ガンチェが心配そうに見ていた。

「大丈夫。そのうち慣れる」

笑ってそう言うと、眉を寄せたままガンチェが頷いた。


ガンチェに抱き上げられて道を進む。行き交うグルード郡地の種族たちはふたつに分けられる。

ひとつは五体満足で歩いている者、もうひとつは、体のどこかが傷ついている者だ。片腕であったり片足であったり、両腕があっても機能を失っているのか、だらりと垂れ下がったままの者もいる。みな、戦いで傷ついた者たちなのだろう。

不思議なのは、重傷を負った者が活き活きとしていることだった。誰も悲観などしていない。

「グルードの種族は前向きなのだな」

感心してそう呟くと、ガンチェは少し躊躇してから首を横に振った。

「ほっとしているんだと思いますよ」

「どういうことだ？」

「我々は戦闘種族ですから、戦うことが好きだと思われています。確かに、憂鬱《ゆううつ》になるほど嫌いだというわけではありません。私もエルンスト様にお会いするまではずっと戦っていましたし、それが当たり前だと思っていましたから」

ガンチェの逞しい体にも無数の傷がある。中には、エルンストがどきりと心臓を跳ね上がらせるほどひどいものまである。

このような傷を負ってよく生きていてくれたものだと、どこかの誰かに感謝したほどだ。

「メイセンで暮らし始めた頃、あの長閑《のどか》な土地で、私は退屈してしまうだろうと思ったのです。ですが、そのようなことはありませんでした。エルンスト様のお側にいられる幸せがそう思わせているのでしょうが、もうひとつ、思うことがあるのです」

　ガンチェが退屈して戦場に戻ると言い出さないかと、エルンストも心配していた。

「我々は、自分たちが思っているほどには戦いが好きではないのではないか。戦い続けなくてもいいんだと思って私がほっとしたように、彼らもまた、今の状況を安堵して受け入れているのではないのかと思うのです」

　ガンチェの目が、片腕の商人を見ていた。

「体が丈夫な者は、傭兵となってこの地を出ていきます。帰ってきたとしてもほんの僅かな期間で、また雇われるために出ていきます。食べていくためなら、野を駆ける獣を狩って食べていけばいいことです。周りがみな傭兵ですから疑問もなく飛び出していくのですが、それを続けていくのは食べていくためではなく、周囲の視線が気になるからだと思うのです」

「視線……」

「そう、視線です。体が丈夫なのに、どうしてお前は働かないのだ。そういう目です。では戦いには行かずに、あのように、商人にでもなればよいと他種族の方は思うでしょう？　でも、ここでは、それは許されません」

「何故だ」

「体が動く者は傭兵として働く。戦場で重傷を負い、戦えなくなったら商人や宿の主になる。つまり、この地で働く者は引退者です。現役世代は全員外に出て、傭兵として雇われなければならず、そうでなければ働いている、つまり、自立した者とは見なされないのです。現役世代でありながらこの地で働く者は、グルード国の兵士だけです」

「……グルード国の兵士とは、どのような者がなるのだろうか？」

「選ばれた者です。年に一度、兵士を選ぶための選抜があります。グルード国にある競技場で戦い、勝った者が兵士となります。採用人数がその年によって変わりますから、一勝だけで兵士になった者もいれば、五勝してもなれなかった者もいます」

「選ばれた者ということは、それほど人気のある仕事だということか」

「そうですね。……やはり我々は、本当は、傭兵になどなりたくないのかもしれません。若い頃ならばともかく、ある程度の年齢になれば腰を落ち着けたくなるのかもしれません。グルード国の兵士になろうとする者も、外で十年以上働いた者が多いのですよ」

ガンチェの言葉に、グルード国の親書を思い浮かべる。

あの奇妙な親書から受けた印象。彼らの声なき声を受け取ったとエルンストは思った。それは間違っていないと、ガンチェの話を聞いて確信する。

杖をついたガイア人の女が軽やかに歩いていた。それは、遊びに行く子供のように楽しそうな姿だった。

数日間歩き続けた。

歩いても、歩いても、歩いても、景色は一向に変わらなかった。

辿り着く市場もほとんど同じ、代わり映《ば》えのしない商品が並べられ、同じような値段の宿が並ぶ。市場を構成する建物さえ、同じに見えた。

あまりに変わらない状況に、今自分はどこにいるのかわからなくなってしまう。同じ場所を、ぐるぐると円を描くように歩いているのではないか、そんな馬鹿な考えまで浮かぶのだ。

しかし、ガンチェは迷いなく、道もない赤茶けた大地を進む。どうやって方向を見定めているのか、どうして迷わずに進めるのか、エルンストには全くわからない。

だが疑問を投げかけると、ガンチェは何を聞かれているのかわからないという顔をする。ガンチェにしてみれば、迷うほうが理解できないのだ。

ダンベルト人の五感は、どの種族よりも優れているという。

その五感を備えていればこそ、エルンストには到底感知できない何かを捉え、道なき道を進むことができるのだろう。

毎夜、宿に泊まる。大地に体を触れさせることのできないエルンストに野宿はできない。

屋根があるのだからいいだろうと当然のように毎夜、ガンチェと肌を合わせる。

日中はガンチェに抱き上げられているだけだ。疲れるはずもないし、夜の疲れで昼に眠ってしまってもガンチェは優しく運んでくれる。ガンチェに求められるまま体を開き、自分が望むままガンチェに乗り上げる。

　数夜をそう過ごし、ふと気づく。

「ダンベルト人の五感は、とても優れているのだったな？」

「そうですよ」

「夜目は利くし、鼻も利くし、耳も利く」

「ええ。微かな風を感じる触覚もありますし、ほんの少し混ざった毒物に気づく味覚もありますよ」

「ふむ。では、私たちがこのようにして過ごしているのを、宿の者は気づいているのだろうか」

　今宵《こよい》の宿の主は、片足をなくしたダンベルト人だった。

「……そうでしょうね」

　ガンチェは苦笑して続けた。

「聞こうと思えば、市場の外れで暮らす者の耳にも聞こえますよ」

　宿は市場の中央にあった。外れとなると宿から五十軒ほど先になる。

「それはすごい……」

「でも戦場でもないのに、そこまで聴覚を鋭くしていると雑音で頭が痛くなります。だから普段は働かせていません」

　そうだろうなと頷いた。五十軒先の宿の一室で上げるエルンストの喘ぎ声を聞き取る耳を持っているのならば、その間にある家々の日常会話なぞ簡単に拾い上げる。

「だが、宿の主には聞こえているのか……」

「気になりますか？」

「ふむ。私としてはどちらでもよいのだが。伴侶であるガンチェと愛し合うことは当然であろう？　だがタージェスに色々と指摘されているうちに、よくわからなくなってきたのだ。人は、他人の交歓を知りたいと思ってはいないのだろう？　だとすれば、私の声や寝台の音などを無理矢理聞かせてしまっては悪いと思うのだ」

　悪いとは思うが声を抑えることはできない。ガンチェに愛されて我慢できることなど、エルンストには何もなかった。

「ああ、そのようなことですか。ご心配されなくても大丈夫ですよ。こういう耳を持っていますから、そういう場面の音を拾ってしまうことは多々あるのですが、そういうときは黙殺するのがダンベルト人としての嗜《たしな》みですから」

「黙殺……」

「ええ、そうです。不意に音を拾ってしまっても、別な方向へ意識を集中し、そういう音は拾わないように努めるのです。それでもどうしても拾ってしまうときは、聞こえなかったふりをしますよ」

「聞こえなかったふり……か」

エルンストは、ふっと笑う。胸に温かなものが広がっていくのを感じた。

「ガンチェはとても懐が深いと感心していたが、ダンベルト人はみなそうなのだな。知れば知るほど、グルード郡地の人々が好きになってきた」

憮然とした表情を浮かべたガンチェが眉を寄せる。

「……だからと言って、愛することとは違う」

年下の可愛い伴侶の嫉妬心《しっとしん》を宥めるように、エルンストは太い腕を撫でる。

「このように……」

ガンチェの唇を舐めて舌を差し入れる。深く口づけ、エルンストはゆっくりと離れた。

「私の全てで深く愛しているのは、ガンチェだけだ」

そっと囁くと満足したのか、可愛い伴侶が優しい口づけをくれた。


グルード国に近づくにつれ、他種族の姿を見なくなった。スート郡地やシェル郡地、システィーカ郡地へ行くためには、グルード郡地のもっと端のほうを通るのだ。

グルード国はグルード郡地の中心地にあり、グルード国あたりが一番、己の体重を重く感じるらしい。他種族どころかグルードの種族であっても、容易には近づけない場所だった。

「ガンチェは大丈夫なのか？　私の体重までかかっているのだろう？」

困難な場所だと説明をしていたはずなのに、ガンチェはエルンストを抱き上げたまま、すたすたと歩く。

「何ということはありませんよ。エルンスト様は、私の剣よりも軽いのですから」

片手でエルンストを抱き上げたまま、ははは、とガンチェは笑った。

明日、グルード国へ入る。

今宵の宿とした市場では、グルード郡地の種族しか見なかった。クルベール人であるエルンストが珍しいのか、グルード人が酒を片手に近寄ってくる。

「お客人、まずは一献《いっこん》」

そう言って出された杯をエルンストは受け取った。ルクリアス酒には到底及ばないが、それでもなかなかの清酒だった。

「お口に合いますかな？」

にこにこと聞いてきたのはダイアス人だ。

「ふむ。よい味だ」

そう答えると、ガイア人が笑って、飲み干したエルンストの杯に酒を注ぎ入れる。

「このような場所にまで、他の種族の方が来られるとは珍しい」

グルード人はガンチェにも酒を勧めている。ガンチェが手にしているのは大きな杯だ。

よく見ると、周りを囲む者はその大きな手に似合う、大きな杯を持っている。エルンストのものは小さな杯だった。

エルンストの手に合うものを、わざわざ探し出して持ってきてくれたのか。大きな人々の小さな心遣いに胸が温かくなる。

ここまで他の種族が来るのは珍しいと言いながら、何用だとは聞いてこない。詮索《せんさく》することもなく、ただ、珍しい客人を囲んで話がしたかっただけらしい。

エルンストがリンス国の者だと知ると、リンス国で受けた傭兵仕事や、経験不足で結んでしまったとんでもない契約内容などをおもしろおかしく話し出した。

誰かが話すと、自分のほうがもっとすごいぞと話が重なっていく。

もちろん守秘義務を結んだ契約もあるのだろう。個人名や国名などをぼかして話される。どれほど酔ってしまっても、そのあたりのところはしっかりと押さえる。さすが、グルードの人々だとエルンストは思った。

ガンチェとエルンストが雇用契約ではなく、伴侶契約で結ばれていると知ると、その場にいる全員がびっくりしていた。

宴席に加わっていなかった隣席の者まで驚いて、そして一気に笑い出す。そして十五年前の伴侶契約を祝福して何度も乾杯が繰り返された。

名も知らない者たちと酌《く》み交わした酒は殊の外美味だった。エルンストは、これほど笑い転げたことも、これほど杯を重ねたこともなかった。

どんどん人が集まり、椅子が足りなかった。エルンスト以外はみな地面に座り、食べ、呑み、話し、そして笑う。豪快で、気持ちのよい者たちだった。

笑いすぎて腹が痛くなって、涙を浮かべて空を見た。とっぷりと日が暮れて、月が夜空を照らしていた。

ぽっかりと浮かぶ丸い月はメイセンで見るものよりも大きく、暖かな色をしていた。


あれほど酒を呑んだのに、すっきりと目が覚めた。

エルンストはがばりと体を起こすと、よし、と拳《こぶし》を握り込んだ。体中がやる気に満ちていた。

連夜ガンチェに愛され、グルード郡地のものを食し、エルンストの体にもグルードの力強さが伝染したのだろうか。ぐっと握り込んだ拳に力をこめると、二の腕にうっすらと力こぶができるような気がする。

笑う気配に気づいて目をやると、筋肉の塊《かたまり》であるガンチェが寝台に横たわったまま、エルンストを見ていた。

「見てくれ。筋肉が付いているような気がする」

ほら、と差し出した腕を大きな手がそっと掴む。

エルンストの二の腕は、ガンチェの片手で摑めてしまった。

「いつもより、硬くなっているような気がしないか?」

わくわくして訊ねたが、愛しい伴侶は苦笑を浮かべて首を傾げただけだった。

礼服に着替え、食堂に向かう。そこには昨夜、酒を酌み交わした者たちが大勢いた。みな朝から本当に元気だ。

挨拶を交わしながらガンチェに運ばれるエルンストに、ダイアス人が腰かけていた椅子を譲ってくれた。

他の者同様、躊躇なく地面に座り食事を再開させたダイアス人は、エルンストが身に着けた礼服に一瞬目を見開いたが何も言わず、昨夜と変わらない楽しい話題を振ってきた。

エルンストも、ガンチェが買ってきた朝食を食べる。

やはり肉だった。

だが、いつの間にか、連日続く肉の食事にも、胃の重たさは感じなくなっていた。

3

ルイタの砦は天然の巨大な岩を利用して造られていた。このルイタの砦がグルード国の王宮であり、国だった。

正面入り口を、ふたりのダンベルト人と五人のグルード人が守っていた。

ガンチェ曰《いわ》く、ダンベルト人の五感で敵の侵入を察知し、グルード人と共に戦う布陣らしい。ルイタの砦を囲むように、要所、要所にダンベルト人とグルード人、またはダンベルト人とダイアス人、そしてダンベルト人とガイア人が警護についているという。

グルード国を狙う敵とは、グルード郡地の種族なのだ。

グルード郡地の中心地にあるこの国まで、他の種族が入り込むことは不可能だ。力試しをしたいのか、名を挙げたいのか、あるいはグルード国の金を狙っているのか。

時に徒党を組んで斬り込んでくる若者や盗賊を打ち倒すのが、グルード国軍兵士の役目だという。

入り口を守るグルード人に、グルード国からの親書を見せる。すっと目を走らせただけで通され、案内役のガイア人の後ろを付いていく。ガイア人が歩くたび、頭の上の大きな角が揺れていた。

この角は、もちろんただの飾りではない。ガンチェの説明では、触覚なのだそうだ。周囲の空気の乱れも読み取り、異質なものを嗅ぎ分ける。

背後のエルンストやガンチェの動きを角で感知するために、ガイア人が案内役なのだろうか。

エルンストは、前を行くガイア人を見上げた。

背の高さはガンチェと変わらないが、頭の角のせいでグルード人よりも大きく見える。

薄暗がりの廊下を進む。下は土だが壁は石だ。大きな岩をくりぬいてできているからか、空気はひんやりと冷たい。

ガンチェの肩越しに背後を窺った。暗い廊下の、歩いてきた先が見えにくい。ぽつりぽつりと灯りが灯《とも》されていたが、橙色《だいだいいろ》に輝くランプの灯りは頼りない。だが彼らには、この灯りで十分なのだろう。

ガイア人もガンチェも、足音を立てず静かに進んだ。

案内された大広間の床には板が敷かれていた。グルードの大地の影響を受けないだけの厚みがあるのか、ガンチェは床板の安全を慎重に確かめ、エルンストに頷いた。

ガンチェにそっと降ろされ、エルンストは自分の足で立つ。

床も壁も板が張られているが、特別いい木材が使われているというわけではない。艶もない、ただの板だ。グルード国の中枢であろうこの部屋は、リンス国の最貧領地であるメイセンの、領主の屋敷よりも貧しく見える。

ただ、その広さがすごかった。広い、広い、広い、大広間だった。

天井は見上げるほどに高く、部屋の広さはエルンストが暮らす屋敷の半分がすっぽりと入ってしまいそうである。

広間の中央には半円を描くように椅子が置かれ、大きな人々が座っていた。グルード人、ガイア人、ダイアス人、ダンベルト人の老人たちである。総勢で、二十七名いた。

この長老たちの数は、明確には決まっていないという。空いている椅子はあと三つあった。三十名以下で構成されるのだろうかとエルンストは思ったが、グルード国には決まり事が少ない。何かの都合で長老の数が三十一名になれば、椅子をもうひとつ増やせばいいだろうと言いそうだった。

エルンストはゆっくりと進み、長老たちと相対するように置かれていた椅子の横に立つ。

「シェル郡地リンス国メイセン領、第十七代領主、エルンスト・ジル・ファーソン・リンス・クルベール公爵と申します。皆様方にお目にかかれて、大変光栄に存じます」

胸に片手を当て、エルンストはゆっくりと頭を下げた。

促されて、椅子に座る。

椅子は、エルンストの体には大きすぎた。登り上がることも困難に思えて躊躇するエルンストを恭しく抱え上げ、ガンチェが座らせてくれた。

椅子に座ると足先は床板に触れることもできないし、背凭れは腕を伸ばさなければ触れない。グルード郡地の市場にあったものと同じ、とにかく大きな椅子で、また質素でもあった。布の背張りもなく、座面も板のままだ。だが長老たちも同じ椅子に腰かけており、エルンストを侮辱《ぶじょく》しようとしているわけではないとわかる。

ガンチェは立ったまま、エルンストを守るように背後についた。

「遠路はるばる、ご苦労でしたな。他の種族の方に、この土地は厳しかろう。どのように来られるのか心配していたのだが、よい傭兵を雇われているようですな」

年老いたダンベルト人が嗄《しゃが》れた声で言った。年老いてはいても、長老たちは誰も姿勢を乱してはいない。白い髪や深く刻まれた皺、嗄れた声を除けば、その体つきは若々しいままだ。いや、声までも若々しい者もいた。

グルードの種族は年をとっても筋肉が衰《おとろ》えない。目の前に座る二十七人の老人の姿は、未来のガンチェの姿かと思う。

エルンストは内心でふっと笑った。

グルード郡地を訪れて、子供のガンチェや年老いたガンチェを想像することができた。この協議が実を結ばなかったとしても、訪れてよかったと思う。

エルンストは微かに顔を背後に向け、ガンチェを示した。

「この者は私の伴侶、ガンチェと申します」

そう紹介すると、ざわりと長老たちが騒ぐ。

「伴侶……とな？」

「はい。我々は、伴侶契約で結ばれているのです。今から十五年前、私たちは伴侶として結ばれ、一生を共に過ごすことを契約で約束いたしました」

長老たちは隣席の者と顔を見合わせ口々に、伴侶契約なるものが何か、結んだ者が他にいただろうかと話していた。みな、首を横に振る。

やがて、中央に座るグルード人の老人が、かかか、と笑い出した。

「いや、失礼。しかし、素晴らしい。シェルの方が、しかもリンス国のクルベール人である方が、我々の種族を伴侶として迎えるとは……誠に、素晴らしい」

ダンベルト人の老人も笑い出した。

「しかもダンベルト人を選ばれるとは……いやはや、

お目がお高い。グルードの種族とひと括《くく》りにされてはいるが、我々ダンベルト人はグルードの中でも一番の紳士であり、品格があるのだからな」

「何を言う。品格ならば、我々ガイア人だろう。見ろ、この角を」

「角がどうしたというのだ。そんなもの、板きれを乗せているのと変わらんだろう」

「そうだぞ。やはり見た目で言うのならば、我々ダイアス人だ。この優美な尾は誰にも付いていない」

「……そんなもんいらん」

ダイアス人の老人がすっかり白くなった尾を体の前で悠然と振るのを、ガイア人の老人が横目で見て失笑する。む、としたダイアス人の心情を表すように、揺れていた尾がぴたりと止まり、白い毛が逆立った。

「みな、やめよ……」

中央に座るグルード人が制した。

どうやらこのグルード人が統率者のようだが、全員の言葉遣いからして二十七人の長老たちに優劣はないらしい。

かつてガンチェは、グルード国を造ったのは、思わず生き残った老人たちだったと言っていた。


なるほど、とエルンストは思う。

彼らの言葉には洗練されたものはない。民が使うような、平凡で素朴な言葉だった。

「我々の種族を伴侶に迎えた方ならば、我々の国がどういうものかよくご存知だろう。……恥ずかしながら、グルード国と名乗ってはいるが、他種族の方の国に比べ、貧相であることは否めない」

グルード人はその大きな体を竦《すく》めるようにして、小さなエルンストに語りかけた。示されるささやかな心遣いが優しい。

「失礼を承知で申し上げさせていただければ……確かに、貴方様の仰《おっしゃ》るとおりです」

エルンストがそう告げると、二十七人の老人たちは怒るでもなく、苦笑を浮かべた。

事実を隠さず虚勢を張らず、あるがままに受け入れる。戦闘種族として生き残るために一番必要な特性を、この老人たちも持っていた。

当然か、頭の端でエルンストは気づく。

一番必要な特性を強く持っていたからこそ、この年まで五体満足で生き残ったのだ。

二十七人の老人たちには一見したところ、腕や足をなくした者はいなかった。自分の力量を違《たが》えることなく見極め、受け入れたからこそ、無茶な契約を結ばずに生き残ったのだ。

「我らの国情をよくご存知の方が知ってなお、我らに会おうとなされる。物見遊山《ものみゆさん》で来るような場所でもない。我々に、何を求めておられるのだろうか」

面倒な駆け引きを取り払い、率直に用件を聞いてくる。このようなところも国の中枢部としては非常に珍しい。

「本来ならば我が国の親善大使が訪れるべきところ、私のような一介の、つまらない領地の領主が訪れる無礼をお許しいただき、ありがとうございます。私は、我が国を代表して皆様方の御前《ごぜん》にいるのではなく、我が領地、メイセンのために皆様方にお会いしたかったのです」

背後のガンチェは身動きひとつせず、彫像のように立っていた。

「ご存知のように我がメイセンは、この大いなるグルード郡地に接し、存在しております。我が領地の前にはリュクス国がございます。リュクス国はリンス国に比べ軍事力は高く、国力も強い。しかるに我がメイセンは、険しい谷によりリンス国より分断されております。小さきメイセンは無防備にも、大国リュクスに晒《さら》されております」

「話の腰を折るようで申し訳ないが、そちらのお国とリュクス国は、友好的であったと思われるのだが……？」

若かりし頃、彼らも世界中を旅した傭兵だったはずだ。リンス国とリュクス国との関係はよくわかっているのだろう。

「確かに、現在ではそうです。しかし、遠い過去には幾度かの小競り合いがあり、近い未来に侵略を受けぬとも限りません。リュクス国は、リンス国の全てを呑み込もうと安易に考えはしないでしょうが、我がメイセン領はそうとも言えません」

「なぜそれほどまでに、危機感をお持ちなのだろうか？」

エルンストの真意を探るようにダイアス人が問い質す。

国同士の関係というものは、信頼し合うものではない。

信用していると見せかけて、固く握手を交わした後ろ手で剣を隠し持つ。そういう相手である。

隣国を信用しているからと、軍隊を捨てるのは愚か者である。隣国同士、拮抗した軍事力を持つことが、平和を保つ一番の方法だ。

どちらかが多ければ、少ない兵力を持つ国は不安から疑心暗鬼に陥り、先手必勝だと無謀な攻撃に走り出す。

反対に、隣国より大きな兵力を持ってしまえば、簡単に組み伏せられる相手を前にして、その力を行使しない者がどれほどいようか。現在の為政者がそうであったとしても、未来永劫、他国に対して慈愛に満ちた為政者ばかりではあるまい。

エルンストは、備えを怠っている現状よりも、不安もなく安穏と暮らす領民、そして、領兵隊を憂えた。

彼らは今ある平和が、この先も無条件に続くと信じていた。そして、メイセンが備えることでリュクス国を刺激するのではないのかと、不安を口にする者までいた。

そもそも、自国と同程度の軍事力を他国が持つことによって刺激されたと攻めてくるような国は、難癖をつけて常に攻め入る隙を窺っている国だ。そのような国を隣に置いて、無防備でいられるはずもない。

通常の理性的な国であれば、隣国の備えを注視しつつ、時に脅し、時にはったりをきかせ、相手の心構えを測る。重要なのは、それが脅しなのか、真意なのかを見極めることだ。

もちろん、徒《いたずら》に刺激するのは得策ではない。しかし相手の心情を勝手に慮《おもんぱか》って備えを怠ることは明らかな失策である。相手の脅しを本気と受け止め、狼狽し、全てをなし崩しに投げ出すのはそれ以上に愚かな行為だ。

エルンストは、攻め入りたいわけではない。ただ守り、防ぎたいのだ。

しかしどれほど防備に力を入れようと、防御に特化した武器を手に入れようと、扱うのは領兵である。守る者が強い意思を持たなければ、どれほど素晴らしい備えをしようとも、何も役には立たない。

領兵隊の心をひとつにしたい。メイセンを守るという、強い心を持たせたい。そして国境地に住む領民たちの心に、ひとつの意識を植えつけたい。

どれほど活発に交流し合う相手であっても、カプリ領はリュクス国の一領地であり、いつ何時、剣を向けてくるかわからない。そのとき、同じく剣を持ち、防ぐのだということを。決して狼狽することなく、裏切られたと甘えたことを言いながら死なずともいいように。

そのための一歩がリンツ谷の整備であり、植林であり、グルード国との協定締結なのだ。

エルンストは、目の前に座る大きな人々を見た。

グルードの種族は、即断即決の種族だ。それは言い換えれば、一度下した結論が覆ることはないということでもある。

ガンチェと共に歩んだ十五年。ガンチェは迷う様子も、言葉を違える姿も見せたことがない。一度決めたことを変えることは非常に稀だった。

膝に乗せた両手を、エルンストは軽く握り込む。

グルードの長老たちは、この場で下した結論で、心を固めてしまうだろう。

メイセンに大きな盾を用意できるかどうか、今、このときにかかっていた。

臓腑《ぞうふ》が、冷たく縮こまる。

エルンストの両肩にメイセン領民六百九十八名と、これから生まれる未来の領民が乗りかかるのを感じた。

それは、押し潰されそうに重い命だった。

「我がメイセンは、国土の二十分の一という広さを誇り、今は貧しくとも、この先必ず富を生み出す土地となります。そのとき、リュクス国が攻めてこないとは考えられません。私は、我が領地と我が領民を守るため、最大限の備えをしておかなければなりません」

「富を生み出す……とな。そう言いきれる根拠をお持ちですかな？」

半円の、端に腰かけるグルード人が言った。

「私が領主となる十五年前と今では、メイセンの農地の広さには三倍の差があります。他領地との交易額も収益だけで三倍の差があり、支出を排除しても二倍の増益となります」

エルンストは十五年前に区画整理を行い、村と村の境界線だけでなく、農地の整理も行った。またシスティーカ郡地から鉄の付いた農具を買い付け、領民に安価で売った。

当初、五年で返済させる予定だったがシスティーカの鉄は予想以上に素晴らしく、よい道具を得た領民たちは意気揚々と鋤《すき》を振るい、鍬《くわ》を土に打ち下ろした。凍った大地も易々と耕すシスティーカの鉄は、冬の景色を一変させた。

その結果、メイセンの収穫量は飛躍的に伸び、農作物の収益と三つの村が作る敷物だけで、交易額が黒字に転換した。

それは百数十年前、まだメイセンの交易額が黒字であった時代と比べても二倍に伸びたのだ。

エルンストが領主となる前の状態が最悪であり、メイセンはもともと伸び代《しろ》が大きかったのだということは、もちろん長老たちには伏せておく。

「我がメイセンの民は非常に勤勉で、土地は豊かです。このふたつが揃い、発展しないわけがありません。領主である私がいくら不肖《ふしょう》の者とはいえ、我がメイセンの発展は揺るぎないものです」

今年からはカリア木の出荷も始まる。増えたカリア木の花蜜を集め始めたヤキヤ村の蜂蜜や蜜蠟《みつろう》の出荷量も増えていく。

イイト村の出稼ぎ者は半減したが、それはメイセン全体に言えることだった。アルルカ村ではもう誰も、出稼ぎなどには行かない。

「……ほぉ……。しかし、貴方のメイセン領が豊かになったからと言って、どうして、隣国が攻めてくると案じるのだろうか？」

斜め前に座るダイアス人の質問に答える。

「リュクス国はその国土のほぼ全てを使い、リュクス蜘蛛を生育させるための森としております。そして、開かれた平地は街として、産業に力を入れております。つまり、リュクス国には農地がありません。かの国では食料のほぼ全てを、我が国とシルース国に頼っております。……ですが、バステリス河を挟んだ対岸に位置する我がメイセンを、もしリュクス国が手に入れることができれば、かの国の食料輸入率は半減するでしょう」

「半減……とな」

「今現在では、ほんの僅かです。ですがこの先、五十年、百年と時が過ぎれば、必ず我がメイセンは、リュクス国民を半年間食べさせられるだけの収穫量を得ると確信しています」

この十五年の推移を見て、エルンストはそう分析していた。

一年の大半を雪に閉ざされる、凍った大地。痩せた土地だと思っていたメイセンはしかし、豊かな大地だった。この先、水路を整備し、農業を勉強させるために派遣している子らが帰ってくれれば、もっと大きな発展を遂げるだろう。

「百年……さすがシェルのお方だ。我らとは時間の捉え方が違う。我々の言う近い未来とは、せいぜい一年、二年先のことだ」

くくく、とガイア人が笑った。

「それで……我らに何を望まれる？」

「無礼を承知で申し上げさせていただきます。どうか我らメイセンに、大いなるグルード国との協定を結ばせていただきたいのです」

長老たちが微かに身を乗り出す。

「協定……とは、どのようなものであろうか」

「はい。我らメイセンが隣国リュクスからの、あるいは、リュクス国とシルース国連合からの侵略を受けた場合、貴国の支援を受けたいのです」

「支援とは、具体的にどのようなものを考えておられるのか」

「支援とは、畏《おそ》れながら、貴国の軍隊を援軍に差し向けていただきたいのです。現在、我がメイセンと隣領地であるリンツ領との境に横たわる谷を整備しております。ですがメイセンはリンス国の中央部から離れており、危急を報《しら》せに走ったところで十日はかかってしまいます。すぐさま軍隊を整え国軍が向かったとしても、辿り着くまでに二十日から三十日はかかりましょう。その間、メイセンが持ちこたえられるとは思えないのです」

「それで、我が軍を頼りになさるか……」

「しかし現在の貴方様ならおわかりであろう？　そちらの御領地からこのグルード国まで、片道でどれほどの日数がかかっただろうか」

「二十日です」

「そう。すぐさま連絡を受けて我らが助けに向かったところで、往復で四十日は必要となる。つまり、そちらの国軍が到着した後になる」

「それは、現在のこの場所に、貴国が存在されていた場合です」

「それは……どういう意味だろうか……？」

二十七人の長老が一瞬、身構えたのを感じた。

背後のガンチェがすぐ動くために、気を溜めるのがわかる。

挟まれたエルンストは誰も刺激せぬよう、努めて穏やかな声を出した。

「失礼を承知で申し上げます。貴国は、国としての体《てい》を為してはおりません」

怒りの形相《ぎょうそう》で立ち上がったダイアス人を、隣席のガイア人が押さえた。

「国として存在しているのは、こちらのルイタの砦のみ。こちらの砦を出て百歩も歩いた先を、貴国と捉えている者は果たして何人いるでしょうか。守るべき国民を持たず、国土を持たず……貴国は何のために存在しておられるのでしょうか。貴国の、存在意義は何でしょうか？」

ガイア人に押さえられていたダイアス人は憮然として椅子に座り込んだ。

大広間を冷たく、張りつめた緊張感が覆った。

エルンストは長老たちに、目に見えぬ二十七本の剣を突きつけられているのがわかった。背後に、ガンチェという大きな盾を感じる。

だが、ガンチェに縋《すが》ろうとは思わなかった。今、ここで、エルンストが自分の足でしっかりと立ち、腹を据《す》えて立ち向かってこそ、メイセンの未来があるのだ。

ともすれば後ろを振り向きたくなる衝動をどうにか抑え、生まれながらの戦闘種族であるグルード郡地の人々の鋭い眼光に、平然を装い、耐えた。

「貴国の存在意義とは……皆様方の温情では、ありませんか？」

張りつめた空気を緩めるように、エルンストは穏やかな声で問いかけた。そして、ゆっくりと、二十七人の長老全てを見ていく。

エルンストを見返す者、ふいっと目を逸らす者、苦笑を浮かべた者。それぞれの反応がそれぞれの表情で、エルンストの言葉を肯定した。

「私の伴侶が教えてくれました。大いなるグルード郡地の方たちは誰も、望んで他国へ出ていってはいないと。若い頃ならばともかく、ある一定の年齢を超えてまで、外で戦いたいと望む方はいない。しかし、体が丈夫で動く間は、外に出なければならない。そうでなければ、グルード郡地の社会が許さない」

誰も頷く者はいなかったが、その目は否定していなかった。

「皆様方はグルード郡地の方々を、守ろうとなさっているのではありませんか？　グルード国という国を造られた一番の目的は、グルード国軍兵士を作りたかったからではありませんか？」

グルード国は、今から三百年前に建国された。建国者は五人の長老だったという。五人の長老が造り出した国はその後、連綿《れんめん》と受け継がれ、現在に至る。

建国理念は、長老たちだけが知っているのかもしれない。

「グルード国軍兵士という存在を作り、グルード郡地の社会に認めさせる。毎年公衆の面前で競技を行い勝利者を兵士とするのは、強いことが何よりも尊重されるグルードの人々の信頼を得るため。そして、未来ある若者がグルード国軍兵士に憧《あこが》れ、目指すようにし向けておられるのではありませんか」

エルンストの言葉に、先ほどとは違う重さの沈黙が大広間を覆った。

長い沈黙の後、中央に座るグルード人が深い溜め息を吐いて、頷いた。

「いかにも……この地の者は、守られることに慣れてはいない。いつも誰かのために戦い、誰かを守って死ぬ。それが運命だと思っていた。我らも若い頃は、そうやって戦っていたものだ。だが……先人は、思ったのだろう。一体、我らはいつまで、誰かの犠牲にならなければならないのか、と」

三百年前、スート郡地では既に戦争が始まっていた。その頃より、グルードとスティーカを雇い、代理戦争をさせていたのだ。

他国のために、同じ種族同士で殺し合う。そんな理不尽を、おかしいと思うのは当然だ。

「だが、若い者を説得することはできない。強いことこそ、生きる証《あかし》なのだ。剣を握り、槍を摑み、戦ってこその人生。それが、我らだ。戦うのが嫌だとひと言漏らしたならば嘲《あざけ》りを受け、一族からも見放されるだろう。腕一本、欠けるまで戦う。それが、我らの生きる道なのだ。……ただ一本の、道なのだ」

静かなグルード人の声はしかし、心の底から苦悩が滲み出ているように感じた。

「先人はそこに、別の道を用意しようとした。傭兵でもなく、盗賊でもない。国を造り、兵士を作り出そうと考えた。……だが、国軍兵士という仕事を作り出した以上、それなりの報酬を払わねばならん。自らの金を出し合い、どうにか七人の若者を雇うことができた。そうしてグルード国を名乗り、七人の若者を国軍兵士としたのだ」

市場で聞き集めた情報によると、当初七人だった国軍兵士は現在、千名を越えている。三百年の間に数度の代替わりを行った長老たちは全員、身銭を差し出したのだろう。

エルンストは、改めて広間を見渡し、そして、自分が座る椅子を見る。

粗末だった。

岩場を利用して造った砦も質素だ。廊下のランプが橙色だったのは、市場で使われるプンドラ油を再利用しているからだろう。

スート郡地原産の植物から抽出されるプンドラ油は調理用として火に掛けるたびに変色し、透明から橙色へと変わる。そのプンドラ油をランプ油として利用するため、火が橙色になったのだ。

国軍兵士を雇うため、歴代の長老たちは持ち金の全てを国に差し出したのか。

「皆様方のご苦労、私などでは想像もつかないものでしょう。ですが、このままでよいとは皆様方の誰ひとり、お考えではないのではありませんか？」

二十七人の長老たちを見る。みな、着古した戦闘服を着ていた。

好ましい国家元首たちだとエルンストは思った。

「ご承知のように、皆様方の資金で国軍兵士を養うにしても、限度があります。国として成り立つためには最低限、国として為すべきことがあります。広く浅く金を集め、民を守り、国を守ることです。失礼ながら、貴国はどれひとつとして、国として為すべきことをなさってはおりません」

怒りに任せて席を立つ者は誰もいなかった。

「貴方は、我々がどうすればよいとお考えかな？」

グルード人はおもしろそうに笑みを浮かべて、エルンストに訊ねた。

「まずは、皆様方の立ち位置を明確にされたらよろしいかと。人数を確定し、権力の範囲を決めるのです。現在のように二十七人の方がいらっしゃるのであれば、二十七人の皆様方が等しく発言力を持たれるのか、あるいは話し合いがどうにも纏《まと》まらなくなったときの調停者を決めるのか。国の中枢部に座る皆様方の権力の範囲と、それに伴う罰則を決められるのです。決して独裁者になるつもりはないと、グルード郡地の人々に示さなければなりません」

「我らの立場は対等なのだが……それでは駄目だろうか」

「ご意見がひとつになるまで話し合われるというのも大切です。ですが、もし意見が合わなかった場合、数日かけても合わなかった場合、どうするかを決めておかれたほうがよろしいかと存じます。なぜならばこの先、国として大きく成長したときには必ず、答えがひとつではない事態に直面されるでしょうから」

グルード人の隣に座るダイアス人が頷いた。

「確かに……。そのようにして紛糾し、倒れた国を見たことがある。……そのような場合、多数の意見に決するということでは、どうだろうか？」

「それもひとつの方法ではあります。ですが、多数の意見が必ずしも、正しいとは限りません。少数の意見が、あるいは、愚策と言われたひとりの意見が、歴史を振り返ったときに正しかったと、未来の者から判断されることもあります。どのような場合にどのようになさるか、よりよき方法を、決めておかれたほうがよろしいかと存じます」

困惑を表し始めた長老たちを前に、エルンストは続ける。

「皆様方の立場と権力、そして、皆様方ご自身を縛る法律を作るのです。その後、国としての明確な位置をお示しください。今のままでは、この砦のみが貴国となっております。それではなりません。ヘル人のルビ国を除いたグルード郡地の全てを、貴国として定められたほうがよろしいかと、存じます」

「それは……なんという……。グルード郡地の広さをご存知だろうか」

「はい。我がシェル郡地の二倍の広さがございます。畏れながら、貴国のみでの御統治が可能かどうか、私にもわかりかねます。ですが二国目が存在しない今、貴国が治められるのがよろしいでしょう。実際に統治するかどうかはともかく、他国……つまりは他郡地の種族に向けて、ルビ国以外のグルード郡地の全てはグルード国であると示す必要があるでしょう」

「それで……何の益があるのだろうか」

「安易な侵略を防ぐことができます」

「侵略、とな。一体、どこの種族がこの土地を欲しがるのだ」

「少なくともシスティーカ郡地の種族には、この大いなるグルード郡地は、魅力ある大地に映るでしょう」

中央部まで入ってくる必要はない。システィーカ郡地と接している箇所より幾分か中ほどまで、それだけの土地でもシスティーカの国々は欲するだろう。自国の過酷な環境に比べれば、体重が重くなる程度のことと思うはずだ。

「システィーカならば、そう思うかもしれぬな……」

「既成事実を作られてからでは、排除するのは困難です。他種族が欲しいと思うような土地であれば、グルードの人々にとっても過ごしやすい土地でありましょう。私は、貴国周辺で子供の姿を見てはおりません。グルードの子らは、グルードの土地の中央部には入れないのではありませんか？」

「ご指摘のとおりだ」

「我々の立場を明確にし、国土を設定する。そして……あとはどうするのだ？」

もはや、立場は完全に逆転したとエルンストは覚《さと》った。

国家元首である二十七人の長老たちと、小国の一貴族でしかないエルンスト。

だが、その立場は逆転した。

今長老たちはエルンストに、自らの指導者を見るような目を向けていた。

「グルードの人々の信頼を集め、広く浅く税を集められたらよいでしょう。行政官を育成し、法律を整備する。罪を犯す者を取り締まり、公平に裁くのです。地道に信頼を得て、国として、グルードの人々に認められるのです」

「そ……それで……？」

「現在、グルード郡地で暮らしている人々はみな、幸せそうです。不満を持っている者がいるようには見えません。しかし、それは当然とも言えます。みな、自らが決めたように生きているからです。食べたいときに食べ、呑みたいときに呑む。金がなくなれば傭兵として出掛け、金を得て戻り、騒ぐ。この生活に不満を持つ者はいないでしょう」

市場で出会った人々は笑っていた。子供も笑っていた。抑制されることがなく、幸せなのだ。

「ただひとつ欠点があるとすれば、職業を選ぶことができないことです。傭兵として雇われるか、選ばれて国軍兵士になるか、あるいは傷ついて商人になるか、その前に命を落とすか……。商人を親に持ち、商人の仕事を見ながら育ち、商人になりたいとどれほど切望していても、こちらの土地では許されないのでしょう？」

長老たちは苦しそうに頷く。

「貴国が国として人々に受け入れられるためには、その点を問いかけるとよろしいかと存じます。大人は口に出さないだけで、戦いをやめたいと思っている者もいるはずです。かつて、貴国を建国された方々が国軍兵士という職業を作り出し人々に認められたように、皆様方も、人々が他の職業を認めるよう導かれたらよろしいのです」

「健常な者が商人になっても恥ずべきことではない……と？」

「そうです。商人になってもよい。国を運営する行政官になってもよい。あるいは……農民になってもよいのです」

「農民……とな……。それは、また……」

「お客人は、我々の想像もつかぬことを考えられる」

「このグルード郡地を耕す者などと……」

長老たちは口々に呟いた。

「大いなるグルードの大地にも植物は生えております。食べられる野草もございます。ならば、我が国で育てられているような作物が育たないはずはございません。確かに、グルードの方々は肉を好まれます。ですが生涯において、肉ばかりを食べることもないでしょう。我が伴侶がスート郡地の桃を好んだように、貴国の方々も肉以外のものを好まれるかもしれません」

「ほう……スートの桃とな」

「あれは確かに美味い。ああ、死ぬまでにもう一度、食してみたいものだ」

桃など、エルンストも王宮を出てから一度も口にしていない。ガンチェが言うように、現地で食す桃は格別の味なのだろう。

「まずは、教育をなさるとよろしいかと存じます。傭兵以外の職業に就くことは決して恥ではないと、子らに教えるのです。現在、一族の大人たちが子らに教育をされていると聞いております。ならば、教育係である大人たちを集め、説得をされたらよろしいでしょう。教育係であるということは、彼らも体の一部を失いグルード郡地に留まっているのかもしれず、または皆様方のように、強くあったがために長寿を得ているのかもしれません。どちらであっても、傭兵という仕事がどういうものか、よくご存知の方たちばかりでしょう。皆様方が憂える問題についても、共有することは容易いかと存じます」

「おお……そうであったな」

「これはまた、心強いご指摘……なんともありがたいことだ」

もうひと押しだと、エルンストは確信した。あとひと押し。エルンストが望む申し出を彼らが言い出すまで、あとひとつでよい。

「決して、急いではなりません。地道に説得し、信用と信頼を得るのです。そして、法律を作るのです。もちろん、この世は多種多様な人々で構成されております。人は生まれながらに区別されるものです。男と女、このふたつでも既に区別され、決して同等でも、平等でもありません。男は逆立ちしても子を産むことはできず、女はどれほど鍛えようとも、同じように鍛えた男の力には敵いません」

長老たちが笑った。グルードの女たちは強い。彼女たちも男に負けず、傭兵として戦いに出るのだ。弱くては生き残れまい。

だが、二十七人の長老たちは全て男だった。戦い抜き、グルード郡地の種族として稀な長寿を誇るためにはやはり、女では無理なのかもしれない。

目の前で和む長老たちに向けて、エルンストはその心の隙間に入り込むように、最後のひと言を投げかける。

「誰に対しても公平な法律を作ることは、非常に困難で不可能です。ですが、大多数の賛同を得られる法律を作ることは可能です。強者に媚びず、弱者を甘やかさず。権力の集中を阻止し、汚職を排除する。強権ではなりません。ですが、骨抜きになってもなりません。相反する対象が絶妙に釣り合う。そういう法律を作られますように……」

エルンストがゆっくりと頭を下げ、再び起こして見渡すと、そこには困惑の表情を浮かべた二十七人の老人の姿があった。

威厳を失い、道に迷ったかのような顔、顔、顔。

ちくりと胸が痛んだが、エルンストはぐっと堪えて平然と彼らを見た。何も難しいことを言ってはいない。そういう顔をして。

隣席の者同士で話していた声がだんだんと広がっていく。やがて席を立ち、彼らは円陣を組むように話し始めた。

エルンストはゆったりと、彼らの協議が終わるのを待った。背後のガンチェが警戒心を解いたのを感じる。

クルベール人の耳に彼らの会話の内容は届かないが、ダンベルト人の耳はしっかりと捉えているのだろう。心配しないでください、大丈夫ですよ。ガンチェはそう教えるように、身に纏う空気を変えたのだ。

エルンストはほんの僅か口角を上げ、笑う。優しい伴侶の気遣いに心を和ませて。

二十七人の長老たちの意見は纏まったようだ。さすがはグルードの戦士。思い悩み続けることなどしない。今、何が一番大事で、何が必要か。彼らは即座に見極めたのだ。

二十七人揃ってエルンストが示す道を歩き、二十七人揃ってエルンストが導く答えに辿り着く。グルード人の長老がしっかりとエルンストを見て、エルンストが望んだひと言を口にした。

「国の成り立ちについて、よくご存知のようだ。できれば我らに、指南してはくださらんか？」

エルンストは、微かに笑って頷いた。

早速、協定書を交わす。

エルンストは六十年間、王宮で叩き込まれた知識を惜しみなく彼らに与えることを、そしてグルード国はこれより先、メイセンが他国の脅威に晒されたとき、必ず援軍を送ることを誓う。

「エルンスト様。なぜ、援軍を受けるのを一度のみとされたのですか？」

前日の宿に戻る。エルンストは達成感に満たされていた。長い間、頭の中を占めていた懸案事項のひとつが片付いたのだ。

「自国を守るのは、その国で暮らす民でなくてはならない。他国に頼り、自らを守る義務を放棄してはならない」

寝台で横になったまま、椅子に座るガンチェを見上げる。

「メイセンの人々はリュクス国を、憧れの目で見てはいけない。同じように、グルード国を頼りにしすぎてもならない。自らの足で立ち、リンス国の一員としての決意と意識、そして覚悟を持つのだ」

手を伸ばすと伴侶が握り返してくれた。引き寄せられ、ガンチェの膝に座る。

「グルード国の援軍を一度のみとしたのは、それでメイセン、及びリンス国の目を覚まさせるためだ。この先、リンツ谷が整備され、メイセンの収穫量がもっと上がれば、メイセンで国軍を受け入れることも可能となる。だが、今まで何もなかった土地で、バステリス河という大きな河を前面に持つメイセンに、リンス国は国軍を駐屯させたりはしないだろう」

「そうか……。何も起こらないと思っているリンス国の人々にとって、バステリス河を越えて入ってくるリユクス国は大きな脅威となりますよね。そうなれば、メイセンに国軍を配置する必要性も出てくる。でもそのときに、メイセンがなくなっていては意味がない」

「そういうことだ。だから一度だけ、初めの一撃を確実に防御するため、グルード国の援軍を受ける。その後の防備はリンス国で行わなければならない。その結果、メイセンが失われるのならば、それは仕方がない。リンス国に、自国の領土を守りきる力がなかっただけのことだ」

エルンストはガンチェの髪を撫でて耳を引っ張り、顔を近づける。

「それに……グルード国にとって、不利な協定になってはならない。私が差し出せる知識など僅かなものだ。それだけのもので未来永劫、グルード国を縛ってはならない」

「エルンスト様の知識は本物でしょう？　現在において、エルンスト様以上に為政者としての知識を持っている貴族はどこにもいませんよ。各国の王宮にはいるかもしれませんが、そのような者はグルード国のあの年寄りたちを相手にはしないでしょうし、彼らもそんなご大層な立場の者を受け入れたりはしませんよ」

十五年の歳月で、可愛い伴侶は心強い相談者になった。ガンチェのものの見方は多面的で深くなったと思う。

時折、エルンストをどきりとさせるような要所を見つけたりもするのだ。

「私の知識云々《うんぬん》はともかくとして、立場についてはガンチェの言うとおりだ。リンス国はシェル郡地の中でも下位に位置する。その中で、メイセンは塵《ちり》のようなものだ。リンス国民であっても、メイセンという土地の名を知らない者が多いだろう。私は公爵ではあるが、メイセンという辺境地の領主である。グルード国の長老方から見れば、私は非常に話しやすい立場の者なのだ」

「元は皇太子様で、誰も、簡単に口が利けるような方ではありませんのに……」

　十五年も前のことを持ち出して、ガンチェは今でもエルンストを、一番高貴な者として扱おうとする。

　エルンストは大きな顔を両手で掬い上げ、軽く口づけた。

「これで、懸案事項のひとつは解決された。あとは、リンツ谷の整備が順調に進むかどうかだ。いざというときにせっかくグルード国軍が駆けつけてくれたとしても、リンツ谷の整備ができていなければリンス国軍はやってこられない」

「ネリース公爵もお口添えしてくださっているのでしょう？　だったら、大丈夫ですよ」

　ガンチェが笑ってエルンストに口づけた。

「元老院長の指示があるのに、整備を放置していたら国土府も駄目でしょうし」

「そうだな。国土府長に、元老院長の言葉を違える度胸はないだろう」

　エルンストも、ふむ、と頷く。

　確かに、ガンチェの言うとおりだ。エルンストがいくら手紙で催促しても動きの鈍かった国土府と財政府が、今や元老院長となったネリース公爵の言葉ひとつで動き出した。

「谷の整備に関しては、心強い者を味方につけている。時間はかかるだろうが、思い煩《わずら》うことはない」

　エルンストは自分に言い聞かせる。ガンチェも賛同を示すように、強く頷いてくれた。

「先のことはわからぬが、今、このときの解放感を楽しもうか」

　小さなものから大きなものまで、領主であるエルンストを悩ます問題が途《と》絶《だ》えたことはない。領民同士の諍いや災害、対外的な問題は次々と湧いて出てくる。

　だが、だからこそ、ひとつが片付いたこの瞬間を、ガンチェと楽しんでもいいのではないのかと思えてきた。

　エルンストは両手でガンチェの頭を抱き寄せ、深く口づける。背に添えられた手を、熱く感じた。

　口づけたまま、ガンチェが軽々とエルンストを抱き上げる。そうして、恭しく寝台に横たえさせた。

　エルンストを見つめるガンチェの目に、金の光が走る。その目を逸らさず、ガンチェは自分の衣服を脱ぎ捨てた。

　窓から月明かりが差し込んでくる。暖かい色の月光に照らされ、ガンチェの逞しい体が光っているように見えた。

「ガンチェ……」

エルンストは手を伸ばし、ガンチェに触れる。硬い足、引き締まった腹、盛り上がった胸。大きな手を引き、寝台に上がらせた。

「この地に来て、たくさんのダンベルト人を見たが、誰もガンチェに似てはいない。ガンチェはいつも、私には光って見えるのだ」

大きな体の上に乗り上げ、エルンストはガンチェの頬に口づけた。

「エルンスト様も、ですよ？　私も、エルンスト様と他のクルベール人を同じだとは思えません。エルンスト様がたくさんのクルベール人に囲まれていても、私の目はすぐに、エルンスト様を見つけられます」

不器用な手で服を脱ぎ捨てようとしたエルンストを助け、ガンチェが服を脱がせてくれた。生まれたときの姿のまま、互いに抱き合う。ガンチェの熱い体温が心地よい。

「それに、私は証明していますからね。あの王宮で、エルンスト様の姿は私の目に飛び込んできたのですから」

金色に変わった目を見開く。エルンストは、ふっと笑う。

「そうだったな。まず最初に、ガンチェが私を見つけてくれた。そして、私に気づかせてくれた。愛するということ、愛されるということ。ガンチェには本当に感謝している。ガンチェに愛され、ガンチェを愛し、私の世界は鮮やかな色をつけたのだ」

ガンチェの腹の上で座る。ガンチェも起き上がり、エルンストをしっかりと抱き締めた。

「エルンスト様に愛していただいて、私の世界も変わりました。あのまま、エルンスト様にお会いできずにいたら、そして、愛していただくことができなければ、私もこの地に生きるグルードの民のようになったのでしょう」

大きな手がエルンストの頬を、首を、腕を撫でていく。

「疑問に思いながらも戦い続け、いつか、命を落としたことでしょう。運よく生き残っても、体の一部をなくし、商人にでもなっていたのかもしれません。そして、その場限りを楽しみ、未来など考えもしなかったでしょう」

深く口づけながら、ガンチェの手がエルンストの足を撫でる。

「エルンスト様は私の生き方も、世界も変えてくださった。自分がどれほど恵まれていたのか、再びこの土地に来て、改めて気づきました」

ガンチェがゆっくりとエルンストの首を舐める。

「……私たちは互いに混ざり合い、互いに影響し合えたのだな。なんと幸せなことだろう」

エルンストは目を閉じ、うっとりと囁いた。

4

あとは来た道を戻るだけだ。

戻るだけなのに、ガンチェはグルード国を出てふたつ目の宿で渋った。

「この先の道を、すこーしだけ右に逸れると、スート郡地に入りますよ？」

「ふむ……」

どうしたと言うのだろう。メイセンに早く戻りたいとは思っていないのか。

そう言えばガンチェは、スート郡地の水桃をこよなく愛したという。水桃は収穫してから一日で腐り、スート郡地以外で食すことは不可能なのだ。

エルンストが滲み出させる情欲は水桃の味がすると言って喜んでいたが、やはり本物の味が恋しくなったのだろうか。

「少しだけ、ね？　少しだけ、行ってみませんか？」

可愛くねだられて、思わず頷きそうになる。

「だが……スート郡地まで何日かかるのだろうか？　往復すると、その分メイセンに戻るのが遅くなる」

「それは……そうなんですが……」

しゅんと項垂れる姿が可愛い。

エルンストは苦笑して手を伸ばし、茶色の巻き毛を撫でてやる。

「どうして、スート郡地へ行きたいのだ？　水桃を食べたいのか？」

「私が食べたい、というより……エルンスト様に味わっていただきたいのです」

「私に？」

「はい。私はエルンスト様の水桃をいつも味わわせていただいていますから、いいんです。エルンスト様の水桃のほうが、スートの水桃より何倍も美味しいんですから。ただ……エルンスト様に、あの桃を召し上がっていただきたいんですよ」

何と可愛い伴侶だろう。

エルンストは太い首を抱き寄せた。

「ガンチェ、私はグルードの道がわからない」

耳元に囁く。

「それに……ガンチェは久しぶりの故郷で、道を間違うこともあるだろう？」

「……？」

きょとんと覗き込んでくる赤茶色の目に笑いかける。

「私たちはふたりとも、グルード郡地の道に不慣れだ。ということは……ふたり揃って道を誤《あやま》り、思わずスート郡地に入ったとしても、仕方がないとは思わぬか？」

くるくると表情の変わる伴侶の目がきらりと輝く。

「そうですよね！　ええ、そうですよ！　ダンベルト人が一生に一度くらい道を間違ったって、いいですよね!?」

五感に優れたダンベルト人は、闇夜であっても道を間違うことなどない。可愛い言い訳に笑って頷く。

エルンストは自分を、生真面目でおもしろみのない者だとわかっている。与えられた仕事だけに満足し、執務室で一生を過ごしたかもしれない。

子供のような笑みを浮かべた、可愛い伴侶を見上げる。

拗ねて何日も仕事を放り出したり、侍従長を困らせたり、領兵に我儘を言ったり。仕事が終わったのに真っ直ぐ領地に戻らず、数日を費《つい》やしてまで寄り道をしようとする。

大きく羽目を外すこのような行為をしてしまうのも、それを楽しんでしまうのも、全て、可愛い年下の伴侶が教えてくれた感情だ。

日々愛しさが募って、そのうちこの身は弾けてしまいそうだった。

ガンチェに抱き上げられ道を進む。どこまでが行きと同じ道なのか、どこから逸れたのか、エルンストにはさっぱりわからなかった。

だが気づくと、道に生えている植物の様相が変わっている。遠くに見える獣の形が変わっている。風の香りが変わったと感じ、スート郡地に入ったのだと知った。

「何と表現してよい香りなのだろう……」

スート郡地だからもう歩いても大丈夫なのに、ガンチェに抱え上げられたままだった。

「潮の香り、というのだそうです」

この地は戦場で危ないですから。そう言ってガンチェは、エルンストを離そうとはしない。しかし戦場はもっと先の国境地で、グルード郡地を少し出ただけのこの場所は平和なものだった。

「塩？」

「潮、です。海の水は塩辛いのですが、その水の匂いですよ」

文献で読んだだけだったスート郡地は、実際にこの目で見ると不思議な場所だった。まず、空が青い。エルンストが見たこともないほどの青さだった。

リンス国で青は高貴な色のひとつとされ、王宮の壁布は青だったが、それに似ている。いや、壁布のほうがもっと深い色だったか。そう思っていると、海の青さがその深い青だった。


「スート郡地とは……青いのだな……」

ガンチェに連れられ高台に辿り着き、青い空と海を同時に眺める。茫然と呟いたエルンストを、ガンチェが笑っていた。

「陸地は白と緑と桃色ですよ」

海を縁取《ふちど》るのは白い砂で、連れていかれた農地は豊かな濃い緑と、たわわに実った桃の色で埋め尽くされていた。

「この地は本当に、豊かなのだな……」

果物は非常に貴重だ。王宮で暮らしていた頃も果物は数日に一度、食べられればいいほうだった。だがしかし、その多くはシェル郡地の山で採れる果実であり、スート郡地の桃は非常に高価だったのだ。

リュクス国の王宮ならば毎日食べられるかもしれないし、リンス国でもカタリナ侯爵ならば三日に一度は食べるだろうが、リンス国の王宮では無理な話だ。

目の前に広がる桃の大群に呆気に取られながら進んでいると、畑の中に奇妙な光景が見えてきた。

「……あれは、シェルの種族ではないのだろうか？」

ガンチェの耳元で囁くと、赤茶色の目をさっと横にやってから頷いた。

「スート郡地の陸上で働く者はシェルとグルード、そしてシスティーカの種族ばかりですよ」

低音で囁く。

「シェルの種族は農地やスート人の家で、下男や下女のように働きます。ごく稀に、隊長のように傭兵として働く者もいますが……。もちろん、グルードとシスティーカは皆、傭兵として働いています」

下男や下女というのは、侍従や侍女よりも身分の低い者だ。その仕事は力仕事や汚れ仕事が多く、往々《おうおう》にして家畜のように扱われる。

「なぜそのようなことを……」

「私も詳しくは知りませんが……逃げてきた者が多いらしいですよ。グルードやシスティーカは傭兵として契約を結んで金のために働いていますが、シェルの種族は故郷から逃げてきているのだそうです」

「逃げる……」

「私は前線で戦っていましたから話したことはないんですが、隊長は話したことがあったそうです。でも、あまり自分のことは語りたがらないようで……。多分、借金があったり、税が納められなかったりという金絡みで逃げてきた者と、罪を犯して逃げてきた者だろう、と」

シェル郡地の三国はどれも徴税《ちょうぜい》に厳しい。僅か1アキアであったとしても税が納められなかったら不足だと判断される。

それは領主であっても同じことだ。国王に納めるべき税が不足していれば、公爵の位を持つ領主であったとしても厳しく罰せられる。そのためか領主は厳しく取り立て、無理だと判断すると、納められない領民を人買いに売り渡す。

年齢と性別にもよるが、人ひとりの相場は1シットから10シットだ。売られた者の行く先は限られており、奴隷として死ぬまで酷使されるか売春宿に売られる。

それが嫌なら故郷を捨て、人知れず逃げるしかない。

税は、国の根幹である。免除する線引きが困難であることもわかる。

体が不自由な者を免除すると言えば、わざと、それを装う者が出てくるだろう。そして周りの者が、あれは嘘だと叫んでくる。その上、あいつがいいのなら我も、と真似をする。結果的に、納められる者までが税を納めなくなり、国が揺れる。

けれども、税の苦しさに耐えかねて、国民が非情な目に遭《あ》うのは避けなければならない。もはや、今のエルンストの立場ではどうしようもないことだったが、せめてメイセンの人々を、このような目に遭わせないようにしなければならない。

「スートの者は何をしているのだろう」

エルンストがぽつりと呟くと、ガンチェは困ったように笑った。

「遊んでいるだけですよ」

桃を入れた籠《かご》を慎重に運ぶ者も、重い天秤棒《てんびんぼう》を担いで肥《こえ》を運ぶ者も、シェルの種族ばかりだ。傷ついて、足を引き摺るグルード人とはすれ違っても、スート人には一切出会わない。

土にも触れず、剣も握らず。他人から搾取《さくしゅ》したものの上に平気で座る種族。スート郡地は美しいが、そこに暮らす人々は歪んでいるとエルンストは感じた。

「これでは戦争は終わらないだろうな……」

エルンストはふと、思いを漏らす。

「だが、終わらせることはできる」

見下ろしてきたガンチェに小さな声で囁いた。

「グルードの種族も、システィーカの種族も、好きで戦っているわけではないだろう？　スート郡地に対する思いがなければ、命を懸けて守る必要もない。この地で命を懸けて戦うより、別の仕事があればそちらへ向かう。……そうではないのか？」

「それは……そうですが……。この地の契約金は、破格なんですよ？」

ガンチェが耳元で囁いてきた。

「若いときは金が第一となることもある。だが、経験を重ねれば、そればかりではなくなるだろう？　そもそも、グルード郡地に別の仕事ができれば、無理に傭兵を続ける必要はない。システィーカ郡地も、いつまでも貧しいままでいるはずがない。かつては内乱で乱れていたテリス国も、今では落ち着いている」

ガンチェが内乱を共に戦ったのだろうテリス国の国王は、内乱終結後二十七年目にしてようやく国を静かに治め始めた。少しずつだが確実に、自分の足で立とうとしている。

「自らの故郷に満足し働く場もある者が、わざわざ他国で傭兵になったりはしないだろう。スート郡地のふたつの国は早々に、自らの力で戦争を終わらせ、恨みを買っただろう他種族との関係を修復することが必要だ。そうでなければスート郡地から……スート人が築いた国は消える」

最後のひと言はガンチェにだけ聞こえるよう、小さな声で静かに語った。

スート人は水中で暮らすのに便利なように、体内の筋肉をほとんど失っているという。脂肪は浮力が高く、体温も奪われにくい。しかしその代わり筋肉のない体は、陸地では思うように歩くこともできない。だがそれでも、用心するに越したことはない。どこでスート人が聞いていないとも限らない。

他種族を無意味に蔑む彼らであれば、エルンストの発言は攻撃するに値する言葉なのだ。

「やはり……エルンスト様もそう思われますか」

ガンチェが驚いたように振り向くので、ゆっくりと頷いた。

「私も、そう思うのですよ。ここで働いていたときはそんなことは微塵《みじん》も考えなかったのですが……。エルンスト様のお側にいさせていただいて、色々とお話を聞かせていただくうちに、この地の問題が、私にも見えてきたような気がしていたんです」

スート人は、その見かけだけでグルード郡地の種族を頭の足りない者だと馬鹿にする。シェルの種族も似たようなものだが、だが決してグルード郡地の種族は知力の劣る者ではない。ガンチェを見ていて、本当にそう思う。察しもよく、ひとつの話でふたつの答えを導き出すことも多い。読解力は素晴らしく、本を読めばエルンストの気づかなかった作家の裏の思惑にまで簡単に気づき指摘してくれる。

愛しい伴侶の頭を撫でる。軽く口づけをし、それ以上は口にしてはならないと伝える。ガンチェはエルンストの声なき声を察して、小さく頷いた。

スート人の築いた国が消える。

それは、システィーカ郡地やグルード郡地の国に呑み込まれるということだ。この強力な戦士を抱えるふたつの郡地に囲まれていることがスート郡地の悲劇であると、スートのふたつの国の国王たちは気づいているのだろうか。


水桃はどこにでも自生していた。誰のものでもない、シェルで言えば雑草のような扱いを受けている水桃を、ガンチェはひょいともぎ取ると手渡してくれた。

砂浜と形容される大地もエルンストは初めてだ。ひと粒ひと粒が見極められ本当に砂なのだが、例えばイイト村の乾いた大地のようではない。砂であっても水分を含んでいて、乾いてはいない。海が近い場所の砂だからですよ、とガンチェが言う。

水分を含んだ土ならば耕せるような気もするのだが、試しに指を付けて味わってみた海の水は塩辛く、作物が育つようなものではなかった。

大きな葉を茂らせていた樹木の下に座る。農地を耕していたシェルの種族、多分リュクス人がエルンストの姿を見咎めて、危ない、と言ったのだ。スートの陽の光は強く、肌を焼く。だから無防備に陽の下にいてはいけない、と。

言われてよく見ると、確かに衣服から露出していた手の甲が赤くなっていた。シェル郡地の種族でも肌の黄色い者はそうでもないが、クルベール人のように肌が白い者は、一日この地の陽の下にいただけで火傷のようになるらしい。

ガンチェはそれを聞くと慌てて自分の上衣を脱いで、エルンストの頭から被せた。

多少は安全だと思われる木陰に座り、大きな手が器用に桃を剝《む》くのを見ていた。はい、と手渡され、ぱくりとかぶりつく。

初めての水桃は口に入れた途端、何とも言えない瑞々《みずみず》しい甘さが口中に広がった。爽《さわ》やかでいて、甘い。柔らかな果肉はとろけるようで、エルンストはこれほど美味い桃を食べたのは初めてだった。

感動を伝えようとガンチェに振り向くと、今にも泣き出してしまいそうな赤茶色の目がエルンストを見ていた。

「どうしたのだ？」

訊ねるとガンチェの大きな手が、桃を摑むエルンストの手や、頰に触れてきた。

「申し訳ありません……。私が不注意だったばっかりに、エルンスト様のお肌がこのようなことに……」

先ほどより少し赤くなっているし、多少、ひりりと痛いが大したことはない。そう伝えてもガンチェの目は哀しいままだった。

「この程度ならばすぐに治る。それに、ティスが処方した塗り薬を持ってきただろう？　あれを使えばもっと早く治る」

ガンチェは、はっとして荷物を掻き回すと小瓶を取り出した。手に出して、エルンストの顔や手に塗り込む。

「痛くありませんか？　染みませんか？」

「大丈夫だ、ガンチェ」

優しい伴侶の気遣いに、くすくすと笑いながら答える。

「それよりガンチェ、この桃は本当に素晴らしい。ガンチェが私に食べさせたいと思ってくれた理由がよくわかる」

気落ちするガンチェを宥めようと、食べかけの桃を指し示した。

「そうでしょう？」

案の定、得意そうに笑ってエルンストが示した桃にかぷりと食いついた。

もうひとつ新たな桃の皮を剝いて差し出してくれたので、今度はガンチェの手からエルンストが食べた。ひと噛みした途端、果汁が溢れ出す。

「水桃とはよく名付けたものだな」

「はい。果汁も一番多いと思います。これが一番美味しいのに、この地に住むスート人はとても粗末に扱うんですよ。スート人にしてみれば美味い桃より、丈夫で、他郡地との交易に出せる桃のほうが、価値が高いんでしょうね」

「足下にある宝は踏みつけるものなのかもしれないな。互いに踏みつけながら、相手の足の下にあるもののほうが、価値が高いと思うのだ。自分が手にしているものの価値を正当に見極められればもう少し、人々は幸せに暮らせるだろうに……」

「私は、自分が手にしている宝の価値を、きちんとわかっていますよ？」

ガンチェは手にした食べかけの桃を口に入れて器用に種だけ吐き出すと、エルンストを膝に抱き上げた。

「人生最大の幸運でエルンスト様をこの腕の中に抱き締めることができて、これ以上の幸せはありません。エルンスト様さえいてくだされば、あとは何も必要ありません」

「奇遇《きぐう》だな……。私も同じ思いだ」

大きな背中に腕を回し、しっかりと抱き着く。

「メイセンの民には悪いのだが……私はガンチェさえ側にいてくれれば何もいらないのだ。ガンチェと引き替えにできるものなど何もない。ガンチェを失うくらいならば国も、メイセンも、何もかも捨てられる」

見上げると年下の伴侶は照れたような、だが満面の笑みを浮かべていた。

ガンチェの大きな上衣を頭から被ると、エルンストの体はすっぽりと隠されてしまう。薄暗い衣の中、可愛い伴侶が行う悪戯に身を任せる。

エルンストの上衣の裾から潜り込んだ大きな手が、胸の飾りを摘《つま》んでいた。太い指先で優しく捏《こ》ねられ、エルンストの背にぞわりと何かが這い上がってくる。思わず仰け反ったエルンストの細い首を、熱い舌が舐めていった。

「あ……ん……っ」

エルンストは両手でガンチェの頭を抱き寄せ、深く口づける。ガンチェの手が、エルンストの腰に触れていた。舌を絡め合いながら、エルンストは膝で立ち、ガンチェの手を助けた。

大きな手が細い腰紐を片手で器用に解き、衣服の下へと潜り込んでくる。荒れた手が腿に触れ、そして、微かに快感を示すエルンストに触れた。

「ん……」

甘く鳴き、ガンチェの肩に縋りつく。耳元で笑うガンチェの低音にも余裕が消えていた。

「ガンチェ……」

軽く口づけを交わしながらガンチェを見る。赤茶色の目に金の光が瞬いていた。

「エルンスト様……構いませんか？」

ガンチェの指先がエルンストの窄まりに触れる。エルンストはたまらずガンチェの首に縋りつき、何度も頷いた。

「ガンチェ……早くっ……」

ガンチェが慌てた様子で腰を浮かせると、荒々しく自分の下衣を引き下ろした。

飛び出した太い雄は逞しく天を突き、しとどに濡れていた。ガンチェは自分を握り、指を濡らす。そうして、再びエルンストの入り口に触れた。

「……ん……っ」

息を吐き、ガンチェの指を迎え入れる。

「エルンスト様。エルンスト様……」

何度もエルンストの名を囁きながら、ガンチェが浅い口づけをくれた。

「……あん……っ」

小さく叫び、仰け反るエルンストの首を舐める。くちゅりと濡れた音が下から響く。

「ん……っ」

指がもう一本、増やされたのがわかった。

エルンストを花開かせようと、ガンチェが中から優しく撫でてくれる。膝が震えて体を支えられず、ガンチェに縋りつく。逞しい腕が軽々とエルンストを抱え、髪に甘く口づけられた。

「エルンスト様……お可愛らしい方……」

ガンチェが密《ひそ》やかに囁き、エルンストの肩に口づける。

「エルンスト様のお体はとても小さいですが、途轍《とてつ》もなく大きな方だと感じることがよくあります。凛々《りり》しくて、私はいつも、エルンスト様を眩《まぶ》しく見ておりますす。ですが……」

エルンストの頰に音を立てて口づけ、ガンチェが指を抜いた。硬いガンチェが下で口づけたのを感じる。

エルンストはガンチェの広い肩に両手を載せ、下から来るだろう衝撃に、甘い期待と、微かな恐怖で震えた。

「私とだけ向き合ってくださり、このように抱き合えているときは、エルンスト様がとても、とても、お小さくて可愛いと思ってしまうのですよ」

ガンチェの精悍な眉がぐっと寄せられ、エルンストは体を開かれる疼痛《とうつう》に背を弓なりに仰け反らせた。

「ああ……っ……」

「エルンスト様……！」

逞しい腕がエルンストを抱き寄せ、深く、深くガンチェが口づけた。熱い舌がエルンストの舌を搦《から》め捕《と》る。

エルンストも夢中でガンチェの舌を求めた。

中ではガンチェがもうひとつ、奥へと頭を進めたのを感じた。

「……ん……っ」

どちらのものかわからない声が、深く繫がった口から漏れる。至近距離で視線を交わすと、金色の目がとろんと快感に溶けていた。

「ガンチェも可愛い……」

エルンストはふっと笑みを浮かべ、茶色の巻き毛を撫でてやる。ガンチェが、むっと眉を寄せたのがわかった。

「気分を害したか？」

頰を撫でるエルンストの手を取り、ガンチェが指先に吸いつく。そうして、軽く歯を当てた。そんな刺激にさえ、エルンストの腰が震える。

「可愛いより、逞しいとか雄々しいと評してほしいのですが」

「ふむ。ガンチェは、とても雄々しいと思う。だが、ガンチェの仕草や表情がたまらなく可愛いと、私は思うことがあるのだ」

大きな頭を抱き寄せ、額に額を合わせる。

「先ほどの、気分を害したガンチェの顔も可愛かった」

そう囁くとガンチェは目元を染め、微かに視線を逸らした。そうしてエルンストの腰を両手で摑み、ぐん、と下から突き上げる。

「あうっ……！」

ガンチェが突き上げるたび、ずくっ、ずくっ、と体の中で音がする。

「逞しい、私だけを……感じて、くださいっ……！」

ガンチェの肩が盛り上がり、引き締まった太い腰がぶるぶると震える。エルンストは、熱い飛沫を腹の奥に感じた。

「ガンチェ……っ！」

エルンストは強くガンチェの肩に抱き着き、体中を駆け抜けていく快感に酔い痴《し》れた。


「も……申し訳ありません、エルンスト様……痛くはありませんか？ ……痛いでしょうね……」

ガンチェは泣きそうになっていた。大丈夫と安心させながらも、どうしても眉が寄ってしまう。ちりちりとした痛みがエルンストの体を強張《こわば》らせる。

「もう少し、我慢してください。すぐに水場に着きますから……」

ガンチェはエルンストを抱え上げ、夜の道を走っていた。

スート郡地の夜は海から聞こえる音しかしない。波の音なのだそうだ。日中にも聞こえていたが、夜のほうが、明らかに音が大きい。

エルンストは痛みに耐えながらガンチェにしがみついていた。痛いのだが、焦る伴侶が可愛らしい。

川辺に荷物を放り投げ、ガンチェはざぶざぶと水の中を進んだ。温度を確かめ、迷っていた。

「……川の水ですから、少し冷たいのですが……構いませんか？」

眉を寄せて聞いてくる。

「大丈夫だ」

答えて、頰を撫でる。優しい伴侶は今にも泣きそうだ。

ガンチェはゆっくりと水の中に座り、エルンストを膝に乗せた。流れる川の水は冷たい。だが冬の長い土地で暮らすエルンストには、スートの気候は暑いくらいだった。夜の川の水も、慣れれば心地よい。

ガンチェに凭れ、溜めていた息を吐き出した。体から力を抜いていく。

太い指がゆっくりと潜り込んできて、中の異物を掻き出そうとしていた。とろりと愛しいガンチェも一緒に掻き出される。

エルンストは大きく足を広げて身を任せながら、空に輝く星を見ていた。

スート郡地の空は近い。シェル郡地でもグルード郡地でも見たこともないほどの数と強さで星が輝いている。まるで星が降ってくるかのようだった。

月はどこにあるのだと探すと、輝く星々に圧倒されるように縮こまって座っていた。

「エルンスト様……痛くありませんか……?」

これ以上エルンストを傷つけないよう、ガンチェは慎重に中の異物を掻き出していた。

「大丈夫だ。ガンチェがたくさん吐き出してくれていたから、ひどいことにはならなかった」

「ですが……私があのような場所で始めなければ……」

「それは私も同じだろう? ……よい経験だ。砂浜でしてはならない、という……」

砂浜で繋がったのは間違いだった。無数の砂粒がエルンストの体内に取り込まれてしまったのだ。

二人揃って情欲に塗《まみ》れているときには気づかない。体液適合者同士、互いの体液を与えられ貪欲に求めているときには、多少の不都合など全く気づかないのだ。

だがガンチェが吐き出して落ち着き、いつものように咥え込んだまま微睡んでいたエルンストは異変に気づく。ちくちくと、体の中から刺すような痛みがあるのだ。だんだんとひどくなる痛みに体を強張らせるエルンストを心配し、ガンチェが身を起こす。

そんなガンチェの動きが、痛みに拍車をかけた。鋭い叫び声を上げてしまったエルンストに驚き、そしてガンチェも異変に気づいた。

慌てて、だがゆっくりと、慎重に引き抜いた。これ以上エルンストを傷つけないよう、戦場以外では滅多にやらないが、触覚を遮断することまでした。

痛み、痒みの感覚を完全に遮断するその行為は、いつも硬いままのガンチェを萎《しぼ》ませた。

エルンストは体内で、力なく項垂れるガンチェと初めて出会う。小さくなった……もちろん、常の状態に比べてだが、小さく大人しくなったガンチェがずるりと出てくる。

赤黒く巨大な一物《いちもつ》は、過ぎた悪戯を叱られた子のように項垂れていた。

「……惜しいことをした……」

「何がですか？」

「大人しいガンチェを初めて見られたのに、この手に触れることもできなかった」

仰け反って見ると、ガンチェは困ったように笑っていた。

「先ほどのあれは、感覚を消したのだろう？　ならばもう一度、やってみてはくれないか？」

「うーん……エルンスト様のお願いは、全て叶えて差し上げたいのですが……」

「駄目なのか？　……ダンベルト人は自らの意思で感覚を遮断することができると言っていたではないか。それともやはり、そのようなことは簡単にできることではないのか？」

感覚を遮断するなど他種族であれば、相当の訓練を積んだ兵士が、無理矢理感覚を意識の外に追いやることができるかどうか、だろう。

ガンチェはあまりにも簡単に言うから、ダンベルト人は指先を動かせるほどの気安さでしているのだと思っていた。

「いえ……まあ、簡単にできるのですが……」

む、やはり簡単なのではないか。難しいことをねだったのかと心配したが、そうではないらしい。なぜか歯切れの悪い伴侶をエルンストは見上げた。

「でも……何というか……ああいう姿をエルンスト様にお見せするのは、みっともないような気がするんです」

「ああいう姿というのは、大人しい姿か？　ならば、私はいつも、みっともないということか……」

ぷい、と前に向き直って言うと、ガンチェが慌てて抱き締めてきた。

「いいえ、いいえ！　エルンスト様は大変お可愛らしくありますよ。エルンスト様のお可愛らしいお姿を拝見させていただくたびにこの胸が打ち震えて、しゃぶりつかずにはいられないのですから」

膝で立って振り向こうとしたが、川の底は石がごろごろしていて立てない。仕方がないのでガンチェの膝に乗ったまま、後ろを向いて向き合う。

「私も、大人しいガンチェは可愛いと思うのだ。猛々しい、いつものガンチェも可愛いし素晴らしいと思うが、先ほど目にした柔らかなガンチェが可愛くて……。この手に触れて、頬ずりして、口に含んでやりたいと思うのに……」

年下の伴侶の精悍な顔に、そっと触れる。眉を寄せ、困った顔が可愛い。

「ガンチェ……みっともなくなどない。雄々しいガンチェも、そうではないガンチェも、素晴らしい」

広い肩に手をかけて、引き結ばれた唇に口づけた。

「ガンチェ……？」

「うー……」

声にならない声で唸《うな》ったかと思うと、ガンチェはがっしりとエルンストの肩を摑んだ。

「少しだけですよ？　私はエルンスト様に触れていただいて、それでも感覚を遮断し続けることは無理なんですから……」

どこまでも可愛い伴侶にくすくすと笑う。ガンチェはエルンストを喜ばせてばかりだ。

「それから……褒美を……その……いただいてもかまいませんか……？」

大きな体を丸めて、おずおずと聞いてくる。照れたように首を傾げるから可愛くてたまらなくて、エルンストはぎゅっと大きな頭を抱き締めた。

「もちろんだ」

ガンチェは喜んでエルンストを強く抱き締めてくる。

「次の宿でお願いしますね」

ガンチェの声が弾んでいたから、エルンストの心もつられて弾んだ。

伴侶はどのような褒美をねだってくるのだろう。考えただけで、腹の底が幸せに打ち震えた。

道を逸れてスート郡地に入ったことはふたりだけの秘密だ。陽のあるうちに砂浜で繫がってしまったことも、その結果、エルンストが怪我をしてしまったことも、全て秘密だ。

ふたりだけの秘密を抱え、ガンチェと笑い合う。

誰とも共有しない、ふたりだけの思い出をいくつも抱えて、エルンストはメイセンへと戻った。

5

グルード国との協定書を前に、タージェスとブレスに結果報告を行う。ふたりとも驚いていた。これで、グルード国と正式に何かを取り交わした初めての相手が、リンス国メイセン領となった。

　ひとしきり驚いていたタージェスが、ごほん、と咳払いをひとつしてエルンストに問いかけた。

「ところでエルンスト様。スート郡地の桃はどうでしたか？　お口に合いましたか？」

　非常に美味であった、と答え、はた、と気づく。何故、桃のことを知っているのだろう。

　不思議に思って傍《かたわ》らのガンチェを見上げる。ガンチェは天を仰いでいた。

「エルンスト様……」

　天を仰いでいたガンチェは振り向くと、苦笑いを浮かべて言った。

「隊長の誘導尋問ですよ」

「誘導尋問……」

「我々が寄り道をしなかったか、確かめているんです」

　はっと気づいてタージェスを振り返る。

「そうなのか？」

　領隊長は憮然として頷いた。

「……タージェスはすごいな……。私は全く気づかなかった……」

「エルンスト様は政《まつりごと》に関する交渉事には非常に長《た》けていらっしゃるのに、日常会話的なことには不得手でいらっしゃるから……」

　笑いを噛み殺しているのか、ブレスが変に表情を歪めて言った。

「……それで？　今度は何を賭けているんですか」

「こっちのでかい奴は、下世話な会話に長けていらっしゃる」

　ぼそりと呟いたタージェスをガンチェが睨む。

「何を、賭けたんですか」

　ガンチェが低い声で問い詰める。

「……ふたりの帰還日だ。ガンチェがエルンスト様を抱えていくならば、ゆっくり歩いていくはずだ。お目付役がいないのに、急いで走るはずもない。どうせ、ふたりきりなのをこれ幸いと、のたくら歩いていったんだろう？」

「行きに二十五日、帰りに二十五日。グルード国での滞在を三日とした場合、五十三日で帰ってくる。誤差を入れて五十五日以内に戻ってくるかどうかで賭けていたんだ。おふたりには感謝していますよ。おかげで、私の懐は暖かくなります」

ブレスがほくほくと笑った。

五年前より、エルンストの念願だった末端の領兵にまで給金を払う、が行えるようになった。まだほんの僅かで、新兵だと年間５００アキアを渡すのがせいぜいだったが、とにかく、渡せるようになった。

非常に少ない給金を増やそうとしてか、ガンチェ曰く、賭け事は最近の領兵たちの流行なのだそうだ。賭けの対象がいつもエルンストなのが不思議なのだが、領兵たちが楽しんでいるのならばエルンストも禁止する理由はない。

ただ、誰よりも愛しい伴侶が、賭けの内容を聞くたびに怒っているのが可哀想でならない。娯楽のない領兵たちの、唯一とも言える遊びなのだから大目に見てやろうと宥めるのがエルンストの仕事のひとつになっていた。


「隊長も、支払いをよろしくお願いしますよ」

ブレスは掌《てのひら》をタージェスに向けて差し出した。

「わかっている」

憮然と呟き、タージェスがブレスの手に叩きつけるように硬貨を置いた。

「タージェスは、五十五日以内に帰ってくる、に賭けたのか？」

エルンストが訊ねると、不機嫌な表情のまま振り返った。

「当然でしょう？　私が率先して、エルンスト様の寄り道を予測するわけにはいきません」

「隊長って、見かけによらず真面目ですよね……」

奇特な者を見るようにブレスが言った。

「それで……倍率はどうでしたか？」

「ふふふ。ガンチェ、よくぞ聞いてくれた。領兵七十六名に侍従と侍女を入れて合計八十一名！　八十一名のうち、五十五日を越えて帰ってくるに賭けたのは……なんとっ！　私を入れて、僅か五名!!」

「ほぉ……」

エルンストは感心して、思わず声を上げた。

「かかかかか！　皆、まだまだ読みが甘いっ！　十五年連れ添ったからって、我らが御領主様が、ガンチェとふたりきりで、真っ直ぐ戻ってくるはずがないだろうっ！」

ブレスは楽しそうだ。八十一人で賭けて勝ったのが五人。ひと口いくらなのかがわからないが、思わず笑ってしまうほどの金額にはなったのだ。

ブレスが楽しそうなのでエルンストは微笑ましく見ていたのだが、隣でガンチェが拳を握り込んだのが見えた。

そっと手を伸ばし、握り込まれた大きな手を撫でる。よいではないか。目が合ったので、そう伝えた。

「しかし、どうしてそれでスート郡地に行ったと考えたのだ？」

ガンチェを落ち着かせようと話を逸らす。

「そりゃもちろん、スート郡地が暖かいからですよ」

「暖かい？」

「ええ、暖かかったでしょう？　私は行ったこともないですが、スート郡地ってとこは暖かい上に、スート人はほとんど海の中にいると隊長に聞いてましたから。だから、暖かくて陸地に人の少ないスートを、ガンチェが放っておくはずがないと思ったのですよ」


「そうなのか？」

ガンチェを見上げると、とんでもない、と慌てて首を振った。

「違いますよ！　私はただ、エルンスト様に水桃を……」

「水桃を召し上がったのですか？　どうでした？　私も、あれは大好物なんですよ」

むっつりと黙り込んでいたタージェスが身を乗り出して聞いてきた。やはりあれほどの美味さ、虜《とりこ》になる者は多いらしい。

「ふむ。非常に素晴らしい味だった」

「……水桃というのは、それほど美味しいものなのですか？」

ブレスの問いかけにエルンストは頷いた。この場で水桃を食したことがないのは、ブレスだけだ。

「いいですね～。私も一度、食べてみたいもんです。……で、エルンスト様。水桃の他にも、素晴らしい場所などはございましたか？」

「スート郡地は目に鮮やかな土地だった。空も海も青く、砂浜は白く、畑は緑濃く、実る桃は淡い紅色で、それは非常に美しい光景だった」

スート郡地に行ったことのないブレスに正確に伝わるよう、その美しさを語る。

「砂浜……？　砂漠ですか？」

「いや違う。海の周りに砂の陸地があるのだ。白い砂だった」

「へぇ、青い海の周りに白い砂……砂……」

きらり、とブレスの目が光ったような気がした。

「ところでエルンスト様。桃はどこで召し上がったのですか？　店とか、野山とか……」

「ああ、砂浜で食したのだ。スート郡地は陽の光が強く、クルベール人の肌は露出しているとよくないのだそうだ。だから砂浜の木陰で食したのだ」

「ほぉ、陽の光が……。エルンスト様は、それをご存知だったのですか？」

「いや、知らず、少しだけ肌が赤くなった」

ガンチェの手が、エルンストの手を握る。

すぐに治ったというのに、まだ気にしているのだ。

握り込まれた手の指先でガンチェの手を撫でた。

「だが、ティスの薬をガンチェが塗ってくれて、何事も起こらなかった」

「そうですか、それはよかった。それでエルンスト様。陽があるうちはずっと日陰にいたのですか？」

「そうだ」

「青い海を見ながら白い砂浜で美味い桃を食べて、ガンチェと語り合う……。とても楽しそうですね」

「そう、とても楽しかった……」

エルンストはそのときのことを思い出し、ガンチェをうっとりと見上げた。スート郡地へ行くことなど、もうないかもしれない。だが場所が大事なのではない。愛しい伴侶が側にいれば、どこでもいいのだ。

「……しかし、エルンスト様。大丈夫でしたか？」

「何が？」

「いえ、砂、でしょう？　ほら、あのとき、砂が入ってしまって大変ではありませんか？」

ブレスが何を言っているのかはすぐにわかった。

しかし砂浜でしてはならないと、シェル郡地を出たことのないブレスがどうして知っているのだろうか。

「私にも若かりし頃がありますからね。おふたりのように、外でしたくなったこともありますよ。でも砂地で行うと後が大変で……」

そうだったのか。エルンストは納得して頷く。砂地で行う愚《ぐ》を犯したのは自分たちだけではないのかと、味方を得たような気にもなっていた。

「そうなのだ。繋がり合っているときには全く気づかなかったのに、後で痛くなって……。ガンチェが中に入っているからそうなのかと思ったのだが、出ていっても痛い。私は察しが悪くて何が原因なのかわからなかったのだが、ガンチェが気づいてくれて本当によかった。すぐに真水で洗い流してくれたから、大事にはいたらなかったのだ」

「そうですか。それは大変でしたね」

ブレスの優しい心遣いにエルンストは頷いた。

「だが……よいこともあった。ガンチェの可愛らしい姿が初めて見られ……」

そのときの光景を思い出してうっとりと呟いたエルンストの口を、大きな手が優しく塞ぐ。見上げると、真っ直ぐにブレスを見る赤茶色の目に、うっすらと金色の影が見えた。

「小隊長。これ以上はご勘弁ください」

「何だ、残念。お前がいないところで聞くべきだったな」

ガンチェの目に浮かぶ金色が、その濃さを増したような気がした。


「話に聞いただけだが、スート郡地は土地が少ない場所なんだろう？　海だとスート人がいるし、奴らは他種族を小馬鹿にしてるから、お前がエルンスト様を海にお連れするはずがない。とすれば……あとは、その砂浜とやらだけだ。いくらなんでも農地でおっぱじめはしないだろうし、エルンスト様のお話だけでもその砂浜が綺麗だってのはわかる」

ブレスは正面に座るガンチェに向けて身を乗り出すと、指を一本立てて指示棒のように振った。

「お前は案外、雰囲気ってのを大事にするからな。そういう場所で、大人しく縮こまっているはずがない。……しかしガンチェ、お前もまだまだだなぁ。砂地でやっちまったら入るって、わかりそうなもんだろ？　どうせそんなことにも考えが及ばずに、がんがん腰を振ってたんだろうなあ」

ああ、ブレス。それ以上はいけない。ガンチェの目の色がどんどん金色に変わる。

ブレスを止めたいのに、ガンチェに優しく覆われたままの口は、ブレスのそれとは対照的に自由に動けないままだ。

「しかしエルンスト様。初めてご覧になったガンチェの可愛い姿とは何です？」

　口を塞がれたままのエルンストは答えられない。

　だがそれより何より、完全に金色に変わってしまったガンチェの目のほうが気になる。

　ブレスを止めるよう必死に目で訴えるが、タージェスは我関せずといった風を装い、そっぽを向いていた。

「ま、想像はつきますがね。どうせエルンスト様を傷つけたことでおたついたガンチェのでかぶつが、無様《ぶざま》にぶら下がっていたんでしょ？　……いやしかし、エルンスト様も素晴らしい。あのでかいもんを見て可愛いと表現できるところが……」

「いい加減にしろっ!!」

　ガンチェは椅子を倒して立ち上がると、どん、と執務室の大机に拳を打ちつけた。

　ダンベルト人の怒りのこもったひと打ちは、たとえ素手でも威力がすごい。ぶ厚い机が一瞬で真っ二つに裂け、地響きを上げて床に崩れる。あまりの破壊力にタージェスは固まり、ブレスは引き攣《つ》った笑いを浮かべていた。

　大机が砕ける音は屋敷中に響いたようだ。激しい足音が近づいてきたと思ったら執務室の扉が勢いよく開き、侍従長のシングテンが駆け込んでくる。

「何が……っ！」

　あったのか、と叫ぼうとしたのだろう。口を大きく開けたまま侍従長が固まる。

　この十五年で計算能力が飛躍的に伸びたシングテンの脳裏では、壊された大机の金額と、新たに購入する場合の必要額が弾き出されたのか。固まった体がわなわなと震え出し、絹を引き裂くような悲鳴を上げて、心配性の侍従長は後ろにばたりと倒れた。

　シングテンを追いかけてきていた侍女三人が、同じように悲鳴を上げてシングテンに近寄る。侍女の悲鳴でタージェスの呪縛が解けたのか、椅子からのそりと立ち上がるとシングテンを抱え上げ、どこかへ連れていった。

　ブレスも立ち上がると、こそこそとタージェスの後を追いかけていってしまった。

「……エルンスト様……」

　あっという間に誰もいなくなった執務室で我に返ったガンチェが、いつもの赤茶色の目で泣きそうにエルンストを見てきた。

　エルンストはガンチェを見上げると、手を振って招き寄せる。

大きな体を精一杯縮こまらせ、ガンチェは床に膝をついた。自分のしたことに狼狽して目が泳ぐ。ガンチェに耳と尾があったならば、叱られた犬のように全て垂れてしまっているのだろう。

ゆっくりと足を組み、エルンストは腹の前で両手の指を組んだ。わざと溜め息を漏らすと、大きな体がびくりと震えた。

笑い出したくなるのを抑えて、小さく縮こまって身構える可愛い伴侶を無言で見下ろす。

赤茶色の目が不安に揺れていて……もう駄目だった。エルンストは苦笑して手を伸ばすと、茶色の巻き毛を撫でてやる。

「あれは、薪にでもすればよい」

崩れた机を目で示すと、ガンチェは気落ちしたまま項垂れる。

普段から自分の力を加減することを常に心がけているのだ。日常生活で、ガンチェが感情のままにその力を振るうことはない。だがそこにエルンストが絡むと、ガンチェの理性は途端に消える。

エルンストは椅子から静かに立ち上がり、ふふ、と笑ってガンチェの唇に口づけた。

「ガンチェ、手は？」

問いかけると、両手を見せるように上げてみせた。

「ふむ……。よし、傷ついてはいないようだな」

両手を手に取り、掌から甲を見ていく。

「ガンチェが傷ついていなければ、それでよい」

「ですが……」

「机など、どうでもよいではないか。なくて不便だというのならば、床に座って円座でも組めばよい。ガンチェがこの屋敷を綺麗に壊してしまったとしても、私はガンチェを叱れない。私にとって、ガンチェより大事なものなど何もないのだ」

何度も言い聞かせた言葉を繰り返す。何度も口づけて、何度も宥めて、頭を撫でてやって、可愛い伴侶はようやく笑ってくれた。


だがもちろん、手厳しい侍従長は簡単に笑って済ませてはくれなかった。

ずっと執務室には大机があってそこで客の応対もしていたのだから絶対に必要だ、とシングテンは叫ぶ。

素人《しろうと》が作った机では見劣りするから駄目だ、とガンチェが手作りしようとしたのを即座に却下する。あれは高いんですよ、少なくとも10シットはしますよ、などと侍従長は脅した。

ガンチェとふたりで並んで怒られているところにタージェスがやってきた。苦笑を浮かべて、手にしていた袋を差し出す。

中には硬貨が入っていた。賭けに勝った者たちから勝ち金の三割を奪ってきたのだそうだ。ブレスからは全て奪ってきましたよ、と付け加えた。

ブレスを始め、五人の領兵たちからの心尽くしで3シットは手に入った。残り7シットを後払いすることを了承してもらい、イイト村に発注する。

だが、出来上がった大机を運んできたイイト村の村長は原因を聞くと大爆笑して、残り7シットを無しにしてくれた。

エルンストがグルード国に行っている間にも、薬草が思った以上に売れたらしい。遅ればせながら十五年前のご祝儀ですよ、と笑って言っていた。

エルンストは、イイト村の村長の申し出をありがたく受け入れた。執務室に新たに入れられた大机は、前のものよりも立派なものだった。

誰もいなくなった執務室で、ガンチェは新しい机に手を添えて撫でると、今度は壊しませんからね、と照れたようにエルンストに笑った。

だが、もう壊しません、と何度も言いつつ、ガンチェは今までにも色々と壊していた。

屋敷自体が老朽化しているということもあるのだが、エルンストと暮らし始めた当初、力加減を誤って壊すことがよくあった。

扉の取っ手は、十は外れてしまっただろう。そのうちふたつばかしは、ガンチェの手の中で粉々になった。椅子を後ろに引いただけで背凭れが砕けたこともあり、エルンストはそのたびに目を丸くして驚いたものだ。

それほどの怪力であるから、侍従長のシングテンを始めメイセンの人々は、小さすぎる領主が潰されてしまうのではないかと非常に心配していたのだと、十五年経った今、笑いながら話してくれる。

しかしガンチェも、自分の力とシェル郡地の物の耐久力との加減がわかってきたのか、最近では何も壊すことはなかった。執務室の大机は不可抗力のようなものだ。

ガンチェが何も壊さなくなって、これで哀しそうな顔を見なくて済むと、エルンストは密かに安心していたのだ。

そんなメイセンに、新たな破壊者が現れた。

グルード国に、国としての在《あ》り方を指南する代わりに有事《ゆうじ》の際には援軍を送ってもらうのだ。

そのためグルード国から派遣されてくる者をメイセンで受け入れ、エルンストのもとで学習させることになっていた。

エルンストがグルード国から戻って二ヶ月後、グルード国から七人の若者がやってきた。グルード人三人にダイアス人ひとり、ガイア人ひとりにダンベルト人ふたりである。

ガンチェやティスを見慣れているとはいえ、突如森から現れた七人の巨大な人々に、イイト村は大騒ぎとなった。三人の年寄りが腰を抜かし、ふたりが気を失った。死者が出なかっただけでもよかったと、エルンストは冷や汗を掻いた。

七人の若者を屋敷に迎え入れようと思ったのだが如何《い》せん、老朽化の激しい屋敷故に七人分の重量で床が抜けても困る。仕方がないので雪が積もり始めた庭で対面する。

名と年齢を聞いた後、エルンストは苦笑してひとつめの講義を行った。

「他国はもとより自国の他領地であったとしても、公人として訪ねる際には、当人より先に親書を送らなければならない」

即断即決即行動のグルードの人々には面倒なことだと感じられるらしい。七人の若者は首を捻り、理解し難いという顔をした。

庭の雪を除け、そこに厚い敷物を敷いて全員で座った。

キャラリメ、イベン、アルルカ村が協力して作り始めた敷物は、今ではメイセンを代表する工芸品となっている。当初、小さな敷物しかできなかったのが、今では大広間一枚分でも織ることができた。

色鮮やかなこの敷物は三年前、三つの村からエルンストに贈られた祝いの品である。遅ればせながら十二年前のご祝儀です、と今回のイイト村のようなことを言って贈ってくれた品だった。

エルンストは、口々に疑問点を吐き出すグルードの若者たちを黙って見ていた。

グルードの人々は闊達《かったつ》で、明確な言葉を使う。お互いを探り合ったり、発言を譲り合ったりはしない。自己というものを強く持ち、自分の意見を恐れなく口にする。

しかし、だからといって、他人の意見を頭ごなしに否定したりはしない。

読解力に優れる彼らは、他人の言葉の裏の思いにまで考えが及ぶらしい。人が話している言葉をじっと聞き、瞬時に咀嚼《そしゃく》し、正確に疑問点をぶつける。それは否定でもなく非難でもなく、疑問なのだ。

自分の意見を言うときもそこには、自尊も欺瞞《ぎまん》も誇張も卑下《ひげ》もなく、事実を述べる。自分が感じる疑問を呈《てい》し、自分に見える事実を話す。

七人の若者たちの論争は活発であったが、諍いの気配は全くない。

エルンストは、彼らを微笑ましく見ていた。非常に優秀だと感じた。

「確かにみなが言うように、親書を省略したほうが速い。例えば、グルード国からの親書を私が受け取り、了承し、返事を出す。その後、みなが訪れたとしたならば、日数にして二ケ月はかかるであろう」

雪がちらちらと降り始めた。早急に床を補強し室内で講義が行えるようにしなければ、強靱《きょうじん》な肉体を持つ彼らはともかく、自分が保たないとエルンストは思った。

「しかし、親書がない今の状態を考えてみてはどうだろう？　そなたらではなく、メイセンの人々の心情を考えるのだ。まず、初めて足を踏み入れた村、イイト村だ。イイト村の人々は、どうであった？」

グルード人の若者、十三歳のゴシクが答える。

「とても驚いていました」

「そうだ。我がメイセンは、我が国土の二十分の一の広さがある。だが、この広い領地で暮らす民の数は六百九十八名だ。そのうち百五十四名が領兵であり、この屋敷で暮らす者と領兵を除くと、民は五百三十六名となる。五百三十六名という、領地の広さに比べて極めて少ない人数の民が、それぞれの村や町で暮らしている。つまり、メイセンで暮らしている以上、自分の村以外の者と出会う可能性は、非常に低いということだ。それがどういうことか、想像できるだろうか？」

ダイアス人の若者、十四歳のブルヘが聞いてきた。

「五百三十六名の民は、いくつの村で暮らしているのですか？」

「十一の村とふたつの町だ」

「ということは単純に考えて、ひとつの集合体に四十一名から四十二名になりますね。ずっと、その人々だけと暮らしているのですか？」

十歳で独立し特定の家を持たず、気ままに土地を流れていく彼らには、想像し難い閉塞感だろう。

「飽きないんでしょうか……？」

十二歳のグルード人、ナビツウが思わず漏らした言葉にエルンストは苦笑する。

「飽きたとしても仕方がないのだ。シェル郡地は階級社会である。農民として生まれた者は、一生を農民として過ごす」

位替えなどの込み入った話は後日に回し、単純な構図を見せて説明した。

「我がリンス国では、農民は生まれた領地を離れてはならないのだ。そして農民は、ひとりではやっていけない。みなで協力し合い、畑を耕すのだ。畑は個人のものではなく、村のものだ。故に、村が嫌だからといって出るわけにはいかず、もしそのようなことをした場合、その者は食べていく術を失うことになる」

「傭兵になれば、いいんじゃないんですか？」

彼ららしい答えだ。

十五歳のダンベルト人、ゼンシンの言葉にエルンストは頷く。

「確かに、傭兵となる者もいる。そなたらよりは随分と弱々しいだろうが、クルベール人の傭兵も存在する。だがそのような者は、とても少ない。多くの者は、王都などの大きな都市で、物乞いをして過ごすことになる」

物乞いという状態が、グルードの人々にはわかりかねるのだろう。

誇り高き戦士である彼らは、自らが誇りとするものを汚してまで生きようとはしないのだ。

「さて、話を戻そうか。現在メイセンでは、ひとつの村や町に、約三十名から七十名の者が暮らしている。隣の村は、この屋敷周辺であれば徒歩で片道一時間程度、屋敷から遠く離れた村々ならば、片道七時間から八時間かかる場所もある。メイセンの民はとても貧しく、出稼ぎに出ることも多い。しかしそれでも、近隣領地で農作業に従事するか、裕福な商人の家で使用人として働く程度だ。つまり、メイセンの民で都市に出た者は皆無であり、他種族の者を見る機会は非常に少ない」

十二歳のグルード人、ズイシが訊ねた。

「もしかして……私たちの姿に驚いていたのですか？」

「そうだ」

エルンストは苦笑して頷いた。

「我がメイセンでも、イイト村にはティスというエデータ人の医師がいる。そして、我が伴侶はダンベルト人だ。メイセンの人々は他の辺境領地に比べればまだ、他種族の者に慣れているとは言えるが、それでも特定の二名のみだ。そなたらはまだ若く、他の種族の者と密接には関わり合ってはいないだろう。故に、そなたらの姿が他の者に与える威圧感というものに考えが及んでいない」

十九歳のガイア人ビアンが、じっと自分の手を見る。

「そうですよね……。私は独り立ちして八年間、スート郡地で傭兵をしていました。周りはグルードかシスティーカの種族ばかりで、自分の姿がどういうものか、考えたこともありませんでした」

十七歳のダンベルト人ベルナも続く。

「我々グルード国は、他国に威圧感を与えないよう、注意しなければなりませんね」

エルンストは七人の若者を静かに見渡して、言った。

「そなたらがまずしなければならないことは、正確に見極めることだ。自分の国がどういう立ち位置にあるのか、何があって、何が足りないのか。そして、自分たち種族がどう思われているのかを、正確に知るのだ。他種族……例えば、シェル郡地の種族にはどういう文化、慣習があり、グルードの人々をどう捉えているのか。ヘル人はどうか、スートはどうか、システィーカは。差別されていようとも、卑下されていようとも、憤《いきどお》ることなく正確に捉える」

七人の若者のうち、十二歳のグルード人ナビツウと十九歳のガイア人ビアン、十七歳のダンベルト人ベルナは女であった。どうしても男に偏《かたよ》りがちになるが、必ず女を混ぜていなければよい国は造れないと、グルード国の長老たちに伝えておいた。

彼らは、エルンストのその言葉を覚えていたのだろう。

「自分たちがこう思われているからと、気後れする必要はない。外交において必要なことは、相手に対する気遣いと、圧力だ。そなたらの外見は確かに、他種族に威圧感を与える。だがそれを、効果的に使えるようにすればよいのだ」

ブルへは一瞬考え、言った。

「そうか……親書というものは、相手に対する気遣いなのですね。私たちがいきなり現れたからイイト村の人は驚いて騒いでいましたが、事前に言っておけば驚かなかった」

「私たちが注意すべき外見上の威圧感というものは、突然、これだけの人数で現れたときに、他種族に与える恐怖感なのですね。イイト村は数十名の村民でしたが、あれがもし国軍の駐屯地であったり、こちらの領兵の駐屯地であった場合、恐怖感で、我々は攻撃を受けていたかもしれない」

ビアンの言葉にベルナも続く。

「もしそんなことになっていれば私たちも応戦したし、それで死者が出ていたら取り返しのつかないことになっていましたね……」

イイト村には医師であり、剣士でもあるティスがいた。長年、傭兵として戦ってきたティスには、突然現れたグルードの人々に敵意があるのかないのか、瞬時に見極められたのだろう。だからこそ攻撃もせず、彼らを屋敷に案内したのだ。

ティスの冷静さに、エルンストも感謝した。

もしティスが剣を抜いていれば今頃どうなっていたのか、想像するだけで恐ろしい。


種族としての特性なのか、それとも若いからなのか、彼らは七人とも非常に素直で、飲み込みが早かった。

エルンストは書類作成などの実務は全て後回しにして、彼らと徹底的に議論した。どういう国が民にとって幸せなのか、どこまでの不都合ならば飲み込めるのか。

他国を参考にしたとしても模倣《もほう》はできない。グルード国は、グルードの種族の国なのだ。グルードの種族を、よく理解しなければならない。それは、生まれ育った者だからといって、できることではない。何気なく知っていることと、完全に咀嚼し、血肉として知っていることは全く違う。口に出すためには言葉にしなければならず、漠然とした感情にそのとき気づく。

七人の若者は苦しみながらも言葉を紡ぎ、互いに不足分を埋め合うように議論を重ね、思いを熟成させていった。

そうやって一年、二年の時を過ごし、彼らが目指す国の形が見えてきた。

エルンストは彼らの議論にはいつも参加し、見守った。時折、ぽん、とひと言を投げかけ、彼らの見えていない問題点を見せる。だが決して、答えに導くようなことはしなかった。どういう答えを導き出そうと、それがグルードの種族としての答えならば、それが正しい。

エルンストは、彼らが明らかに道を誤っているとき以外は、彼らの議論を修正しようとはしなかった。

彼らを迎えて三年目、現国王の第三子であるネリース公爵に依頼し、各国の国法を書いた文献を取り寄せた。ネリース公爵は現在、元老院長の地位にある。

リンス国を始め、十六国の国法が書かれた十六冊の分厚い文献が揃う。エルンストはその文献を、それぞれが全て読むように指示した。

七人の若者は書庫に籠り、ひたすら頁を繰っていく。何度も何度も読み返し、完全に自分の中に言葉を収めたなとエルンストが感じたのは、半年後だった。

難解な言葉で書かれた各国の国法を完全に理解し、諳《そら》んじることができるまでに半年。それは、言語に優れたグルードの種族でなければできないことだろう。

文献を与えて半年後、彼らは猛烈な勢いで各国の国法の素晴らしさと、欠点を議論し合う。三ヶ月をかけて激しく話し合い、やがて、自らの国法について語り始めた。

当初は、現実離れした夢物語のようなグルード国法が、話し合いを重ねるにつれ熟成を始め、現実味を帯びてくる。エルンストが与えた紙を文字が埋め尽くし、幾枚も幾枚も消費されていく。

高価な紙を惜しげもなく使うその行為にシングテンは眩暈を起こしたが、エルンストは、ただ黙って見ていた。そして、金をどうにか工面《くめん》し、彼らが使う紙とインクが切れることのないよう、常に準備した。

彼らは、一年の時と数十万枚の紙を費やし、二千七百八十九枚に及ぶ国法を作り出した。

彼らを迎えて五年目、一番年下の者は十二歳から十七歳に、十九歳であったガイア人のビアンは二十四歳になっていた。エルンストは彼らの行動、言動を見て、これが最後の一年であると判断した。

七人の若者は揺るぎない信念を持っていた。国を創る理想に燃えながらも、現実を見極められる大人になっていた。清濁《せいだく》併《あわ》せ呑めるだけの懐の深さもできた。危難に際しては腹を括《くく》れる冷静な判断力と、覚悟が備わった。

新年に、これが最後の一年であると彼らに告げた。

七人の若者の顔は一層引き締まり、エルンストが与える課題に猛烈に取り組む。

最後の一年、エルンストは彼らに実務経験をさせた。

現国王の第二子であるコウナカクト公爵、そして第三子であり元老院長のネリース公爵、現皇太子の祖父であるカタリナ侯爵、薬師府長プリア侯爵。また、ネリース公爵を通じて、行政官府長クラス侯爵、財政府長ロジル伯爵、国土府長ダーリ伯爵、軍務府長アルティカ侯爵のもとへと派遣する。

七人の若者の中でも特に優秀であったダイアス人のブルへは、財政府と行政官府の両方で学ぶ。

カタリナ侯爵に託したガイア人のビアンには、侯爵家の侍従長に付き、内向きの仕事の全てを学ばせる。

将来、グルード国に他国から国賓が招かれたとき、完璧にもてなすためにも必要な知識だ。それと同時に、多くの者が働く場で、いかにして効率よく仕事を振り分け、進めていくかを覚えさせる。

一年後、それぞれが知識と経験を修め、メイセンへと戻ってきた。それぞれが手に、各派遣先からエルンストに対しての手紙を持っていた。

ビアンはカタリナ侯爵の他に、侯爵家の侍従長や侍女長、領兵隊隊長に料理長の手紙まで持っていた。

彼女は非常に優秀で手放し難い人物だ。もし万が一、グルード国が彼女を非難するような事態が生じた場合、必ず相談してほしいと書かれていた。必ず彼女を受け入れるから、必ず、我々に報せてほしいと。

かつてグルード人を鎖で繋ぎ、番犬のように扱っていたカタリナ侯爵までもが言っていた。

ビアンにそう伝えると彼女は肩を竦めて苦笑し、そして、ぼろぼろと涙を零した。誇り高きグルードの種族が人前で泣いたのを、エルンストは初めて見た。

暮れゆく執務室でビアンとふたり向かい合い、エルンストは静かに、彼女の涙が止まるのを待った。

橙色の暖かな陽の光は執務室と、そして、エルンストの心を温めたのだった。


修めるべきを修め、七人の若者はメイセンを去った。

大きな人々が去ったことに、屋敷を訪れる子らは哀しみ、力仕事を押しつけていた領兵は惜しんだ。侍従長のシングテンまでもが、彼らがいなくなって寂しいと呟いたことにエルンストは驚いた。

七人の若者はメイセンで過ごした四年の間に、それはもう、多種多様な物を壊してくれたのだ。床を踏み抜いた回数は二十回では足りず、壁を打ち抜いたことも十回はあった。扉の取っ手はいくつも砕け散り、椅子も机も寝台までもが薪と化した。

もちろん、わざとではない。不注意だと責めるのも可哀想なほどの、ほんの僅かな気の緩みが原因なのだ。

彼らを見ていて、ガンチェがいかに慎重に動いているのかがよくわかった。

それはシングテンも同様のようで、ある日ぽつりと、ガンチェ様は素晴らしいお方ですよね、と言ったことがある。その手にはグルード人の若者、ズイシが握り潰してしまったフォークがあった。

グルードの若者たちを送り出し、ふと気づくと、エルンストがメイセンの領主となってから二十年の時が流れていた。

「……この二十年で、何か変わったのだろうか。私は何か、成し得たのだろうか」

愛しい伴侶の上で微睡みながら呟く。

二十年経ってもメイセンは貧しいままで、リンツ谷の整備は終わっていない。数が減ったとはいえ、民は未だに出稼ぎに行き、春が近づくと、エルンストは納税の算段で頭を悩ませる。

「変わりましたよ」

優しい伴侶はエルンストを励まそうと思ってか、そう囁いてくれた。

「だが、メイセンの民は今でも、一日二食しか食べられない。バステリス河の整備も終わっていない」

五年前に一割が完了していた植樹は、現在でようやく二割となった。

だが、残り八割が無防備なままだ。

「変わりましたよ。二十年前は一日一食の村が多かったでしょう？　一食さえも食べられない村もありました。バステリス河の植樹は終わってはいなくても、二十年前に比べれば木が根付いた場所が随分増えています。それに、少なくともメイセンの人たちは今、お互いの存在をしっかりと認識していますからね。特に子供たちは、違う村で暮らしていても知り合いになっていますよ」

十七年前からエルンストは、メイセンの冬の楽しみを領民たちに提供していた。

長い冬の間、苦しい作業から一日だけでも解放されるように、民を集めて小さな祭りを行っていた。

広いメイセンで一ヶ所に領民が集まることは不可能で、どうしても偏《かたよ》ってしまう。東西南北に領地を分け、去年東で行えば今年は西、来年は南で次が北、というように毎年開催場所を変えて行っていた。

開催場所に近い村や町は、大人も子供もほぼ全員が参加できたが、遠い場所ではそうもいかない。領兵が作業と留守を預かると言っても、遠い場所まで全員で出掛けることは無理なのだ。

それでも、せめて子供だけでも寄越すように説得し、毎年、どの場所で祭りが行われようとも、どの村も町も、子供だけは参加させることになっていた。

そして、その僅か一日の祭りは、今ではメイセン中の子供らの、一番の楽しみとなっていた。

祭りといっても何か余興があるわけではない。ただ、腹いっぱい食べられるようにだけはしてあった。

大きな火を囲んで腹いっぱい食べる。食べて話して歌って笑って、それだけで満足するのがメイセンの人々だ。子らは走り回り、酒が入れば大人も踊る。

ただ、それだけでよかったのだ。

「二十年前はいがみ合っていたメイセンの人々が、今では笑い合っている。それだけでも、大きな収穫だと思いますよ」

エルンストは身を起こし、優しい伴侶と目を合わす。

至近距離で見つめ合う赤茶色の目は出会った頃のまま、感情豊かな優しい目だ。だが茶色の巻き毛には白いものがたくさん混じり出した。

確実に、伴侶が老いていくのがわかる。

切ない気持ちを押し込めて、エルンストは巻き毛を撫でた。逞しい体はそのままだというのに、どうして自分を置いて逝くのだろう。

「エルンスト様……」

察しのよい伴侶はエルンストの心を読む。エルンストは嫌な考えを振り払うように頭を振り、無理に笑う。巻き毛を掻き上げ、ガンチェの額に口づける。

大きな手が、エルンストの背を優しく撫でていた。

「隊長がね……」

ガンチェがふっと笑い、エルンストの髪に指を絡める。

「私たちは、いつまでも新婚みたいだと言っていましたよ」

「新婚？」

「目が合ったら見つめ合うし、手が触れたら指を絡めて……。そして毎夜、こうやって愛し合う。激しく愛し合った翌日は、わかるんですって。エルンスト様から、私の匂いがするらしいですよ？」

「愛しい若草の香りだ」

「そう言ってくださるのは、エルンスト様だけです」

くすくすと笑うガンチェに口づける。

「エルンスト様から、私のように獣の匂いがすることがあるそうですよ。どうします？　これから毎朝、湯を使われますか？」

ガンチェの手が、エルンストの薄い夜衣の中に潜り込む。

「石鹸をお使いになれば、エルンスト様から私の匂いも消えましょう」

「消して、どうすると言うのだ」

「高貴でいらっしゃるエルンスト様から獣の匂いがしてはなりませんでしょう？」

む、として引き締まった腹の上で座り、赤茶色の目を見下ろした。

「ガンチェはいつだって芳《かぐわ》しい若草の香りだ。私の愛してやまないガンチェを蔑むようなことを言ってはならない。それは、ガンチェであっても私は許さない」

楽しそうに笑っていたガンチェから笑みが消える。虚《きょ》を衝《つ》かれた顔でエルンストを見上げていた。

「私がガンチェと同じ香りだというのであれば、それは、幸せの証ではないのか？」

手を伸ばし、ガンチェの巻き毛を撫でる。そうしてガンチェの夜衣の胸元を開き、分厚い胸に口づけを降らせた。

ガンチェはがばりと起き上がり、薄い夜衣を脱ぎ捨てた。同じように、エルンストからも夜衣を奪う。

「他の者は気づかないでしょうが、私からも、エルンスト様の香りがすることがあるんですよ?」

ガンチェが優しく食《は》むようにエルンストの腹に口づける。

「そうなのか?」

「はい。この手の、指先から……」

ガンチェは自分の手を鼻先に持っていき、すん、と香りを嗅いだ。

「エルンスト様の、花のような香りを感じることがあります。ああ、エルンスト様だと、私はたまらなくなります」

ガンチェは目を閉じ、うっとりと囁いた。

「ああ、今も感じますね」

エルンストは、ガンチェの大きな手を持ち、指先に鼻を寄せた。

「……私は何も感じない。ガンチェの香りだ」

「そうですか? 私はエルンスト様の香りを感じましたよ?」

エルンストはもう一度、ガンチェの指に鼻を寄せる。そうして、ゆっくりと指先に舌を伸ばし、咥えた。

「ガンチェの香りだ。私の理性を奪う、ガンチェの香りだ」

太い指がエルンストの上顎を撫でる。このようなところも感じるのだとガンチェに教えられた。エルンストの体のどこが感じるのか、ガンチェに見つけられ、ガンチェに教えられた。

ガンチェの指に口中を蹂躙《じゅうりん》されながら、エルンストは愛しい伴侶を見上げた。両手でそっと、ガンチェを握る。濡れた指先を自らの秘所に忍ばせた。

「……エルンスト様は、何もなさらなくてよいのですよ」

ガンチェの指が添えられ、潜り込み、中のエルンストの指を撫でる。

「ガンチェが……ほしい……」

ちゅっと音を立て、口中に含んだガンチェの指を離す。

「ガンチェが欲しくてたまらない……」

「私もです。際限なく、エルンスト様と抱き合っていたい」

下の口からも指を引き抜き、濡れた頭をエルンストに押しつける。硬いガンチェが、花開き始めたエルンストの蕾《つぼみ》をつついていた。

「ふふ……やはり、隊長の言うとおりですね。抱き合っても、抱き合っても、足りない、私たちは結ばれたばかりの新婚ですよ？」

エルンストは微かに目を見開き、ガンチェに口づけた。

「ああ、そうだな」

広い肩に手を置き、ガンチェに向けて腰を落とす。甘い疼痛がエルンストの背筋を駆け上り、ガンチェに縋りつく。

「あ……っ……ん……」

切羽詰まった様子のガンチェの目が、それでも微かな理性を手に、エルンストを見ていた。傷つけないよう、エルンストの腰を両手で摑む。乱れ、無茶な動きをしようとするエルンストを大きな手がしっかりと押さえ、優しく開いていった。

「エルンスト様……大丈夫ですか……？」

「あ……ああ……」

くらくらと眩暈がしそうだった。数えきれないほど体を繋げたが、いつも、いつでも、最初の夜のように感じる。

ガンチェの顔に両手を添え、エルンストは恭しく口づけた。


「何物にも代え難き、愛しい人。ガンチェのためならば、私はいくらでも地に平伏し、愛を請うだろう。何度でも、ガンチェとの愛を始められる」

ガンチェは蕩けるような笑みを浮かべた。

「私も、ですよ？　もし、エルンスト様があのまま皇太子宮におられ、次代の国王陛下になられたとしても、私はエルンスト様に愛を告げたでしょうね。そして、エルンスト様を奪って逃げたはずです」

「それは大変だ」

くすくすと笑ってエルンストは下腹に力を込める。エルンストの悪戯にガンチェは眉を寄せ、そして、くっと笑った。どん、と下から突き上げられる。

「あうっ！」

仰け反るエルンストの胸の飾りにガンチェが吸いつく。ねっとりと舐めて転がし、ゆるく歯に咥えた。

「……私はやはり、皇太子を廃され幸運であった。ガンチェを、危険な目に遭わせずに済んだ」

いくら勇猛果敢なダンベルト人であっても、たったひとりで王宮から皇太子を、もしくは国王を奪えるものではない。

「どのような立場であっても、私も、ガンチェを愛さずにはいられなかっただろう。あのままであれば許されぬ愛に、私は命を落としていたやもしれぬ」

ガンチェがゆるゆると腰を揺らした。エルンストは大きく開いた足で、硬く引き締まった腰を挟み込む。柔らかな腿が擦れてたまらない。

「自ら命を絶たずとも、満たされぬ愛に衰弱してしまっただろう。幸運に恵まれ、このようにガンチェに愛される日々を送ってもなお、貪欲な私の心はもっと、もっととガンチェを求めるのだから」

ガンチェが嬉しそうに笑って、エルンストの頬に口づける。

「私も、人生最大の幸運に、いつも感謝していますよ。あのまま湯殿の下男と皇太子殿下であれば、このように触れることなど決して許されはしませんし、私は悶《もだ》え苦しんで死んでしまっていたでしょうから」

エルンストの肩に音を立てて吸いつく。そうして、赤い花を散らした。

「私たちはお互いに、幸運な者だということだな」

「はい！」

ガンチェは勢いよく頷くと、その強さのまま腰を振り上げた。


「あっ……！」

エルンストは小さく叫び、体を弾ませた。ガンチェが音を立て、エルンストの胸に花を咲かせる。

「エルンスト様！　エルンスト様っ！　エルンスト様の中にも外にも、私の印を残させてください」

逞しい腕がエルンストを抱き寄せ、首筋に所有印を残す。がくがくと揺らされながら、エルンストは何度も頷いた。

「全て……ガンチェの意のままに……っ」

体の奥に、ガンチェの強烈な熱を感じた。

「あ……あ……っ」

首を仰け反らせ、見開いたままのエルンストの目から涙が零れていく。足が引き攣ったように伸び、中のガンチェをきつく締めつける。

「……ぐっ……」

ガンチェがエルンストの首に額を押しつけ、くぐもった声で呻く。

熱い飛沫がもう一度、エルンストに叩きつけられた。


鎧戸を開け放したまま眠ってしまったのか。朝靄《あさもや》の中、エルンストは目を覚ます。

力強い命の鼓動を聞きながらそっと窺い見ると、可愛い伴侶はまだ眠りの中にいた。

体を重ね始めた当初は、いつもガンチェが先に起きていた。慣れない小さな身体には負担が大きくて、エルンストが起き上がれなかったのも理由だが、一番の理由はガンチェが、エルンストより遅く起きることを無礼だと思っていたことにある。

伴侶だから対等なのだといくら言い聞かせても、ガンチェは今でも言葉遣いを崩そうとはしない。エルンストの前ではタージェスらに敬語を使っているが、本当はくだけた物言いをしているのを知っている。エルンストに対してそのように話す者はいない。せめてガンチェだけでもそうしてほしいのだが、この一点は譲れないらしい。

だがそんな頑ななガンチェがこの二十年でだんだんと慣れてきて、自然な姿を見せてくれるようになったのが何よりも嬉しい。

エルンストよりも先に眠ることもあれば、遅く起きることもある。エルンストが立っていて、ガンチェが椅子に腰かけていることもある。


エルンストに対して拗ねたり、ねだったり、色々な感情を見せてくれるようになった。年下の伴侶の豊かな感情表現が可愛くて、自分に対して我儘を言う姿が嬉しくてたまらない。

眠るガンチェの顔を指先でなぞる。眉を撫でて瞼を撫で、鼻筋を辿って緩く結ばれた唇をなぞる。つつつ、と指先を滑らせて顎を、喉を、首筋を辿っていく。

どれほど深く眠っていようとも警戒を怠らないダンベルト人が、これほど遊ばれて起きないことも、また嬉しい。エルンストの存在を、自然なものとして認識している証拠なのだろう。硬い肩の筋肉に指先を弾かれつつ、盛り上がった胸の筋肉を巡る。

胸の飾りを押し潰すようにして指先で遊んでいたら視線を感じた。見上げると、未だ眠そうな目をしたガンチェが笑っていた。

朝の挨拶を交わして身を乗り上げ、啄《ついば》むような口づけを交わす。

ガンチェと微睡むこの時間が、エルンストは一番好きだった。逞しい体に身を乗せて、力強い鼓動を聞く。ガンチェの匂いを感じ、息遣いを感じる。優しい手が、エルンストの背中や腕や足を撫でていくのが好きだった。

緩やかに時間が過ぎていく、そんな時を楽しんだ。

「エルンスト様」

「ん……」

ガンチェの問いかけに目を閉じたまま答える。

「第二駐屯地へ、いつ向かわれますか」

大きく息を吸って、愛しい香りを胸いっぱいに取り込む。うっすらと目を開けて、朝の光溢れる窓を見る。

「……ふむ……」

アルドが守る第二駐屯地から手紙が届いたのは2日前だった。

リュクス国カプリ領へは、サイキアニ町の商人が商売を行うために、年に何度も訪れる。バステリス河は荒れ狂う大河とはいえ、常に人を寄せつけないわけではないのだ。

真夏と真冬にはヤキヤ村の川民が舟を出す。もちろん、カプリ領側の川民も舟を操る。限られた季節だけふたつの領地は行き来し、互いに商売を重ねてきた。

エルンストはサイキアニの商人に、ひとつの依頼をしていた。

カプリ領内の様子に気を配ってほしい、ということがそれだった。領兵の服装の者を見かける回数が増えてはいないか。あるいは、国軍の服装の者を見ることはないか。

カプリ領の人口は現在、約千三百名。サイキアニの商人たちは商人だけに、人の顔を覚えるのが得意だ。千三百名の顔を全て覚えているわけではないが、それでも、市場で見かけない顔を見る回数が増えてはいないか、気を配らせた。

数年に一度、バステリス河の水量が少なくなる。冬場の降雪量が少ない年がそうだ。春になっても雪解け水で荒れ狂うこともなく、熟練した川民ならば渡れる程度の水量となる。

今年、メイセンで降る雪が少ないと、エルンストも気づいていた。屋敷周りに積もる、雪の高さが違う。

そして届いた、アルドの手紙。

バステリス河の水量が、いつになく少ないと言ってきた。真冬だとしても少ない。領兵を上流へと行かせ、水源近くの積雪量を確かめた。とても、少ないのだと言っていた。

そして、サイキアニ町の商人の言葉。

最近、カプリ領兵を見かける回数が増えたと言っていた。

それとなくカプリ領の商人に話を向けると、領兵の数が増えたのだと言う。以前は三百名であったのが、最近では四百名になった。この一年で百名も増えて、それが領民からの募集ではなく、他領地からの流入で賄《まかな》われた。おかげで商売が繁盛したと、日用雑貨を扱う商人がほくほく顔で話したと報告してきた。

その上、リュクス国の国軍兵士の姿も見たという。カプリ領は国境地ではあっても、その相手がメイセン領だということで、今まで国軍兵士が駐屯している様子はなかった。

だが、今年の冬に商売に行くと、見慣れない服装の兵士を幾人も見かける。領民に問うと、国軍兵士だと言う。それも二百名もの兵士が集まり、カプリ領が急に手狭になったと不平を言っていたと。

サイキアニの商人は、持っていった農作物がいつになく高値で売れたと喜んでいたが、エルンストはその報告に不気味な風を感じたのだった。

メイセンがいかに辺境地であろうとも、リンス国に属する。メイセンに弓を引こうとしたならば即ち、リンス国に弓を引くことになる。

リュクス国は覚悟を決めたのかと考え、いや、と拙速な思いを振り払う。

「リュクス国は我々を、試そうとしているのかもしれぬ」

エルンストは呟いた。

「試す？　私たちは、何を試されているのですか」

「メイセンを、守りきる覚悟があるのかどうか、ということだ。もし、リュクス国がバステリス河の対岸に陣を張り、メイセンを睨みつけたとする。そのとき、メイセンの民が叫びながら逃げていけば一気に攻め入り、なし崩しに占領するだろう。後にリンス国が抗議したとしても、あのリンツ谷だ。あの谷を渡ってリンス国の大軍が来ないと踏んでいれば、リュクス国はそのままメイセンに居座るつもりなのだ」

エルンストは身を起こし、同じく身を起こしたガンチェの膝の上に座る。

「バステリス河の水源は、我がメイセンにある。リュクス国も雪が少ない年は、バステリス河の水量が少なくなることを知っている。だが、水源地である山の、雪の様子を知る術《すべ》はない。だからカプリ領に兵を集め、今は様子見をしているのだ。多分、他領地から集めたという領兵百名は、国軍兵士だ。カプリ領の国軍兵は二百名を駐屯させているというが、その実は、領兵に偽装した百名を加えて、三百名であろう。こちら側に警戒心を抱かせぬよう数を誤魔化《ごまか》しているが、本当は、メイセン領兵隊の倍の数を集め、そして、そのときを待っているのだ」

領兵の姿より国軍兵の姿に他国は強い警戒心を抱く。そして威圧感を与えるのも国軍兵の姿だ。そうなるようにわざと、各国とも鎧に工夫を凝らしている。

リュクス国軍の鎧は漆黒だ。闇夜を思わせる漆黒の鎧。その鎧に全身を覆われた国軍兵。今カプリ領にいる増えた領兵とやらも、メイセンと対峙するときには漆黒の鎧を身に纏うのだろう。

「そのときとは……春ですか」

さすが、戦いを生業とするよう育てられたグルードの種族だ。察しのよい伴侶にエルンストは笑う。

「そうだ。リュクス国もメイセンの状況を見ているだろう。バステリス河沿いに第二駐屯地ができたこともわかっている。おそらく、植樹の意味も。だからこそ、全てが整う前に探っておきたいのだ。春に攻め込めば、もし万が一戦いが長引いたとしても、すぐに夏が来る。バステリス河は夏に人を渡す。つまり水量の少ない年は、常の時よりも長く、行き来ができるということだ。そして春と夏であれば、メイセンの農作物を強奪し、兵糧に充《あ》てることもできる」

不穏な空気を感じ取り、ガンチェの目が金の色を帯び始めた。

「メイセン領の、農作物の収穫量が上がっているのも気になっているのだ。私がサイキアニの商人を介してカプリ領の情報を集めているように、リュクス国も商人を使い、メイセンの情報を集めている。メイセンにはカプリ領の商人も入ってきているだろう？　商人というものは情報を掴むのが早い」

「どうなされるのですか？　グルード国へ、親書を送られますか？」

伴侶の逸る気持ちを抑えるように、逞しい腕をぽんぽんと叩く。

「いや、それはならない。この程度のことでせっかくの援軍を使ってはならない」

エルンストがグルード国と結んだ協定。

メイセンでその内容を知っているのはエルンストとガンチェ、タージェス、そしてブレスとアルドである。

リンス国元老院内でも、元老院長ネリース公爵と軍務府長アルティカ侯爵のみに知らせていた。その他の者は、内容はもとより、協定の存在自体を知らない。それは、メイセンの人々でもそうである。

協定が生きてくるのは数十年後、数百年後、先のことだとエルンストは考えていた。

グルード国は国として立っているとはいえ、その存在はあまりに脆弱《ぜいじゃく》で頼りない。他国に力を貸すことができるほどの余裕を持つためには、まだ数十年の時を必要とするだろう。

そしてメイセン領もまた、他の力を借り、その上で自分を見失うことなく、また、他を頼りすぎることもなく自己を律するためには、数十年の時を経て成長しなければならない。

ひとつの国と、ひとつの領地が成長する時のため、エルンストはあえて口を閉ざし、タージェスらに緘口《かんこう》を命じた。

「これは、私に突きつけられた試練なのだ。この程度のことで狼狽《うろた》えて、リュクス国に付け入る隙を与えてはならない」

確かに、協定の中身を声高に叫び、他国を牽制《けんせい》するのもひとつの手ではある。

だがそれは、グルード国が強大な国として立っていた場合にのみ、有効である。今はまだ小さく、それはリュクス国も知るところだ。

今、もし、協定についてメイセンの人々に知らせれば、それはすぐさまリュクス国カプリ領主の知るところとなり、ひいてはリュクス国が知るところとなる。

リュクス国ほどの軍事力があれば、今はまだ弱々しいグルード国の援助など打ち砕くだけの兵を差し向けることも可能だ。

「どうなされるのですか……？」

「そうだな……。まずは第二駐屯地へと向かい、リュクス国の様子を窺おうか。あとは、騙《だま》し合いだ」

「騙し合い？」

「サイキアニの商人の言うことが正しければ、カプリ領の領兵とリュクス国軍、合計六百名の兵士を、メイセン領兵隊百五十四名で迎え撃たなければならない。そのようなことができるだろうか？」

ガンチェはぐっと腹に力をこめた。その圧倒的な戦力差を、生まれながらの戦士は敏感に感じ取っているのだろう。

「ふふ。無理だろう？　兵法とやらを使って奇策を行えば対処できるのかもしれぬが、残念ながら、我がメイセンに軍師はおらぬ。仕方がないので騙し合いだ」

窺うように見下ろしてくる目は赤茶色だった。エルンストの話に戸惑って、気の高ぶりが静まったのだ。

「我がメイセンを探ろうとしているリュクス国に、確固たる意思はない。こちらの状況に応じて、どちらに転がろうか思案しているのだ。ならば我らは、攻めて来ないほうに転がしてやればよい」

「転がす……ですか？」

「相手が一国であれ、一領地であれ、攻め込むには強い意志が必要だろう？　今のリュクスにそれはない。だとすればいかに大軍であれ、それは一枚の岩ではなく、必ず穴があるものだ。適した時、適した場所に石を投げつけてやれば、脆く崩れ去る」

見上げて笑うと、ガンチェは納得したように頷いた。

「確かに、守る側には強い意志があります。守る対象が何であれ、負ければ自分の命も奪われますから。ですが攻める側は、一概にそうとも言えません。攻め込む理由は大将が考えるもので、一兵士にとってはどうでもよいことです。褒美でつられていたとしても、絶対に勝てると確信が持てなければ、命を賭けてまで攻め込んだりはしません。決断を下す大将自身が様子見をしているのならば、どれほどの大軍であろうとも、恐れることは何もありません」

誰よりも頼れる心強い戦士の言葉に、エルンストは満足して頷いた。

「……あとは、そのときを、間違えぬことだ」

「エルンスト様が見定めるのであれば、それが正しいときです」

「ガンチェは私を買い被りすぎる」

「もし万が一、エルンスト様が間違っておられたとしても、誰も非難などいたしませんよ。エルンスト様が間違われることを正しく行える者など、このメイセン……いや、この世界にいやしませんから」

ガンチェの言葉がエルンストの心をくすぐった。

「……本当に、我が伴侶は、私を買い被りすぎている」

呟くエルンストを笑いながら、ガンチェは逞しい腕でエルンストを抱き締めた。

準備を整え、エルンストが屋敷を出立したのは、それから十日後であった。

6

屋敷の兵舎で暮らす領兵七十六名全てを伴い、春の気配を感じ始めた道を、第二駐屯地へと向かって歩く。

「エルンスト様。よいのですか？　御屋敷を空にして」

馬上でタージェスが聞いてくる。

この二十年で馬の数も微増した。今ではタージェスやガンチェ、中隊長に小隊長まで全員が乗った上でいくつかの荷車を引かせても十分な頭数となった。

「空ではないだろう？　侍従らは屋敷にいる」

ガンチェの馬に同乗したエルンストが飄々《ひょうひょう》と答えると、タージェスは苦笑していた。

「屋敷に兵を残しておいても意味がない。リンツ領からリュクス国が攻めてくるようなことがあれば、メイセンだけではなく、リンス国そのものが終わりだ」

現在メイセン領には、メイセンの民以外はいない。

エルンストはアルドに命じ、メイセン領に入ってくるリュクス国の人間を、完全に把握するようにしていた。

バステリス河を渡るとひと言に言っても、河岸のどこにでも舟が着けられるというものではない。舟を着けられる場所をヤキヤ村の川民から聞き出し、全ての場所を第二駐屯地の領兵で見張れるようにしていた。

あまりに遠くて兵を割《さ》けない場所であるならば河岸に岩を配置するなどして、船着場としての役目を果たせないようにした。

雪が少ないと言ってきたアルドは、積雪量を気にするエルンストの意図を正しく理解していた。

手紙の中には、リュクス国から入ってきた者はこの三日間おらず、この先も理由をつけて入らせないようにする旨、書かれていた。

メイセン領兵隊は、確かに数は少ないが、決して人材不足というわけではない。

「ですがエルンスト様。もし万が一、リンツ領へ援軍を頼みに行くときには、第二駐屯地から走るより、御屋敷から走るほうが遙かに近いですよ」

昨年初冬、伝書鳥の技術を修めた兵士がひとり、メイセンに戻ってきていた。

技術習得まで十年は必要だと言われていたが、僅か五年で技術を習得したのだ。

メヌ村出身のこの兵士ニッカは、幼い頃、大人たちがカリア木を伐採するために山に入るときには常に同行し、山を駆け回って遊んでいたという。

特に好きだったのが、鳥を捕らえること。よく肥えているものはすぐに食べ、小さな鳥には紐をつけて連れ帰り、飼っていたのだという。もちろんその後、太らせて食べていたというのだが、とにかく、鳥の扱いに慣れた者だった。

ブレスの推薦で送り出したがエルンストもまさか、五年で習得するとは思ってもいなかった。

「リンツ領へ報せるのなら屋敷からではなく、アルルカ村からのほうがよいだろう。第二駐屯地からアルルカ村まで、鳥なら四時間で飛ぶのだから」

「そうですね。ではやはり、足の速い者を一名、アルルカ村で待機させておきましょう」

早速指示を出そうとしたタージェスを、エルンストは止める。

「いや、それには及ばない。此度《こたび》は戦いに行くわけではない。そもそも、戦いが始まった時点でメイセンの負けだ」

「しかし、もうすぐ春になります。リンツ谷の雪も今年は少なく、そろそろ谷を渡れますよ。メイセンからリンツ領へと向かい、リンツ領兵を差し向けてもらえれば、第二駐屯地まで急げば五日で着くでしょう。アルルカ村から兵士が走ったとしても、十日もあれば十分です」

会話を交わすタージェスとエルンストの後ろには副隊長も務めるブレスと、第一、第二中隊長であるメイジやミナハ、第三中隊長のロウが馬をつけている。

ブレスらはエルンストの背後を堅め、後ろに続く徒歩の兵士たちに話を聞かせまいとしていた。リュクス国六百名の兵に対し、メイセン領兵百五十四名では恐れるなというほうが無理だ。

それでも、命令に従い歩いてくる領兵を、エルンストはちらりと窺い見た。

二十年前、領主となった頃は、兵士とは名ばかりの、ひょろひょろとした血色の悪い者たちだった。訓練をさぼり、武器の手入れを怠り、兵士なのだか下男なのだかわからないようなことばかりをしていた。

しかしこの二十年の間、タージェスやガンチェに鍛えられ、兵士となった。向かう敵の巨大さにその顔は強張っているが、決して狼狽はしていない。逃げようともしていない。故郷を守ろうとする意思が、感じられた。

エルンストはさりげなく、中隊長や小隊長たちの顔を見る。みな、秘めた決意が感じられた。

ガンチェの言葉がエルンストの心に響く。

守る者は、命を懸けて守る。攻める者より、守る者のほうが強いのだ。

エルンストはタージェスを見て、ふっ、と笑う。

「タージェス、心配せずともよい。此度のことは、メイセンが勝つ」

呆けたようにタージェスが見てきたので、エルンストは背後に続く兵士たちに聞こえるように、大きな声で言った。

「我らは、戦いはしない。我らが剣を抜く前に、メイセンが勝つのだ。リュクス国の兵士どもは我がメイセン領兵隊を見て、恐れをなして逃げていくであろう」

驚くタージェスやブレスや小隊長たち、思わず足を止めた領兵たちに向けて、エルンストは笑う。はははは、と声を上げて笑うエルンストに同調するように、ガンチェが豪快に笑った。

歩く領兵たちがつられるように笑い出し、やがて、小隊長や中隊長も笑い出す。

最後にはタージェスまで笑い出して、沿道で畑を耕していた領民が何事かと集まってきたのだった。


第二駐屯地に着くと、珍しく顔を青くしたアルドに出迎えられた。

「エルンスト様……」

アルドの後ろに見える領兵たちも、そわそわと落ち着きがない。

「どうしたのだ」

「リュクス国が、バステリス河沿いに陣営を築いているようです」

アルドの言葉に各隊長たちが緊張する。屋敷から連れてきた領兵らの耳にも届いたのか、ざわめき出した。

「ふむ……」

タージェスを見上げると、覚悟を決めた顔でエルンストを見下ろしていた。いつも楽しそうなブレスまでもが顔を強張らせている。

エルンストは小隊長や中隊長の顔もじっくりと見渡

し、ふふ、と笑った。

「そのように悲壮な顔もできたのだな。みなもよく見ておいたほうがよい。メイセン領兵隊の各隊長たちはなかなか肝が据わっているのだから、このような顔は見ようと思って見られるものではないぞ？」

屋敷の領兵や第二駐屯地の領兵たちを見渡してそう言うと、兵士たちは虚を衝かれた顔をしてから、それぞれの隊長たちを窺い出した。

「さて、おもしろいものも見られたし……次は、リュクス国の様子を見ようか」

アルドにそう告げて震えそうになる足を叱咤し、さっさと歩き出す。

背後から領兵たちの賑やかな笑い声が聞こえてきて、ともすれば強張るエルンストの頬を緩ませた。


バステリス河を望む崖に立つ。

荒れ狂う大河は、悠久の時の流れで大地を削り、渓《けい》谷《こく》を築いていた。バステリス河が最大水量になったときには谷とも感じないこの場所だが、今は、立つこの場所は崖と言えるし、流れる河は遠かった。

アルドが言うように、バステリス河の水量はこの二十年の間で一番少ないと思われた。

下を流れる河を挟んで対岸を見る。

いくつもの旗が見えた。カプリ領主の印ではなく、リュクス国の印を掲げている。

リュクス国は腹を決めたのか。エルンストの体が冷える。

「まだ、ですね」

背後に立つガンチェが正面を睨みつけたままそう呟き、エルンストの肩にそっと手を置いた。

「兵士たちが談笑していますよ。緊張感が全くない。軍を率いる者の姿も見えません。多分……小隊長でしょうかね。そういった様相の者がぽつぽつと見えますが、将軍はいませんね」

ダンベルト人の目は夜目が利くだけではなく、遠くまで見渡せる。ガンチェは対岸の様子を手に取るように教えてくれた。

「カプリ領兵はいるだろうか？」

「いません。少なくとも、領兵の服装の者はいません」

「見たところ、二百名を少し超えたほどに見えるのだが……」

「そうですね。二百……二十か三十というところでしょう」

やはり、増えた領兵は国軍兵だったか。メイセン領兵が百五十四名だと知っているからこそ、それより多い数で陣を敷いたのだ。まやかしの領兵の姿は捨て、本来の国軍兵士としての黒い鎧を身につけて。

「さて……どうしようか」

ガンチェにだけ聞こえるように、ぽつりと呟いた。

「決めておられるのではないのですか？」

ガンチェも、エルンストだけに聞こえるように囁く。下に流れるバステリス河の轟《とどろ》きは、よい消音効果をもたらしてくれた。

エルンストはバステリス河の上流から下流を見渡す。大きな岩がいくつも転がる河岸、少ない水量でも激しく流れていく河。

「アルド、船着場はどこになる？」

アルドはエルンストの横に並ぶと、河岸を指し示した。

「バステリス河は穏やかに流れているように見えて、その中は渦《うず》が巻いていることが多々あります。あの大きな岩があるところ、あのあたりには舟が着けられます。それから……あの岩場と、あちらの緑があるところ、それから、下流方向のあのあたりです」

アルドの指を辿って、エルンストも場所を確認する。

「これより先はどうなのだ？　上流や、下流はどうなのだろうか」

「上流は無理ですね。河底の岩が大きくて、しかも尖っているのです。水量が少なければ舟が出せず、かといって歩くことができるほど容易い岩場ではありません。水量が多いときは底の岩場が水の流れを複雑に変え、熟練した渡しの者でも渡りきるのは無理です」

アルドは下流に目を向ける。

「上流に比べればまだ、下流のほうが渡しやすい。ですが、ここより先は支流が流れ込んできますから、水量が増えます。水中の渦も大きくなります。熟練者であればそれでも渡すことが可能ですが、ただ、下流域には岸辺がないのです。ひとりふたりが足をつく場所はありますが、軍隊には無理です。それに、たとえ足をつけたとしても、ここよりもっと急な崖となっていまして、河岸から上がってくることは非常に難しい……というより、無理ですね」

「ふむ……」

エルンストは再び、バステリス河に目を落とす。

「……どうなされますか？」

エルンストの考えを邪魔しないように気遣いつつ、タージェスが声をかけてきた。振り向くと、せっかく緩んでいたというのに、また顔を強張らせた領兵たちが立っていた。

エルンストはもう一度バステリス河の水量と河岸の様子、そして、対岸に陣を張るリュクス国の様子を見る。

ガンチェほどはっきりと見通すことはできないが、それでもリュクス国軍兵らがメイセン側を挑発しているのがわかる。

何事か叫んでいる兵士の姿も見られた。取り囲んだ周りの兵士らが身を捩《よじ》っているところをみると、メイセンを罵倒して笑っているのだろう。

対するメイセン領兵隊は、ますます顔色を失っていく。

エルンストは、領兵の背後に広がる木々を見た。大軍が攻めてくるならばこの河岸からだろうとアルドが調べ上げ、このあたりを重点的に植樹していた。

下の河岸からの道を上りきると、今エルンストが立っている崖に出る。道も決して険しいものではない。緩やかな坂で、幅も広い。大軍が駆け上がってくるには十分な道だ。

植樹はこの崖から中に入った場所で行っている。崖際にまで植樹を行うとバステリス河を見渡すことがしにくくなる。植樹場所から崖までは、対岸のリュクス国軍のように数百名が陣を張っても十分な広さは確保していた。

この場所に植樹された木々はよく根付いた。今ではクルベール人がふたりでひと抱えするほどの太さに成長していた。

見上げると春先の、薄い色をした空が広がっていた。雪はもう五日前から降ってもいない。風も感じられず、薄く広がった雲が浮いていた。

「ブレス、この先の天候は読めるだろうか」

問いかけるとブレスが空を見上げ、メイセン側の山やリュクス国側の山を見ていく。バステリス河が流れてくる先の山も見た。

「これから夜間にかけて、風が出てきますね」

ブレスの言葉に空を見る。今は無風と言ってもよいくらいだ。薄い雲は止まって見える。

「ふむ。風の強さはどれほどだろうか。強風となるのだろうか。どれほど続くのか」

エルンストは天候に関して、ブレスの判断を疑うことはない。ブレスが出ると言えば、必ず風は出るのだ。

「強風ではありませんね。旗がはためくくらいでしょう。夜半過ぎには収まります」

「吹く方向は、わかるだろうか」

「はい。このあたりの地形や木の枝の感じから、風の多くはメイセンのあの山からリュクス国に向けて流れていますね」

ブレスが指し示す、植樹ではない、以前からある大木に目をやった。確かに、枝が風に吹かれたように不自然な形をしている。常にあのように風に晒されて、そのまま成長したのだろう。

エルンストは傍らに立つアルドを振り仰いだ。傍目にわかるほど顔を強張らせたアルドに、ふ、と笑う。

「せっかく植樹したのに悪いが、三十本ほど、伐ろう」

広がる植樹林を指し示す。

「それで、どうなさるおつもりですか？」

「ふむ。第二駐屯地も長らく植樹作業に従事し、大義であった。メイセン領兵隊百五十四名が久々に揃ったのだ。みなを労う意味も込めて、宴《うたげ》でもしようか」

「……は？」

呆けるタージェスらを置いて、エルンストはさっさと植樹林へと歩いていく。

エルンストの行動を何も疑わず、背後に続くガンチェの気配に心を奮《ふる》い立たせる。

大丈夫だ。間違ってはいない。

自分自身にそう言い聞かせて、歩く。


領兵に命じ、大きく育った三十本の木を伐り倒した。ガンチェに頼んで獣も調達する。鹿や猪や、熊まで担いでガンチェが戻ってきた。

領兵らは、ガンチェが仕留めてきた獣の解体をさっさと始めた。仕留めてすぐに内臓を取り出すと臭みが少ないだとか、香草と一緒に煮込むとよいとか、エルンストにも色々と教授してくれる。領兵たちは鮮やかな手つきで、あっという間に解体を終えた。

「エルンスト様。ティスが着きましたよ」

ブレスの言葉に振り向くと、黒い医師が立っていた。相変わらず、その背中には大きな剣が背負われていた。

「すまない。遠かっただろう」

ウィス森があるイイト村を、ティスが離れることはまずない。メイセン内で急病人が出たときくらいだ。

「問題ありません」

出会った頃は表情を読むのが難しいと思っていたが、今ではティスがどういう表情を浮かべているのかエルンストにも簡単にわかる。領兵らに囲まれて楽しそうだった。

「ティスに、頼みたいことがある」

エルンストがそう言うと、ティスはゆっくりと頷いた。


よく訓練された領兵たちの動きは素晴らしい。

特にメイセン領兵隊は、年に一度の祭りの準備を毎年行っていた。大きな火を熾《おこ》すことも、獣を捌《さば》くことも、大人数の料理を作ることにも長けている。

その上、祭りでは率先して民を楽しませようとするため、芸達者が増えていた。肉が焼ける頃にはもう、歌って踊って、それは楽しい宴となっていた。

「エルンスト様」

楽しそうに騒ぐ領兵たちを笑いながら見ていたエルンストに、ガンチェが椀《わん》を差し出す。

礼を言って受け取ると、温かなスープが入っていた。熊の肉が入っているということだが、香草を使い煮込まれた肉には臭みもなく、非常に美味であった。

ひと口飲んで、ほっと息を吐く。春先とはいえ、まだまだ寒いメイセンだ。温かなスープに緊張が解けていく。

「楽しそうですね」

ガンチェの目は、踊り出した兵士を見ていた。彼らが囲む大きな火は、ゆらゆらと揺れている。

頬を優しく風が撫でて、リュクス国へと流れていった。

「あちらは困惑していますよ」

ガンチェが正面を向いたまま、ぽそりと呟いた。エルンストも正面を向いたまま、微笑んで頷いた。

それから三晩、メイセン領兵隊の宴はまだ続いている。

メイセンの領兵たちは元気だ。三晩続いても、歌って踊っている。日中は領兵を半分に分けて交代で休養させているが、三日続けて腹いっぱい食べても胃は大丈夫なのだろうか。

エルンストは兵士の体調が心配になるが案外平気なようで、今日は熊が食べたい、とガンチェに要望までしていた。

「対岸は、随分と苛《いら》ついているようですね」

こちらは年相応に胃にきているらしい。タージェスが腹に手を当てて立っていた。

「ふむ。気づいたか」

タージェスはティスが処方した、胃薬になる薬草を煮出した茶を一気に飲んで、エルンストの隣に座った。

「まあ、これでも一応、兵士の端くれですから」

苦笑するタージェスに、エルンストは頷いた。

「でもよかったですね。風が三日とも続いて」

「そうだな。だが、風は初日だけでも十分だ。人は光景と嗅覚を結びつける。一日目の晩に、こちらの宴と漂ってきた肉の匂いを覚えさせてやれば、それでよい。二日目以降は、風がなく匂いが届かなかったとしても、昨夜と同じ光景を見れば、記憶が匂いを呼び起こす」

かつてグルード郡地で鍛えられたとはいえ、エルンストは三日とも、スープだけにしていた。おかげで胃薬の世話にならずに済んでいる。

タージェスとは反対側の、エルンストの隣に座るガンチェは大きな肉を頬張っていた。気持ちのよい食欲を惚れ惚れと見つめる。

「それで、エルンスト様。こちらの余裕を見せつけて、それで回避できるのでしょうか？」

タージェスはまだ心配なようだが、それも当然のことだろう。

対岸に陣を張るリュクス国の兵士は、今や三百名を超えた。国軍兵士に混ざってカプリ領兵の姿も見え始めた。ガンチェが見たところ、遠眼鏡を使いこちらの様子を観察しているらしい。

エルンストは河岸を望む崖に、ちらりと目をやる。領兵たちが呑み干した酒樽を並べて置いた。その数は五十を超える。大きな酒樽をこれ見よがしに並べられて、リュクス国軍兵は腹立たしいことだろう。

メイセンより随分ましだとはいえ、リュクス国カプリ領も、決して裕福ではない。三日で五十の酒樽を空けられるほどの余裕はない。

メイセン領兵隊が腹いっぱい食べて、浴びるほど呑んで、騒いで笑う。そして、日中は寝ている姿を見せつけられ、対岸の兵士たちが忌々《いまいま》しげに睨みつけてきているのをガンチェが教えてくれた。

「こちらの様子を見て、攻める時期ではないと感じ、退くならそれがよい。だが……そううまくはいかないだろう」

「では……？」

「この宴には三つの目的がある」

タージェスにも余裕が出てきた。そろそろ話してもよい頃合いだ。

「ひとつめの目的は、メイセン領兵隊の緊張を解くことだ。適度な緊張ならばよいが、戦闘を行ったことのない領兵たちは必要以上に緊張していた。素人の私が見ても、危険と感じるほどだ。極限にまで高まった緊張感で、指揮官の指示も聞かずに走り出してしまうのではないかと案じるほどだった」

あっという間に肉を平らげたガンチェが、そうですよ、と笑って頷く。

「ふたつめの目的はタージェスが指摘したように、こちらの余裕を見せつけることだ。狼狽してはいない、リュクス国の陣営にいくら兵士が増えても意味がない、それほどの余裕をこちらが持つ理由がある。リュクス国の知らない理由があるのだと、勘違いさせるのが目的だ」

攻め込むには気合いがいると教えてくれたのはガンチェだ。相手の情報を最大限摑み、勝機を確信してからでなければ勢いよく攻め込むことはできない。軍隊とは、それほど無謀な集団ではないのだ。

エルンストは余裕を見せつけ、相手が疑心暗鬼に陥ることを狙った。

今見えている領兵以外にも兵士がいるのではないのか、リンス国軍が総力を挙げて反対側に攻めてきているのではないのか。あるいはシルース国と結託し、連合軍がリュクス国に攻めてきているのではないのか。

メイセンの前に陣を張る大将は、エルンストが見せる余裕の裏側を必死で推し計っていることだろう。

「三つ目の目的は……リュクス国を、煽《あお》ることだ」

「煽る？」

声を潜《ひそ》めたタージェスが振り向く。

大きな火が揺らめいて、タージェスの顔に影を落としていた。

「勝手に誤解して、退くならばよい。だがそれでは後に、必死にこちらの情報を集め、メイセンの余裕がただの見せかけだったとすぐに気づくだろう。面倒な隣国とはいえ、リュクス国と国交を断絶するわけにはいかず、メイセンはカプリ領との取引をなくせば以前以上の貧しさに苦しむことになる」

大きな酒樽を領兵たちが運んでいく。リュクス国に見せつけるように並べた空の酒樽が、もうひとつ増えた。

「今後のことを考えれば、舐められるわけにはいかない。今回のことは、メイセンが舐められているということだ。貧乏領地だから、脅せばすぐに手に入ると思われてはならない。リュクスを煽り、矢を射らせる」

「……戦うのですか?」

「戦うわけではない。叩くのだ」

意味を測りかねるとタージェスの顔に書いてあった。

「メイセンの体制が整うまで……少なくともこれより先、二百年は手を伸ばそうと思えぬほどの打撃は与えておこう」

「戦う……のですよね?」

ふふ、と笑ってエルンストは続ける。

「メイセン領兵隊に剣を握らせ、リュクス国兵士とぶつかれば戦い、だろう? そのようなことはしない。メイセン領兵隊は、剣を抜く必要はない」

「作戦を、聞かせていただけますか?」

タージェスが、身を乗り出して聞いてきた。


翌日になると、並んだ酒樽は七十を超えていた。ずらりと一列に並べれば、対岸の陣営と同じほどの長さになる。腹の張った楕円の大きな酒樽は、エルンストの胸よりも高い。

「随分と呑んだものだな……」

エルンストが思わず呟くと、傍らのガンチェが声を出して笑っていた。


第二駐屯地の兵舎は小屋に近い。徒《いたずら》にリュクス国を刺激しないようにとの配慮からだったが、これを機に、大きな兵舎に建て替えてもよいとエルンストは判断した。

「システィーカの鎧を、ですか？」

アルドが訊ねたのでエルンストは頷いた。

兵舎の隊長室は狭く、タージェスにアルド、ブレス、そして三人の中隊長が入ると座る場所もない。もともとそれほどの椅子もないので全員、立ったまま会議机を囲む。

ガンチェは頭が天井につかえてしまうので、身を屈めたままだった。可哀想に。早急に大きな兵舎に建て替え、ガンチェが入っても大丈夫な高さにしてやらねば。

「ロウ、よく躾けられた馬は、何頭いるだろうか？動くなと命令したとき、全く動かない馬がよいのだが」

エルンストは、第三中隊長ロウに問いかける。

タージェスよりも年上のロウは、メイセン領兵隊の最古参だ。百八十を超える年齢で、物事に全く動じない性格だった。

本来ならば引退してもよい年頃なのだが、飄々としたその雰囲気が若い兵士たちに慕われて、もうこのまま兵舎で死んでくれと言われていた。

「さあて……五頭ですかな。生きている動物ですから、動かない、という程度によりますがね」

ロウは馬の世話に長けていた。貧相な馬を、体格のよい馬に育て上げることを好んだ。血統のよい馬に興味はない。そんな馬がよい馬になるのは当たり前だ。駄馬と言われた馬を名馬にしてこそおもしろみがある。若い兵士にそんなことを言いながら馬の世話をしていた。

「ふむ。勝手に歩き出さなければそれでよい。背負った荷を落とさなければよい」

ロウは自信を持って頷いた。

「それならば、七頭は大丈夫でしょう。メイセンの馬は、どれも大人しいですからね」

「軍馬で大人しいのは問題があるだろう」

タージェスが呆れて言うのにロウは続けた。

「まあ、そりゃそうなんですがね。うちの馬は、縛りつけていない丸太を背負わせて歩かせても、落としたりしません。手綱を握っていながら落とされるのは、御領主様くらいなもんですよ」

う、と詰まりながらエルンストが見上げると、六人の隊長たちは哀れむような、笑いを堪えた目で見下ろしていた。

乗馬の練習をしようとしたエルンストは、何度も何度も馬から落ちたが、馬が暴れて落とされたことはない。普通に、大人しく歩いている馬から落ちるのだ。

領兵たちやガンチェまでもが不思議がったが、エルンストにもどうしてなのだかわからない。数歩進むと視界が斜めになっていて、気づくといつも、ガンチェの腕の中だった。

居心地が悪くなって傍らのガンチェを見上げると、こちらは気の毒そうな目でエルンストを見下ろしていた。

「しかしエルンスト様。それでもシスティーカの鎧というのは……リンス国産の鎧では駄目なのでしょうか？」

第一中隊長メイジが、咳払いをしてから聞いてきた。

「システィーカのほうがよい。もともとのメイセン領兵隊の鎧は、素人目にもあまりにお粗末だ」

エルンストの言葉に隊長たちは苦笑を浮かべ肩を竦めた。

エルンストは毎年、ない金を工面して領兵隊の鎧を買い足していった。それもシスティーカ郡地の鎧だと決めていた。最高級であるルクリアス国の鎧がよかったのだが、さすがにそれは高すぎる。

エルンストは、システィーカ郡地ムテア国の鎧を購入していった。現ムテア国王は、ガンチェの朋友である。ガンチェを介し、ありがたいことに相場の二割引きで手に入れていた。

毎年少しずつ買い足していったムテア国産の鎧も、現在では五十体を超えた。

「それで、いくつ使われますか？」

「ロウが選び出した馬、七頭にそれぞれ一体ずつ。残りは植樹林を背に配置する」

「全て使うのですか？」

「今使わずに、いつ使うのだ」

「いや……使い方が違うというか……」

アルドが口籠るのを、ロウが笑い飛ばす。

「鎧の使い方なぞ、どうでもいいだろう。おもしろそうじゃないか」

かかか、と笑うロウに場が和む。若い兵士たちが慕う気持ちもわかる。

「ニッカはどうだ？」

ブレスに問う。メイセン領兵隊で唯一、伝書鳥を扱えるニッカは、ブレスが小隊長を兼任する第一小隊の兵士だ。

「ニッカも鳥も、調子はいいですよ。毎日ティスと手紙交換しているようです。しかし……ティスは悪筆ですね。メイジでなきゃ読めませんよ」

苦笑するブレスにメイジが憮然として答える。

「同類だとは思わないでください。私は読めるだけで、私の字はあそこまでひどくありませんから」

そう言うメイジの字を、エルンストも見たことがある。領兵隊から出されるいくつかの報告書をメイジが作成することがあるのだが、いつも判読に苦労していた。

「でも本当に……ティスは色々と、見た目を裏切る方ですよね」

しみじみとミナハが言うのをタージェスが聞き返す。

「どういう意味だ？」

「非常に、よく話すのですよ」

非常に、と力をこめて言う。

「口数が少ない方なのに、手紙になるとそりゃもう、しゃべる、しゃべる」

手紙になるとティスが饒舌《じょうぜつ》になることもエルンストは知っている。

薬草についてのやり取りをする際、イイト村を滅多に離れないティスは手紙を使う。初めてティスの手紙を受け取ったときはエルンストも驚いた。それはもう、すごい枚数で、何事かと思ったものだ。

それほど多くの薬草が見つかったのか、効能が確立されたのか、研究結果を細かく知らせてきているのかと思ったのだが何ということはない。ただ、日常生活をつらつらと書き連ねていただけだった。イイト村の村民との会話や食事や、子供との遊びまでを書いていた。もちろんその際の私感まで伝えてきていた。

総数二十一枚の手紙のうち、本来伝えるべき薬草について書かれていたのは僅か一枚であった。

「ニッカが怒っていましたよ。ティスからの手紙をつけて戻ってきた鳥が、いつもよたよた飛んでいると」

「……ティスの手紙で、鳥が落ちそうですよ」

ブレスが呆れたように呟き、ロウが問う。

「伝書鳥というもんを見せてもらったが、ありゃ脚に金具を着けておらんかったか？　あれに手紙を入れると聞いたんだが……？」

「普通は、そうですよ。だから小さな紙に書いて入れるんです。あれに入るだけの紙しか持たせないですから、鳥に負担はないはずなんです」

「それでどうして、鳥が落ちそうになるんだ」

「ティスは、それ以上の紙を背負わせるからですよ」

「背負わせる……？」

ロウが眉を寄せて首を捻るが、エルンストにも意味がわからなかった。

実物を見たのだろう。ブレスとミナハ、メイジが苦笑して顔を見合わせていた。

「折り畳んだ紙を、鳥に括りつけているんですよ。背中側だと羽があるから、腹に括りつけるんです。背負わせるというより、抱えさせている、ですね」

「……ぶっ！」

想像したのかロウが噴き出した。

「そりゃあいい！　おい、ブレス。鳥が帰ってきたら、そのまま儂にも見せてくれっ！」

腹を抱えて笑い続けるロウにつられてエルンストも笑う。傍らを見ると、ガンチェも爆笑していた。

「どうでしょうかね～。ニッカがえらく怒って、怒りの手紙を送りつけていたから、次はやめていると思うんですけど……」

困惑したようにミナハが言うからアルドまでが噴き出していた。

「普通の鳥じゃ無理なんでしょうけど、イイト村のウイス森から、ちょっと大きな鳥を獲ってきて訓練したでしょ？　あれが気のいい奴で……。でかくて力があるだけじゃなくて、頑張るんですよ。私は初めて見ましたよ。あんなに必死の形相で飛ぶ鳥を」

「やめろっ！　ブレスっ！　俺を殺す気かっ！」

タージェスは机をばんばん叩いて悶えていた。


「え……あ……ごほんっ。……それで、何でしたっけ？　エルンスト様」

ようやく笑いの渦が収まってタージェスが話を元に戻す。

問われてエルンストも、はたと考え込む。

「……ああ、そうだった。ティスの準備を聞きたかったのだ」

「ああ、それなら大丈夫です。昨日の報せで、全て終わったと書いていました。あとは溜まるのを待つだけです。ティスに同行した兵士からは、五日もあれば十分だと。こいつはヤキヤ村の出身者ですから、バステリス河のことにかけちゃ、よく知っていますよ」

ブレスの報告に、机上に広げた地図に目を落とす。

「ふむ。五日か」

「長くないですかね？　ブレス、もっと早くできないのか」

同じように地図を覗き込むタージェスが言った。

「無理ですよ。雪が少ないんですから」

ブレスが呆れたように首を振った。

「ここから、ここまで、どれほどの速さで辿り着くだろうか」

エルンストは地図上の二点を指で示して訊ねた。

「そうですね……完全に溜めていたとして……三十分、というところでしょうか」

腕を組んでアルドが答えた。

「ふむ。では、リュクス国の兵士が河岸に降り立ち、渡るまで、どれほどの時間が必要だろうか。兵士が動き出して、バステリス河の中央付近にまで移動する時間だ」

タージェスを見上げて訊ねる。

「そうですね……それなりに訓練されているようですが、あの動き方から見ると精鋭とは言い難い。あの程度の軍隊ならば、指示を出されてから第一陣がその付近に到達するまで、二十分というところでしょうか」

「二十分……第一陣は、どれほどの人数になると思うか」

「リュクス国の用意している舟を見ましたが、あれは一艘につき二十人ほどしか乗れません。大きな船はバステリス河を渡れませんし、どうしてもあの程度の舟になります」

アルドは領兵を散策させつつ、バステリス河沿いを偵察させた。四、五人の領兵が賑やかに談笑しつつ岸を歩いている姿は、リュクス国側からは遊んでいるとしか思えなかっただろう。

だが彼らは、貴重な情報をもたらしてくれた。リュクス国はバステリス河を渡る気がある、ということだ。

用意された舟は十艘。どれも川民が使う渡しの舟のようであったが、木が新しい。つまり、カプリ領民が常に使う舟を装っているが、リュクス国軍兵が使うために、今回新しく用意された舟ということだ。

「十艘の舟に二十人の兵士が乗れば、二百人を一気に渡すことができますね。アルド、バステリス河は一度に十の舟を浮かべても大丈夫なのか？」

「もちろん大丈夫ですよ。バステリス河は大きいし、特にこのあたりは船着場がいくつもあるでしょう？　ということは、それだけ舟が同時に渡ってきても大丈夫な場所なんですよ」

「では、第一陣は二百人だと考えたほうがよいかもしれませんね。エルンスト様」

　タージェスの言葉に頷きながら、エルンストは頭の中で目まぐるしく計算していた。

　二百人が一度に渡ってきたとして、河の途中まで二十分。言うなれば四十分もあれば、二百人の兵士がメイセン側にやってくるということだ。

　メイセン領兵百五十四名。精鋭でなかったとしても数に勝る国軍兵を、辺境地の領兵が迎え撃つことは困難だろう。

　リュクス国軍兵とカプリ領兵、あわせて六百名。全員が渡りきるには三時間半というところか。

「ブレス。ここからティスの場所まで鳥を飛ばすのに、どれほどの時間が必要か」

「約十分でした」

　既に調べておいたのか。エルンストはブレスに笑って頷いた。メイセンの領兵はどの者もよく動く。

　狭い室内に沈黙が広がった。

　みな、エルンストの決断を待っているのだ。

　エルンストは地図に目を落としながらも、頭は全く別の場所にいた。

　室内に集まる各隊長たちの息遣い、小屋の外にいる領兵たちの気配。広大なメイセンの領地で暮らす民。

　そして、対岸で陣を張るリュクス兵。

　どくん、と激しく胸が打たれる。

　しかし、一度大きく弾けたエルンストの鼓動は、次の瞬間には冷たく静まった。

　心が、消えていくのを感じる。

　気が、湖面のように落ち着く。

　ゆっくりと顔を上げると、タージェスらと目が合った。静かな、よい目をしていた。エルンストが何を告げても受け入れる覚悟ができたのか。

　傍らのガンチェを振り仰ぐと、愛しい伴侶は静かな目で笑っていた。エルンストの選ぶ道に、迷うことなくついてくる意思が感じられた。

　エルンストはもう一度、領兵たちを見渡し、強く頷いた。

「守るべきは、メイセン。私は、六百九十八名の領民を守るため、二百のリュクス兵を、殺そう」

三日続いた宴は、四日目の晩にも行われた。しかし参加しているのは、領兵の半数である。

「いきなり半分になって、リュクス国に不審がられていませんか？」

「そう思われないために、火の数を増やしたのだ」

皿を持って立つタージェスを見上げ、エルンストは答えた。

三日間続いた宴では大きな火をひとつ、作っていた。だがこの日からは、比較的小さな火を五つ作った。小さな火は兵士たちの姿をはっきりとは対岸に知らせず、遠眼鏡を使っても、火を囲む人数を割り出すのは困難だろう。

「あと四日は、このような状態が続くのですかね……」

胃を押さえるタージェスに、エルンストは小さな包みを手渡す。

「胃薬だ。こちらのほうは強力だから一日一度、煮出して飲めばよい」

「隊長もお年なんですね。肉が続くと、胃がやられるとは」

笑うガンチェをタージェスが睨む。

「俺の胃は上品にできているんだ。何せ、王都育ちだからな」

「エルンスト様以上に上品な者などいませんよ。隊長も、メイセン仕様になったということです。一日二食、薄いスープがちょうどいいんでしょうね」

そんなものでは当然満たされず、ガンチェはいつも肉の塊を食べる。自分の食料は自分で獲るとばかりに狩りをしているものだから、ガンチェがメイセンに来てから獣の被害が激減したと、屋敷周辺の村々には喜ばれていた。

「宴は、今日までにしようか。残り四日は、リュクスを焦らせなければならぬ」

篝火《かがりび》が焚かれているのだろう。ぽつりぽつりと灯りが灯るだけの対岸に目をやる。

エルンストの前を、五人の領兵が大きな酒樽を転がしていった。


翌日には、並んだ酒樽が百を超えた。リュクス国が張る陣営と同じ長さとなった上に、数ヶ所で樽は二段になっていた。

タージェスやアルド、ブレス、ガンチェと並んで見る対岸は、慌ただしさを増している。兵士たちはこちらを指さして落ち着きがない。

「これだけ並ぶと、さすがにこちらの意図もわかりますよね」

ブレスが楽しそうに言った。

「どれほど愚か者が指揮官だったとしても、わかるだろう」

呆れたように呟くタージェスにアルドが訊ねた
「でも、中身まではわかっていませんよね」

「あれほど派手な宴を連日見せられていたら、想像はつかないだろうな。……エルンスト様も、それが狙いなのでしょう？」

エルンストは苦笑しただけで答えとした。

「今日を入れてあと、三日ですか……」

確認してきたタージェスに頷く。

「ブレスの報告では、予想どおりの進度で溜まっているということです。つまり、今日、明日、明後日と耐えなければなりません」

領兵らは覚悟が決まったのか、あるいは平然と過ごすエルンストに感化されたのか、普段のように陽気で気楽なメイセンの領兵となっていた。このメイセン領兵隊の明るさは、ロウやブレスの功労によるところが大きいのだろう。

立場上どうしても心配事を背負い込んでしまうタージェスを、エルンストは見上げた。

「耐えるのではない。これからは、挑発していくのだ」

「挑発ですか……」

「そうだ。メイセンの状況を見ただけで帰らせてはならぬ。恐怖感を与えてやらねば……メイセンに手を出そうとは思わぬほどの。人数を揃え、態勢を整え、また攻めようとは思わぬほどの、恐怖感だ」

酒樽越しに対岸を見る。

「だが、こちらから弓を引いてはならぬ。それでは後の交渉で隙を与えることになる。リュクス国側に、弓を引かせるのだ」

「そのための挑発ですか」

エルンストはリュクス国の陣営を見つめたまま頷いた。

対岸の陣営には二日前から、派手な房飾りを兜につけた兵士が現れた。遠眼鏡を使いエルンストも確認したが、鎧が明らかに他の兵士と違う。

タージェスが見たところ、大将級の指揮官だと言う。その指揮官は陣営の後方でどっかりと座ったまま、こちら側を睨みつけていた。


翌日早朝、リュクス国側から一艘の舟が着いた。乗っていた兵士はふたり。ひとりは渡しの技術を持った者であろう。

舟を降りたのはひとりで、その者は顔を強張らせたまま河岸を歩き、坂を上り、メイセン領兵に連れられ、エルンストのもとへとやってきた。


「何と、言ってきたのですか」

兵舎に入り、隊長室の扉を閉めてすぐにタージェスが訊ねる。

「まあまて、隊長殿。御領主様は、まだ封も開けておらんぞ」

逸る隊長たちを、ロウの落ち着いた声が止めた。

エルンストは隊長の椅子に座り、リュクス国側から届いた手紙の封を切った。目を通し、ふっ、と笑う。

「エルンスト様……？」

「私を、リュクス国に迎えると書いている。リンス国を落とした暁《あかつき》には、私をリンス国王として推《お》す用意がある、と」

タージェスらは息を呑んでいたが、エルンストには予想の範囲だった。元皇太子であるエルンストを懐柔《かいじゅう》しようとするならば、取り零した玉座をちらつかせてやればよい。

「……どうなさるのですか？」

ちらりと見上げると、ガンチェの目がおもしろそうに笑っている。エルンストがどうするかなど、ガンチェは聞かずともわかっているのだ。

深くわかり合えている伴侶の姿に内心で笑みを浮かべつつ、タージェスらに向き合う。

「さて……どうしようか……」

「リュクス国へ行かれるのですかっ……」

痛みに耐えるような顔をして、ミナハが聞いてきた。

「ふむ。それで私は、リンス国王となるのか」

「それは……その……それもよいかもしれませんが

「……でも……」

いつも明朗なミナハにしては珍しく歯切れが悪かった。

「そうか。ミナハは、私が国王になればよいと申すか」

「いえ！　そのようなことは……っ！　あ、いえ、エルンスト様が国王になれないとかそういうことではなくて……ええと……」

「メイセンはどうなるんですか！」

ばん、と両手で机を叩いてメイジが叫ぶ。ガンチェが一歩、足を進めたのに気づいているのだろうか。

「ふむ。私が不在となれば、メイセンは占領されるだろうな。だがそれも、僅かな間だけのこと。リンス国自体がリュクス国の占領下となれば、時を置かずに私が国王として戻ってくることになるだろう」

「ですがそれでは、その間はどうなるのですかっ！　御領主様がリュクスに行っている間に、メイセンの民は、我々は、どうなるというのですかっ！」

「悪いようにはしないよう、要請することはできるだろう」

鷹揚《おうよう》に答えると、メイジは握り締めた拳をぶるぶると震わせた。

「御領主様」

ロウが椅子に座ったまま、エルンストに呼びかける。狭い室内、領兵らは立ったままだったが、高齢のロウには椅子を与えていた。

「若いのをからかわれるのもほどほどに。このままでは、大切な御伴侶様が身内殺しになってしまいますぞ」

白い眉を上下させて忠告され、エルンストは微かに頭を下げた。

「ミナハ、メイジ、すまない。みなの反応が楽しくて、少々遊んでしまったのだ」

虚を衝かれたような顔をしたメイジは、自分の真後ろにガンチェが立っていたことにようやく気づく。その大きな手が握り込まれているのを見て、降参するように両手を上げた。

「私が国王になるはずがない。このメイセンを出ることもない。もし出るときがきたとすればそれは、他領地の領主でも国王でもなく、ただのエルンストとなってからだ」

「そうだぞ？　大体考えてもみろ。国王なぞになれば当然、然《しか》るべき方を伴侶として迎えなければならず、そのようなことを我らが御領主様が承知されるはずがない」

リュクス国からの手紙の内容を告げた一瞬は驚いていたのに、ブレスが訳知り顔で若いふたりに説教をしていた。

「……で、御領主様、リュクスの兵士が待っていますよ」

「……で、御領主様、リュクス国への返答はどうなさるんで？　外でリュクスの兵士が待っていますよ」

ロウの指摘にタージェスが、はっと顔を上げる。

「そうだった……待たせているんだった。エルンスト様、どうなさるのですか？」

リュクス国が陣営を張った当初に比べて各隊長とも、肩の力がいい感じに抜けてきたと思う。隊長たちに気負いがなくなったからか、領兵たちも普段どおりの動きに戻っていた。

「ふむ。私はこの手紙が来るのを待っていたのだ。これこそ、リュクス国の焦りだとは思わぬか」

机の中央に手紙を広げ、隊長らに見えるように指し示す。

「この手紙は私を懐柔しようとしている。つまり、メイセンと戦うことを避けようとしているのだ」

「……リュクス国六百名に対してメイセン百五十四名。こちらが百五十四名だということは、もちろん知っていますよね？　圧倒的多数であるにもかかわらず、戦いを避けようとしている」

「こちら側の余裕に、不気味さを感じているんだ」

ブレスの問いにタージェスが答えた。

「それでエルンスト様、この次はどうなさるのですか？」

「私を懐柔しようとして、それができなかった場合、リュクス国はどう出るだろうか」

タージェスの問いに、問いを重ねる。

「問題は、国の中枢部が何を望んでいるか、ですよね。まさかカプリ領主の意思ではないでしょうし……メイセンの隙を窺い、うまくいけば奪い取る。しかし、エルンスト様をリュクス国側に迎え入れることができれば、戦わずにしてメイセンを手に入れられる」

「御領主様」

タージェスの話を黙って聞いていたロウが、声を上げた。

「こんな田舎者の見方など意味をなさないでしょうが、ひと言よろしいでしょうか」

もちろんだ、と頷く。

「リュクス国が欲しがっているのは、こんなちっぽけな土地ではなくて、御領主様、ではないのでしょうか？　メイセンはおまけに付いてくればいいと思っているくらいで、本当に欲しいのは、御領主様ご自身だと思うのですがね？」

高齢で垂れてしまった眉の下から青い目が覗いている。ロウと視線を合わせた後、ふふ、とエルンストは笑った。

「気づいたか」

どういう意味だ、とロウ以外の隊長たちがエルンストを見下ろしてくる。

メイセンにクルベール病が多いとはいえ、さすがに領兵隊にはひとりもいない。クルベール病であるエルンストは、どの領兵と話すときもいつも見下ろされているが、椅子に座る今は遙か頭上から見下ろされているような気になってくる。

「私は廃されたとはいえ、かつて皇太子の位にあった者だ。リンス国は王族同士の争いが起きないよう仕組みを作っているが、貴族間での小さな争いは絶えず起きている。その争いの火種を大きく燃やし、今現在、権力を手にしている者を排除し、自らが掌握《しょうあく》しようと画策している者もいるということだ」

エルンストは軽く指を組み合わせ、平坦な声で続けた。

「私を手に入れ、正当なる国王として推すことができれば、と野望を抱く者は案外多いのだ。国王陛下は来春で二百歳を迎えられる。我々の平均寿命で考えれば、かなりのご高齢となる。しかし、皇太子殿下は未だ三十歳にもなられてはいない。皇太子殿下としての教育も、二十年しか修めておられない。皇太子殿下として教育も、二十年しか修めておられない。皇太子としての教育を受けている。……もし万が一、今、国王陛下が身罷《みまか》られた場合、三十歳にもならない子供と、八十歳を過ぎた上に六十年間の教育を修めた者と、国民はどちらを国王陛下として迎えたいと思うのか」

刷毛《はけ》でひと撫でしたかのように、タージェスらの顔色が、さっと変わった。

「……と、世に問いかければ、事は簡単に済むと考えている者がいるのだ」

ふふ、と笑って呆けた隊長らを見上げた。

「そ……それは、私でもエルンスト様が相応《ふさわ》しいと思いますが……」

おずおずとタージェスが言う。

「心配せずともよい。王族制度に関する我が国の法は、完璧に近いと私は考える。国王に才があれば国王が、なければ周囲の逸材が執務を行う。王族を徒に増やし、または、国王を神格化して臣下が進言も行えない他国に比べて、よほど優れているとは思わぬか？　国王であれども人である。才覚がなければその手から実権を奪い、ただ、子作りに励まさせるだけなのだ。皇太子を教育する者、国王の周辺を固める者、それらが偏ることのないように、我が国法は幾重にも言葉を重ねて、慎重に取り決めている」

現皇太子に対する不安感を取り除くため、エルンストはタージェスらに断言した。

「私を国王に祭り上げたい者は、国法がどうだとか現皇太子殿下がどうだとか、そのようなことはどうでもよいのだ。私自身、ただの人形で構わぬのだ。ただ、自分たちが実権を握れればそれでよい」

「では、今回のリュクス国の動きは、メイセンに脅しをかけて慌てさせ、エルンスト様を手中にするのが目的なのですか。そのためにリュクス国をけしかけた者が、リンス国にいるということなのですね」

アルドの問いかけにエルンストは頷いた。

その者が誰であるのか、エルンストには数人の、思い当たる人物がいる。だが、その者たちは推測を誤っている。エルンストが、リュクス国の陣営を見て狼狽すると思っているのだ。

そして、メイセン領兵隊を舐めている。

エルンストは、ふつり、と怒りが沸き上がるのを感じた。

エルンストを舐めるのならばよい。だが、メイセン領兵隊を馬鹿にしたその態度が許せなかった。

この二十年、隊長であるタージェスがどれほどの心血を注いで鍛えてきたか。この二十年、どれほどの苦しみに耐えて、メイセン領兵隊が成長してきたか。

国の中枢でぬくぬくと平穏に暮らしている者が知りもせずに侮《あなど》るなど、絶対に許せなかった。

「国の命令で指揮官が動き、指揮官の命令で兵が動く。兵士個人の考えなどそこにはないが、此度の戦いで命を落としたところで、それもまた運命だと諦めてもらおう。だが、このような戦いをリュクス国が仕掛けてくるきっかけを与えた我が国の虫どもにも、同じ目に遭わせてやらねばならぬ」

エルンストは膝の上で組んでいた手に力をこめた。

エルンストの静かな怒りに気づいたのか、隊長らは息を呑んで神妙に頷く。ロウでさえゆっくりと立ち上がり、同じように頷いた。

「リュクス国軍を完膚《かんぷな》無きまでに叩きのめせば、この先、数百年は攻めてこないだろう。リュクス国は、王族同士の争いが収まったとはいえ未だ日は浅く、国は完全には治まってはいない。此度以上の兵を割き、再びメイセンに攻め入る余力はない。その上、此度の戦いでメイセンが嫌と言うほど叩いてやれば、その気力もなくなる」

ガンチェが強く頷いた。

「国の礎が弱い今、辺境地とはいえ他国を攻めようとしたのだ。リュクス国中枢部にいる者が、よほどの強権を発動したのだろう」

エルンストは、ふっと笑う。

「リュクス国の王族制度は不完全だ。王族の力が弱く、大臣の力が強い。そして、大臣同士が権力を争う。今回強権を発動した者は必ず蹴落とされ、この先、数十年の間にリュクス国の大臣は目まぐるしく変わるだろう。そして、そのたびに国が荒れる。……隣国が適度に荒れているのは我がリンス国にとって、よいことだとは思わぬか」

問いかけると、隊長らは苦笑しただけだった。

「強権を発動したリュクス国の大臣が失脚するまでの間に、リンス国の貴族が数名、不審死を遂げるだろう。その者が、我が国を蝕《むしば》もうとした虫である」

「その者を……エルンスト様は、どうなさるおつもりですか？」

「私は何もしない」

タージェスの問いに、エルンストは笑って首を振った。

「私が手を下す必要はない。権力を手にした者が失脚するとき、必ず道連れを作り出すものだ。虫は、道連れに死ねばよい。後の災いを考えれば、その者の口は必ず封じられる」

ブレスやアルドが詰めていた息を吐き出した。

「エルンスト様が、我々などとは全く違う教育を受けられているのだと、改めて思い知らされた気分ですよ」

疲れたように笑うブレスを、タージェスが小突いた。

「何が教育だ。俺が叩き込んで、ようやく読み書きができたんだろうが」

ブレスは照れたように、へへ、と笑って頭を掻いた。

節約して、ようやく買い集めた鎧ですからね。派手に輝くよう、磨《みが》いておきますよ」

ほくほくと笑いながらアルドが手を揉んだ。

五十体購入したシスティーカ郡地の鎧は全て、第二駐屯地に置いてあった。

幸いにも今まで着る機会はなかったのだが、アルドの手紙によるといざというときのためにと、領兵らは何度も身に着けていた。

「汚してすまぬ」

エルンストが詫びると、アルドは笑い顔のまま手を振った。

「なんの！　また磨いてやりますよ。あれは新参兵の、いい玩具ですから」

兵士が鎧で楽しく遊んでいられるのも平和な証拠かと、エルンストは苦笑した。

7

「憤慨《ふんがい》して帰っていきましたよ」

「さて、まいろうか」

「え？　エルンスト様、返書はどうされるのですか？　リュクスの兵士が待っていますが」

席を立ったエルンストにアルドが問いかける。

「必要ない。その手紙、差出人はリュクス国軍第四司令部大将となっていた。仮にも元皇太子である私に対して無礼であろう、と尊大に言い渡してやればよい」

「リュクス国軍第四司令部と言えば、リンス国、そしてシルース国との国境地を守る、言わば花形ですよ。残りは王族を守る第一司令部と、グルード郡地との境でうろうろしている第二司令部と第三司令部だけですから。あの陣営の動き方を見れば精鋭ではないでしょうが、それでも自尊心は強いでしょうし、そんな返答をしたらそりゃもう大憤慨でしょうね」

呆れたようにタージェスが苦笑する。

「相手の怒りを煽ってやらなきゃならないんですから、そのくらいでいいんじゃないですかね。あと二日、ですし。エルンスト様、システィーカの鎧、そろそろ出しておきましょうか」

「ふむ。翌朝には見せてやろう」

「了解しました。エルンスト様が爪に火を灯すようにリュクス兵を相手にしたブレスが報告してきた。

半日以上放置した挙げ句、大将如きが、と鼻で笑ってやったのだ。しかもエルンスト自身が対応したのではなく、ブレスが対応した。

本当はメイセン領兵隊の副隊長であるのだが、ブレスはわざと、第一小隊長だと名乗ったらしい。

自分たちを花の第四司令部と思っていれば、吹けば飛ぶような辺境地メイセンの、しかも小隊長にぞんざいに対応されたというのは、怒るなというほうが無理だろう。

「怒鳴り声がよく聞こえますね。今すぐにでも、攻めてきそうですよ」

ガンチェが涼しい顔をして言う。

大河バステリス河の遙か向こうに陣営を敷くリュクス国軍兵らの怒鳴り声を、ダンベルト人の耳は正確に捉える。遠眼鏡を使わずに、その表情を正確に読む。

リュクス国軍が犯した過ちのひとつは、ダンベルト人の能力を全く考慮しなかったことだ。

ダンベルト人は契約を結ぶ際、自らの能力を声高に宣伝することはない。だから他種族は知らないのだ。ダンベルト人の優れた五感を。

「今すぐ攻めてこられては困るのだが……」

大きな腕をそっと抱き寄せ、頬をつける。ガンチェの愛しい香りを、目を閉じて楽しむ。緊張に強張り続ける体から、僅かに力が抜けた。

「今すぐではありませんよ。慎重論もあるようです。年長者が抑えていますね。メイセンが騒ぐことなく落ち着いている。必ず策があるのだと」

今宵も宴を命じた。領兵らは当初のように大きな火を用意し、ガンチェが捕らえてきた幾種類かの獣を焼いていた。

「それはよい。ならばあと二日、論争していてもらおうか」

ふふと笑ってガンチェを見上げると、ガンチェも笑ってエルンストを見下ろし、顔を近づけてきた。

エルンストは目を閉じて、愛しい伴侶の口づけをうっとりと待つ。

だが、あと少し、そう思っていたのに、あり得ない硬さが唇に触れる。

目を開いて見上げると、タージェスが憮然とした顔で、エルンストとガンチェの間に、縦にした皿を差し入れていた。

「はいはい。そのへんで抑えといてくださいよ。あいつらがぶっ倒れる前に、性欲より食欲を満たしてください」

無言で皿を差し出すタージェスに代わってブレスはそう言うと、背後の領兵らを指し示し、皿をエルンストに手渡した。

翌日、朝日に煌めくシスティーカの鎧が颯爽《さっそう》と、メイセンの陣営に現れた。その数、五十。

一夜で百五十四名から二百四名へと増えたメイセン領兵隊に、リュクス国側は騒然となる。数にすれば六百であるリュクス国に敵うはずもないが、身に着けた鎧が全く違う。リュクス国軍であってもその鎧はシェル郡地産である。システィーカ郡の鎧の輝きの足下にも及ばない。

曲がりなりにも国軍兵であれば、こちらの鎧が違うということくらいすぐに気づいたのだろう。

「システィーカの鎧を着けているのであれば、国軍の精鋭だと思っているでしょうね」

タージェスが含み笑う。

「我が国の精鋭は、システィーカの鎧なのか」

「まさか。そんな豪気はありませんよ。軍務府にも財政府にも」

鼻で笑うタージェスにエルンストも苦笑した。

システィーカ郡地の鎧一体に、いくら必要なのか。それを知れば国軍兵の鎧を、システィーカにしようなどとは誰も思わないだろう。

エルンストも二十年かかってようやく、五十体を揃えたのだ。それも、ガンチェの伝手《つて》を頼って、破格値で。正規の価格で数千体も揃えるなど、考えただけで眩暈がする。

「……攻めてくるだろうか」

傍らに立つガンチェに訊ねる。

「その意見が強くなっていますね。これ以上国軍兵が増えては落としにくい、今のうちならば、まだこちらに優勢だ、と」

「ふむ。それは正しい」

「しかしエルンスト様、まだ少し、時間がかかりますよ？　ティスからの報せでは、やはりあと一日は必要だと言ってきています」

ニッカに毎日毎日手紙で怒られたからか、ティスの手紙はようやく鳥の脚に付けられた筒に収まる程度になっていた。

紙の束を腹に括りつけられた鳥の姿を見たロウは噴き出して、噎せていた。配下の兵士たちが心配して老中隊長の背をさすってやりながら、二度とこんな珍妙なものを見せるなとニッカに怒っていた。

怒られたニッカも気の毒だと、同じように興味本位で鳥を見に行ったエルンストは思ったのだ。

「では、今日一日は大人しくして……夜に煽ってやろうか」

遠眼鏡を使わなくても、対岸のリュクス兵がこちらを指さして騒いでいるのがよく見えた。

陽が、リュクス国側から昇ってくるのも計算のうちだ。

よく磨かれたシスティーカの鎧が朝日を受けて一層光を弾き、その勇姿をリュクス国側に見せつける。

その夜、第二駐屯地に来てから一番派手な宴を行った。まるで突如現れたシスティーカの鎧を歓待するかのように。大きな火を三つ用意し、周囲を領兵らが歌い踊る。

酒樽の陰に座らせた領兵らには丸めた厚手の紙を持たせ、対岸のリュクス陣営に向けて奇声を上げさせた。リュクス国側からは、メイセン領兵が火の周りを叫びながら踊り狂っているように見えるだろう。

翌朝には新たに二十の酒樽が出現し、これ見よがしに並べる。ガンチェがひょいひょいと酒樽の上に新たな酒樽を乗せていった。

領兵らには機敏に動くことなく、ゆったりと構えていよと命じている。できれば座り込んでいよ、と。

「これで、こちら側が酔っぱらいの集団だと思ってくれていますかね？」

円座に座り込んだ領兵らが賭け事を始めたのを、タージェスは呆れたように見ていた。領兵の中にブレスが混じっている。賭け対象は何か、と問いかけたら言葉を濁していたので、またエルンストが対象なのだろう。

「大丈夫ですよ。今攻めるべきだと叫び合っていますから。どれほど鎧がよくても中身が酔っぱらっていては意味がない、と」

軽々と酒樽を積み上げていたガンチェが言う。

「ふむ。……では、あともうひと押しか。できれば最初の一弓は、あちらに引かせたいのだが」

エルンストも対岸を見る。

不思議なもので、表情などの細かいところは見えないし、音は聞こえても何を話しているのかは判別できないほど離れているのだが、なぜか、対岸のリュクス兵が怒り狂っているのはわかる。

怒りの空気というものは、これほど離れていても明確に表れるものなのか。

もうひと押しだ。あとひと押しで自制が崩れ、剣を抜き、弓を引くだろう。

「ガンチェ、弓の準備を。タージェス、ニッカをここへ。だが、鳥を飛ばすところを、リュクス国に見せてはならぬ」

「ガンチェの背中に隠れさせておきます」

タージェスは、にっと笑ってニッカを呼び寄せる。

兵舎に置いていた自らの剛弓を手に、ガンチェが戻ってきた。朱い剛弓だ。エルンストの身の丈以上の長さがあり、その太さはエルンストの腕ほどもある。朱色を主体に、黒や金で装飾され非常に美しい剛弓だった。

昨夜ガンチェは、弦《つる》の張り具合を何度も確認していた。ガンチェが指で弾くたびに、びいん、と音がする。慎重に調節しながら確かめる横顔は真剣で、近寄りがたい神々しさだった。

弓の状態を見て、弦を確かめ、最後に矢を目の高さに持ってきて矢羽根から鏃《やじり》まで一直線かと確認する。

これでよい、とガンチェが判断するまでエルンストは、息を詰めてその様子を見ていた。


エルンストは対岸の様子を早朝からずっと見続けた。ここからティスのいる場所まで十分、到達するまでに三十分。合計四十分だ。タージェスの予測では、リュクス兵が指示を出されてバステリス河の中央に辿り着くまでに二十分。

指示が出される二十分前には鳥を飛ばさなければならない。目測を誤っては、全てが水泡に帰す。

エルンストは静かに対岸を見続ける。

一発勝負の重責に、その背には冷たい汗が幾筋も流れていた。

ガンチェはそんなエルンストの内心を誰よりも一番よくわかっている。エルンストの集中を邪魔しないようにと気遣いつつも的確に、対岸の様子を教えてくれた。


ロウが見定めた七頭の馬にシスティーカの鎧を乗せた。ずしりと重い鎧を乗せられても、馬は微動だにしなかった。さすがはメイセンきっての名調教師に選ばれた馬だ。

「馬が出てきたことに焦っていますね。こちらが舟に乗って攻めてくるのではないかと言い合っています」

この八日間で突貫で作らせた五艘の舟と、ヤキヤ村からもらい受けた十艘の舟、あわせて十五艘を目立つ場所に係留していた。

舟を常にバステリス河に係留していては荒れた河に持っていかれる。渡しの期間が済んだヤキヤ村は、騒動が起きる前から村の舟を陸に上げ、雪崩れ等の被害が起きない場所で保管していた。その舟を、ヤキヤとメヌのふたつの村民が担いで持ってきて、使ってくれ、と差し出したのだ。

舟をどう使うつもりなのか知るはずもないだろう。だが領兵が舟を作っているという情報だけで、自らの舟を持ってきた。

気持ちはありがたいが、必ず失われる舟だ。エルンストは舟を、舟として使うわけではないと説明し、大事な舟をそのようには使えないと伝えた。そう言って固辞しようとしたエルンストを押し切り、ヤキヤ村の村長は勝手に、領兵に指示を出して舟を河岸に運び入れる。

舟なんぞなくなりゃまた作ればいい、と。山民であるメヌ村の村長までもが、舟なんぞ簡単に作ってやれると請け負ったのでエルンストは苦笑して頷き、ふたつの村の厚意をありがたく受け取った。

ふたつの村の村長は別れ際、エルンストの手を強く握って言った。

舟は、なくなってもまた作ればいい。だが、儂らの故郷は、決してなくさんでくださいよ、と。

エルンストはしっかりと握り返して、強く頷いたのだった。

対岸の様子を注意深く見ながら手を握り込む。ふたりの村長の荒れた手は、温かかった。

かつていがみ合っていたふたつの村が協力し合い、重い舟を運んできたのか。メイセンという辺境地を恥じていた者たちが、自らの故郷を愛し出したのか。

春まだ浅いメイセンの空気は、冷たい。

だがふたりの村長の手は冷えたエルンストの手を温めただけではなく、その心までをも温めてくれた。

握手を交わした右手を、左手で抱くようにして胸につける。

ふっと笑ってガンチェを見上げると、笑い返して肩を抱き寄せてくれた。愛しい伴侶は体温が高い。半身から感じる優しい体温に、ほっと息をつく。

メイセンがどれほど寒くても、そこに暮らす人々は温かい。温かくて優しい人々が、困難にあってもエルンストを支え、立たせてくれる。

エルンストは、自分の足でしっかりと立っていると自負していたが、その実は、メイセン領民六百九十八名が支え、立たせてくれていたのだと、今更ながらに気づく。

反対側を見上げると、そこにはタージェスが立っていた。ちらりと視線を寄越してから正面を見据える。

仕方ないなとその目が言っていたようで、エルンストはガンチェと顔を見合わせて笑う。

この背に愛しい民を背負っているのならば、どのようなことをしてでも、前面の困難に立ち向かってやろう。この小さな身の周りには愛しい伴侶も、頼りになる領兵もいるのだ。

エルンストは決して、ひとりではない。

愛しい故郷を背負う幸運に恵まれ、何を恐れることがある。


昼近くになり、対岸が騒がしくなってきた。

河岸からバステリス河とメイセン側を覗き込み、司令官であろう大将のもとへと走る兵士が増えてきた。大将の指示を受けたのか、幾人かの兵士が散り散りに陣営を走り抜け、そのたびにいくつかの場所で兵士が固まり出す。

そろそろだと判断しつつ、リュクス国が一線を越えない理由を考える。

それは、エルンストの命、だった。

メイセンだけを手に入れても、リュクス国にはあまり旨味がない。

二十年前に比べて生活環境が向上したとはいえ、それは、そこに暮らす人々が感じられる程度のものだ。外から見てもわかるほどの違いではない。

リュクス国は未だ、メイセンを貧しいだけの土地だと捉えている。メイセンを手に入れ、その後リンス国から非難される口実を与えたくはない。最悪、リンス国とシルース国が手を組み、攻めてくれば、いかにリュクス国であろうとも太刀打ちできない。

リュクス国が欲しているのはあくまでも、正当なる王位継承者である不遇の皇太子をお救いし、親切心で、隣国のために我が身を省みず動いた、という建前である。エルンストが死んでは元も子もないのだ。

「ガンチェ、カプリ領兵はどのような様子だろうか」

カプリ領兵隊は三日前から、どこからでも見える位置に陣を張っていた。

「カプリ領兵は全員、河岸に陣を張らされているようですね。どうやらリュクス国軍は、カプリ領兵を矢避けにするつもりです」

ガンチェの言葉は正しいとエルンストも思った。対岸に広がる陣営を見れば、それがわかる。国軍兵は陣営の後ろに位置し、カプリ領兵を前面に置いている。そして、まるで伝令のように扱っている。カプリ領兵隊の服を着た者が河岸から後方の司令部までを、何度も往復させられていた。

「タージェス、ここからリュクスの対岸までメイセン領兵が矢を射た場合、届くだろうか」

「メイセン側からは風の恩恵も受けられますから、腕のいい領兵なら、前衛のカプリ領兵の頭に当たるくらいは届きますね。……ただし、当たるだけ、ですよ? 威力はありません」

確認するように身を屈めて言うタージェスに苦笑する。

「では、リュクス国の弓は届くだろうか」

「もちろん。だからこその、この酒樽なのでしょう?」

対岸に向かって並べられた酒樽を、タージェスが指し示して言った。

「リュクス国の弓矢は独自に改良されたものです。リンス国軍も、どういう仕組みなのか調べようと、何度か手に入れようとしましたが門外不出で……あれは、非常に強力な弓です。ですがそれだけに、引き手の腕力が必要となります。少なくとも、カプリ領兵には引けないでしょう」

「ということは、リュクス国が弓を使う場合、それは国軍兵士だということなのか」

「そうです。そしてあの弓が使われる場合、こちらの酒樽には軽々と届きますよ」

酒樽の位置を決めたのはタージェスとアルド、ブレスだった。

「越えることは？」

「それは……ないですね。例えばメイセン領兵の弓のように、ただ届けばいいということならば、越えてくるでしょう。ですがやはり、この位置まで威力を持って届かせることは、難しいと思います。こちらには風がありますし」

ブレスが当初指摘したとおり、バステリス河に吹く風は全て、メイセンからリュクス国へと流れていた。

「ブレス、この風はこの先、どのように変わるだろうか」

領兵らと賭け事に興じていたはずのブレスはいつの間にか、エルンストの背後に控えていた。察しのよい者はよい。先回りして、一番よい手を動かせる。

ブレスは空や山の様子を観察してから慎重に口を開く。髪を微かに撫でるほどの、柔らかな風が吹いていた。

「風は、このままです。強くも、弱くもなりません」

「ふむ……」

強い向かい風による恩恵は受けられない、ということだ。しかしリュクス国軍の弓が届いたとしても、目の前に並ぶ酒樽までだ。

黙り込むエルンストをタージェスやアルド、ブレス、そしていつの間にか側に来ていたメイジらが黙って囲んでいた。ふいに呟かれるエルンストの言葉であっても聞き漏らすまいと、全員が身構えていた。

エルンストはじっと対岸を見つめる。陣営の前面に立たされたカプリ領兵の様子を確認する。

「カプリ領兵は、第一陣に加わっているだろうか……」

何の第一陣だ、などとは誰も問わない。

「恐らくは、加わっていないでしょう。あの陣営からみて、カプリ領兵は壁としての扱いでしかありません。軍において先陣を切るのは名誉なことです。その名誉を、みすみす辺境地の領兵に与えるようなことはしないでしょう。こちらを恐れているのならばともかく……完全に舐められていますからね」

タージェスが肩を竦めると、アルドも苦笑していた。

確かに、と頷きそうになるのをエルンストは慌てて止める。領主たるもの、自らの領兵を侮られて納得していてはいけない。

しかしタージェスの意見は、エルンストの懸案事項のひとつを解消した。できれば、カプリ領兵は傷つけたくはない。

カプリ領は自国の他の領地と地続きで、たとえメイセンとの交流が断絶されたとしても、さほど大きな害はない。カプリ領との交流を閉ざされて困るのは、メイセンのほうだ。

禍根を残さないためにも、隣地であるカプリ領民は傷つけたくはなかった。

「タージェス、リュクス国軍の兵士はどのように纏められているのか。一中隊は、五十名なのか」

メイセン領兵隊の場合、一中隊は約五十名である。

「リンス国軍兵の場合、駐屯地にもよりますが、一中隊は六十名から百名です。リュクス国軍はリンス国軍より兵士が多いですから、百五十名ほどまでは一中隊として纏められているでしょうね」

「あれも、そうか？」

エルンストは対岸を見つめる。

「あれは総数が三百名ほどですし、あの旗から見て一中隊は七十名か……八十名というところでしょうか」

七十名とした場合、対岸で陣を敷くリュクス国軍は四中隊の集まりだと言える。そう言われてよく観察すれば、点在する旗の色が四色だった。

静かに対岸を見続けているエルンストの前で、リュクス国軍兵の動きが慌ただしくなってくる。光を弾く槍や、僅かな風に揺れる旗が陣営を移動する。

点在していた同じ色の旗が、一ヶ所に集まっていく。

「ニッカ、鳥の用意を」

ガンチェの大きな背中に隠れたニッカが、鳥を乗せた腕を正面に押し出すように伸ばす。

注意深く、旗の動きを見る。二色、動いていた。タージェスの言うとおり、一中隊七十名から八十名であれば、二個中隊で百四十名から百六十名。一艘につき二十名を乗せるというアルドの言葉どおり、リュクス国軍は二個中隊を動かしたか。

リュクス国軍が用意した舟、十艘。第一陣が百六十名だとして、一艘に乗せる人数は十六名。定員より少ない人数を乗せて、速さをとるか。

エルンストは、決断した。

「飛ばせ」

短く命じ、背後で大きな鳥が羽ばたく音を聞く。

ぐっと握り締めた手に、汗が滲むのを感じる。

自分の決断は間違っていないのか。ここにきて、迷う。指示が早すぎたか、あるいは、遅すぎてはいないか。

正しいとして、これが正しい行動だったのだろうか。メイセンの民も、リュクス兵も、人は、人だ。同じ人の命を奪う決断に、間違いはないのか。

心が揺れ、折れそうになる。幾人ものエルンストが頭の中に現れ、激しく言い合っていた。

間違ってはいない。間違っている。間違っていても正せない。いや、今なら間に合う。

叫び、嘆き、狼狽える。

ガンチェに縋りつきたくなる心を抑える。タージェスに意見を求めたくなる自分を抑える。背後を振り返り、領兵らを窺いたくなる体を抑える。

決断は、自らが下す。

そう決めたのだ。そう教育を受け、そう覚悟して生きてきた。誰の心にも、重荷を背負わせてはならない。


エルンストは握り締める手に力をこめ、震える足を叱咤するように踏み締める。

視界に入る大きな手が、揺れて、止まった。

エルンストの決意を邪魔しないように、ガンチェもまた、自分を抑えてくれたのか。

二十年連れ添った伴侶は誰よりも、エルンストを理解していた。エルンストは正面を見据えたまま、ほんの僅かに、口元を緩めた。


二色の旗が集まり、整然と動き出したのを見ていた。走るでもなく、慌てるでもなく。糸で吊られた操り人形のように、心を消した兵士たちが整然と進んでくる。坂を下り河岸に降り立ち、係留されていた舟に乗っていく。一舟に十五名だ。単純に計算して、百五十名の兵士だと推測できた。

ブレスが指示を出し、寛いでいた領兵たちを整列させる。

自らの領地を攻めてくる者がいるという事実を、見せてやらねばならない。訓練をさぼることはなくなったものの、メイセンを侵略する者などこの世にはいないと、何の確証もなく信じて疑わない平和な領兵たちに現実を叩き込む。

自分たちの故郷を、全力で守る覚悟を持たねばならない、と。

背後の領兵たちが微かにどよめく。

整然と並んで進むリュクス国軍兵の姿は、辺境地の領兵に恐怖を与えたのだろう。それが、リュクス国軍の狙いだとわかる。

訓練具合において、メイセン領兵と変わらないカプリ領兵を第一陣に加えなかった理由のひとつが、この行軍なのだ。

一糸乱れぬ兵士の姿。大柄で、選ばれた優秀な兵士。一歩進むごとに、リュクス兵は自信を漲《みなぎ》らせているようだった。近づいてくるからだけではなく、メイセンを圧倒するように大きく、大きく見えてくる。

二色の旗が陣営で動き出した頃、対岸にはもうひとつの動きがあった。

カプリ領兵が一列に並び、その間から、カプリ領兵よりも大きく、黒い鎧を身に着けた国軍兵が弓を向けてきた。見たこともない形の弓だった。リュクス国の誇る強弓だ。少ない力で遠くまで飛ぶよう改良されている。

強い威力を持ったまま飛ぶその弓は、リュクス国だけが持っている強弓だ。戦場で倒れたとしても、決してその弓を敵国に渡すことはない。リュクス兵は、倒れた自軍の兵士の手から弓をもぎ取り、時に焼き払ってでも、敵国から弓を隠し、撤退するという。

進軍する兵士をメイセンの攻撃から守るように、今まさにその弓がメイセンを、エルンストを狙っていた。

ガンチェがすっと一歩を踏み出す。その手に握っているのは朱い剛弓だ。エルンストはガンチェの腕に手をかけ、元の位置へと下がらせる。

「エルンスト様」

優しい目が見下ろしてくるので、エルンストは静かに笑って首を振る。

タージェスとアルドが何度も計算して出した、この位置だ。ブレスの風読みが外れるはずがない。

エルンストは、メイセンの人々を信じていた。ならば、この位置から動く必要はない。

言葉にしないエルンストの思いを感じ取ったのか、ガンチェは微かに息を吐いてエルンストの隣に立った。

二色の旗が坂を下り始めた頃、対岸の強弓が陽に煌めいた。

ガンチェに教わったことがある。

弓というものは、天に向けて射るものだと。天に向けて射ったほうが、遠く飛ぶ。リュクス兵は天に強弓を向けたのだ。メイセンに向けて、射るために。

エルンストは不思議と心が静まっていくのを感じた。鳥を飛ばす決断をしたときより、今のほうが、明らかに心が静かだ。

人を殺す決断をするよりも、自分が死に立ち向かうほうがよほど気楽なのだ。

二十年前。あの王都の旅で、ガンチェに何度も人を殺せと命じた。ガンチェは何も言わず、いつも平然と大剣を振り下ろした。そうしなければ生きてはこられなかった。自分もガンチェもメイセンも。

しかし、この大きな体の中で、どれほどの葛藤があったのだろうか、と思う。

そっと愛しい伴侶を見上げた。すぐに気づき、優しい金色の目が見下ろしてくる。

誰よりも愛しい伴侶。

自分の歩く道を強制的に共に歩ませ、何度も、幾人も、殺《あや》めさせてしまった。この先、ふたりに与えられた時間がどれほどなのか、それはエルンストにもわからない。

だが確実に、先に逝ってしまう、愛しい年下の伴侶。これより先、決して離れず、ふたりの時間を慈しみ、愛しんで過ごしたいと思う。

これより先、愛しい伴侶に人の命を奪う命令を下さなくていいように、今このときを、徹底的に叩き尽くす。


ひゅんひゅん。

風を切る音が幾重にも重なる。鉄の鏃《やじり》が陽をきらきらと反射して飛んでくる。浅い春の、薄い青い空に、矢に付けられた白い羽が美しかった。

とすとすとすとす。

対岸から飛んできた矢は、ずらりと並べられた酒樽に突き刺さる。エルンストの背後でどよめいていた領兵たちから歓声が沸いた。沸き立つ兵士をブレスが一喝する。対岸からの弓矢を防いだくらいで浮き足立つなと。

二十年前は、ブレスも頼りない領兵のひとりだった。

思えばあの頃、タージェスとアルド、そしてガンチェだけが兵士だった。残りはみな、下男のようだったのだ。

ブレスに一喝され、領兵たちがざっと足音を立てて姿勢を正したのを、背中で感じる。緩みそうになる口元を引き締めた。だが、心に広がる喜びを抑えることはできない。

メイセンが確実に変わってきているのを、あらゆる場所で感じられる。外から見ても変化に乏しいだろうが、中に住んでいるからこそ、わかる変化なのだ。

酒樽を越えた弓は僅かだった。その僅かな弓も威力を失い、地面に刺さることもできずに力なく落ちる。

アルドはバステリス河の幅を熟知していた。タージェスはリュクス国の強弓の威力を違わずに捉えていた。そして、ブレスはこの地の天候に精通していた。

三人は夜通し話し合い、この場所に酒樽を置くことに決めた。もっと奥がいいんじゃないか、中隊長たちはそう言っていたがこの場所に決めたのは、三人がそれぞれに持つ知識と経験からだった。

そして、三人の予測は見事に的中し、弓は全て酒樽に刺さっている。

「エルンスト様を狙っていますね……」

タージェスの呟きにエルンストも頷いた。

エルンストを担ぎ上げたいリンス国の者は、できれば本物を手に入れよ、しかし困難であれば偽物を用意すると言い渡しているのだろう。無理にエルンストに固執するより、リュクス国はメイセンを攻め落とすほうを選んだのだ。

王宮深く、囲われて過ごした皇太子だ。廃されてからも、人口僅か七百名弱の辺境地に引き籠っている。エルンストの顔を、誰も知らないと言えないこともない。一番エルンストの顔を見知っていたはずの侍従長トーデアプスは、既に亡き者だ。ならば適当なクルベール病の者をあてがえば事は済む。頭のない人形のほうが扱いやすいというものだ。

しかし、これで交渉がしやすくなる。

エルンストは陣営後方のリュクス国軍大将旗を見る。金色の旗が一本、風に揺れていた。リュクス蜘蛛の糸で織られた金布か。

陣営で目立つ金色の旗を見ながら、エルンストの頭は既に、交渉の流れを思案していた。

「火矢が来るぞ！」

ブレスが領兵に向けて叫ぶ。対岸ではカプリ領兵が下がっていた。自分たちの強弓に、余程自信があるのだろう。リュクスの弓でさえこちらの酒樽までしか届かないのを見て、メイセンからの攻撃はないと踏んだのだ。

邪魔な盾を取り払い、リュクス兵は二段に整列する。片膝を地面につけた前列の兵士と、しっかりと立つ後列の兵士。縦二列の兵士がずらりと並び、強弓を構える。

それぞれの矢が、先ほどとは違っていた。陽を弾くでもなく、揺らめいている。兵士たちの背後には篝火が見えた。

矢が届いて酒樽に刺さるのならば、並べられた酒樽ごと燃やしてしまえばいい。並べた酒樽一個にでも火を付ければ、全ての酒樽に燃え移っていくだろう。これほどの数が燃え出せば、メイセン領兵の背後に広がる植樹林にも燃え移る。うまくいけばメイセン領兵隊を焼き尽くせる。

リュクス国の考えが、エルンストには手に取るようにわかった。

びゅんびゅん。

風切り音が先ほどと違う。重い、音だった。

どすどすどす。

重い音を立て、酒樽に火矢が突き刺さる。燃える矢は普通の矢よりは重いのか、酒樽に届かずに、河に落ちる矢も多かった。

しかし、さすがは厳しい訓練を受けた国軍兵士。メイセンを圧倒するには十分な数の矢が届き、突き刺さる。

メイセン領兵隊が一瞬、ざわめく。だが、誰に叱責されるでもなく収束する。実戦は、兵士を鍛える。そう言ったのはタージェスだった。

酒樽に刺さった火矢は、しゅん、と音を立てて火が消えた。あちらこちらの酒樽から、しゅんしゅん、と乾いた音が聞こえる。微かに湯気が立ち上り、エルンストはふっと笑った。

歓喜の雄叫《おたけ》びを上げようとした領兵が、隣の兵士に小突かれて黙る。だが、うずうずと沸き上がる喜びを必死に抑えているのがわかる。

兵士としての自制が出てきたものだ。そうエルンストが感心している横でロウが、かかか、と笑った。

「ざまあみやがれっ！　リュクスの小僧どもっ！　儂が生きているうちは、メイセンはやらんぞっ!!」

対岸に向けて叫ぶロウに追随して、領兵たちも叫び出した。

歓喜に沸くメイセン領兵隊の中でタージェスが、呆れたようにエルンストに言った。

「ロウが生きているうち……って、随分と短い間だと思いませんか？」

何とも言いかねて、エルンストは苦笑しただけだった。

酒樽は、昨日今日手に入れたものではなかった。この二十年の間に少しずつ、集めていったものだ。

領兵たちが飲み干した後の酒樽は、火種となって暖炉にくべられていた。それを知り、保管するよう命じたのはエルンストである。

酒樽というものは、商人に空いた酒樽を渡せばそれに酒が満たされて戻ってくるものだ。買い手ははじめに購入した酒樽が空けば酒のみを購入し、購入した酒の容れ物として保管していた酒樽を使う。

だが、メイセンでは事情が異なる。そもそも酒を造る職人がメイセンにはいない。

商人に酒樽を渡したところで商人はそれを舟に乗せ、リュクス国カプリ領へ行き、酒を入れて戻ってこなければならない。それでは、空き樽に場所をとられて、メイセンからの売り物を持っていくことができない。

ならば、行きはメイセンの商品を乗せていき、帰りに、売れた商品の空いた分だけ酒樽を購入する。メイセンで空いた酒樽は燃やして火種とすればよい。少々高値になってしまうが、そのほうがメイセンの商人にとっては都合がいいことなのだ。

飲み干せば焼いて捨てられる酒樽を保管しておくようエルンストが命じたとき、領兵たちは一斉に首を傾げた。タージェスやガンチェでさえ、そうだった。

だがエルンストは酒樽の大きさを見て、使えると思ったのだ。

そうしてこの二十年の間に酒樽は第二駐屯地で保管され続け、今では二百を優に超える。

「よく呑んだものだ……」

安酒とはいえ、一年に十個以上は飲み干したことになる。

領兵に給金を払い出したのはここ数年のことだ。

エルンストが領主となったばかりの頃、領兵たちは酒代欲しさに領主の畑から収穫した農作物を商人に売っていた。厳密に言えば、領主の持ち物を勝手に売り捌《さば》いているのだから罪になる。

だがもちろん、エルンストはその点については目をつぶっていた。給金を払えないのならば、仕方がない。

しかし、侍従長シングテンはそうではなかった。領主の畑の実りを勝手に売り捌く領兵と、よく諍いを起こしていた。

シングテンの言い分もわかり、また、領兵の言い分もわかるエルンストは、領兵専用の畑を与えて事を収めた。

その畑の実りを全て酒代に替えた領兵たちだが、今、こうやって役に立っている姿を見れば、屋敷の侍従長シングテンもその口を閉じることだろう。

「まさかメイセン領兵の誰ひとり、この十日間一滴の酒も口にしていないとは、リュクス国は思ってもいないでしょうね」

タージェスが笑って言う。

「その上、酒樽が空ではなかった、とも思っていないでしょう」

アルドも笑って言った。

酒樽の中身は泥だ。

広大な面積を誇るメイセンには山や森や林が多いが、川や沼や泉も多い。ヤキヤ村やメヌ村、イイト村までの道程には大小七つの川が流れている。

そのうちのひとつ、ゼンチ川は難のある川で、粘り気のある土砂が近隣の三つの山から流れ込み、年に一回は底を浚《さら》ってやらないとすぐに溢れ出す。

メイセンの人々は溢れ出すゼンチ川を溢れるままに放置していた。その結果、数年に一度、大量に溜まった泥が一気に流れ、下流域のヤキヤ村の畑を飲み込んでいたのだ。

第二駐屯地を設置した頃より、ゼンチ川を必ず浚うことを領兵らに命じた。もちろん、ヤキヤ村やメヌ村、イイト村にも人手を出すように義務づけている。

そして、ゼンチ川を浚った後に出てくる大量の泥を植樹する場所に晒し、土に混ぜていた。

ゼンチ川の泥を混ぜた場所は木の根付きがいいと気づいたのは、メヌ村の民だった。

栄養豊富な山の土を含んだゼンチ川の泥は、やっかいものから宝の土となり、今ではヤキヤ村やメヌ村が持ち帰り、村の畑に撒いている。

ヤキヤ村やメヌ村に渡しても大量に余っていた今年の泥を、それぞれの酒樽にぎっしりと詰めた。夜の暗がりを利用し、領兵らは数人がかりで重い酒樽を転がし並べていたのだ。

だがリュクス兵は、空の酒樽としか思っていなかっただろう。

なぜならば日中、軽々と酒樽を持ち上げ、並べられた酒樽の上に乗せていたのだから。だがそれを行ったのはダンベルト人であるガンチェだけだったと、果たして気づいているだろうか。

泥には雪も混ぜて詰めている。大量の水分を含んだ泥に火矢を数本射かけたところで、酒樽が燃えるはずがない。

対岸ではリュクス兵が狼狽し、バステリス河に浮かんだ舟の上では150人のリュクス兵が不安そうに見上げていた。

それは鍛えられた国軍兵士が見せる、心を持つ、人の顔だった。


微かな音が上流から響いてきた。

下を見ると、リュクス兵の乗った舟はバステリス河の中央付近に着こうとしていた。タージェスの読みと、アルドの読みが一致した。

陣営を発って二十分。鳥を飛ばして四十分。

当たらなければ駄目だ。

だが……当たらなければよかった、とも思う。

エルンストは我知れず、手を握り込んだ。どくどくと、鼓動が高鳴る。

今にも、叫び出してしまいそうだった。大河の中であまりにも頼りない小舟に乗る敵国の兵士に向かい、叫びたかった。

逃げろっ！　と。

拳をぐっと握り締め、耐える。正面をきっと見据え、己が起こすことの結末を見届ける。

背後に領兵、傍らには頼りがいのある領隊長、そして、愛しい伴侶。

だがエルンストは、どちらの方向も向きはしなかった。ただ、歯を食いしばって、正面を睨む。

誰かに、縋ってはならない。誰かを、頼ってはならない。誰にも、重荷を背負わせてはならない。

不安に揺れているだろうこの目を、誰にも見せてはならないのだ。

微かな音は激しさを増し、やがて轟音《ごうおん》となって濁流が押し寄せてくる。大木、岩、茶色く渦巻く水、水、水。それらが一気に押し寄せ、そして、リュクス兵を飲み込む。

バステリス河は一気に水量を増し、それぞれの対岸にぶつかりながら流れ進む。河岸は消え去り、メイセンが用意した舟はまるで木の葉のように翻弄され、消えた。増した水嵩は河岸に降りる坂を消し、弾ける水飛沫が酒樽を濡らした。

全ては、一瞬だった。


リュクス国には、何が起きたのかわからなかっただろう。

だが確実に言えることは、彼らは一瞬で百五十人の兵士を失ったということだ。一気に流れ進んだバステリス河は徐々に水量が減っていったが、リュクス国の動揺は全く収まらなかった。

矢を射かけてきた兵士たちがバステリス河を覗き込む。動揺が広がり、カプリ領兵は逃げるように駆け出した。

それを押しとどめようと国軍兵士が立ち塞がり、剣を抜いたのがわかる。

「ガンチェ、弓を」

エルンストは鋭く命じた。

ガンチェが重い剛弓を軽々と構え、ぎりぎりと音がするほどに引き絞る。

「金布を狙うのだ。大将旗を射貫《いぬ》け」

カプリ領兵を傷つけてはならない。リュクス国軍兵士がカプリ領兵を斬る前に終わらせる。カプリ領兵は誰ひとり、死なせてはならない。

ぎりり、と弦が引かれる。ガンチェの逞しい二の腕の筋肉が盛り上がる。

いつの間にか上着を脱ぎ捨て、上半身裸となったガンチェが剛弓を引き絞っていた。剝き出しの腕の血管が幾筋も浮き上がる。どっしりと構えた両足が大地を踏み締め、背中の筋肉が盛り上がる。

ぎりり、ぎりり、と極限まで引き絞られた剛弓はしなり、今にも折れそうだった。

だが、どれほど引き絞ろうと、ガンチェが狙い定めた鏃《やじり》はぴたりと一点を狙う。不安定に揺れることもなくぴたりと狙い定められた矢は、迷うことなく飛び出した。

エルンストの体からすれば、まるで槍のようなガンチェの弓矢が、びゅん、と風を切って飛び立つ。

ガンチェの矢は、陣営後方で指揮を執《と》るリュクス国軍大将の、兜の飾りと共に大将旗である金布を射貫いた。

リュクス国の印章である黒い紋章のど真ん中を、ガンチェの弓矢は正確に射貫いていた。

一瞬、リュクス国陣営が静まり返る。

やがて、大将旗を中心に小波《さざなみ》が起きるようにどよめき出し、どっと、水が溢れるように逃げ出した。

「ついでに大将の兜も射貫いてしまいました。ご命令を違えて申し訳ありません」

しれっとガンチェが言うのでエルンストは汗に濡れた逞しい腕に手をかける。

「構わぬ」

対岸の慌てぶりを見れば、ただ金布を射貫くより、よい脅しになったのだとわかる。カプリ領兵はもとより、国軍兵士までもが走り去る。

花の第四司令部ともあろうものが情けない。そう言ってタージェスは失笑していた。

バステリス河が静まった頃を見計らい、エルンストは使者を送る。

使者に立たせたのはアルドとメイジ。アルドには全権を与え、若いメイジには、アルドの手法を学ばせる。

エルンストがアルドに命じたのは三つだ。

ひとつ、今後二百年に渡り、メイセンの土地を決して犯さぬこと。

ひとつ、此度の騒動の代償としてリュクス国の強弓を差し出すこと。

ひとつ、メイセンの弓矢一本を返還すること。

「前者のふたつはともかく、最後のひとつは……必要ですか?」

呆れたようにタージェスが言うから、エルンストは見上げて反論する。

「何故だ。最後のひとつこそ、肝要ではないか。ガン

チェの弓矢なのだ。何よりも大事だろう」

同意を求めるようにガンチェを見上げると、愛しい伴侶は困ったように笑って肩を竦めた。タージェスの背後では、領兵たちがシスティーカの鎧を洗っていた。

高価なシスティーカの鎧の中からは、木や泥が掻き出されていた。鎧同士や兜を括りつけていた細い縄も解かれている。

姿勢を保つために泥を詰められていた重いシスティーカの鎧を降ろされて、馬はほっとしたように嘶いた。


リュクス国側が動揺している間に使者を派遣した効果は高かった。返答期限を勝手に区切り、陽が落ちるまで、ともしていた。

かつて裕福な教師宅で侍従をしていたアルドは低姿勢ながらも的確に、思いどおりに相手を操る。礼儀にしても、田舎領主であるカプリ領主など足下にも及ばない。体よくカプリ領主をあしらい、舞台から降りようとしていたリュクス国軍大将を引き摺り出す。

一領主と交渉しても意味がない。必ず、リュクス国軍大将と交渉するよう、アルドに命じてあった。

国軍大将がカプリ領を去る前に使者を派遣し、リンス国メイセン領と、リュクス国としての交渉の場を持ったのだ。

ガンチェの弓矢の効果も絶大だった。

カプリ領民たちは、手に手に荷物を抱え、領地から逃げようとしていた。それを、半分に減った国軍兵士が止めようとする。

だがその国軍兵士でさえ、すぐさま現れたメイセン領兵隊の姿に、がたがたと震え出す。

エルンストは使者としてアルドとメイジを送り出したが、混乱を極めているだろうカプリ領にふたりだけを派遣するわけにもいかず、メイジが率いる第一中隊を護衛として送り出した。

第一中隊、僅か五十名の姿にも、百五十名のリュクス国軍兵士は震えて剣を落としたのだという。

遙か対岸から、自らが被る兜を射貫かれたリュクス国軍大将の狼狽は兵士以上に大きかったのか。それなりの功績を持つそれなりの人物であろうに、アルドを直視することもできず、始終震えていたという。

エルンストが出した条件を吟味《ぎんみ》することもせず、がくがくと首を縦に振るだけだったらしい。

「詫びにカプリ領を寄越せ、と言っても了承したでしょうね」

アルドは呆れたように言って、持ち帰ったリュクス国の強弓と、ガンチェの弓矢を差し出した。

「どこも傷ついてはいないのか」

ガンチェが受け取った弓矢を見る。

「大丈夫ですよ。それにエルンスト様。弓矢というものは消耗品ですから」

ガンチェは苦笑してそう言うが、この弓矢がただの弓矢だとはエルンストには思えない。矢羽根にしろ、鏃にしろ、職人の技の粋《すい》を集めたように立派だった。

「それよりも、この強弓ですよ。よくこれが手に入ったものです」

タージェスは感心したように強弓を受け取ると、自ら構え、その具合を確かめていた。

「メイセンの民はなかなかに器用だ。その強弓を研究し、メイセン領兵隊に持たせよう。改良を加えてより強い弓を作ることができたならば、これをメイセンの新たな産業としようか」

エルンストがそう言うと、さすが我らが御領主様だ、ただでは起きん、と隊長たちは豪快に笑っていた。


バステリス河の水が完全に引くまで、エルンストは第二駐屯地に留まった。河の水が引いたのを確認すると領兵を河岸に降りさせ、できる限りを歩いて下流に進ませる。流されてしまったリュクス兵がいないか、その痕跡がないか、捜索させた。

それがエルンストの気休めでしかないとわかっている。自己満足のために領兵を使っていいのかと、もうひとりの自分が問いかける。

だが、とエルンストは首を振るのだ。

どの兵士にも、友や家族がいただろう。彼らの遺体や持ち物を渡すことができるのならば、そうしてやりたいと思うのだ。

数日間の捜索で回収した五十七名の遺体はメイセン領兵に洗い清められ、メヌ村とイイト村が作った棺桶に入れられてカプリ領へと送られた。それぞれの棺には、ヤキヤ村の民とメヌ村の民が一緒に集めた、花をつけたカリア木の枝が入れられていた。

カプリ領兵をひとりも傷つけなかったことで、どちらの領民にも禍根を残さなかった。その上、敵国兵士の遺体を丁重に扱ったメイセンの人々に対して、リュクス国民は感謝の念を抱いた。反対に、敗走する際秩序をなくし、カプリ領で食料の略奪を行った国軍兵士に怒り、糾弾《きゅうだん》した。

8

「カプリ領主からですか？」

夏はあっという間に終わり、秋は過ぎ去り、また冬がやってこようとしていた。

早速火が焚かれ始めた暖炉の前に座り、手紙を読んでいたエルンストの背後からガンチェが声をかける。

振り向いて手招きすると嬉しそうに近寄ってきて、敷布の上に座るエルンストを抱き上げ自分の膝に乗せた。抱き締めて、エルンストが手にした手紙を背後から覗き見る。

エルンストが手紙や書類を読んでいるときにはその手元を見ないようにするのが、いつものガンチェの配慮だった。特に、エルンストが自室で読む手紙には気をつけている様子を見せた。

ガンチェのそんな気遣いが、エルンストには微笑ましい。

「春と、夏に送った農作物や敷物の礼を言っている」

エルンストの肩越しに手紙を覗き込む、可愛い伴侶の頬に口づける。

敗走する自国軍兵士に略奪され、カプリ領民は蓄えのほぼ全てを失った。領主が分け与えるにしても、領主の蔵が真っ先に狙われてはどうしようもない。

対岸の領地の困窮を知り、エルンストが命じる前に動いたのはメイセンの人々だった。

すぐに実りの夏が来る、秋が来るからと、なけなしの蓄えを吐き出した村々の農作物を抱えて運んだのは、サイキアニとフォレアの商人だった。

メヌ村とイイト村が急いで作り上げた舟に乗せ、カプリ領に運び入れる。代金を差し出そうとしたカプリ領主の申し出を断り、全て置いてきていた。

牛や羊などの家畜も奪われた領民の足しになればと、キャラリメ村は五十頭の羊を、アルルカ村は三十枚の敷物を送った。イベン村の民もアルルカ村に滞在し、厳しく指導されながら織り続けたらしい。

カプリ領主は敷物をリュクス国内で売り捌き、その代金で牛を購入して領民に与えたという。

「弓のことは書かれていますか？」

「いや、ない。……どうやらあの国軍大将は、口を閉ざしているようだな」

国軍大将と交渉を行う際、できることならば大将とのみ話すよう、アルドに命じていた。

アルドはうまく事を運び、アルドと大将ふたりだけで交渉を行った。同席したメイジは完全に気配を消し、壁に徹していたという。

二対一で行う交渉にリュクス国から不平が出なかったのは、敗軍という負い目からだけではなかっただろう。

「リュクス国は未だに、弓がメイセンにあるということを知らないのでしょうね」

「ふふ。そうだろうな。あの大将はリュクス国内で随分と叩かれたらしい。この上、リュクス国の秘宝とも言うべき強弓を他国に渡したなどとは、口が裂けても言わぬだろう」

「……確かに」

そう呟き、背後のガンチェが抱き直してくれる。

エルンストは手にしていた手紙を敷布の上に落とし、暖かな暖炉の火と、温かな伴侶の体温に身を任せた。

何も変わっていないと思っていたメイセンはしかし、確実に変わっていた。土地ではなく、人が変わった。誰かが命じなくても自分で考え、動くようになった。自分やその村だけの損得ではなく、メイセンとして考え、そして、対岸の領地にまで思いが及ぶようになった。

それがどれほど素晴らしいことか、メイセンの民は気づいているだろうか。

首筋に口づけられ、振り仰ぐ。体の向きを変え、愛しい伴侶にしがみつく。

ガンチェの茶色の巻き毛に混じる白いものは随分と増えた。まるで雪が降り積もっていくメイセンの大地のように。

エルンストは泣きそうになりながら、柔らかい巻き毛を搔き上げ、現れた額《たた》に口づける。皺の刻まれ始めた目尻に、柔らかさを湛える口元に。

愛しい伴侶は逞しいまま、今も変わらず自分より三十歳以上若い。それなのにどうして、先に逝くのだろう。

エルンストは不安を打ち消すように、大きな体を抱き締める。ガンチェの荒れた指先が、エルンストの頬を撫でた。

節約して貯めた金で、フォレアの商人から乳液を買い求めた。リンツ領を介し、王都から取り寄せた最高級の乳液をエルンストは毎晩、ガンチェの手に塗り込む。秋と冬と春は暖炉の前で、夏は開け放した夜風を楽しみながら、愛しい手に塗り込む。

グルードの大地を旅したときも、その乳液は持っていった。ある夜は静かに語らい、ある夜は、優しい沈黙の中で。そうやって幾千の夜をふたりで過ごした。

これからの幾万の夜も、そうやって過ごしたいと願う。

だが、エルンストが毎夜、丹念に乳液を塗り込んでも愛しい伴侶の手は荒れたままだ。日中の訓練を決して欠かさないガンチェの手は、頑固に荒れたまま。それでも乳液を塗り込むことをやめないエルンストを、ガンチェは優しく笑って見つめる。

それはふたりの、一日の終わりの儀式となっていた。

荒れた手がエルンストの頬を撫で、上衣の中に入ってくる。胸の飾りを優しく捏ねられ、エルンストの口から甘い吐息が漏れた。

「ん……」

身を捩《よじ》り、ガンチェに服を脱がせてもらう。素肌に、暖炉で燃える炎の熱が伝わる。

暖炉の薪がぱちりと音を立てて爆ぜる。暖炉の横には、薪がたくさん積み上げられていた。

部屋に灯された蠟燭は、そろそろ燃え尽きる頃だ。新しい蠟燭は暖炉の棚の上に、揃えて置かれていた。長くて白い蠟燭に、節約の線は引かれていない。

「あの頃は……」

エルンストと同じように服を脱いだガンチェに身を寄せながら囁いた。

「あの頃は薪が少なくて、すぐに暖炉の火が消えた。蠟燭はもっと短くて、すぐに暗くなり……メイセンの人々は随分と早寝なのだと思ったものだ」

いつの頃の話をしているのか、同じ道を歩いてきた伴侶にはわかったのだろう。ふっと笑ってエルンストの背を撫でた。

「森に行けば木はいくらでもあるのに、私は怠け者だと思いましたよ」

ガンチェが下していた評価に、エルンストはくすくすと笑う。

「あの道具では仕方がなかったのだろう」

鉄は高く売れる。

エルンストが領主となる前。領主不在の百年間に、数度の飢饉《ききん》がメイセンを襲った。その都度《つど》、領民たちは家畜を屠《ほふ》り、あるいは売り捌き、そして鉄のついた道具までをも売ったのだ。

領兵の数だけ揃っていた斧や農具も鉄がとられたものが多かった。ただの木材となった道具で木を伐り倒すのは困難だっただろう。凍《こご》え死なない程度の、最低限の薪を手に入れるのが精一杯だったのだ。

「兵舎に武器庫があるでしょう？　私がメイセンに来たばかりの頃、武器庫の剣や槍が貧相だと思って、これで本当に戦えるのかと手にして驚きましたよ。鞘《さや》から抜いてみたら、何もなかったんです」

「何もない？」

「鞘に、柄《つか》を乗せていただけだったんですよ。柄の先にあるはずの剣がなかったんです。剣を……というか、鉄を売ってしまったんですね」

「今は、どうなのだろうか？」

システィーカの鎧を買い集めたのだが、武器にまで頭が回っていなかった。鎧だけが立派になっても、鞘から抜いた剣が空っぽでは意味がない。

恐る恐る問いかけたエルンストに、ガンチェは笑って答えた。

「大丈夫ですよ。エルンスト様が毎年、領兵隊にお金を回してくださるでしょう？　兵舎の備品を揃えたり、修繕したり、農具を揃えたり……領兵隊が自由に使えるお金を給金以外で。エルンスト様が必死に節約なさって回してくださる貴重なお金を使って、隊長が毎年、武器を揃えていきましたから」

「そ……そうか。それはよかった……」

ほっとして、ガンチェの筋肉で盛り上がった胸に頬を寄せる。

「武器を揃えようとする隊長と、農具を揃えてほしい領兵との間で何度も怒鳴り合いがあったんですよ？　剣なんかあっても腹は満たせないと領兵が言えば、お前らは農耕兵かって隊長が怒鳴り返して」

思い出したのか、ガンチェがくすくすと笑う。

「でも隊長も、わかってはいたんでしょうね。メイセンの領兵にとって、農具がどれほど重要かということを。一本の剣を買うときには必ず、一本の斧と一本の鍬《くわ》を、一緒に買っていましたから」

笑いを収めたガンチェがエルンストの足を撫でていた。

「だが、おかげで屋敷の畑の収穫量が増えた。領兵全員の腹を満たしてなお、残りの作物を売ることができるくらいに。それに、薪にも不自由しなくなった」

かつて厩舎《きゅうしゃ》の横に積まれていた薪は今、屋敷裏と兵舎裏に堆《うずたか》く積まれている。

夏の終わりから冬の始まりにかけて領兵たちは森に入り、大木を伐り倒していく。数日間放置して乾かした後、枝打ちし、適当な大きさにして屋敷へと運び入れる。

代わる代わる森に足を踏み入れる領兵のおかげで、秋になれば森の実りが皿を彩るようにもなっていた。

「エルンスト様……覚えておられますか？」

優しい低音が耳元で囁かれる。

「ふむ。あのときは、途中で暖炉の火が消えてしまったのだったな。薪がなくて火が足せなくて……だが、ガンチェがとても温かかったのを覚えている。腹に注がれたガンチェは、それ以上に熱くて……」

愛しい伴侶が与える愛撫にうっとりと目を閉じて、忘れるはずもない初めての夜を語る。

「私は、自分を抑えるのに苦労しました。エルンスト様は本当にお小さくてお可愛らしくて……この指を潜り込ませることとさえ、躊躇したものです」

エルンストはガンチェの右手を両手で持ち上げ、指先に口づける。

「ああ、そうだったな。ガンチェはなかなか入ってこなくて……ガンチェの逞しいものは指以上に時間をかけていた」

逞しい腕に抱き着き、うっとりと目を閉じる。

「……エルンスト様はお小さくてとても狭かったのに、思いきってお邪魔させていただくと、思いの外しっとりと優しく迎え入れてくださったのですよ？　私は歓喜に震えたあの感動を、今でもはっきりと覚えています」

目を閉じたまま、ガンチェの口づけを受ける。エルンストの口中を優しく撫でていくガンチェの舌が、やがて、力強いものへと変わっていく。

エルンストは首を仰け反らせ、強すぎる口づけを受けた。息が切れ、握った拳で硬い腕を叩く。

「……相変わらず、余裕がなくて申し訳ありません」

金色に瞳を変えたガンチェも肩で息をしていた。エルンストは短い呼吸を繰り返し、どうにか口を開く。

「詫びる必要などない。ガンチェに食べられてしまいそうなほど欲せられていることに、私は無類の喜びを感じているのだから」

よしよし、と頭を撫でてやると年下の伴侶は甘えるように抱きついてきた。

「エルンスト様はいつだって私に甘くて優しくて、私はそのうち、羽目を外しすぎてエルンスト様に叱られてしまうのではないかと、怖かったのですよ。……今でも少し、怖いのですが」

「何を言う？ 私がガンチェを叱ることなどない。ガンチェにされて嫌なことなど、何もないのだから。私はガンチェに甘えられるのも、何かを請われるのも、とても嬉しい。……だからガンチェ、もっと我儘を言って、もっと私を喜ばせてほしい」

広い肩に手を置いて見つめると、愛しい伴侶が口づけをくれた。

「ここ一番の我儘は、いつかとっておきのときのために、大切に胸に収めておきます」

唇が触れ合うほどの距離で囁かれ、エルンストはうっとりと頷いた。

暖炉を背に、ガンチェと抱き合う。背に受ける炎の熱より、ガンチェの体温のほうが高いと感じる。

エルンストは膝で立ってガンチェと深く舌を絡め合いながら、ゆっくりと足を開いていった。

「ん……っ」

繋がり始めた頃、なかなか飲み込めなかった太い指がエルンストの中を進んでくる。そっと目を開いてみると、窺うような金の目がエルンストを見ていた。

口づけたまま微かに笑い、回した両腕でガンチェを抱き締める。

「もっと……」

「……大丈夫ですか？」

数えきれないほど抱き合っても、エルンストを開くときには注意を怠らない。余裕をなくすと言ったくせに、ガンチェが本当に余裕をなくすことはない。ほんの僅かな無茶でエルンストが壊れてしまうのではと、ガンチェは誰よりも恐れていた。

「案ずることはない。ガンチェが私を傷つけることは決してないのだから」

ふぅと息を吐き、体から力を抜く。ずくりと音を立て、指が増やされたことを感じた。

「あ……あん……っ」

体液適合者の体液ではなく、多少濡らされただけのガンチェの指にも感じてしまう。ガンチェと積み重ねた月日が愛おしい。

「ガンチェ……もっと……奥に……」

広い肩に縋りつき、額を押しつける。腰から背中にかけ、ぞくぞくと快感が駆けていく。震えるエルンストの腰に、ガンチェが手を添えた。

「こちら、ですよね？」

愛しい伴侶が的確に、エルンストの好い場所を撫でてくれた。

「あん……っ」

短く叫び、天を見る。ガンチェの熱い舌がエルンストの首を舐めていく。首元にかぷりと食いつかれ、膝が震えた。

「あ……ガ……ガンチェ……っ」

ずるりと指が出ていき、座り込みそうになる。だがそんなエルンストの腰を、ガンチェが両手で摑んで止めた。

「エルンスト様」

至近距離で、金の目がエルンストを射貫く。エルンストの腰を摑むガンチェの手が小刻みに震えていた。

「エルンスト様、深く、息をなさってください」

「ああ……ん……ふぅ……っ」

目を閉じ、深く、深く、呼吸を繰り返す。ガンチェの手に導かれ、ゆっくりと腰を落としていった。

「あっ……！」

「エルンスト様……息を……」

衝撃に息が詰まりそうになった。大きな手が、優しく背を撫でてくれる。

「ふ……はっ……」

詰めた息を吐き出し、途切れ途切れに呼吸を繰り返す。逞しい肩に手を置いたエルンストの指先が震えていた。エルンストの腰を摑む、ガンチェの手も震えていた。

幾度の夜を重ねても、はじめに繋がる瞬間は苦難が伴う。あまりに違う体格のせいだ。エルンストとガンチェは、手を取り合うようにして互いの折り合い点を見つける。焦らず、時間をかけ、ゆっくりと体を繋げた。

「はっ……あ……ガンチェ……」

ガンチェに縋りつき、背を仰け反らせる。大きく開いたそこから痛みではなく、甘さが広がってきた。体液適合者であるガンチェを感じ、エルンストの体が蕩けていく。

「エルンスト様……っ！」

ガンチェの手が、エルンストの肩や腕、背や足を撫でていく。精悍な眉がきつく寄せられ、金色の目がぎらぎらと光る。

「もう大丈夫だ。わかるだろう？」

ガンチェの手が優しくエルンストの片足を摑み、そっと広げる。

「……柔らかい……」

火傷《やけど》しそうなほどの熱い眼差《まなざ》しで、ガンチェがエルンストの足を見つめた。

背に添えられたガンチェの腕が、ぐっと硬くなる。空いたほうの手を敷布に押しつけると、ガンチェは腰を浮かせた。

「あっ……」

ガンチェのそこで串刺しにされたまま、エルンストの体が宙に浮く。ガンチェは両膝と腕一本で自分の体を支え、腰を振り上げた。

「あぁっ……！」

仰け反ったエルンストの髪が敷布を掠っていく。大きく前後に揺らされ、視界が激しく揺れた。

「エルンスト様っ！」

強い腕にぐっと抱き寄せられる。ガンチェの低い呻きが肌に響く。体の奥に熱い飛沫が叩きつけられた。

「……ガンチェ……んっ……」

エルンストは目を閉じ、這い上がってくる快感に身を任せる。目の奥でちかちかと、星が瞬くようだった。ガンチェの熱い吐息を肩で感じる。

そっと目を開くと金色の優しい目がエルンストを見つめていた。


遅々として進まない。そう思い込んでいたメイセンの発展は、エルンストが思っていた以上に着実に進んでいた。

リュクス国と対峙した今回の危難は結果的に、メイセンにとってはよかったのだと言える。メイセンの人々は、自分たちの土地が他者にどう思われているのか、危機感を持って感じ取れたのだろう。

これまでエルンストが行うバステリス河沿いの植樹はメイセンの人々にとって、全く意味のないことだと捉えられていた。無駄な金を使っていると、領民に非難さえされていた。この上、防護壁を築くための基礎を造り始めたら、領民は黙ってはいなかっただろう。

この二十年で、メイセンの領民たちは自分の頭でものを考え、僅かながらにでも広い視野を持つようになった。だがやはり、一番大事なのは自分の生活だということに変わりはない。

領主が行うことが徴税《ちょうぜい》だけではないと知った今、メイセンの人々は多種多様な要望を突きつけてきていた。

道の整備や橋の架け替え、農具購入の補助に家畜購入の補助。金のかかる要望ばかりだ。金がないと言って説得し、取捨選択から漏れた要望も多い。自らの要望がどれほどひとりよがりだとしても、却下された領民は不満に思う。そして、言うのだ。意味のない植樹をやめて金を回せ、と。

エルンストはふっと息を吐いて、執務机に広げたカプリ領主からの手紙を見る。

今回の騒動で、カプリ領民は自国の軍隊に不信感を募らせた。そして、貧しい者よと見下げていたメイセンの人々に感謝している。

反対にメイセンは、カプリ領民に親近感を持ちながらも、初めて、国と国が対峙するという危機感を覚えた。自分たちがリンス国民であるという自覚を持った。

そして、いざというときには自分たちの力だけで対処しなければならないのだという、強い決意を胸に秘めた。

エルンストが再び命じた植樹に、第二駐屯地の領兵ばかりでなく、バステリス河沿い周辺のヤキヤ村やメヌ村の民までもが積極的に参加した。

屋敷の領兵も自ら行動を起こし、三班体制で第二駐屯地を手助けしたいとタージェスに申し出たという。言い出したのは若い層で、小隊長や中隊長に命じられたわけでもない。若い領兵たちが次の世代のために、自ら考え、動いたのだ。

エルンストは、今だと感じた。防護壁を築き出すのは、今なのだ。

早速アルドを呼び寄せ、計画を練る。

エルンストは、リンツ谷を整備するために寄越された国土府の職人に五人の領兵を張りつかせ、その測量の技術を僅かにでも修めるように命じていた。

ブレスが選び出した五人の領兵は聡く、国土府の職人も舌を巻く優秀さで技術を学んでいく。

あまりの熱心さに、領兵を気に入った職人の申し出を受けて、エルンストは五人の領兵を国土府に遣わし、そのまま十年を費やして職人のもとで学ばせたのだった。

技術を修めた領兵五人のうち四人を、第二駐屯地へ送り出していた。残るひとりは屋敷の領兵隊に置き、広大なメイセン中の道路整備や橋の架け替えに重宝している。

アルドは四人の領兵に、バステリス河沿いの正確な測量図を作らせた。

長大なバステリス河沿いの測量は五年の月日を費やしても完成せず、今の段階でおよそ四割。だがその四割の測量図を元に、防護壁の基礎を築き始めるのだ。

春の訪れと共に始める工事のために、なけなしの金をはたいて工事材料を買い求める。

エルンストのそんな行動を、噂好きのメイセンの民は瞬く間に察知した。

だがどこからも非難の声は上がってこなかった。気に入らないことがあると腹に溜めず、すぐに怒鳴り込んでくるいつもの決まった面々の顔を、エルンストは思い浮かべる。

ひとりくらいは怒鳴り込んでくるかと内心楽しみに待っていたのだが、誰も来ない。だが、忘れた頃に怒鳴り組の面々が全員揃って現れ、エルンストの顔を見てにやりと笑った。

儂らが反対すると思っていたんでしょう、そう言って笑う。エルンストが素直に頷くと、そこまで馬鹿じゃありませんよと鼻で笑った。リュクスの奴らが攻めてきたら隠れる壁ぐらい欲しいですからね、そう言って笑っていた。

怒鳴り込んでくる面々はやっかいだが、ありがたくもあった。ともすれば、みなを置き去りに走り出してしまうエルンストを、止める役目を果たしてくれる。

エルンストが見もしない面を見せつけて、ほらこれをどうするんだ、と教えてくれる。

難癖《なんくせ》としか思えないことでもじっくり聞いていると、なるほどそういう考え方をする者もいるのかと思わせてくれるのだ。

やっかいでありがたくて、そして大切なメイセンの民だった。

エルンストが領主となって過ごした二十年の月日は、決して無駄ではなかった。

メイセンの土地がこの先どれほどの実りをつけ出すのか、メイセンの民がどれほどの成長を見せるのか、考えただけでもわくわくと心が浮き立つ。

だが同時に、誰よりも愛してやまない伴侶を思う。

メイセンはこの先、数年、数十年の時を費やして、必ず確実な成長を見せてくれるだろう。

だがメイセンの成長を見ることは同時に、伴侶の確実な老いを見せつけられることでもあるのだ。

ガンチェはこの先、数年、数十年の時を過ごし、確実に老いてゆき、エルンストを置いて逝くのだ。

愛しい伴侶を、時に奪われる。

誰に怒ることもできない、どうすることもできない、これが現実。

エルンストの前に道がある。

進むべき、道だ。

エルンストの後ろにも道がある。

歩いてきた道だ。

何が起きたのか。何を失い、何を得たのか。全てわかっている過去の道。

そこに後悔はない。未熟さも、懺悔《ざんげ》も、喜びも、全てを受け入れられる道だ。

だが、この先の道がどうなるのか。エルンストは考えるだけでも恐ろしい。

泣き出して蹲って、駄々を捏ねて歩きたくはないと叫ぶ。

けれども、エルンストに一切構うことはなく、時は無情にも流れていく。

エルンストは前を向く。不安に駆られ、覚束ない足取りで、行くべき道を進む。

愛しい伴侶はいつも傍らにあり、情けなくも震えるこの足を、一緒に叱咤してくれるのだ。

共に行きましょう、辿り着く場所まで。

共に生きましょう、許されるときまで。

そして、手にした時が終われば、共に逝きましょう、安住の地へ。

何度も何度も囁かれた、愛しい伴侶の声が響く。

エルンストは決意するように、哀しく笑って頭を振る。

メイセンは必ず富ませよう。

誰からも蔑まれることのないように、誰からも軽んじられることのないように。

強く逞しく、メイセンの民の足で立たせよう。

メイセンを富ませる過程で愛しい伴侶を失ったとしても、必ず約束どおりに、自分に与えられた時を使い、精一杯メイセンのために働こう。

そしていつか、優しい伴侶が迎えに来てくれるときを心待ちにして過ごすのだ。

愛しい伴侶に抱き締められて、ふたりが慈しんだメイセンの発展を見ながら光に溶ける。

ああそれは……何と幸せに満ちた光景だろうか。

ガンチェの満月

ガンチェが倒れたのは突然だった。

それまで老いを感じさせるものは何もなかった。髪は真っ白で、顔には深い皺がいくつも刻まれていたが、未だ筋骨隆々と逞しく、力仕事も軽々とこなしていた。ガンチェが、疲れたとか、休みたいとか、そんなことを口にしたことはなかったのだ。

三日前の朝、ガンチェは寝台から起きられなかった。昨夜の眠りが浅かったのか、昨日の訓練が激しかったのか、そんな会話をふたりで交わして笑っていたのに。

案じたエルンストが昼に戻ったときにも、ガンチェは寝台で眠っていた。

深く、深く息を吐く。そんなガンチェの姿に、エルンストは冷たい手で心臓が摑まれたのを感じた。

ガンチェの眠りは深かった。

四日前には走っていたし、エルンストを抱き上げていた。

三日前にはふたりで話して笑っていたのに。

二日前には食事をしていたのに。

それなのに、今日は……眠ってばかりなのだ。

ガンチェの眠りは深く、穏やかだった。

ゆっくりと息が吐かれる。エルンストは枕元に座り、真っ白になった巻き毛を撫でる。

執務室には昨日から入っていない。ガンチェがいつ目覚めてもいいように、エルンストはガンチェの側を離れなかった。

窓の外は雪が降っていた。新春を過ぎたばかりで、メイセンの冬はまだまだ終わらない。

ガンチェが集めてきた薪が、暖炉の横に堆《うずたか》く積まれていた。

暖炉で、湯の沸く音が微かに響く。

静かに、時が刻まれていく。

「エルンスト様……？」

嗄《しゃが》れた、優しい声に顔を上げると、愛しい赤茶色の目がエルンストを見ていた。

「目が、覚めたのか」

問いかけると、ゆっくりと頷いた。白湯を飲むかと聞くと頷くのに、ガンチェは起き上がることができなかった。

エルンストの体では大きなガンチェを起こすことは

できない。誰かを呼ぼうかと思ったが、やめた。

残されたふたりきりの時間を、邪魔されたくはなかった。

暖炉の鍋から木匙で湯を掬い、椀《わん》に入れる。息を吹きかけて冷ますエルンストを、寝台に横たわったまま、ガンチェは優しい眼差しで見上げていた。

温くなった白湯を口に含み、エルンストはガンチェに近づく。

そっと労《いたわ》るように口づけて、ゆっくりと流し込んだ。

椀一杯分の白湯を、ゆっくり、ゆっくりと、時間をかけて与える。

最後のひと口を与えた後、舌を差し入れ、優しく口中を撫でて出ていく。

「ありがとうございます」

律儀な伴侶は何十年連れ添っても礼儀正しい。エルンストは笑って、そっと額を撫でる。

愛しい、愛しい、愛しい伴侶。

あと、どれほどの時が、ふたりが共にいることを許してくれるのだろう。

「静かですね」

「ああ」

「領兵たちは？」

「今日の訓練は休みだそうだ」

ガンチェが倒れてから、領兵隊は息を潜めるようにして過ごしている。

「ふたりきり、みたいですね」

目を閉じて、ガンチェがくすりと笑う。

倒れるまで、ダンベルト人の優れた五感は若い頃のままだった。

だが、もう、ガンチェの耳は、この部屋にいるエルンストの声しか拾わない。部屋の外を行き交う者の気配さえ、感じないのだろう。

ガンチェが望んでいたことが、ここにきてようやく叶う。

エルンスト様と、ふたりきりで過ごしたいのですよね……。

半日とか、一日じゃなくて、数日間。

誰にも邪魔されず、誰の気配も感じず、エルンスト様だけと過ごしたいのですよ。

可愛い伴侶の可愛い願い事。

白湯を飲み、少し話しただけで疲れてしまったのか。

ガンチェはまた、眠りに落ちてしまった。

エルンストは乳液を掌に落とし、ガンチェの荒れた指先に塗り込む。両手で大きな手を挟み、ゆっくりと、丁寧に塗っていく。

侍女が食事を持ってきたが、そのまま下がらせた。ガンチェが何も食べないのに、どうして食事などできようか。

誰も入室しないよう、侍女に命じた。

可愛い伴侶の願い事を、叶えてやりたい。


ふと、暗がりに気づいて窓を見ると、夜が来ていた。暗いのに微かに明るくて、よく見ると雪が降っていた。

また降り積もっていくのか。

今年のメイセンは、雪が深い。

暖炉に薪を足して戻ると、ガンチェの目がうっすらと開いていた。

「起きたのか……」

そっと声をかけると、目がエルンストを捉える。


「エルンスト様……今年は、大丈夫ですか？」

新春を過ぎると交わされるふたりの会話。エルンストは微かに笑って答える。

「大丈夫。今年はよい夏だっただろう？　作物はいつになく収穫されたし、それに、ようやくリヌア石の採掘が始められた」

耳元で囁くように、そっと語りかける。

「ああ、そうでした……そうか、よかった」

白い巻き毛を撫でてやる。こうやって、いくつ頭を撫でてやったことだろう。

優しい伴侶。可愛い伴侶。愛しい伴侶。

どうして先に逝ってしまうのか。

「エルンスト様」

目を閉じたまま、ガンチェが呟く。

「とても……楽しかったですね……」

ガンチェの声が掠れていて、エルンストは泣きたくなった。

「エルンスト様に出会えて、愛していただけて、本当に幸せでした。メイセンで暮らせて、隊長や副隊長や、領兵たちと過ごせて、ああ、本当に楽しかった……エルンスト様、覚えておられますか？」

「何だ?」

そっと、巻き毛を梳《す》く。

「ふたりでグルード郡地を渡ったでしょう? ずっとエルンスト様を抱き上げていられて、たくさん、たくさんお話しできて、本当に楽しかった」

「もちろん、覚えているとも。誰も邪魔するものがいなくて……毎夜、抱き合っていた」

エルンストが耳元で笑うと、ガンチェもつられるように微かに声を上げて笑う。

「一歩も進まず、裸で抱き合っていた日がありましたよね……」

誰にも話さなかったふたりだけの秘密に、エルンストは笑う。

「そうだったな。ずっと繋がり合って、一歩も進まず……宿主が驚いていた」

「あれは、ガイア人でしたよね。私たちが部屋から出てこないから、死んだんじゃないかって心配していたそうですよ」

「それは悪いことをした。グルードの種族はみな、早起きで働き者だから。昼を過ぎても部屋から出てこないというのは、普通ではないのだろうな」

スート郡地から戻ってきた、その日のグルード郡地での宿。ガンチェがねだる褒美を与えていたら、丸一日寝台から出られなかったのだ。

白い巻き毛を掻き上げて、深い皺の刻まれた額に口づける。

「ああ……本当に、楽しかった……」

呟くようにそう言うと、ガンチェはまた眠りに落ちていった。


夜半を過ぎてもエルンストは眠らなかった。いつの間にか雪はやんでいた。大きな月が夜空に浮かび、窓から月の光が差し込んでくる。

暖炉の灯りだけの室内で、深く浅く呼吸を繰り返すガンチェを見ていた。

そっとガンチェの手を握る。大きな、大きな手だった。両手でそっと持ち上げて、荒れた手の甲に口づける。祈るように、口づける。

何に祈っていいのかわからなかった。誰に祈ればいいのか。

一体誰に、何を祈れば、この愛しい伴侶を奪われずに済むのか。

「エルンスト様……」

優しい声に体が動く。ガンチェの口元に耳を寄せて、ささやかな声を聞く。

「抱き締めて、いただけますか……？」

エルンストは寝台にそっと乗り上げ、体重をかけないようにガンチェに覆い被さる。

「もっと」

可愛い伴侶のねだる声にくすくすと笑いながら、大きな体の上に横たわり、頭を抱き締めた。

ガンチェの手がゆっくりと持ち上がり、そっとエルンストの背に置かれたのを感じる。

力強かったガンチェの両腕が、力なくエルンストの背中に乗せられる。

愛しい、重さだった。

「エルンスト様」

ガンチェの、掠れた声が耳元で囁かれた。

「約束ですよ」

ぎゅっと大きな頭を抱き締めた。

「決して、お命を絶たれてはいけませんよ。エルンスト様の時を、生きて、生きて、生き抜いてください」

無理な願いに体が固くなる。何度も約束したのに。何度も約束させられたのに。エルンストの頑《かたく》なな心が首を振る。

「約束ですからね」

ぎゅっと目を閉じて、大きな頭にしがみつく。

「私は隊長と、酒でも呑みながら、ゆっくりとお待ちしていますから」

タージェスは三年前に旅立った。

「二人は仲が良くて、妬《や》けてくる」

顔も上げずに呟くと、ガンチェが笑った。

「ふふ。私はエルンスト様を愛して、敬愛して、お慕いしていますが、隊長もエルンスト様を敬愛して、お慕いしていますからね。ふたり共、同じ方をお慕いしていますから、気が合うのですよ」

ふたりは怪しいのではないのかと、何度も疑ってしまった。

鼻先が触れ合うほどの近さで、赤茶色の目を覗き込む。

「気が合うだけか？　愛し合うことは、ないな……？」

改めて確かめると、ガンチェが呟き込むように笑った。

「……ごほっ……だ、大丈夫ですよ。隊長を可愛いと思ったことは、決してございません。それに、あちらにはティスもいるでしょう？　隊長はティスの相手だけで手いっぱいですよ」

ティスはタージェスより早く、二十七年前に旅立った。ふたりは結局、結ばれたのか結ばれなかったのか、エルンストにはわからない。

「だから、エルンスト様。約束です」

ガンチェがしっかりとした目で、見上げてきた。

「エルンスト様が手にされた時を精一杯使って、私たちのメイセンを、育ててください」

それは有無を言わせない、強い声だった。

「必ず、お迎えに来ますから。必ず、エルンスト様をお迎えに来ますから。そうしたら絶対に、私がいない後のメイセンがどうなったのか、お聞きしますからね？　隊長や侍従長やティスや、みんなでエルンスト様にお聞きしますからね？」

侍従長シングテンは、ずっとずっと前に亡くなった。タージェスと同年代であったシングテンはティスよりも早く、四十九年前に旅立ったのだ。


「このときのためにとっておいた、私の最後の我儘です。どうぞ、叶えてください」

優しい目に、見つめられる。

エルンストは泣きたかった。

だが、泣くわけにはいかなかった。誰よりも愛しい伴侶の目に映る自分の姿が、涙に濡れていてはいけない。

だからエルンストは、無理に、笑う。

震えるように笑って、頷くエルンストをガンチェは優しく見つめ、安堵したように深く、息を、吐き出した。


椅子に座り、大きな手を握り、エルンストはガンチェの首元に顔を寄せていた。

愛しい若草の香り。

目を閉じて、愛しき日々を思う。

ガンチェと出会えてよかった。ガンチェに愛されて幸せだった。楽しいことしか思い浮かばない。

なのに、今は……苦しくて、苦しくて、苦しくて……苦しいのだ。

暖炉の火は消えてしまった。

鍋の湯はすっかり冷えてしまった。

夜が、白々と明けてきた。

雪は降りやんだままだ。

エルンストの小さな手から、愛しい人の命が、零れてゆく。


ガンチェの息が浅くなってきた。

静かな室内で、ガンチェの微かな息遣いだけがエルンストの耳に届く。

ああ、終わりなのだと、思う。

ガンチェの命を手繰《たぐ》り寄せたくて、どうしようもなくて、泣きたくて、泣けなくて。

大きな手を祈るようにぎゅっと握り締め、エルンストは愛しい伴侶を覗き込む。

けれども、頭のどこかで冷静なエルンストが冷たく呟くのだ。

ああ、終わりが近づいている、と。


覆い被さるようにエルンストが覗き込んでいると、すっと、ガンチェの瞼が開いた。

蠟燭が最後の炎を燃やすような、そんな力強さを湛えた赤茶色の瞳がエルンストをじっと見上げて、優しく笑って、そして、閉じられた。

音をなくした室内で、ガンチェの瞳を、もう永遠に見ることはできないのだと、覚った。


朝日がきらきらと輝きながらふたりの寝室に入ってくる。

エルンストは、握った手から温かな体温が奪われていくのを惜しみながら、ただ、ただ、静かに、誰よりも愛おしく、誰よりも可愛い、年下の伴侶を見つめていた。

エルンストの満月

なんだかとても疲れて、今日の執務は取りやめた。

エルンストはガンチェの椅子に座り、私室の窓から外を見る。

厚く覆っていた雪が消え去り、一気に花が咲き誇る短い春を過ぎて、メイセンは今、夏を迎えようとしていた。

エルンストが愛する、夏が近づいていた。

開け放した窓からは若草の香りが漂ってくる。

大きなガンチェの椅子に腰かけて、エルンストは目を閉じ、香りを楽しむ。

よい、香りだった。エルンストが何よりも愛する若草の香り。

懐かしい、愛しい伴侶を思い出す。

ふと、部屋の片隅に目をやる。

大きな、朱い鎧兜が置かれていた。伴侶を亡くしてからの長い日々、エルンストを守り抜いた朱い鎧。

それは、ガンチェの遺言だった。


私は素手でも強いですからね。

だから私の武具は全て、エルンスト様のお側に置いておいてください。

私に代わって、私の武具が、エルンスト様をお守りいたしますよ。


遺言どおり、ガンチェの鎧はエルンストを守り通した。

愛しい伴侶を亡くしたとき、エルンストは誰もが案じるほど、憔悴した。

何も喉を通らず、眠ることもできず。執務室に入れば涙し、私室に戻れば涙する。どちらにもガンチェの椅子があるのだ。

意味もなく屋敷を巡って、そこかしこにガンチェを見つける。

愛しい伴侶の匂いを見つける。


夜は、特に、駄目だった。

寝台に潜り込んでもガンチェがいないのだ。

寝具の残り香も消えてしまって、エルンストはただひとり、冷たい寝具に横たわる。

ガンチェがいないのに、どこにもいないのに、それでもなお、生きていかねばならないのか。

憔悴して、小さくなっていくエルンストをみなが心配し、屋敷の者も、領兵も、そして民までもが案じてやってくる。

だが、誰の言葉も、慰めも、叱咤も、エルンストの助けにはならない。

ガンチェがいないのに、どうして笑える？

どうして食べられる？

仕事など、何のためにするのだ。

だがしかし、ガンチェがいない日々をもがくように生きていたエルンストの目に、ガンチェの朱い鎧が映る。

ずっとそこにあったのに、まるで目に入ってこなかった。

エルンストはそっとガンチェの鎧に触れて、兜を抱き締める。

そうして、ようやく、笑うことができたのだ。

そっと抱きついたガンチェの朱い鎧からは、ガンチェの匂いがした。

朱い鎧はずっと、エルンストの私室に置かれていた。大きな鎧。大きな兜。大きな剣に、槍に、弓。

ガンチェの武具は全て、いつも、エルンストの側にいた。

眠れない夜はガンチェの兜を抱き締める。抱き締めて寝具に潜り込み、目を閉じて兜の匂いを吸い込む。

愛しい香りを胸いっぱいに吸い込んで、そうやって、ようやく眠れるのだ。


それでもやはり、苦しみは去らなかった。

愛しい伴侶。ガンチェを失うことは、半身を失うことだった。

エルンストは強い力で体をもぎ取られたような喪失感に戸惑う。

ガンチェを探して屋敷を彷徨い、ガンチェが存在した確証が消えていくのに戸惑う。ガンチェが用意した薪がなくなって、ガンチェが伐り倒しておいた木が、森から消えた。

ガンチェが確かに生きていたという、事実までもが消えそうで、エルンストは叫び出しそうなほどの苦しみに苛《さいな》まれた。

だが、そんなときでも、ガンチェの朱い鎧はいつも、エルンストの側にあった。

どうしようもない喪失感や、苦しみで眠れない夜は、ガンチェの武具を磨いた。

暖炉の火だけの暗い室内で誰にも邪魔されず、エルンストはガンチェに語りかけながら兜を、鎧を磨いていく。日々の暮らしや、メイセンで起きた新たな難題や、国との関係、リュクス国の動向。そして、懐かしい思い出を語りながら。

壁に立てかけた重い剣や槍や弓は倒さないように慎重に、磨いていった。エルンストの背よりも大きな槍に触れていると、ガンチェがそこにいるような気がしてくる。

ガンチェの朱い鎧は、確かに、エルンストを守っていた。

エルンストは大きく息を吐いて、ガンチェの椅子に背を預ける。

クルベール病の者は死の瞬間まで、姿も体力も少年少女のままだ。だがそれは違うと、今のエルンストは思う。

ここ最近、疲れが翌日にまで残ることが多くなった。息が切れるのも早いし、何より体が重い。

クルベール病の者であっても、体力は衰えるのだ。

窓から爽やかな風が入ってきて、エルンストは目を閉じた。風が、エルンストの髪を柔らかに弄《もてあそ》ぶ。

愛しい香りを楽しんでいると、より一層、強い香りを感じた。


――エルンスト様――


懐かしい声にそっと目を開けて見上げると、そこに、愛しい伴侶が立っていた。

「ガンチェ、遅い」

文句を言うと、くすくすと笑っていた。


――申し訳ありません――

「だが、約束どおり来たから、許してやろう」

尊大に言うと、ガンチェは声を上げて笑っていた。

大きな体はそのままで、姿は出会った頃のようだった。

「ガンチェ、若い姿なのだな」

——エルンスト様は、お変わりありませんね——

「ふむ。クルベール病だからな」

そう言って目を閉じたら、大きな手がそっと髪を撫でてくれた。

——エルンスト様。約束を覚えていてくださったんですね——

「……ガンチェを失った頃は苦しくて、苦しくて、どうしようもなく苦しくて……私は、ガンチェとの約束を破ってしまいそうになったのだ」

ガンチェの大剣を鞘から抜いて、抱き締めて死のうかと思ったのだ。ガンチェと愛し合った寝室で、首を吊ろうかと思ったのだ。ガンチェと語り合ったこの部屋の窓から飛び降りてしまおうかと。


何度も、何度も、何度も、何度も、そう思ったのだ。

「だが、いつも、ガンチェの鎧に叱られた」

ガンチェの笑い声が降ってきて、そっと頬を撫でられる。

「この十年ばかりは……幸せだった。ガンチェがいつ迎えに来てくれるのか。毎日、毎夜、心を躍らせて過ごしたのだ」

そっと目を開くと、赤茶色の目が優しく見下ろしていた。

「あのとき、経験していてよかった。ガンチェは必ず迎えに来てくれる、必ずもう一度出会えると体験で信じていられるからこそ、生きてこられたのだ」

——エルンスト様——

「何だ？」

——やり残したことは、ございませんか？——

「たくさん、ある」

エルンストの仕事に終わりはない。即答したエルンストにガンチェは笑って膝をつき、目を合わす。

――エルンスト様――

「何だ？」

――悔いは、ございませんか？――

「ない」

すっきりとした笑顔を見せて即答したエルンストの姿に、ガンチェは満足そうに微笑んだ。

大きな手が伸びてきて、エルンストを抱き上げる。太い首に縋りつき、懐かしい感覚を楽しむ。

――エルンスト様――

ガンチェの頬に頬を寄せて、愛しい香りに包まれる。

――まいりましょうか――

「ああ、まいろう」

長年待ち続けた言葉に、エルンストは笑って答える。

――みんな、待っていますよ。私たちが去った後のメイセンを、教えてください――

「ふむ。それは、長い、長い、話になる」

――たくさん、時間はありますからね――

「ならば、たくさん、語り合おう。だがその前に、ガンチェとふたりきりで愛し合いたい」

大きな体にぎゅっと抱きつくと、強い力で抱き寄せられたのを感じる。

もう、離れなくていいのだ。

エルンストの胸は幸せで、大きく、大きく膨らんで、弾けた。

嬉しくて、幸せで、愛しくて、楽しくて、可愛い年下の伴侶にぎゅっとしがみつく。

息がかかるほど近くで見つめ合い、ふたりでくすくすと笑う。

ふたりで笑い合って、抱き合って、愛し合って、幸せで。

そうやってふたり一緒に、メイセンの輝く夏の光に溶けていったのだった。


リンス国メイセン領第十七代領主、エルンスト・ジル・ファーソン・リンス・クルベール公爵の伴侶、ガンチェは百十二歳で死去する。ダンベルト人として、彼の驚異的な長命の記録はいまだ破られてはいない。


ガンチェが死去して六十一年後、リンス・クルベール公爵が二百七歳でこの世を去る。クルベール病であった彼は最期まで、若々しい少年の姿であった。

リンス・クルベール公爵が統治した百四十七年の間に、メイセン領の民は六百九十六名から三千二百五十一名へと増加し、十一の村は三十七に、ふたつの町は七へと変わる。

百八名の教師に十二の学校、五十七名の医師の数は、リンス国の都市を除くどの領地よりも多い。

ふたりの墓は遺言により、リンス・クルベール公爵が築かせた防護壁の向こう側、まるでリュクス国を睨むかのように並んで建てられた。


リンス・クルベール公爵が死去して六百年後、リュクス国が十万の兵を率い、バステリス河を越えた。

そのとき、雪崩れ込むリュクス兵を止め、壊滅状態にまで打撃を与え追い返したのは、高く厚く聳《そび》える防護壁と千人のメイセン領兵隊。

そして、リンツ谷に架かる強固な橋を渡ってやってきた二万のリンス国軍兵と、七百年前の協定に基づき駆けつけた、一万のグルード国軍兵士であった。

この戦いにおいて、防護壁は壊滅的に破壊され、防護壁の前にあった第十七代領主とその伴侶の墓も無残に踏み荒らされ、破壊された。

総人口一万となったメイセン領民は、破壊された六百年前の領主とその伴侶の墓の前で嘆き悲しんだ。

そして、誰よりも領民を愛し、その行く先を案じた領主により自分たちが守られたことを感謝し、ふたりのために新たな墓を建立した。

ふたりの墓はメイセン領の人々によって大切に守られ、今でも受け継がれている。

ガンチェと光り輝く庭

湯殿の下男としての仕事は陽が落ちてからだ。

まだ陽が高い今、ガンチェは三階の回廊の石壁に身を寄せ、広大な庭を散策される皇太子殿下御一行様を見ていた。

殿下は午前と午後、二回散策される。歩く道順はいつも決まっている。歩く速度、歩数までが同じだった。ガンチェはそれを、見事だと思っていた。

一行の後を、若い庭師が緊張した様子でついていく。皇太子宮の庭師となって日が浅いのだろう。ちらちらと草木を見ては、殿下から質問が来るのではと身構えている。

殿下が不意に、気まぐれで、何かをすることは決してない。あの小さな殿下なら、見慣れない植物があったところで庭師になど訊ねないだろう。おそらく、ご自分で調べてしまうのではないのか。庭師に余計な心労をかけないために。

決められた時間どおりに動き、誰とも目を合わせず、無駄に話さず、笑うこともない殿下を、人形のようだと思っていた。つまらない人形だとしか思えない殿下がどうしてこれほど気になるのか、自分の心の変化に戸惑いもした。

だが、下男として半年を過ごし、ガンチェの中で殿下の印象は鮮やかに変わっていく。それはとても、心地よいものだった。

ガンチェは微かに身動《みじろ》ぎ、硝子のない窓に近づく。目を凝らし、耳を澄ます。

ダンベルト人であるガンチェを下男として雇うことに反対する者は、どれほどいたのだろうか。殿下の侍従長は、皇太子宮でよほど強い権力を持っているとみえる。ガンチェを雇うため、かつて握った相手の弱みくらい、いくらでも使いそうだった。

皇太子の命が狙われている。それも、一番安全なはずの、この皇太子宮で。

冗談にしか聞こえなかった侍従長の言葉を、ガンチェは今、僅かに疑うこともない。ガンチェが身柄を押さえた刺客はひとりやふたりではなかった。ガンチェが捕らえ、引き渡したあの者たちを、あの侍従長はどう処分したのだろうか。

皇太子宮で働く者たちの中で、湯殿の下男は特殊な存在だ。宮で唯一、殿下とふたりきりになる仕事だ。そして、湯殿の下男は他の仕事を持たない。

殿下が来られる直前に湯殿を完璧に整え、殿下をお待ちする。湯殿の中では殿下のお世話をひとりで行い、お見送りをする。そして、湯殿を片付ける。

他の下男や下女がいくつもの仕事を抱えるのと違い、湯殿の下男の仕事は湯殿だけに限られる。それ故に、日中は自由に動けた。

殿下は庭の長椅子に腰かけ、紅茶を楽しまれていた。事実、楽しんでいるのかはわからない。お茶の時間をいつもどおり終え、僅かな狂いもなく歩き出される。

ガンチェはふっと笑い、遠くの殿下を見下ろす。あの方は体内に、正確な時計を持たれているようだ。

殿下は短い階段を降り、赤い花が咲き誇る場所に辿り着く。そこで足を止め、呼吸ふたつ分、花を観賞される。

殿下が行ういつもの行動は、付き従う者たちを飽きさせる。選び抜かれたのだろう優秀な近衛兵は、だらけきっていた。

深い川にかかった唯一の橋、木々が生い茂る広い森、聳え立つ高い壁、そして、随所に立つ番人たち。それらを乗り越え皇太子宮に入り込む敵はいないと信じきっている顔だった。

同じ制服を着て、同じように殿下に付き従う仲間に、敵がいるとは考えてもいない。

ガンチェは目を眇《すが》め、殿下から視線を外す近衛兵たちを見る。

守るべき方から視線を外し、かといって周囲を警戒しているわけでもない。つまらなさそうに花を見る者や侍女に色目を使う者ばかりだ。

ぐっと手を握り、両足を踏ん張る。今にも飛び出してしまいそうだった。

もっと御側近くで殿下をお守りしたい。持てる力の全てを使い、命を懸けて殿下をお守りしたい。

そう願うのに、この身はただの下男だ。そうでなくともダンベルト人、役目でもなければ殿下の前に立つことも許されない。

一度だけ、殿下がガンチェの目を見てくださった。あの青い、澄んだ瞳が忘れられない。

あの小さな殿下がもし、もしガンチェに声をかけてくれたなら、どういう心地になるのだろう。どんな言葉でもいい。ガンチェに向けて発せられる、殿下の声を聞きたい。もう一度、殿下の青い瞳を正面から見たい。

馬鹿な妄想をし、ふっと緩むガンチェの目の色が金に変わる。冷たい石の窓枠を摑み、微かに身を乗り出す。

一行に変わったところはない。だが、ガンチェは異変を感じた。

ダンベルト人の耳と、目を最大限使い、異変の正体を探る。何も確かめず、気のせいだと判断を下すほど、ガンチェは優しい世界を生きてきてはいない。己の直感を信じていた。

広大な庭に、鋭く視線を走らせる。殿下がおられる西の一角、北、南、自分が立つ東の建物真下にまで視線を走らせる。変化はない。だが、違和感が消えない。

もう一度、と視線を動かしかけて、一点で止まる。

殿下から五十メートルほど離れた個所に、太い幹の低木がある。その幹に隠れるようにして人影が見えた。

ガンチェは懐に手を入れ、小石をひとつ、取り出す。指先で弄びつつ、幹に身を隠す男を見ていた。服装からして庭師ではない。あれは、近衛兵だ。

だが、いやに緊張している。肩の強張り、何度も握り込まれる拳、微かに震える膝。緊張の具合は殿下に付き従う若い庭師の比ではない。

身を隠す近衛兵が自らの腰を探り、細い短剣を手に取ったのが見えた。剝き出しの刃先を、親指と中指の腹で挟み持つ。

ガンチェは右足を微かに開き、左の足に重心を乗せる。右の人差し指と中指に小石を乗せ、親指で強く弾き出した。

ガンチェの手から放たれた小石は鋭く飛び、短剣を持つ近衛兵の首にめり込んだ。

一瞬で意識を失った近衛兵の手から短剣が落ちる。そのまま、近衛兵は下草の上にくずおれた。

ほっと息をつき、ガンチェは緊張を解く。

殿下はもとより、付き従う者の誰も、異変に気づいた様子はない。いつものとおりに歩き、いつもの時間に西の建物に入っていった。

周囲を確認し、ガンチェは音もなく三階の窓から庭に飛び降りる。絶妙に配置された木々に身を隠しながら走り、倒した近衛兵の体を担ぐ。

緊張から解放され、賑やかに話しながら若い庭師が戻ってきた。ガンチェは近衛兵を肩に担いだまま、身を潜める。庭師が互いに向かい合って話しているのを確かめ、ガンチェは助走もなく飛び上がり、壁を蹴って二階の回廊に飛び込んだ。

石の床に近衛兵を下ろし、耳を澄ます。誰かが近づいてくる気配はない。

皇太子宮で働く人々は多いが、みな与えられた仕事をこなすため、決められたように動く。それはまるで軍隊のようで、一人ひとりの陣形を覚えてしまえば誰にも会わずに宮を動くことは容易《たやす》かった。

気を失った近衛兵を見下ろす。息はしている。死んではいない。力は加減したが、ほっと息をつく。

侍従長と取り交わした契約では、刺客は殺してはならないとなっていた。捕らえ、命令を下した者の名を聞き出すためだろう。捕らえた者を侍従長に引き渡すまでがガンチェの仕事で、その先は関知しない。

だが、もちろん、命じられれば何でもする。命を奪うぎりぎりまで痛めつけ、命令を下した者の名を必ず聞き出してやる。殿下の御命をお守りするためならば、何でもできる。

刺客を生きたまま捕らえる。ただし、それにより殿下の御命が危険に晒されると判断したならば、刺客を殺せ。

姿勢を崩さず、視線も逸らさず、静かな声で、皇太子付侍従長は契約内容を告げた。ただし、から続く言葉にガンチェは迷いなく頷いた。この言葉がなければ、あの侍従長を信用することはなかった。

侍従長は真に、殿下をお守りしようとしている。自らの保身でも、権力闘争のためでもなく、ただ、殿下の御命を守ろうとしている。

ガンチェは近衛兵を肩に担ぎ、長い回廊を歩く。角で止まり、十を数える。ダンベルト人の耳が足音を捉えた。忙しなく歩き、階段を上がっていく。あれは、三人の侍女のものだ。庭の散策を終えた殿下が決められた時間分を休憩され、その後、執務を始めるまでの間に執務室の花を換えるために急いでいるのだ。殿下の執務室の花は、朝と昼と夜で変わる。

階段を上がっていく音が遠ざかり、ガンチェは角を曲がる。風景画が飾られた長い廊下を歩き、階段を下りる。一階の回廊を足早に歩き、扉を開いて中に入る。ガンチェが扉を閉めて三呼吸分の後、五人の近衛兵が近づいてくる足音が聞こえた。

扉に背をつけ、気配を消す。近衛兵がガンチェに気づいた様子はなく、談笑しながら回廊を歩き去っていった。夕方からの勤務につく者たちだ。この時間にこの回廊を歩く近衛兵は五人、皇太子宮と王宮を隔てる扉を守る者たちだ。

ガンチェは近衛兵を担いだまま、暗い階段を降りていく。灯りは極端に少ないが、ダンベルト人の目には関係ない。危なげなく階段を降り、狭い廊下を進み、侍従長に渡されている鍵を使って突き当たりの部屋の扉を開く。

部屋の中央に置かれた椅子に意識を失ったままの近衛兵を座らせ、縄で縛った。そして扉を閉め、鍵をかける。

狭い廊下を戻り、階段を上がり、扉の前で耳を澄ませる。いつものとおり、侍従がひとり回廊を歩いていく。足音が通り過ぎるのを待ち、ガンチェは扉を開き、外へと出た。

回廊を横切り、庭に出る。広い庭には誰の姿もない。空を見る。微かに、陽が陰り始めていた。あと一時間で、庭師の仕事が始まる。庭師は早朝と夕方に仕事をする。そうして、この完璧に整えられた美しい庭を保っている。

色とりどりの花が咲き誇る庭を前に、ガンチェはふっと笑う。

皇太子宮で働く者たちは誰しも、決められたとおりに動く殿下をつまらない者だと思っているのだろう。だが、自らも同じように決められた動きをしているのだと気づいているのだろうか。

長い回廊を歩き、湯殿へと向かう。

さあ、今宵も完璧に湯殿を整えよう。それがガンチェの決められた仕事だからではなく、殿下のために。

近頃の殿下は、湯殿で物思いに沈むことが増えた。以前のように、ガンチェの所作を気にしている様子がなくなった。以前はガンチェが粗相をしないか、不意な動きでガンチェの計算を狂わせていないか、そんなことを気にしている風があった。今でも、周囲の者たちを気遣っておられる。誰にも、そうと気づかれない自然さで、殿下は誰よりも気遣っておられる。

だが、湯殿でだけは、気を休めてくださっている。その証拠に、殿下はもう、ガンチェの動きを見てはいない。それを寂しく、そして、嬉しく思う。殿下はガンチェを、空気のような存在だと思ってくださっている。気を張るばかりの生活なのだろう。皇太子というお役目は、人が思うほど気楽ではない。殿下の何気ない言葉ひとつで、人の命が失われることがある。だからこそ殿下は誰よりも、この皇太子宮で気を張りつめ続けているのだ。

その殿下が、湯殿でだけは気を抜いてくださる。それは光栄なことだと喜ぶべきだろう。

ガンチェは微かに手を握り込み、廊下を歩く。

昨夜、この武骨な指の背が殿下に触れた。微かに触れたそれに、殿下が気づいておられる様子は全くなかった。

指の、腹で少し、殿下に触れても許されるだろうか。殿下は、気づかれないだろうか。

少し、ほんの少し、殿下の柔らかな肌に触れていてもよいだろうか。

廊下を歩きながら、ガンチェは自分の手を見た。犯してはならない禁忌を、犯そうとしていた。


ガンチェは午前の訓練を終え、訓練所に転がるメイセン領兵隊を見下ろす。

僅か二時間の訓練で情けない。もっとも、食うものも食わずに訓練を行うのだから仕方がないか。メイセン領の食糧事情は相変わらず悪かった。

腰に手を当て、ふぅと息を吐く。痩せた領兵相手の訓練だけでは体がなまる。

ガンチェの相手ができるのはタージェスくらいだが、どこにもいない。

どうやらまた、さぼっているようだ。これほど訓練をさぼっていながら、どうしてあれほど強いのか。ガンチェは不思議でならない。

おそらく、タージェスの強さは天性のものだろう。真面目に訓練を重ねていれば、クルベール人としては突出した強さを誇っていただろうに。

とはいえ、愚直に訓練を重ねるメイセン領兵隊隊長の姿を容易には思い描けない。

タージェスは、適度に力が抜けているところがよいのかもしれないと思う。傭兵として色々な仕事をしたが、あれほど兵士に好かれる隊長もいなかった。

ふと、頬に温かさを感じ、視線を巡らせる。領主の屋敷、二階の回廊からエルンストが見ていた。

「エルンスト様！」

ガンチェが叫ぶと、エルンストが小さな手を振ってくれた。たったそれだけのことなのに、心の中に花が咲き乱れた。

ガンチェは雪を蹴って駆け出す。

屋敷の中に飛び込み、階段を駆け上がり、廊下を走る。勢いよく角を曲がると、驚いた顔でエルンストが立っていた。

「ガンチェ」

驚いた顔も一瞬で、エルンストは柔らかく笑って両腕を広げた。長い回廊を走り、ガンチェはその勢いのままエルンストを抱き上げた。

「朝のお仕事は終わりですか？」

「ああ。もう終わりだ」

小さな手が頬を撫でてくれる。

「では、お昼をいただくまで、ご一緒しても構いませんか？」

「もちろん」

エルンストは僅かに考えることもなく頷いた。ガンチェは、ははっと笑い、エルンストを抱き締める。細い腕が、ガンチェの頭を抱き寄せた。

硝子のない回廊の窓から、未だ冷たい初春の風が入ってくる。屋敷の中だというのに、エルンストは厚い外套を着ていた。

エルンストを抱き上げたまま、ガンチェは回廊の窓から訓練所を見下ろした。

領兵たちがのろのろと立ち上がり、体を重そうに引き摺って歩き出す。昼も、水のように薄いスープだけだ。食べたところで、どれほどにも力は戻らないだろう。

「せめて、満足ゆくまで食べさせてやりたいものだ」

エルンストの言葉にガンチェは頷く。

「エルンスト様。領主の森に、私が入っても構いませんか？」

澄んだ青い瞳が微かに見開き、そして、こくりと頷いた。

「ガンチェが森に入ってくれたら、周辺の民も助かるだろう。領主の森は広く、獣は多い」

領主の森はその名のとおり、メイセン領主のものだ。領主の許しがなければ誰も入ってはならない。木々はもちろん、獣を狩ることも許されない。

領主不在の百年で、領主の森は巨大になった。獣は溢れ出し、周辺の畑にまで現れるようになった。だが誰も、手をつけられずにいたのだ。許しを出すべき領主が不在であったがために。

先日、屋敷の中に風呂を見つけた。エルンストの了承を得て、あの風呂が使えるように修繕するのが目下のところ、ガンチェの楽しみだ。風呂が使えるようになったら十分な薪を用意する。一番近い森は、領主の森だ。エルンストの許可を得て、森の木を薪にしようと考えていた。

だがその前に、獣を狩ってこよう。鹿でも猪でも熊でもいい。獣の肉は領兵隊の力になるだろう。畑で得られるものが少ないのなら、山や森で狩るだけだ。

ガンチェに抱き上げられたまま、エルンストが外を見ていた。

小さな殿下は、小さな領主となった。この方を見た目から侮らず、小さな身の内に隠された大きな意思を感じられる者は、果たしてどれほどいるのだろうか。

エルンストの澄んだ青い目は、どれほど遠くを見ているのだろうと思う。物理的な視力のよさではなく、心の目だ。

皇太子宮で、殿下の声を聞きたいと思った。ガンチェだけに向けられる言葉を欲しいと思った。

だが今は、エルンストが思い描く未来の話を聞きたいと思う。

エルンストは暗く沈んだこのメイセンを、あの完璧な美を誇る皇太子宮の庭以上に輝かせようとしている。

今はまだ、聞けば誰もが笑うだろう。世間知らずの元皇太子が夢を見ていると一笑に付すだろう。

だが、ガンチェにはわかる。

エルンストが思い描くメイセンの未来は現実になる。小さな領主は、それが現実になるように一歩一歩を着実に歩んでいくのがわかる。

どれほど困難な道であろうとも、決して歩みを止めない。

エルンストの隣に立ち、同じ夢を見続けられる幸運に感謝した。

メイセンのために、エルンストのために、そして何よりガンチェ自身のために、この命を懸けて小さな領主を守ると誓う。

「エルンスト様」

ガンチェが呼びかけると笑みを浮かべ、エルンストが振り向く。

「ずっと、御側に置いてくださいね」

小さな手がガンチェの額に触れ、微かに触れるだけの口づけをくれた。

あとがき

このたびは「雪原の月影」をお手にとってくださり、ありがとうございます。

このお話は無料投稿サイト「小説家になろう：ムーンライトノベルズ」様で公開させていただいているものを、本編を軸に編集し直し、書籍にしていただいたものです。

私は子供の頃から物語を空想しては楽しんでいました。ですがふと、始めから最後までちゃんとお話にしてみたらどうだろう、と思いつき書くことにしました。書いてみると思っていた以上に楽しく、いつでも気軽に読み返したくなりました。ネットに公開しておけばどこにいても読めると気づき、「雪原の月影：朔月」を自分が読み返すためだけに公開し始めました。

公開し始めて半月ほど経った頃、初めて固定の読者様がつきました。「お気に入り」に「1」が入った時の感動は今でも忘れられません。私以外にもこのお話を読んでみようと思ってくださる方がいるのだと驚き、この方のために最終話まで公開を続けようと決めました。

それまでは自分のために書き、自分の都合で公開し、飽きたら放置しようと思っていました。ですが自分以外に読んでくださる方がいればそういうわけにはいきません。この時に、お話を公開し始める時の唯一の目標が「完結する」になりました。

「雪原の月影」は「朔月」のみのお話でした。ですがもう少し続けたいと「三日月」を書いてみました。「三日月」で語られていた話を回収するため「上弦の月」が、続いて「下弦の月」が出来ました。

私はそれぞれの「月」を最終話まで書いてからネットで読みやすいように編集し直し、公開の作業を行います。この作業を面倒と感じ、怠けてしまう時期があります。そんな時にタイミングよく、読者様から感想やポイントをいただき、続けるための燃料をいただきました。

「雪原の月影」は本当に、読者様に育てていただきました。私はただ、種を土に落としただけでした。その種に肥料を与え、水を与え、陽の光をくださったのは読者様です。

また、今回、書籍化のお話をくださった編集様にも感謝しております。「雪原の月影」はいまも、ネットで公開中です。素人の読み難い荒れた文章と、編集様の改稿案ですっきり生まれ変わった書籍の文章、よろしければ読み比べてみてください。

今回いただいたお話では、私の人生に置いて二度とないような幸運にも恵まれました。

表紙と挿絵を描いてくださった稲荷家房之介先生、本来なら私のような素人の本に描いていただけるような方ではもちろんありません。稲荷家先生に描いていただけるという一報をいただいた時は文字通り、部屋で小躍りしました。躍ったのは書籍化のお話をいただいた時以来でした。

また、地図を描いてくださったデザイナー様、点と線でしかない私の書いた地図を編集様が試行錯誤の上、絵にしてくださり、それを元に地図を描いてくださいました。あの点と線がこんなに立派な地図になるのかと驚きました。

表紙をデザインしてくださったウチカワデザイン様、校正様、本当にありがとうございます。書籍化の作業を重ねていくにつれ、「雪原の月影」は私と読者様だけのお話ではなくなりました。たくさんの方々の手で本になっていく、そんな過程を感じられました。

そして、最初の「お気に入り：1」を入れてくださった方に、深い、深い、感謝を申し上げます。

「雪原の月影」が「満月」まで書き進められたのは全て、あなたのお陰でした。

本当に、ありがとうございます。

月夜

初　出

上弦の月
下弦の月
ガンチェの満月
エルンストの満月

＊上記の作品は「ムーンライトノベルズ」（https://mnlt.syosetu.com/）
掲載の「雪原の月影」を加筆修正したものです。
（「ムーンライトノベルズ」は「株式会社ナイトランタン」の登録商標です）

ガンチェと光り輝く庭………書き下ろし

『雪原の月影　満月』をお買い上げいただきありがとうございます。
この本を読んでのご意見、ご感想など下記住所「編集部」宛までお寄せください。

アンケート受付中
リブレ公式サイト　https://libre-inc.co.jp
TOPページの「アンケート」からお入りください。

雪原の月影
満月

著者名　月夜

発行日　2021年10月19日　第1刷発行

発行者　太田歳子

発行所　株式会社リブレ
〒162-0825 東京都新宿区神楽坂6-46 ローベル神楽坂ビル
電話　03-3235-7405（営業）　03-3235-0317（編集）
FAX　03-3235-0342（営業）

印刷所　株式会社光邦
装丁・本文デザイン　ウチカワデザイン

Printed in Japan
ISBN978-4-7997-5462-7